Herstellung und Verlag: BoD – Books on Demand, Norderstedt

ISBN 9 783754 352106

Bibliographische Information der Deutschen Nationalbibliothek: Die Deutsche Nationalbibliothek verzeichnet diese Publikation in der Deutschen Nationalbibliographie; detaillierte bibliographische Daten sind im Internet über http://dnb.d-nb.de abrufbar.

Die Traumfänger III - Gomez

von
Medea Calovini

„Die Traumfänger sind keine Kindergartengruppe, die mittags ihr Schläfchen unter den geflochtenen Namensvettern hält. Hast du denn keine Erkundigungen eingezogen, bevor du dich mit uns eingelassen hast?"
Gomez Da Cruz

„Ich nehme den Fluch nicht zurück!"
Athena Steinweg

„Wenn alles vorbei ist, lasse ich Sie mal teilhaben, wie die großen Kinder so spielen..."
Thomas Schmidt, Dritter der Beschützer des Asteriums

„Halloooo? Es schmeckt alles wie Katzenscheiße! Da können Sie doch nicht sagen, es ist alles in Ordnung! Ich kann nichts essen und trinken, ich muss elendig verrecken, schon mal darüber nachge-dacht?"
Cristobal Da Cruz

„Du hast so sexy ausgesehen, wie du auf dem Stuhl gesessen hast, meinen Dolch in deiner Hand. Nenn mich Jenny..."
Jennifer Kern, Dritte der Beschützer des Asteriums

„Wie hast du mich gefunden?"
Leander

Eins

Er keuchte.

Ein Tropfen Schweiß löste sich aus seinen roten Haaren und lief an seiner Stirn entlang. Sein Gesicht war ebenfalls rot.

Die Frau unter ihm ließ gleichermaßen einen Keuchlaut los, was ihn aber keinesfalls animierte, damit aufzuhören, was er gerade tat.

Dann ertönte das Geräusch.

Und wieder stieß die Frau einen Keucher aus, diesmal aber hörte es sich frustrierend an.

Er stöhnte auch entnervt auf.

"Geh schon ran, das hört doch nicht auf." Sie schien sich nicht mehr konzentrieren zu können.

Mit einem weiteren Laut rollte er sich vom Bett und holte das Handy aus seiner Hosentasche, das das Klingeln nicht lassen wollte.

"Ja", bellte er heiser hinein.

"Entschuldigen Sie die Störung, bitte!", sagte die Stimme eines rangniedrigen Mannes. "Ihre Anwesenheit ist hier dringend erforderlich."

"Warum?", wollte er unwirsch wissen. Musste das gerade jetzt sein?

Der Mann am anderen Ende der Leitung räusperte sich. "Es ist eine Katastrophe eingetreten. Der Zweite und der Erste sind bereits informiert, man fragt nach Ihnen."

"Ich bin gleich da", versprach er und beendete das Gespräch.

Die Frau hatte sich auf den rechten Ellenbogen gestützt und beobachtete ihn, während er sich rasch anzog.

"Was Schlimmes?", wollte sie wissen.

Er zuckte die Schultern. "Sag du es mir!", scherzte er, ohne die Miene zu verziehen.

Leonie konzentrierte sich, warf den Kopf in den Nacken und sah in die Zeit. Nach einer Weile wurde ihr Blick wieder klar und sie sah ihn ernst an. "Du beeilst dich besser."

So schlimm war es also! Wenn sogar seine eigene persönliche Weise dieses Gesicht machte...

In Sekunden war er angezogen, hauchte einen Kuss auf das Haupt seiner Geliebten und stürmte aus der Tür.

Was war passiert?

Warum war seine Anwesenheit dabei erforderlich?

Und war das Asterium schon informiert?

Langsam wurde ihm unheimlich, aber das sah man ihm nicht an. Schließlich war er Thomas Schmidt, der Dritte der Beschützer des Asteriums – und ihn jagte man nicht ins Bockshorn! Soviel dazu!

Als er endlich im Gebäude des Asteriums ankam, warteten der Zweite und der Erste schon auf ihn, wobei beide düstere Gesichter hatten.

Während der Zweite häufiger mit ihm zusammenarbeitete, war der Erste der Beschützer so gut wie niemals zugegen. Dass er heute hier war, war ein guter Hinweis, dass es tatsächlich um eine ernste Sache ging.

Valentin Meisterjahn, der Zweite, seines Zeichens Empath, schluckte trocken und sah ihn an, mit einem Blick, den er nicht zu deuten wusste. „Eine Katastrophe ist passiert! Wir wurden bestohlen!"

Thomas' Augen suchten die des Ersten.

Er war ein großer, korpulenter Mann im Alter von etwa fünfzig Jahren, Halbglatze. Der Rest, der ihm an Haaren geblieben war, glänzte in hellem Silber. Seine Wangen waren weich und hingen runter. Peter Soltau war sein Name. „Jemand ist hier eingedrungen und in den Tresorraum gelangt." Seine Stimme war ein Flüstern.

Der Dritte sah von einem zum anderen.

„Wir haben doch Überwachungssysteme und Wächter", gab er zu bedenken. „Ist denn nichts aufgefallen?"

Beide schüttelten den Kopf.

„Und was wurde alles gestohlen?", wollte Thomas weiter wissen.

„Das Schlimmste, was eben eintreffen konnte", grollte der Erste, nachdem er sich geräuspert hatte. Jetzt klang seine Stimme zwar nicht mehr wie rostige Nägel, aber seine Worte schnitten

dennoch ins Fleisch. „Das Buch der Stille..."
Der Dritte schloss die Augen. Niemand sollte die Angst darin sehen. Wenn das Buch in falsche Hände kam, war das das Ende. Nicht nur das Ende der Traumfänger – das Ende von allem, was existierte.
„Hat jemand das Asterium informiert?", wollte er wissen.
Die beiden anderen Männer schüttelten die Köpfe wie auf Kommando.
„Das wäre dann Ihre Aufgabe!", befahl der Erste kalt.
Natürlich, das durfte er, Thomas, mal wieder ausbaden.
Klar, er hatte schon so seine Erfahrungen mit dem Asterium, aber warum schickten die ihn immer nur mit den schlechten Botschaften dort hin?
Er verzog säuerlich das Gesicht. Aus der Nummer kam er nicht raus.
Mit einem tiefen Atemzug verließ er den Raum und meldete sich an.
Der Ehrwürdige Dante würde ihm nicht den Kopf abreißen, dafür würde die nette Nina, die Frau seines Bruders, schon sorgen. Was mit den anderen war, konnte er nicht sagen.
Minuten später konnte er dem Asterium vorsprechen.
Abschätzend sah er jeden an, den Ehrwürdigen Dante, die lichte Traumfängerin und Weise Nina, den dunklen Traumfänger Florian, den lichten Ralf und die dunkle Marianne. Jeden von ihnen würde er jetzt enttäuschen. Das tat weh! Hoffentlich konnte er seinen Job behalten...

„Willkommen zur Familienkonferenz!", begann Dante und setzte sich hin. Sein Gesicht war blass und er griff sich an den Kopf.
„Schon wieder Schmerzen?", wollte seine Frau Raja wissen. „Magst du eine Heilung haben?"
Er schüttelte den Kopf. So viel konnte sie nicht gegenheilen. Diese Kopfschmerzen würden nicht aufhören, so viel war ihm klar. Das waren Stressschmerzen.
„Wieso hast du uns alle herbestellt?", wollte Pablo wissen. Er saß direkt neben seiner Frau Luna, die wahrscheinlich schon in jedem gelesen hatte, was sie als Empathin hervorragend

beherrschte.

„Das war er nicht alleine", ließ sich Nina, seine Kollegin vom Asterium und die Frau von Cristobal, seinem Bruder, vernehmen. „Es geht um eine Sache katastrophalen Ausmaßes!"

Gabriel Bergström, der Leiter der lichten Instanz, legte sein engelsgleiches Gesicht in Falten. Er sah Cristobal an, seinen Konkurrenten, der die dunkle Instanz leitete. Aber auch der schien nichts zu wissen. Sein Blick glitt weiter zu Gomez, der ebenfalls am Tisch saß.

„Vielleicht fängst du endlich an!", forderte der dunkle Instanzleiter. „Dann können wir alle wieder an unsere Arbeit."

„Wisst ihr noch, was vor zwei Jahren war?", kam Dante langsam mit der Sprache heraus. „Als Raja, Gabriel und Cristobal in der Alten Kammer waren, um mich zu befreien?"

Die entsprechenden Personen nickten. Die anderen waren aufgeklärt worden, was damals passiert war und sahen erstaunt auf. Neigten sich die beiden Säulen der Erde wieder zur Seite?

„Ihr seid dorthin gekommen, indem ihr aus dem Buch der Stille gelesen habt, nicht wahr?" Dante griff sich wieder an den Kopf und massierte seine Schläfe.

Das Buch der Stille.

Ein Überbleibsel aus der Traumfängerchronik. Das Relikt schlechthin.

„Oh ja", erinnerte sich Cristobal und verzog den Mund. „Wenn es nach mir gegangen wäre, hätten wir das niemals getan."

„Mir war auch unwohl dabei", gab Gabriel zu. „Aber es ging nun mal nicht anders. Wir mussten Dante irgendwie von dort wegholen!"

Raja nickte. Und erinnerte alle an etwas. „Aber wir hätten niemals die richtige Zeile gefunden, wenn der Weise Alex uns nicht geholfen hätte."

Jetzt nickten alle.

Der Weise Alex war ein etwa 10jähriger Junge gewesen, der Weise des Asteriums, ein genialer Charakter.

„Dieses Buch wurde gestern aus den Tresoren des Asteriums gestohlen", vollendete Nina und atmete tief aus. „Ist allen klar, was das bedeutet? Ich frage nur, weil es mir nicht klar war."

Kunststück! Nina war erst spät als Weise erwacht und mit einem Rutsch ins Asterium gelangt. Sie musste eine ganze Menge nacharbeiten, was die Chronik der Traumfänger betraf. So konnte sie auch nicht wissen, dass alle, die das Buch lasen, verrückt werden würden – ja, offenbar besaß dieses Buch seinen eigenen Schutz.

Aber es besaß eben auch die Geheimnisse der Traumfänger.

Es wurde der Überlieferung nach von einem der ersten Traumfänger selbst geschrieben und war dementsprechend kostbar – unbezahlbar...

„Ich verstehe das nicht!", polterte Pablo los. „Das Buch lag also im Tresor des Asteriums. Wie konnte es von dort gestohlen werden? Ist der Tresor eine einfache Bananenkiste im Keller oder was?"

„Nein", stöhnte Dante auf. „Das ist ein eigens gepanzerter Raum mit Wächtern und Überwachungsanlage. Ohne Kombination kommt dort niemand rein."

„Dann hat ein Insider das Buch geklaut?", wollte Gomez wissen.

„Keinen, den wir kennen", meinte Dante schlicht.

„Dante, das ist mir zu kryptisch", zischte Gabriel böse. „Gibt es ein Überwachungsvideo, das den Dieb zeigt, oder was willst du uns sagen?"

Er hatte das richtig erkannt, was allerdings nicht so schwierig war, da sich in dem Raum auch noch ein Fernsehgerät befand.

Die Fernbedienung lag vor Dante auf dem Tisch.

„Dann schauen wir mal." Der Ehrwürdige des Asteriums schaltete das TV ein und ließ die Aufnahme laufen.

„Das ist der Tresorraum", kommentierte er das Bild, das nicht so spektakulär war, da es einen Raum mit Regalen und Kisten zeigte. „Und jetzt..."

Man sah ein kleines Flackern im Bild, dann war das Bild vollständig weg.

„Das war es!", meinte Dante sarkastisch.

„Verdammt!", fluchte Cristobal. „Heißt das, er hat die Verbindung gekappt? Warum ist das niemandem aufgefallen?"

„Ja", nickte sein Bruder und hantierte mit der Fernbedienung. „Das hab ich mich auch gefragt. Sehen wir weiter!" Er ließ eine neue Aufnahme laufen. Diesmal sah man in die Vorkammer des Tresorraums, wo zwei Wächter standen. Und wie auf Kommando ertönte ein Signal, worauf beide Männer aus der Tür stürmten. „Das ist kurz vor dem Raub passiert. Der Alarm sagte den beiden, dass ein Feuer im Labor ausgebrochen ist und alle das Gebäude verlassen sollten."

„Nur dass es kein Feuer gab", mutmaßte Gabriel richtig. Er biss die Zähne aufeinander.

Wieder nickte Dante. „Das gab dem Dieb ungefähr drei Minuten Zeit, in den Tresorraum zu gelangen."

„Aber", brachte sich Luna ins Spiel. „Man kann ihn nicht sehen! Gibt es denn gar kein Video von ihm? Vielleicht im Hauptgebäude oder so. Schließlich muss er ja irgendwie reingekommen sein."

„Guter Einwand", fand Dante und startete den Player erneut. „Das ist die Sequenz vom Eingang." Man sah ein Dutzend Leute, die geschäftig hin- und hereilten. Ein Wächter stand am Tresen der Info, der alles beobachtete. Nichts schien ungewöhnlich.

„Und das hier", Dante wies auf eine Person, die mit dem Rücken zur Kamera stand, „das ist der einzige Mensch, den wir nicht identifizieren konnten."

Sieben Augenpaare starrten auf das Bild.

Man sah eine Frau von hinten. Sie hatte ihre Haare zu einem Knoten aufgesteckt, aber einige Strähnen hatten sich gelöst und ringelten sich über die Schultern. Offenbar hatte sie sehr lange Haare, denn der Knoten war richtig dick, obwohl er straff gesteckt war. Sie trug die Uniform der Beschützer und man konnte nicht wirklich sehen, was sie mit den Händen tat, aber sie schien mit irgendwas zu hantieren.

„Wer ist das und was macht sie?", knurrte Cristobal grollend.

Dante holte das Bild näher ran.

„Sie gibt etwas in ihr Handy ein", erklärte er ruhig. „Und das ist das einzige Bild, wo sie zu sehen ist. Den beiden anderen Überwachungskameras ist sie ausgewichen, so dass sie praktisch im toten Winkel steht."

„Aber sie ist eine Beschützerin", sagte Raja und wies auf die Uniform, die die Frau trug.

Ihr Ehemann schüttelte den Kopf. „Die Kleidung sieht unserer Uniform sehr ähnlich, aber es ist keine von uns." Er wies auf ihren Rücken. „Die Nähte sind ganz anders, seht ihr? Und kein Beschützer würde erlauben, dass sie diese Schuhe trägt. Damit kann sie ja nicht laufen, wenn es vonnöten ist."

Die Schuhe waren echt mörderisch, High Heels vom Feinsten.

Luna war etwas aufgefallen. „Kannst du das Bild noch näher ranholen?", fragte sie. „Ich glaube, sie hat etwas im Nacken."

„Richtig", nickte Dante und fuhr mit der Kamera noch näher an sie ran. Deutlich konnte man die schwarze Farbe im Nacken der Frau sehen. „Das ist ein Tattoo, ein chinesisches Zeichen, das eigentlich aus Zweien besteht. Wir haben es rekonstruiert. Es steht für..."

„Zauberei", vollendete Gomez mit rauer Stimme.

Jetzt sahen ihn alle an.

„Woher weißt du das?", wollte Pablo wissen.

Sein Zwillingsbruder wedelte mit den Armen. „Hab mich selbst für ein Tattoo interessiert", wich er aus.

Die Blicke der anderen wechselten wieder zu der Frau im TV.

Nur Luna sah Gomez noch länger an.

Er sah es und wich ihr aus.

Dante ließ das Video weiterlaufen.

Gespannt verfolgten alle die Bewegungen der Frau.

Erst als ein anderer Mann die Szene betrat, steckte sie das Handy in die Tasche.

„Hey, das bin ja ich!", wunderte sich Cristobal. Dann schlug er sich vor den Kopf. „Das muss vorgestern gewesen sein, als ich Max besucht habe."

„Du besuchst dieses Arschloch?", fragte Gabriel mit Kopfschütteln.

Der dunkle Instanzleiter nickte. „So hab ich ihn wenigstens unter Kontrolle."

„Glaubt ihr, sie hat was mit ihm zu tun?", fragte Raja mit belegter Stimme. Dieser Max hatte ihr seinerzeit richtig Angst eingejagt.

„Kann ich mir nicht vorstellen", meldete Cristobal. „Max ist gut unter Verschluss und ein wirklich armes Gesicht."

„Meiner Meinung nach", mischte sich Gabriel ein, „ hätte man ihn damals besser der Todesstrafe unterzogen. Dann hätten wir heute kein Problem mehr mit ihm."

„Wir haben ja auch kein Problem mit ihm!", meinte Dante ordentlich verstimmt. „Es besteht kein Grund, weshalb man annehmen könnte, die Frau würde mit ihm zusammenarbeiten. Wahrscheinlich weiß sie nicht mal, wer er ist. Und dort, wo er jetzt ist, hat er keine Handhabe."

„Und wenn sie das Buch gestohlen hat, um ihn freizubekommen?", spann Gabriel die Story weiter aus.

„Wurde bereits diskutiert", kam Nina ihrem Asteriumkollegen zur Hilfe. „In diesem Fall würde ihm ein langsam wirkendes Gift injiziert, das ihn tötet, solange er unser Gegengift nicht bekommt." Sie schüttelte sich bei diesen Gedanken. „Der Vorschlag kam übrigens nicht von mir."

Welche Überraschung! Cristobal grinste. Er kannte seine Frau sehr gut und wusste, das hätte sie niemals zugelassen, wenn es nicht noch eine andere Möglichkeit gegeben hatte. Auch Dante traute er diesen Vorschlag nicht zu. Er war auch eher für eine saubere Lösung.

„Wir können Max ausschließen", ließ sich Dante nochmals vernehmen. „Diese Frau scheint allein zu arbeiten. Und sie ist mit unseren Gebräuchen vertraut, sonst hätte sie nicht unsere Uniform an und wüsste nicht, wohin sie gehen musste." Er wies auf das Video. „Den Rummel um Cristobal hat sie perfekt ausgenutzt, um nach innen zu kommen." Dann sah er seinen älteren Bruder vorwurfsvoll an. „Warum machst du auch jedes Mal so ein Tamtam, wenn du Max besuchst?"

„Das mache ich gar nicht!", rief der aufgebracht. „Aber anscheinend weiß da jeder, dass ich der Ehemann der Weisen Nina vom Asterium bin, und das macht mich zu einem verdammten VIP, so dass alle weiblichen Wächter zusammenlaufen, wenn ich das verdammte Gebäude betrete!"

„Ach, das wusste ich ja gar nicht...", meinte Nina gespielt fassungslos. Ihr Ehemann wurde umschwärmt wie das Licht, das die Motten anzog?

„Kein Grund zur Sorge", beeilte sich Cristobal zu sagen und hauchte ihr einen Kuss zu. „Ich sehe die alle nicht, glaub mir!"

„Können wir von eurem Ehestreit mal eben wieder zurück zum Thema kommen?", warf Pablo dazwischen und grinste. Er meinte es nicht ernst.

„Sie haben gar keinen Ehestreit." Luna lächelte alle an. „Sie lieben sich sehr, das kann ich spüren."

Wie auf Kommando wurde Nina rot. Cristobal weigerte sich, dafür war er zu cool. Aber er räusperte sich, als wäre es ihm unangenehm, ertappt zu werden.

„Und das ist gut so!", schloss Raja ab. Sie klopfte ein wenig auf den Tisch, um wieder Ruhe ins Gespräch zu bringen. „Zurück zu der Frau: wer ist sie?"

Dante hob hilflos die Hände und schüttelte den Kopf.

„Hast du mal darüber nachgedacht, einen Weisen zu fragen?", meinte Gabriel sarkastisch. Wie blöd benahm sich Dante eigentlich? Das hätte er doch sofort machen können!

„Einen?" Dante stieß einen Laut aus, der seine Frustration annähernd beschrieb. „Ich habe alle verfügbaren Weisen gefragt. Was, glaubst du eigentlich, mache ich in meinem Job? Ich sitze nicht herum und schaukele mir die Eier!" Jetzt war er sauer. Für dämlich wollte er nicht gehalten werden. „Das einzige, was alle übereinstimmend herausbekommen haben, ist: sie ist kein Traumfänger. Und sie ist reich. Und gefährlich. Das war's! Ansonsten: Pustekuchen!"

„Dann arbeitet sie möglicherweise doch mit Max zusammen", versuchte es Pablo nach einer Schreckenssekunde. „Der hatte doch diese Dreamboxen, so dass man nicht zu orten war."

„Den können wir wirklich vergessen." Nina sagte es mit Nachdruck. „Er hat nichts damit zu tun. Und die Dreamboxen wurden vernichtet, die Technik zerstört. Das hat nichts mit dieser Frau zu tun."

„Und dennoch kann sie keiner orten?", fragte Cristobal verblüfft. „Wie ist das denn möglich? Schon allein, wenn wir die Tatsache außen vorlassen, dass sie keine Traumfängerin ist. Woher weiß sie Bescheid? Sie muss einen Kontakt nach drinnen haben. Jemand, der sie mit Infos versorgt. Sonst hätte sie nie gewusst, wie die Uniformen aussehen. Oder den Weg zum Tresorraum."

Nina schüttelte den Kopf. „Die Weisen sagen alle, dass sie allein gearbeitet hat."

„Warum?", fragte sich Gabriel. „Was will sie mit dem Buch? Es ist nutzlos für sie! Sie kann es nicht mal verkaufen, weil niemand die Geheimnisse für voll nimmt. Ich kann mir auf diesen Diebstahl keinen Reim machen." Er raufte sich die Haare. „Und was sollen wir jetzt tun? Alle Frauen, die lange dunkle Haare haben und ein Tattoo im Nacken, einsammeln und fragen, ob sie reich sind und vielleicht unser Buch geklaut haben? Ist das der Plan?"

„Hast du einen besseren?", fragte Dante unwirsch.

Alle schwiegen bedrückt.

Cristobal erhob sich. „Also sollen alle Instanzen versuchen, diese Frau zu finden, sehe ich das richtig?"

Dante nickte. „Das hat oberste Priorität. Fragt alle, ob einer sie kennt, geht jeder Spur nach! Das tun die Beschützer des Asteriums auch. Und jeder noch so kleine Hinweis ist nützlich."

Allgemeines Nicken. Alle verstanden die schlimme Situation.

Aber es war alles gesagt.

Stühle wurden gerückt und man brach auf.

Die beiden letzten, die den Raum verließen, waren Luna und Gomez.

Sie fasste ihn beim Ärmel und hielt ihn auf.

Ihre karamellfarbenen Augen fanden seine, die nicht wussten, wohin sie schauen sollten.

„Ich sage es ihnen noch nicht", flüsterte Luna leise. „Aber du musst schnell sehen, dass du die Situation aufklärst! Ich gebe dir einen Tag, bevor ich Dante alles sage, klar?"

Verschämt sah Gomez seine Schwägerin an.

Er nickte verstört.

„Danke", hauchte er, bevor er aus dem Raum stürmte.

Erst als er wieder in seinem Auto saß, holte er Luft.

Zwei

Verdammte Scheiße!

Jetzt hatte er, Gomez, wirklich Mist gebaut!

Nicht so einen Mist, dass nicht einer seiner Brüder oder sein Cousin, Dante das wieder gerade bügeln konnte, nein, es war eher so ein Mist, der einen den Kopf kosten konnte.

Und dabei war er nur so da rein gerutscht...

Er konnte sich noch genau an den Moment erinnern, als Cristobal ihn auf dem Handy angerufen hatte, um ihm zu sagen, dass sein Urlaub gecancelt wurde. Angeblich hatte er sich Sorgen um ihn, Gomez, gemacht.

Haha, welche Ironie!

Hinter ihm war doch niemand her. Gut, schön, Max hatte seinerzeit versucht, ihn in den Wahnsinn zu treiben, indem er seine Auftragsliste manipulierte, aber als Gomez dann in Urlaub ging, war er für Max so interessant wie eine Fliege auf der Toilette – sprich gar nicht.

Für einen Augenblick konnte sich Gomez einreden, dass Cristobal an allem Schuld war, aber innerlich wusste er, dass das nicht wahr war. Schuld war er – nur er allein.

Wie jetzt da wieder rauskommen?

Schön, Luna hatte ihm versprochen, den anderen noch nichts zu sagen, aber Gomez spürte genau, so schnell würde er die Misere nicht bereinigen können.

Was sollte er auch tun?

Zu der Frau gehen und das Buch zurückfordern?

Die würde ihm das ja auch sofort und mit klimpernden Wimpern aushändigen und voller Liebe hauchen: „Oh, Gomez, du hast mir ja so gefehlt...“

An die Story glaube er nicht mal selbst.

Nicht mal, wenn eine gute Fee vom Himmel herabsteigen würde, um ihm einen Wunsch zu erfüllen!

Verdammt, er brauchte mindestens zehn Wünsche, um auf einen grünen Zweig zu kommen!

Wo blieb diese vermaledeite Fee? Und warum brachte sie nicht ihre Schwestern mit?

Nachdem er sich satte zwanzig Minuten bemitleidet hatte, fasste er einen Plan.

Weitere zehn Minuten später stand er im Hotel am Empfang und machte ein respektables Gesicht.

„Ich möchte gerne zu Frau Steinweg", sagte er mit allem Ernst, den er aufbringen konnte. „Können Sie mich bitte anmelden?"

Der Mann vom Hotel bedachte ihn von oben bis unten mit missbilligendem Blick.

Gomez konnte fast hören, was der dachte: Wie ist dieser Typ bloß angezogen? Als ob so eine Jeans vom Kaufhaus eine solche Lady begeistern könnte? Niedriges Arbeitervolk...

„Wen darf ich melden?", näselte er arrogant.

„Gomez Da Cruz" Er bedauerte es, keine Blumen gekauft zu haben.

Der Hotelmensch wandte sich ab, um zu telefonieren, und zwar so, dass Gomez ihn nicht hören konnte. Aber er war sich sicher, dass sie ihn empfangen würde. Schließlich waren alle Frauen von Natur aus neugierig.

„Frau Steinweg empfängt niemanden", sagte der Hotelmensch und es schien ihm richtig Freude zu machen, dass Gomez dabei zusammenzuckte.

Sein Gesicht zog sich zusammen. „Wie bitte?"

„Sie haben mich gehört." Auch das schien dem Kerl zu gefallen. Er bewegte den Kopf tuntig vor und zurück. „Ich muss Sie bitten zu gehen!"

Gomez fuhr sich durch die Haare. Im Gegensatz zu seinen Brüdern trug er sie kurz. Insgeheim dachte er sich, die anderen hätten nur ein Problem damit, rechtzeitig zum Friseur zu gehen. Er nicht. Die Friseuse war fast wie eine feste Freundin für ihn!

Er stöhnte.

Dann drehte er sich einfach um und verließ das Hotel.

In der sich spiegelnden Glasfront sah er den Typen hämisch grinsen. Nur zu, dachte er, wer zuletzt lacht, lacht am besten!

Draußen setzte er sich wieder ins Auto.

Was wusste er also?

Sie war im Haus und wollte ihn nicht sehen.

Hmmm, wieso bloß nicht?

Wahrscheinlich weil dieser degenerierte Hotelmensch ihn falsch angemeldet hatte. Wenn der etwas mehr Enthusiasmus in die Bitte um ein Gespräch gelegt hätte, dann...

Gut, das lohnte sich nicht, darüber nachzudenken.

Wie kam er nun in die oberste Etage?

Er verließ das Auto und schlich sich durch die Vorhalle des Hotels, ungesehen von seinem Freund.

Die ersten paar Stockwerke ging er durchs Treppenhaus. Im sechsten hatte er dann Glück. Er konnte sich in den Fahrstuhl schleichen und bis zum Penthouse hochfahren.

Jetzt stand er vor ihrer Suite und knetete seine Hände.

Er klopfte an.

„Wer ist da?" hörte er ihre entzückende Stimme von innen.

„Zimmerservice", nuschelte er mit Akzent.

„Aber ich habe nichts bestellt!"

„Eine Aufmerksamkeit des Hauses!" Zum Teufel, hoffentlich machte sie endlich auf.

Er hörte die Hand auf dem Türknauf, hörte, wie die Tür geöffnet wurde und dann stand sie vor ihm.

Ohne nachzudenken stieß er die Tür auf, enterte den Raum und schloss dieselbige wieder.

Dann erst erlaubte er sich, sie genau anzusehen.

Ihre Augen, so dunkelblau, so wunderschön, waren verwundert aufgerissen und ihr Mund, oh mein Gott, ihr wundervoller Mund mit den Lippen, die zum Küssen gemacht wurden, stand auf wie eine persönliche Einladung.

Gomez wusste, das war keine.

Sie trug ihre Haare offen, sie fielen in herrlichen Locken über ihren Rücken und er wünschte fast, er könnte in die mahagonifarbene Pracht greifen, um sie für immer festzuhalten.

Ihr Kleid, zweifelsohne ein Stück von La Diva oder Chez Mamí oder irgendeinem anderen exquisiten Ausstatter, hüllte ihren Körper aufs Faszinierendste ein und sie trug wie immer diese ach so hohen High Heels, die ihn verwundert fragen ließen, wie sie sich damit nur fortbewegen konnte. Aber das konnte sie –

perfekt geradezu.

„Athena" grüßte mit rauer Stimme.

Ihr Mund klappte zu und sie schluckte trocken. Dann zwinkerte sie. „Was tust du hier?"

„Denk mal genau nach!", forderte er mit einem Grinsen auf den Lippen.

„Du bist hierher gekommen", sie stemmte die Hände in die Seiten, „hast dich hierher geschlichen, um mir ein Jahr, nachdem du mich sitzengelassen hast, zu sagen... Ja, was eigentlich?"

Er konnte es nicht abstreiten. Sie hatte mit allem Recht, was sie sagte. Wieder stöhnte er.

„Dass es mir leid tut?", versuchte er vorsichtig.

„Es tut dir leid?" Ihre Stimme glitt noch ein winziges bisschen höher als gewöhnlich. Dann presste sie kurz die Lippen aufeinander. „Schön, ich habe dir zugehört. Jetzt mach, dass du wegkommst!"

Sie wollte die Tür wieder öffnen, aber Gomez stellte sich direkt davor und hielt sie praktisch mit seinem Körper zu.

Beide sahen sich an.

Jeder suchte in den Augen des anderen nach Verständnis.

„Athena", meinte Gomez nach einer Weile mit Bedauern. „Du weißt, dass ich nicht so einfach gehen kann."

„Ich kann den Hoteldienst rufen", gab sie zu bedenken.

Er nickte. „Aber willst du das denn auch?"

„Nenn mir nur einen Grund, warum ich das nicht sollte."

Ein Grinsen fand sich auf seinem Gesicht ein, kurz bevor er wieder ernst wurde. „Weil du mich genau so wenig vergessen konntest wie ich dich!" Es war keine vorsichtige Frage, es war ein Statement! Und Gomez ließ sie nicht aus den Augen.

Sie senkte ihren Blick. „Das konnte ich nicht, du hast recht."

Jetzt sah sie ihn wieder an. „Aber das heißt nicht, dass ich mich mir nichts dir nichts in deine Arme werfe und jubele, dass du wieder da bist!"

Das Lächeln von Gomez wurde ein bisschen selbstgefälliger. „Warum nicht? Ich würde es tun."

Sie stieß ihn vor die Brust, nicht fest, aber fest genug, dass er es spüren musste. „Die Arroganz steht dir nicht!"

Er fing ihre Hand ein und hielt sie fest. „Ich weiß, aber ich kann nicht anders als besitzergreifend zu grinsen. Wenn ich dich jetzt küssen würde, was würde dann passieren...?" Mit einem Ruck zog er sie an sich.

„Dann würde ich vielleicht doch den Security-Service des Hotels rufen", murmelte sie an seinem Mund.

„Das Risiko gehe ich ein!"

Gomez Lippen trafen ihre und ein Feuerwerk explodierte.

Es war so wie vor einem Jahr, als wäre er nie weg gewesen.

Die Zeit blieb stehen!

Etwa zehn Minuten später – sie hatten sich immer noch nicht von der Tür wegbewegt – legte Athena den Kopf gegen Gomez' Brust.

„Du wirst mir wieder genau so weh tun, wenn du gehst, nicht wahr?", wisperte sie.

Gomez schwieg. Er wusste genau, er würde ihr wieder wehtun – allerdings nicht, wenn er ging...

„Wo hast du es?", flüsterte er leise in ihr Ohr.

Verwirrt hob sie den Kopf, während er seine Sinne in ihren herrlichen Augen versinken ließ. „Was meinst du?"

„Das Buch", sagte er mit Nachdruck und registrierte ein leichtes Zusammenzucken ihrerseits. „Das Buch, das du gestohlen hast."

Im nächsten Moment lag er auf dem zugegebenermaßen sehr weichen Teppichboden und sie stand über ihm, in ihren beiden Händen eine Pistole. Wo hatte sie die denn hergeholt?

Vorwurfsvoll sah er sie von unten her an. „Stehst du neuerdings auf die harte Tour, oder wie darf ich das jetzt deuten?"

Sie legte den Sicherheitshebel um und zielte direkt auf seinen Kopf. „Was weißt du davon?" Ihre Stimme hatte leicht gezittert.

„Bitte!" Gomez legte sarkastisch das Gesicht in Falten. „Ich hab ein bisschen mehr drauf als Blümchensex. Oder hast du vergessen, was wir..."

„Schhht!", unterbrach sie ihn ungehalten und wedelte ein wenig mit der Waffe. „Was weißt du über das Buch?"

„Zumindest soviel", ließ sich Gomez vernehmen, ohne seiner Stimme den süffisanten Unterton zu nehmen, „als dass du es direkt aus dem Gebäude des Asteriums gestohlen hast. Womit wir beim Thema wären!"

„Gomez, du liegst auf meinem Teppich und ich bedrohe dich mit einer geladenen Waffe!", erinnerte Athena ihn nicht mal unfreundlich. „Wie kannst du es wagen, so mit mir zu reden?"

„Mein zuversichtliches Lebensgefühl und die Tatsache, dass ich eben noch meine Zunge in deinem Mund hatte", grinste der auf dem Teppich Liegende frech, „hat schon etwas damit zu tun. Außerdem hast du mich gerade erst wiedergefunden. Du willst mich sicherlich nicht gleich erschießen, nur weil ich über deinen kleinen Einbruch sprechen will."

„Führe mich nicht in Versuchung!", wusste sie nur dazu zu sagen. Sie hielt nach wie vor die Waffe auf ihn angelegt.

Gomez legte den Kopf schief und sah sie mit Dackelblick von unten her an. Wenn das nicht wirkte...

Mit einem kurzen Ruck trat er ihr die Beine weg, und als sie auf ihn stürzte, nahm er ihr mit einer geschmeidigen Bewegung die Waffe ab. Gleich darauf lag sie unter ihm und er hielt sie fest.

„Herumzappeln wäre jetzt sehr kontraproduktiv!", riet er ihr noch, bevor sie wie auf Kommando erstarrte.

„Geh runter!", wagte sie zu sagen. Ihr Atem ging schwer.

„Wenn ich das nur könnte..." Seiner ebenfalls.

„Gomez, komm zum Punkt", forderte Athena und durchdrang ihn mit ihrem Blick. „Das ganze Hin und Her macht mich verrückt!" Sie hielt ganz still, während er sich ebenfalls bemühte.

„Ich will das Buch!" Damit sprang er auf und zog sie mit sich hoch. Die Waffe warf er einfach in den Nebenraum, wo sie mit einem Scheppern liegenblieb. „Die brauchen wir nicht."

Sie schwankte leicht und er stützte sie. „Also: wo ist es?"

„Ich weiß nicht, was du meinst." Die Lüge glaubte sie selbst nicht. Es war einfach lächerlich, so Zeit schinden zu wollen. Aber wenn sie es schaffte, ihn hinzuhalten, kam vielleicht gleich jemand vom Personal und sie konnte ihn hinauswerfen lassen. Sie selbst hätte es nicht geschafft. Was war das nur für eine Anziehungskraft, die er auf sie ausübte? Er war doch nur ein Mann wie alle anderen auch. Das hieß...

„Gehörst du zu denen?", fragte sie dann sacht.

Gomez hatte sie angelächelt, die Lüge sofort durchschaut. Als sie ihn nach seiner Berufung fragte, stutzte er etwas. „Zu denen?"

„Den Traumfängern!" Athena bewegte sich nicht, ließ ihn aber auch nicht aus den Augen.

„Was weißt du darüber?", wollte er wissen. Er wurde einfach nicht schlau aus ihr. Was machte sie hier nur für ein Theater? Sie sollte ihm das Buch geben, dann würde er irgendwie mit Dante verhandeln, dass ihr nichts passierte – und vielleicht konnte man dann wieder zueinander finden. Die Sache war doch ganz klar! Worauf wartete sie? Nicht, dass er das Streitgespräch nicht bislang genossen hätte...

„Und du?", war ihre Gegenfrage.

Er stöhnte auf. „Gut, Coming out: Ich gehöre zu denen, du nicht, das weiß ich genau. Du hast das Buch gestohlen, ich muss es wieder haben. Hol es her, dann bist du relativ aus dem Schneider."

Als er sich zu den Traumfängern bekannt hatte, leuchteten Athenas Augen kurz auf, dann bemühte sie sich um ein gleichgültiges Gesicht. Sie schüttelte ihr Haar nach hinten, einfach um irgendwas zu tun. „Ich bestreite, dass ich irgendwas gestohlen habe", sagte sie bestimmt und wartete ab, wie er nun darauf reagieren würde.

„Du hast sehr gut ausgesehen auf dem Überwachungsvideo", war seine einfache Antwort. „Ich habe dich sofort erkannt, auch wenn du den Kameras so gut es ging ausgewichen bist."

„Eine Täuschung", bot sie an. „Das war ich nicht! Im Übrigen lasse ich das durch meine Anwälte bereinigen oder verklage euch wegen Rufmord. Und jetzt kommst du!"

Gomez lachte gequält auf und schüttelte den Kopf. „Dann weißt du nur halb so gut Bescheid wie ich dachte. Das ist kein Kaffeekränzchen! Glaubst du, wir scheren uns um irgendwelche Anwälte? Da kommt ein Überfallkommando der Beschützer des Asteriums, deren Uniform du so gut gefälscht hast, und holt dich ab, bringt dich in eine Zelle und dann darfst du froh sein, wenn du dein Leben behältst. Vielleicht willst du es anschließend auch gar nicht mehr. So geht das bei uns!"

Sie hob die Arme in die Luft und sah sich um. „Und wo sind sie, deine Beschützer? Ich sehe niemanden außer dir!"

„Vielleicht, weil ich dir das nicht zumuten wollte, du Dummerchen!", brüllte Gomez, indem er rot im Gesicht wurde. „Komischerweise liegt mir was an dir und ich möchte trotz allem nicht, dass dir was passiert!" Er atmete tief ein und beruhigte sich minimal. „Und jetzt hol in drei Teufels Namen das verdammte Buch!"

Beide erschraken, als man ein Geräusch von der Tür hörte. Dann ging diese auf und zwei Männer in Anzügen mit Tüten auf dem Arm kamen herein, stutzten, als sie Gomez sahen.

„Frau Steinweg, wir haben alles..." Der größere der beiden Männer stellte die Tüte auf den Beistelltisch und glitt schnell an Athenas Seite. „Alles in Ordnung hier?"

Auch der zweite Anzugträger wurde seine Einkaufstasche erstaunlich schnell los und stellte sich unauffällig in Position, gleich einen Kampf zu beginnen.

Gomez nahm es wahr und es beunruhigte ihn etwas. Er warf Athena einen eindringlichen Blick zu, sah das Glimmen in ihren Augen.

Verloren, er war verloren...

„Tony, könnten Sie bitte meinen Gast hinaus bitten?", sagte sie auch schon in dem Moment und brachte sich hinter den angesprochenen. Er wirkte recht bullig und durchtrainiert. Nichts für eine saftige Schlägerei, fand Gomez.

„Selbstverständlich!" Der braunhaarige Tony ging einen Schritt auf ihn zu und runzelte die Augenbrauen, was ihm ein leicht boshaftes Aussehen verlieh, das Gomez' Meinung nach absolut gewollt war.

Der andere Mann öffnete die Tür und machte eine Geste.

Gomez hob die Hände, um zu zeigen, dass er absolut ungefährlich war und auch keinen Ärger machen würde. „Alles ist gut, keine Aufregung, bitte!" Dann sah er Athena nochmal an. „Du weißt, dass das nicht das Ende ist, ja?" Langsam bewegte er sich Richtung Tür.

„Das hat sich wie eine Drohung angehört!", fand der zweite Mann, blond, mit blauen Augen ohne Wiedererkennungswert, und bewegte sich ebenfalls im Schneckentempo auf Gomez zu, wartete aber offensichtlich auf ein Wort von Athena.

Die sagte nichts.

Tony packte Gomez am Kragen und ging mit ihm aus der Tür.

Dann endlich kam ein Einwand von Athena. Aber er war nicht allzu gut für ihn, geradezu schlecht. „Tut ihm nicht zu weh..."

Die Tür knallte zu und Gomez ließ sich von Tony widerstandslos in den Fahrstuhl ziehen.

Der Blonde bediente den Knopf Richtung Parkhaus. Na toll!

„Leute!", meinte Gomez ruhig und trocken. „Ich hab es ja verstanden, dass ich unerwünscht bin." Er sah dabei den Knopfdrücker unverwandt an. „Es wäre unglaublich nett, wenn ihr mich einfach irgendwo raus lasst und ich nach Hause gehe. Wir wollen doch alle keinen Ärger, oder?"

Tony gluckste. „Na, das hätten Sie sich überlegen müssen, bevor Sie Frau Steinweg bedrohten!" Er nickte seinem Kollegen zu. „Was meinst du, Jörg, scheißt er sich schon in die Hosen, bevor wir ihm Manieren beigebracht haben?"

Oh ja, ganz toll! Es lief also wirklich darauf hinaus, dass sich Gomez verteidigen musste. Das hatte ihm noch gefehlt!

Jörg lachte wie über einen guten Scherz.

„Ihr seid zu zweit", fand Gomez. Man musste vielleicht einfach nur an den guten Willen appellieren. „Findet ihr das nicht reichlich unfair?"

„Das Leben ist nun mal kein Ponyhof!", wusste der blonde Jörg mit feixendem Gesicht zu sagen.

Dämliche Aussage, fand Gomez.

Sie waren angekommen.

Tony zog Gomez in eine unbewachte Ecke und holte aus, während Jörg den Aufpasser spielte.

Sie hatten die Rechnung ohne den Wirt gemacht!

Gomez hatte Unterricht im Kampf gehabt, seitdem er laufen gelernt hatte. Und nicht nur mit dem Schwert, das er übrigens auch unter dem Mantel hatte. Sein Großvater hatte darauf bestanden, dass alle seine Enkel sich angemessen verteidigen konnten und so kam ihm das heute zugute.

Er duckte sich unter dem Schlag weg, machte eine Drehung und stieß Tony in den Rücken, so dass der nach vorne stolperte und beinahe den Boden küsste.

Dann packte Gomez Jörg am Schlafittchen und warf ihn in Richtung Tony, so dass beide übereinander fielen.

So hätte es sein sollen.

Tatsache war allerdings, dass sowohl Tony als auch Jörg ihre Hausaufgaben als gute Bodyguards gemacht hatten, und so stellten sie sich blitzschnell auf die neue Situation ein, nämlich, dass er, Gomez, nicht so unbedarft war, wie sie gedacht hatten.

Ende vom Lied: Gomez lag auf dem Boden, seine Nase blutete, sein ganzer Körper war übersät mit blauen Flecken und seine Kleidung ruiniert. Das Schwert hatte er nicht mal gezogen.

Jörg griff in seine Haare und hob den Kopf an. „Wir wollen dich nie wieder in der Nähe von Frau Steinweg sehen, klar?"

Die Bestätigung wartete er nicht ab. Abgang mit Tony. Nicht, dass Gomez etwas hätte sagen können, er versank gerade in seinen Schmerzen.

Das war ihm lange nicht passiert!

Eine Stunde und ein paar verunglückte Anläufe später saß er endlich in seinem Auto und konnte mit zusammengebissenen Zähnen das Parkhaus verlassen.

Wie er letztendlich in der dunklen Instanz ankam, konnte er nicht mehr sagen. Auch nicht, wie lange er dort im Auto gesessen hatte.

Irgendwann quälte er sich raus und fand nur mühsam seinen Raum, wo er sich erst einmal unter die Dusche begab.

Später, viel später, als er im Bademantel auf dem Sofa saß, überlegte er, wie es denn nun weitergehen sollte.

Er hatte das Buch nicht bekommen.

Und allein schaffte er es auch nicht, das war ihm klar geworden. Wären es nur Athena und er, die das Spiel spielten, dann hätte er es hinbekommen – aber diese beiden Heinis, die im früheren Leben offenbar Straßenschläger gewesen sein mussten, würden ihm immer wieder in die Quere kommen.

Wer würde ihm helfen?

Dante?

Scheiße, der würde so schnell wie möglich die Beschützer informieren, so dass Athena in Gewahrsam kam – die Idee war einfach beschissen.

Weiter. Cristobal?

Bessere Idee, wenn auch nicht optimal. Der würde sofort in das Hotel gehen, die beiden Heinis umnatzen, Athena links und rechts ohrfeigen und dann das Buch mitnehmen. Hm, nicht ganz Gomez' Geschmack, aber effektiv.

Allerdings könnte er sich dann eine weitere Beziehung mit Athena abschminken. Also, weiter...

Pablo?

Höchstwahrscheinlich hatte ihm Luna eh schon alles gesagt, und er war auf dem Weg zu Cristobal.

Und von der Gegenseite, Gabriel?

Na, den konnte er mal schnell vergessen!

Herrje, das war doch alles scheiße! Alle Pläne schienen einen Haken zu haben.

Musste er das denn wirklich allein durchziehen?

Es klopfte.

Wer immer das auch war, er würde ihn hier im Elend vorfinden.

„Ist offen", nuschelte er, da sein Gesicht stark geschwollen war.

Luna steckte den Kopf durch die Tür und stieß einen Laut aus, der im besten Falle als Quieker durchgehen konnte.

Schmerzhaft verzog Gomez das Gesicht. Sogar Töne taten weh! Im Nu war sie ganz im Raum und stand händeringend vor ihm.

„Gomez, was ist dir denn passiert? Geht es dir gut?"

Welche Frage! Das konnte doch ein Blinder mit Krückstock sehen, dass es ihm nicht gut ging!

„Super" näselte er.

Sie besah ihn von oben bis unten, um dann den Raum gleich wieder zu verlassen. „Ich hole einen Heiler, bleib hier und beweg dich nicht!"

Oh Mann! Das würde die ganze verdammte Instanz mitbekommen!

Und wie sollte er sich denn bewegen? Schon alleine nachdenken tat weh! Luna war echt lustig!

Es kam ihm wie eine Minute vor bis sie wiederkam, aber tatsächlich waren wohl eher fünf vergangen. Sie hatte Elisa im Schlepptau.

Warum verstanden die beiden sich nur so gut? Schließlich war Elisa zuerst mit Pablo zusammen gewesen, dann aber hatte sie ihn kurzfristig betrogen und er hatte Luna kennengelernt. War schon komisch, dass die beiden trotzdem Freundinnen geworden waren.

Elisa trug ihre Haare kurz, seit sie in einem Wortgefecht mit Max damals unfreiwillig eine neue Frisur bekommen hatte. Das gab ihr etwas Spitzbübisches. Aber seitdem war sie auch etwas mehr in sich gekehrt, haderte ab und zu mit ihrem Leben. Warum fiel das Gomez gerade jetzt auf?

„Scheiße", fluchte die Heilerin und ließ ihre Hände über ihn schweben. „Bist du unter die Räder gekommen, oder was?" Sie wartete gar nicht auf eine Antwort und fuhr weiter fort, ihn zu untersuchen. „Deine Nase und dein Jochbein sind gebrochen, des weiteren drei deiner Rippen und du hast überall Hämatome. Das wird eine Vollheilung! Wie sieht der andere aus?"

Er zeigte mit der rechten Hand zwei Finger, ohne zu viel zu bewegen.

„Ach", nickte sie und begann mit der Heilung. „Es waren zwei? Na dann verstehe ich auch, warum du so aussiehst."

„Ich hab dich mal mit Pablo trainieren sehen", ließ sich Luna vernehmen. „Du warst so schnell mit dem Schwert. Ich kann gar nicht verstehen, dass du dich so hast zurichten lassen."

„Weil ich kein Schwert benutzen konnte", grummelte Gomez. Es hörte sich an, als hätte er Watte im Mund.

„Nicht reden!", befahl Elisa, die gerade am Gesicht heilte. Das grüne Licht, das aus ihren Händen zu kommen schien, blendete ihn fast. Doch er bemerkte schon, dass es wirkte.

Langsam ging es ihm besser.

Er atmete tief durch. Oh, war das schön, wenn der Schmerz nachließ.

„Kann er jetzt reden?", wollte Luna ungeduldig wissen, und registrierte das Nicken von Elisa. „Wer hat das getan?"

Na, das hätte er sich ja denken können, dass jetzt das Verhör kommen musste. Er stöhnte in sich hinein.

„Zwei Bodyguards, die wirklich gut ausgebildet waren", gab er dann nach einer Weile zu. Seine Stimme klang wieder normal und er konnte gut sprechen.

„Wessen Bodyguards?", fragte Elisa und beendete die Heilung. Sie sah ihn ernst an. „Du musst aufpassen, das kann auch mal nach hinten losgehen!"

„Ja, ich weiß", seufzte der Gescholtene.

„Hat das was mit der Sache heute Morgen zu tun?", fragte Luna und hielt ihren Kopf schief.

„Das weißt du doch schon", stöhnte Gomez. „Oder etwa nicht?"

Sie zuckte die Schultern und lächelte etwas gezwungen. „Spätestens jetzt ja."

„In der nächsten Zeit keine Schlägereien!", warf Elisa dazwischen. „Ich konnte die Kallusbildung anregen und die Knochen sind jetzt einigermaßen stabil, aber das hält nicht, wenn du dir da wieder einen darauf geben lässt." Fast hatte sie sich wie eine Krankenhausärztin angehört. „Kann ich sonst noch was tun?"

„Danke dir!" Er schüttelte den Kopf und zwinkerte ihr zu.

Sie zwinkerte zurück und schickte sich an zu gehen. „Ruft mich, wenn noch was ist. Ich bin verschwiegen."

Damit verließ sie das Zimmer und ließ Luna und Gomez allein zurück.

Der wusste genau, das das Verhör jetzt umgehend weiter gehen würde. Wieder seufzte er.

Dass Luna ihn problemlos durchschauen konnte, da sie ja jedes seiner Gefühle prima lesen konnte, war ihm jetzt gar nicht so recht, aber was sollte er tun?

„Bevor du fragst", sagte er mit dumpfer Stimme, „ich habe das Buch nicht bekommen."

„Das wäre ja auch zu einfach gewesen, nicht?" Luna lächelte wieder.

Lächelte sie eigentlich immer so viel? Das fiel ihm gerade auf. Möglicherweise benutzte sie das, um eine entspannte Atmosphäre zu schaffen. Und jeder fiel darauf rein!

„Ich brauche mehr Zeit!" Die Forderung unterstrich er mit einem grimmigen Aufblitzen in den Augen. „Du kannst es Pablo, Cristobal oder Dante nicht sagen – noch nicht!"

Die Frau seines Bruders senkte den Blick. „Den Teufel werde ich tun und zu Cristobal rennen. Der Typ macht mir Angst! Ich weiß nicht, wieso es Nina mit dem aushält. Allerdings: bei ihr ist er wie ein zahmes Lämmchen und uns andere grollt er an wie der Wolf aus Rotkäppchen." Sie schüttelte sich. „Was Pablo betrifft: er könnte dir vielleicht helfen, wenn du es nicht alleine schaffst. Meinst du, du kommst klar? Nach dieser Schlägerei heute bin ich mir da nicht so sicher."

Sie hatte nicht mit einem Wort gefragt, woher er die Frau auf dem Überwachungsvideo eigentlich kannte. Und dafür war er ihr sehr dankbar. Aber er wollte nicht so unter Druck gesetzt werden. Als ob er nicht schon so genug unter Druck stand...

„Wenn ich allein mit ihr reden könnte, wäre das Problem nicht so groß", gab er zu. „Aber die beiden Heinis! Sie wird diese Kerle immer wieder vorschicken und so lange ich nicht an denen vorbei komme..."

„Pablo würde dir helfen", bot Luna nochmal an. Sie kannte ihren Ehemann sehr gut.

Auch Gomez wusste, Pablo wäre sofort zur Stelle, würde er nur ein Wort sagen. Aber er wollte das gar nicht! Er hatte vielmehr den Eindruck, er müsse das endlich mal allein hinbekommen.

Sein ganzes Leben lang waren alle für ihn dagewesen, da er der jüngste war. Und da machte es auch gar nichts, das Pablo nur dreißig Sekunden früher zur Welt gekommen war, Gomez war das Nesthäkchen! Und so fühlte er sich auch: ein Typ, der immer die Hilfe von allen anderen brauchte.

„Den Mist, den ich verbockt habe", sagte er heftiger als nötig, „den muss ich selbst ausbaden!"

„Schon gut." Luna berührte ihn am Arm. „Es ist keine Schande, falls du das meinst."

Er entzog sich ihr. „Ich schaffe das schon. Es fehlt mir nur einer, der die Typen ablenkt." Jetzt fand er ihren erstaunten Blick. „Meinst du, du kannst das?"

„Ich?" Luna zog die Luft zischend ein. „Bist du verrückt? Wie soll ich denn zwei Schlägertypen ablenken?"

„Na, wie schon?" Für Gomez schien das kein Problem darzustellen. „Du klimperst mit den Wimpern, knöpfst die Bluse etwas mehr auf. Eben das, was ihr Frauen so macht!"

28

Sie war ernsthaft verstimmt, bewegte sich zur Tür hin. „Das ist ja wohl die Höhe! Du bist immer noch bedröhnt von deiner Schlägerei! Frechheit! Ich glaube es nicht!"

Dann klappte die Tür und Gomez war allein.

Hm, zumindest hatte er Aufschub bekommen. Luna würde nicht mit Pablo reden, solange sie ihm nicht nochmal dafür die Leviten gelesen hatte – das wusste er genau.

Die Tür schlug wieder auf und Luna kam in einer Wolke duftenden Parfüms rein.

Scheiße, das war aber schnell gegangen!

„Hätte ja fast geklappt, was?", scherzte sie und erhob den Finger. „Ich wäre auch beinahe drauf reingefallen, aber im letzten Moment fiel mir auf, dass du mich mit Absicht wütend machen wolltest, damit ich dich nicht mehr ausfrage! Böser Schwager!"

Gomez grinste. Sie war nicht wirklich böse, so viel war ihm auch klar. Aber es wäre einfacher für ihn gewesen.

„Was willst du wissen?", stöhnte er. „Wie ich sie kennen gelernt habe? Oder warum ich sie wiedererkannt habe? Bitte zwing mich nicht, dir alles zu erzählen. Dafür schäme ich mich viel zu sehr."

Luna nickte. „Das sehe ich dir an. Na ja, dann verrate mir doch erst einmal ihren Namen. Das wäre schon mal ein Anfang."

Er sagte es ihr.

Eine volle Minute lang starrte sie ihn an. Ohne mit den Wimpern zu zucken. Ohne eine Regung zu zeigen.

„Athena Steinweg?", flüsterte sie danach ergriffen. „*Die* Athena Steinweg?"

Mitleidsvoll nickte er.

„Die Erbin des Millionenkonzerns?", fragte sie weiter, nicht mehr so arg überwältigt. „Die, deren Slogan ist: Steinweg – der Weg zum Erfolg?"

Wieder nickte er.

„Die Frau, die nur hochqualitative High Heels von namhaften Herstellern trägt?" Luna hing an seinen Lippen.

„Jepp" Gomez konnte nur bestätigen.

„Oh. Mein. Gott!"

Auch das konnte Gomez nur bestätigen.

Eine Weile lang ging Luna nur durch den Raum, kopfschüttelnd, Dinge murmelnd und hie und da anhaltend.

„Wie hast du sie kennengelernt?", fragte sie dann völlig atemlos. „Und: kannst du mich vorstellen?"

Er zuckte mit den Schultern. „Im Moment ist unser Verhältnis – sagen wir mal reichlich angespannt..."

„Verdammt!" Sie begann wieder, mit kleinen Schritten durch den Raum zu gehen. Plötzlich blieb sie wieder stehen. „Wieso sollte eine unsagbar reiche Frau ein Relikt der Traumfänger stehlen müssen? Kannst du mir das mal sagen?"

„Wenn ich es wüsste, würde ich das tun", ließ sich Gomez vernehmen. „Sie hat versucht, den Diebstahl abzustreiten, aber im Endeffekt wussten wir beide, dass sie es getan hat."

„Das kann ich niemandem erzählen", murmelte Luna. „Das würde mir eh keiner glauben. Aber, wenn ich so darüber nachdenke, kann ich mich an die Schuhe entsinnen, die sie im Überwachungsvideo trug. Das könnten Manolo Blahniks gewesen sein..."

„Sie trägt nur diese hohen Schuhe", bestätigte er und nickte dazu. „Sogar ihre Hausschuhe haben einen Mörderabsatz. Nur im Bett zieht sie die aus."

„Uhhhh", machte Luna und verzog das Gesicht. „Zu viel an Informationen!"

„Du hast es so gewollt", grinste er. Langsam kam sein Humor wieder zum Vorschein. Die Lage konnte noch so beschissen sein, seinen Humor durfte man niemals verlieren. Das hatte sogar sein Großvater immer gesagt.

Während sie sich vor die Stirn schlug und versuchte, die dummen Bilder aus dem Kopf zu bekommen, nahm er sie beim Arm und hielt sie fest. „Luna, würdest du mir helfen? Du brauchst dir auch nicht die Bluse aufzuknöpfen."

„Grrrrr!" Tatsächlich knurrte seine Schwägerin ihn an. „Du weißt offenbar genau, dass ich dir nichts abschlagen kann! Aber das kostet dich was!"

Und er wagte nicht mal darüber nachzudenken, auf welche Weise sie ihn dafür bluten lassen würde.

Drei

Tony fuhr gerade das Auto vor, während Jörg bereits im anderen Wagen saß, in dem sich auch die Utensilien befanden, die Frau Steinweg mitzunehmen gedachte. Außerdem war es ein hervorragendes Ablenkungsmanöver, falls irgendein Spasti plante, seine Auftraggeberin zu entführen. Und bislang lief alles nach Plan. Jörg saß in dem auffälligen Porsche und war schon vorgefahren, er in dem gut ausgestatteten Mercedes, der einen bequemeren Fahrkomfort für die Insassen bedeutete. Und der war auch nicht so präsent, eher unaufdringlich.

Er parkte den Wagen am Randstein und sah in den Rückspiegel. Gleich musste Frau Steinweg auftauchen, dann könnten sie losfahren.

Im nächsten Moment wurde die Fahrertür aufgerissen und er fühlte ein... scharfes Schwert? an seiner Kehle.

Mit einem trockenen Schlucken folgte sein Blick dem Arm, der das Schwert hielt.

Es war ein weiblicher Arm, deutlich erkennbar an den sauber manikürten Fingernägeln in zartem Rosa. Nicht mal schwule Metrosexuelle hätten die Farbe benutzt.

Das Schwert kitzelte an seinem Hals und er wagte nicht, sich zu bewegen.

In der Autotür erschien ein Kopf – ein sehr hübscher Kopf.

Er gehörte zu einer molligen Frau mit honigfarbenden Haaren, die in der Sonne gülden aufblitzten.

„Sind Sie Tony oder Jörg?", fragte die Frau und ihre Stimme hörte sich fast wie die eines Engels an.

„Tony", hauchte er entgeistert.

„Oh", machte der goldene Engel. „Dann haben Sie meinen Schwager Gomez arg verprügelt!" Ihr Gesicht verzog sich missbilligend. „Das ist nicht amüsant, mein Freund!"

„Vielleicht sollten Sie besser den Käsedolch von meinem Hals nehmen, bevor ich ernstlich böse werde!" Tony hatte sich gefangen und versuchte, sich etwas vorzubeugen.

„Na, na, na!", schimpfte Luna und drückte das Schwert etwas fester an Tony heran. Es trat ein Tropfen Blut aus.

Ihm trat hingegen der Schweiß aus. Die meinte das wirklich ernst?

„Und, was glauben Sie, wie lange wir in dieser Position verharren können, Schätzchen?", fragte er und versuchte, mit der Hand an seine Waffe zu gelangen.

Wieder drückte Luna etwas fester zu. „Ich schätze es nicht, von Ihnen mit einem Kosenamen betitelt zu werden! Lassen Sie Ihre Hände am Lenkrad, sonst muss ich böse werden!"

Herrgott, wie lange brauchte Gomez denn nur?

Gerade, als sie das gedacht hatte, ging die Beifahrertür auf, Gomez glitt ins Fahrzeug und schlug Tony mit der Faust ins Gesicht.

Mit einem nuschelnden „Ummpf" sackte der zusammen und verlor das Bewusstsein.

Luna zog das Schwert weg und atmete erleichtert aus. „Das, mein liebster Schwager, das kostet dich mindestens ein Paar Jimmy Choos!"

Er wusste nicht mal, was das war, aber er hatte eine dunkle Ahnung, dass sie von Schuhen sprach.

Frauen und Schuhe...

Während er den bulligen Tony auf den Rücksitz verfrachtete, stieg Luna vorne ein und startete den Wagen.

Dann fuhr sie mit Tony davon, Gomez noch zuwinkend.

So weit, so gut!

Der Plan schien zu funktionieren – bis jetzt jedenfalls...

Justamente verließ Athena das Hotel, trat auf die Straße und bewegte sich zu der Stelle, wo eigentlich Tony hätte warten sollen.

Sie schaute sich um, offenbar verwirrt, wo der denn jetzt war.

Dann trat Gomez aus seinem Versteck.

„Was verloren?", fragte er süffisant.

Eines musste man Athena Steinweg lassen. Sie reagierte nicht so, wie man es von einer reichen Frau erwarten würde.

Sie kreischte weder, noch fing sie an zu heulen oder ihm Geld anzubieten, wenn er sie verschonen würde.

Und sie lief auch nicht weg.

Mit den Schuhen wäre sie auch eh nicht weit gekommen.

Gomez kam näher und winkte ihr mit der Hand mitzukommen.

Ruhig sah sie ihn an, ließ ihn herankommen und... schwang dann ihre Handtasche, um sie mit einem Schlag auf Gomez Kopf sausen zu lassen.

Der reagierte auch blitzschnell. Mit einem Ruck riss er Athena an sich, ohne sich um seinen schmerzenden Kopf zu kümmern.

„Verdammt, was hast du da drin? Backsteine?", fluchte er nur und zog sie mit sich.

„Lass mich los, du Wüstling!", schrie sie jetzt doch, da ihr alle anderen Möglichkeiten genommen schienen.

Eine Minute später lag sie im Kofferraum seines Minis und er quälte sie mit lauter Heavy-Metal-Musik, da er ihre Schreie nicht hören wollte.

Währenddessen war Luna mit dem Mercedes in das Parkhaus der dunklen Instanz gefahren und dort auf Cristobal getroffen, der in der Begleitung seiner ausführenden Organe, Adnan und Tiymur, doch etwas sparsam guckte, als Luna einen Pfeiler mitnahm.

Metall kreischte und das war mehr als eine Beule...

Luna sprang aus dem Auto, als sie merkte, dass Tony langsam oder recht schnell wieder klar wurde.

„Cristobal, hilf mir mal bitte!", schrie sie und winkte alle drei zu sich heran.

Ungefähr zu der Zeit taumelte Tony aus dem Fond des Wagens und er war nicht gut gelaunt.

Die Frau von Pablo stieß einen Schrei aus, als sie Tony gewahr wurde, und versteckte sich hinter Cristobals breitem Rücken.

„Du Schlampe!", brüllte Tony und zeigte auf Luna.

Und schon hatte er Cristobals Faust im Gesicht. Schwupps kippte er hinten rüber.

„Das sagt keiner ungestraft zu meiner Schwägerin!", knirschte der dunkle Instanzleiter und rieb sich die Faust. Dann drehte er sich zu Luna hin. „Wer ist diese Flachpfeife?"

Die zuckte die Schultern. „Ich weiß nur, dass er Tony heißt und was mit dem Diebstahl des Buches zu tun hat."

Das Wort „Buch", ließ Cristobal schnell werden. Flugs gab er Adnan und Tiymur den Befehl, den sauberen Tony einzukerkern und zu warten, bis er, Cristobal, Zeit hatte, mit dem Verhör zu beginnen.

Und zufrieden sahen er und Luna zu, wie die beiden großen türkischstämmigen Männer Tony wegschleppten.

Dann drehte sich Cristobal zu Luna herum. „Glaub ja nicht, du wärst damit raus. Ich wünsche eine Erklärung, wie du zu diesem Luxuswagen gekommen bist!"

Die verdrehte die Augen. „Wenn ich das nur erklären könnte..." Sie lächelte freundlich und reichte ihm den Autoschlüssel. „Aber du kannst ihn behalten. Wenn du ihn reparieren lässt, kannst du sicher noch etwas Geld rausschlagen." Sprach's und ließ ihren verdutzten Schwager stehen.

Nach knapp zwei Stunden Fahrt war Gomez mit Athena im Kofferraum endlich angekommen. Sie hatte erst lautstark lamentiert und gegen den Kofferraumdeckel geklopft, was er mit lauter Musik kompensiert hatte, dann hatte sie aber aufgegeben und war hinterher weinend eingeschlafen. Irgendwann war es rappelig geworden, offenbar fuhr Gomez jetzt nicht mehr auf der Autobahn, und Athena wurde arg hin- und her-geschüttelt.

Als das Auto endlich stehen blieb, wartete sie atemlos, was als nächstes passieren würde.

Erstmal gar nichts.

Die Türen klapperten, Gomez stieg aus und lud etwas aus dem Auto, das sich möglicherweise auf dem Rücksitz befunden haben musste.

Dann war alles still.

Hatte er sie hier vergessen? Sie bekam es richtig mit der Angst zu tun.

Gerade als sie beschlossen hatte, wieder zu klopfen – als ob das etwas bringen würde – hörte sie ihn wiederkommen.

Der Kofferraumdeckel schwang auf.

Athena blinzelte die Tränen weg und sah ihn angstvoll an.

Er reichte ihr die Hand und half ihr aus dem Auto.

Draußen war es dunkel und augenscheinlich standen sie mitten in einem Wald. Die Absätze ihrer Schuhe sanken sofort um zwei Zentimeter in den weichen Boden und sie schwankte.

Mit schnellem Griff legte Gomez den Arm um sie.

„Was hast du getan?", flüsterte sie zitternd.

„Ruhig", verlangte er, ohne eine Gefühlsregung. Dann wies er mit der linken Hand auf den Weg, den sie wahrscheinlich mit dem Auto hierhergekommen waren, denn das feuchte Gras war dort plattgedrückt. Sie folgte seinem Finger mit den Augen, bevor sie ihn verwirrt anblickte.

„Merk dir das gut!", sagte er bestimmt. „Falls du auf den bescheuerten Gedanken kommen solltest, von hier wegzulaufen, solltest du diesen Weg nehmen. Nach etwa drei Kilometern findest du dann zu einem geteerten Weg, der dich zu einem Dorf bringen wird. Nur da hast du eine Chance." Er machte eine Pause. „In jegliche andere Richtung geht es nur tiefer in den Wald rein und da kann ich dich nicht mehr wiederfinden, da bist du verloren." Er bemerkte, dass sie etwas mehr zitterte, also verstand sie, was er ihr sagen wollte. „Es gibt hier zwar keine wilden Tiere, aber ich denke, du bist im Großstadtdschungel besser aufgehoben. Hast du das verstanden?"

Athena nickte, immer noch zitternd, was vielleicht auch daran lag, dass es bereits Herbst und damit nicht warmes Wetter war. Und sie trug nur ein Etuikleid mit kurzen Ärmeln.

„Gut" Er drehte sie um und drängte sie in Richtung Hütte, die sie erst jetzt wahrnahm.

Es war eine Holzhütte, nicht besonders groß, aber sie konnte sehen, dass innen Licht flackerte.

Wo zum Teufel waren sie hier bloß?

Gomez drängte sie rein, schloss die Tür hinter ihr und ließ sie einfach so im Raum stehen.

Verwundert sah sie sich um.

Es gab ein großes Sofa vor einem Kamin, in dem schon ein lustiges Feuer flackerte, das den Raum wärmte.

Weiter hinten sah sie eine Küchenzeile mit einem altertümlichen Ofen, der mit Holz befeuert wurde. Dort war auch ein Tisch mit zwei Stühlen, ebenfalls rustikal aus Holz gefertigt. Auf der anderen Seite konnte sie eine Tür ausmachen, die wer weiß wohin führte – vielleicht in ein Bad oder so.

Unter einem Fenster sah sie eine robuste Truhe mit Metallbeschlägen, deren Deckel offenstand. Dort drin lag neben anderen Dingen schon ihre Handtasche.

Sie machte einen Schritt darauf zu, da stand er auch schon wieder vor ihr und sah sie ernst an. „Gib mir deine Schuhe!"

„Was?", stieß sie verständnislos hervor. „Die passen dir nicht mal!"

Er lachte kurz auf. „Ich will sie ja auch nicht tragen. Gib sie mir oder ich ziehe sie dir aus, das schwöre ich dir!"

Himmel, wann hatte er gelernt, so bestimmt zu sprechen?

Angstvoll griff sich Athena an den linken Fuß, entfernte den Schuh und gab ihn ihm, bevor sie dasselbe mit dem rechten machte.

„Und?", fragte sie, wobei ihr wieder Tränen in die Augen traten. „Bist du jetzt zufrieden?"

Jetzt war der Größenunterschied zwischen den beiden deutlich zu erkennen. Tatsächlich war Gomez an die zwanzig Zentimeter größer als sie. Und ohne Schuhe fühlte sie sich seltsam verletzlich.

Er nahm die High Heels an sich und stellte sie in die Truhe.

Dann legte er den Autoschlüssel dazu, ebenso sein Handy und seine Schuhe. Erst danach klappte er den Deckel zu, nahm ein Zahlenschloss und noch bevor sie es verhindern konnte, verschloss er damit die verzierte Kiste und verdrehte die Kombination. „Ohne Schuhe wirst du hoffentlich nicht rausgehen wollen", meinte er nickend. „Und nein, noch bin ich nicht zufrieden."

Athena war wie versteinert. Alles stürzte gerade auf sie ein. Ihr wurde klar, dass sie hier nicht weg konnte – und dazu eingesperrt war mit einem Typen, den sie noch vor kurzer Zeit von ihren Bodyguards hatte verprügeln lassen. Er musste sehr wütend auf sie sein! Nein, er wollte sie bestimmt umbringen!

Fröstelnd legte sie ihre Arme um sich und wagte nicht, sich von der Stelle zu bewegen.

Gomez ging in die kleine Küche, befeuerte dort den Ofen und werkelte irgendwas, ohne sich um sie zu kümmern.

„Was hast du mit mir vor?", fragte sie nach einer Weile mit kleiner Stimme und erschrak, als er sich mit Schwung umdrehte, um sie fest ins Auge zu nehmen.

Sie konnte sich vorstellen, was er da gerade sehen musste: nämlich eine kleine Frau mit zerzaustem Haar, verweintem Gesicht und zerknittertem Kleid, ohne Schuhe, die ihre Arme um sich gelegt hatte, als ob sie sich damit selbst Kraft geben könnte. Er kam auf sie zu und Panik machte sich in ihr breit. Aber es gab keinen Ort, an den sie ausweichen könnte.

„Und was, glaubst du, habe ich mit dir vor?" Seine Stimme ließ keine Rückschlüsse darauf zu, was er für eine Laune hatte, als er endlich vor ihr stand.

Athena, die gedacht hatte, eine ganz gute Menschenkennerin zu sein, verzweifelte fast, da sie ihn nicht einschätzen konnte.

„Ich weiß es nicht", hauchte sie kläglich.

„Athena", seufzte er und sein Gesicht verzog sich zu einem Lächeln. „Aus dir werde ich auch nicht schlau. Heute morgen hast du mit einer geladenen Waffe über mir gestanden und ausgesehen wie ein Bond-Girl, jetzt stehst du vor mir wie ein kleines verschüchtertes Schulmädchen. Wer bist du wirklich?"

„Ein Bond-Girl? Du hast dir vorgestellt, ich sei ein Bond-Girl?", fragte sie verblüfft und die Angst wich. „Welches Bond-Girl?"

Sein Lächeln vertiefte sich, was ihn ungeheuer attraktiv wirken ließ. „Das süße Bond-Girl!"

Er drehte sich um und ging wieder in die Küche, um dort weiterzuwerkeln.

„Setz dich, oder sieh dich um", riet er ihr von da. „Fürs erste bist du sicher."

Erstaunlicherweise glaubte sie ihm das sogar. Wenn er sie umbringen hätte wollen, bräuchte er sie nicht quer durchs Land zu fahren, um sie in eine baufällige Waldhütte zu bringen. Das hätte er schon längst machen können. Und außerdem war diese Hütte gar nicht so baufällig wie sie zuerst gedacht hatte. Es war halt alles sehr robust und aus Holz. Ihr Blick glitt zu der Holzkiste, in der ihre Sachen eingesperrt waren und sie studierte das Vorhängeschloss. Es hatte eine Nummernkombination aus drei Ziffern, also 0 bis 9, nicht schwer herauszubekommen, dass es so genau 1000 Möglichkeiten geben musste. Sie stöhnte leise. Das war nicht unmöglich, aber sie konnte sich vorstellen, dass Gomez sie nicht ungestört alle Kombinationen ausprobieren lassen würde.

Fröstelnd setzte sie sich aufs Sofa und genoss die Wärme, die das Kaminfeuer von sich gab.

Aus der Küche kam ein Zischen und der köstliche Duft von Gebratenem, also zauberte Gomez etwas zu essen.

Sie hatte nicht mal gewusst, dass er kochen konnte.

Als er plötzlich neben ihr stand und ein Glas mit blutroter Flüssigkeit in der Hand hielt, erschrak sie wieder.

„Nur Rotwein", beruhigte er sie und reichte es ihr. „Das Essen braucht noch etwas."

Sie trank einen Schluck, dann noch einen, wurde wieder etwas ruhiger. Aber sie ließ ihn nicht aus den Augen, während er sie auch unverwandt ansah.

„Gomez", sagte sie bittend. „Warum machst du das?"

Er hob die Augenbrauen. „Dir Wein anbieten? Na ja, ich wollte welchen trinken und es wäre unhöflich, dir nichts abzugeben."

„Das meinte ich nicht." Ihre Stimme klang verzagt.

„Lass uns bis nach dem Essen warten, bis wir uns wieder zerfleischen", meinte er mild. „Ein kleiner Waffenstillstand, was meinst du?"

Das Wort „Waffenstillstand" machte ihr Angst, aber sie nickte. Eine Pause brauchten sie wohl alle beide.

Eine Zeitlang hörte sie Gomez noch in der Küche, während sie in die Flammen starrte. Ganz ruhig war sie immer noch nicht. Die Situation machte sie verrückt, weil sie nicht wusste, was Gomez vorhatte. Eines war klar: nach Hause kam sie heute nicht mehr. Ihre Uhr zeigte schon nach 9 Uhr abends.

„Komm rüber!", rief er gerade und winkte ihr zu.

Das Essen stand auf dem Tisch und Athena bemerkte, dass sie Hunger hatte, obwohl sie sich innerlich wie zerrissen fühlte.

„Danke" Sie nahm Platz und er füllte ihr noch etwas Wein nach.

Die Bratkartoffeln und der Schinken schmeckten ihr wirklich gut. Zwar war sie durch ihren Lebensstil weitaus exquisitere Sachen gewohnt, doch auch die einfachen Dinge waren ihr nicht fremd, die konnte sie immer noch genießen.

Aber sie kam nicht zum Ende. Das letzte Stück schob sie jetzt schon eine Viertelstunde lang von einem Ende zum anderen Ende des Tellers und sah nicht auf. Einerseits wollte sie das Gespräch mit Gomez, andererseits hatte sie Angst davor.

„Willst du das noch essen?", fragte er sie nach einer weiteren Weile und lächelte sie an. „Oder versuchst du nur, das weitere Vorgehen des Abends aufzuschieben?"

Mit einem Stöhnen schob sie den Teller von sich. Es gefiel ihr überhaupt nicht, so durchschaut zu werden.

Nochmals nahm sie einen großen Schluck Wein.

„Also", sagte sie mit einem leichten Beben in der Stimme. „Dann jetzt los! Fang an!" Ihre Augen waren groß, als sie ihn voll ansah.

Er grinste. „Was, hast du gedacht, mache ich mit dir?" Er räumte den Teller in die Spüle und setzte sich wieder zu ihr an den Tisch. „Du scheinst dir sicher zu sein, dass ich dich verprügele oder so." Er machte eine kurze Pause. „So wie es Tony und Jörg mit mir gemacht haben."

Ihr stieg die Röte ins Gesicht. „Das tut mir leid. Ich wollte nicht, dass sie dir weh tun. Tony hat mir gesagt, er sei sehr zahm mit dir umgegangen. Und du hast keine Verletzungen – jedenfalls keine, die ich sehe."

Gomez nickte. „Du kannst sie nicht sehen, weil ich geheilt wurde. Aber ich versichere dir, ich hatte mehrere Frakturen. Was also bedeutet, dass Tony dich angelogen hat."

Als sie die Worte begriff, schlug die Röte in Blässe um. Sie schluckte trocken. „Ich..."

Er hob die Hand, um sie zu stoppen. „Das ist jetzt unerheblich. Ich plane nicht, dir das heimzuzahlen, soviel dazu. Aber ich bin nicht fertig mit dir."

Wieder schluckte sie, knetete ihre Hände. „Ich habe dir doch gesagt, dass ich dein Buch nicht gestohlen habe."

„Aha, wir sind also beim Thema!" Gomez nickte, ohne sie aus den Augen zu lassen. „Aber du lügst. Und du weißt es genau. Die Bilder der Überwachungsanlage lassen sich nicht wegdiskutieren. Und erinnere dich mal daran, dass du mich auf die Traumfänger angesprochen hast. Wenn du unschuldig gewesen wärst, wüsstest du nichts davon."

Athena konnte die Hände nicht stillhalten. Einmal legte sie sie an die Stirn, dann knetete sie sie wieder oder faltete sie. Aber sie sagte nichts mehr.

„Ich brauche das Buch!", forderte Gomez.

Eines musste man ihm lassen: er blieb unglaublich ruhig.

Und er litt ein bisschen mit Athena, konnte nicht verstehen, warum sie es nicht einfach zugab. Wieso machte sie es sich selbst so schwer?

„Ich. Habe. Dein. Buch. Nicht!", stieß sie hervor, wobei sie jedes einzelne Wort betonte. „Lass mich gehen!"

„Du verstehst die Situation wohl nicht!", ließ er sich vernehmen und so langsam hörte man den unterdrückten Ärger heraus. „Ich brauche das Buch und du hast Informationen dazu. Den Teufel werde ich tun und dich gehen lassen! Du bleibst hier so lange drin, bis ich dieses verfickte Buch habe!" Er schlug mit der Faust auf den Tisch, so dass sie zusammenzuckte. „Und du kannst echt froh sein, dass du hier sitzt. Ich hätte dich auch bequem zu meinem Bruder bringen können, der bei uns die Verhöre leitet. Da sind schon ganze Männer mit schniefender Nase herausgekommen, glaub mir!"

„Willst du mir Angst machen?", keuchte sie auf. Nicht, dass sie schon bis ans Ende der Angstskala vorgeprescht war.

„Wenn du klug bist", begann er, „dann hast du die schon längst! Die Traumfänger sind keine Kindergartengruppe, die mittags ihr Schläfchen unter den geflochtenen Namensvettern hält. Hast du denn keine Erkundigungen eingezogen, bevor du dich mit uns eingelassen hast?" Dann drehte er sich zur Spüle und goss warmes Wasser hinein, unterbrach sich aber und drehte sich ihr wieder zu. „Wieso brauchtest du das Buch? Und warum hast du es allein geklaut, ich meine, du hättest ja auch Tony schicken können?"

Sie vergrub den Kopf in den Händen. Mit einem Aufstöhnen sah sie ihn dann endlich an. „Das sage ich dir nicht! Und ich gebe auch nichts zu! Lass mich gehen, denn du wirst nichts erreichen!" Ihr Gesicht wirkte verschlossen.

Seines gleich darauf ebenfalls.

„Du auch nicht", sagte er eisig. „Du kannst hier nicht weg, solange ich deine Sachen eingeschlossen habe. Also wirst du hier so lange ausharren, bis wir zu einem brauchbaren Ergebnis gekommen sind!" Wütend warf er einen Schwamm in das Spülwasser. „Und ich auch...", dachte er.

Tony war sauer.
Erst hielt ihm diese komische Tussi ein Schwert an den Hals, dann kam dieser verrückte Typ, den er eigentlich so ordentlich vermöbelt haben sollte, dass der nicht mehr gerade stehen konnte, und dieser Typ schlug ihn mit einem Hieb bewusstlos, anschließend fuhr die Tussi eine Beule in das Auto, das er schon seit einem Jahr gehegt und gepflegt hatte – das Auto von Frau Steinweg. Und jetzt saß er hier in einem seltsamen Raum, der von oben bis unten gefliest war. In der einen Ecke konnte er einen Abfluss sehen, und das machte ihn gar nicht glücklich.
Das ganze sah so aus, als könnte man jemanden hier zu Brei schlagen, ohne sich um die Wände zu kümmern – denn die konnte man ja anschließend gründlich mit einem Schlauch abspritzen, dann war alles wieder sauber. Und irgendwas sagte ihm, dass er dieses Mal der Unglückliche war, der vermöbelt werden sollte. Man hatte ihm die Hände auf den Rücken gefesselt, mit verdammtem Kabelbinder, und der schnürte gerade so ein, dass er nur noch ein Kribbeln verspürte. Noch saß er auf einem Metallstuhl, vor ihm ein Tisch. Hinter ihm standen diese Türken, die sogar noch einen Tacken größer waren als er – und genau so durchtrainiert. Er hatte die schon im Parkhaus kennen lernen dürfen – die waren nicht zimperlich, das konnte man nicht behaupten! Jetzt saß er schon eine gute halbe Stunde hier und nichts passierte. Das war ja zum Verrücktwerden! Wo war er hier bloß hingeraten?
Die Tür ging auf, aber da sie in seinem Rücken war, konnte er es nur hören. Dann trat der andere Kerl aus dem Parkhaus in seinen Dunstkreis, dieser Typ, der ihm eine gelangt hatte. Was war nur los mit den Fuzzis hier, der war mindestens auch zwei Meter. Und nur in Schwarz gekleidet – das war wohl die neuste Modefarbe. Nun gut, er selbst trug auch einen dunklen Anzug,

aber das war ja auch etwas ganz anderes. Der Schläger aus dem Parkhaus hatte eine schwarze Jeans an und ein schwarzes Hemd. Es war schlicht, sonst hätte er ihn für einen Goth-Typen gehalten, da er auch noch schwarze Haare hatte. Und wenn er, Tony, genau hinsah, sah der Typ dem Kerl ähnlich, der sich heute morgen eine Packung von ihm und Jörg gefangen hatte. Komische Sache, das!

Der große Schwarze angelte sich einen Stuhl und nahm vor dem Schreibtisch platz. Er sah ihn grinsend an. Lag vielleicht daran, dass Tonys Nase geblutet hatte. Schließlich hatte erst der Typ von heute morgen, dann der große Schwarze da hingelangt. Na, wenn die nicht gebrochen war...

„Was gibt es da zu grinsen?", wollte er stirnrunzelnd wissen.

Der große Schwarze schien ihm das übel zu nehmen.

Er stieß mit dem Fuß kräftig vor den Tisch, so dass dieser Tony im Bauchbereich erwischte, und zwar so, dass ihm die Luft kurzzeitig wegblieb. „Hey, was soll das?", japste er, als er wieder sprechen konnte.

Grinsend und kopfschüttelnd wandte sich sein Gegenüber an die beiden Türken. „Unser Gast ist ein wenig langsam im Nachdenken!", sagte er sarkastisch. „Er hat noch immer nicht geschnallt, dass er erst reden sollte, wenn er eine Aufforderung dazu bekommt! Ob wir ihm das noch beibringen können?"

Unterstützt wurde die Aussage von einer Ohrfeige vom Türken rechts.

Verdammt! Tony sah rot. „Das dürfen Sie gar nicht! Ich will sofort meinen Anwalt sprechen!"

Allgemeine Heiterkeit rund um ihn herum.

Die drei Leute lachten doch glatt!

Er sah den großen Schwarzen entgeistert an. Und ganz langsam wurde ihm klar, dass er in einer viel schlimmeren Lage war, als er zuerst angenommen hatte. Er klappte den Mund zu und wartete ab.

Es dauerte auch nicht lange, bis sich der Große den Stuhl wieder angelte und sich darauf setzte. Dann sah er Tony erneut an, bevor er zu reden begann. „Ich erkläre es dir kurz, da du mir ein bisschen beschränkt daherkommst. Ich stelle die Fragen, du beantwortest sie! Und wenn nicht, dann wirst du das bereuen, haben wir uns verstanden?" Seine Stimme klang auf einmal weich und glatt.

„Ich nicke mal", dachte sich Tony und tat das auch gleich.

„Fein", freute sich der andere. „Dann mal los: wo ist Gomez?"

Gomez? Wer zum Geier war Gomez? Vielleicht der Typ, den er heute morgen verdroschen hatte? „Weiß nicht", versuchte es Tony vorsichtig. „Wenn Gomez der Typ ist, der mich im Auto ausgeknockt hat, dann..." Er zuckte die Schultern.

Der Große machte eine arrogante Bewegung mit der Hand, Tony sollte weitererzählen, also tat er das auch. „Die Tussi hat mich mit einem Schwert angegriffen! Ich persönlich finde, eine Frau dürfte so ein scharfes Schwert gar nicht mit sich führen – und dann ist der Kerl gekommen, hat mich in meinem Auto umgehauen. Wenn ich den treffe, dann..." Gerade noch rechtzeitig bemerkte er, dass er besser die Klappe halten sollte, schließlich könnte der Große was für den Blödmann übrig haben.

„Wo hast du Gomez kennengelernt?", wollte der Große wissen und sein Gesicht sah nicht freundlich aus.

Bevor Tony wieder eine Ohrfeige von einem dieser gottverdammten Gorillas kassierte, sprudelte er los. „Frau Steinweg hat Ärger mit ihm gehabt, da mussten wir ihn rausschmeißen."

Jetzt sah der Große wirklich aus, als fehlten ihm Infos. Er hatte das WTF-Gesicht. „Frau Steinweg?"

„Ich bin der persönliche Bodyguard von Frau Steinweg, ja!", bestätigte Tony.

In dem Moment flog die Tür mit einem Knall auf und ein weiterer in schwarz gekleideter Mann sprang förmlich in den Raum. Seine halblangen Haare flogen wirr durcheinander.

„Ist das das Arschloch, das meine Frau eine Schlampe genannt hat?", brüllte er und wollte sich auf Tony stürzen.

Jetzt waren die Türken mal nützlich, sie hielten den zweiten, ähnlich großen Kerl fest, bis dass der sich beruhigt hatte.

Und komischerweise sah der dem von heute Morgen geradezu verdammt ähnlich. War er, Tony, hier in eine Familiengeschichte hineingeraten?

„Ihre Frau wollte mir die Kehle durchschneiden", meldete er sich kleinlaut, ohne alle verschrecken zu wollen.

Der zweite Schwarze stieß einen wütenden Schrei aus und musste festgehalten werden. „Meine Frau ist eine Empathin! Die kann überhaupt nicht mit einem Schwert umgehen!"

Der erste Große hieb dem zweiten auf die Schulter. „Das weißt du doch gar nicht! Jetzt bleib doch mal ruhig!"

„Ich fand das ziemlich professionell, was sie da so tat", schaltete sich Tony wieder ein.

„Wer ist dieser Hempipempi denn überhaupt?", schrie der zweite weiter. „Wieso darf der so einfach dazwischenreden?"

„Weil du hier reingekommen bist und mir alles durcheinander bringst!", brüllte jetzt der erste auch.

Dann war Stille und das gefiel Tony wirklich gut.

Alle atmeten durch.

„Also", meinte der Gefangene nach einer Minute ganz ruhig. „Mein Name ist Tony Fuchs, ich bin der erste Bodyguard von Frau Steinweg." Er machte eine Verdeutlichungspause. „Und es tut mir leid, wenn ich die Dame mit dem Schwert beleidigt habe, das war nicht meine Absicht. Allerdings hatte sie auch mein Auto gestohlen und eine Beule hineingefahren. Da kann man schon mal nicht so ganz ruhig bleiben."

„Was faselt der denn da?", fragte der zweite Mann fassungslos. „Luna hat ein Auto gestohlen? Wieso weiß ich denn nichts davon? Wozu braucht sie sein Auto?"

„Das sollten Sie Ihre Frau fragen", schlug Tony vor.

„Ich hasse das, wenn dieser Freizeitpausenclown recht hat!", grummelte der zweite Mann unwirsch und schickte sich an, den Raum zu verlassen.

„Frag sie auch mal, was sie von Gomez weiß!", rief ihm der erste hinterher.

Die Ruhepause war aber von kurzer Dauer. Es klopfte an der Tür und der Große ließ jemanden augenverdrehend rein.

Es war ein schlanker, hellhaariger Mann mit Brille und ernstem Gesicht. Und er hatte Tonys Handy in der Hand, das klingelte.

„Sorry", entschuldigte sich der Mann. „Es schellt und schellt und ich weiß nicht, ob ich rangehen sollte."

„Das ist mein Kollege", ließ sich Tony vernehmen, was ihm einen erstaunten Blick von dem Bebrillten eintrug. „Ich höre es am Klingeln. Anruferkennung."

„Er hat die Regeln noch nicht so ganz verstanden", erklärte der Große dem Neuankömmling und ging an das Handy.

„Ja", bellte er hinein und stellte auf Mithören.

„Verdammt, wo bist du?", konnte man die Stimme von Jörg, seines Zeichens zweiter Bodyguard von Frau Steinweg, hören.

„Und die Chefin kann ich auch nicht erreichen. Was ist da los?" Und als keine Reaktion kam: „Tony! Sag was!"

Mit den Augen suchte Tony den Blick des Großen, um den nicht weiter zu ärgern. Ja, er hatte schon irgendwie mitbekommen, dass er nicht unbedingt quatschen sollte, wenn er keine Aufforderung dazu bekommen hatte.

Der Entsprechende schüttelte den Kopf, guckte böse und legte den Finger auf die Lippen.

Sekunden später wurde Tony auch der Mund zugehalten.

„Hier ist nicht Tony!", sagte der Große.

„Äh, wer dann?" Offenbar war Jörg verwirrt. „Moment mal, ist das hier eine Entführung?"

„Kommt drauf an", witzelte der große Schwarze. „Was hauen Sie denn raus für den Kollegen?"

„Häh?" Jörg war immer noch nicht schlauer. „Verstehe ich nicht! Also haben Sie Frau Steinweg entführt oder nicht?"

„Frau Steinweg, Frau Steinweg!", grollte der andere. „Ich höre immer nur Frau Steinweg!"

„Ja, was denn sonst?"

Tony verdrehte die Augen. Ja, Jörg war nicht gerade eine Leuchte.

„Haben Sie Gomez?", wollte der Große wissen.

„Wen?", fragte Jörg entgeistert. „Ich kenne keinen Gomez! Aber ich spüre ihn für Sie auf, wenn Sie einen Austausch machen wollen!"

Jetzt stöhnte Tony auf. Der Kerl war wohl wirklich nicht ganz gepätzelt.

Der Große legte einfach auf und warf das Handy auf den Tisch.

„Ich muss wissen, was mit Gomez ist." Er sah Tony dabei an.

„Aber das erfahre ich nicht von dir. Das erfahre ich nur von Luna."

Wenn Luna die Frau mit dem Schwert war, dann hatte er wohl recht, stimmte ihm Tony innerlich zu und nickte.

Der große Schwarze rauschte ab.

Wann ließ der Türke wohl mal seinen Kopf wieder los?

Der Bebrillte gab dem Türken ein Zeichen. „Ich glaube, er darf jetzt wieder reden."

„Schon", gab der zu, „aber gönnen Sie mir doch ein wenig Spaß!"

Haha, wie witzig! Tony wagte allerdings nicht zu lachen.

Währenddessen bereitete sich Luna innerlich darauf vor, dass es gleich jede Menge Ärger geben würde. Sie war sich sicher, dass Cristobal recht schnell herausbekommen würde, dass dieser Chauffeur von Frau Steinweg nichts Konstruktives von sich geben konnte, und dann würde er bei ihr nachfragen, was Sache war. Und eigentlich machte ihr Cristobal richtig Angst. Der war so anders als sein Bruder Pablo. Während dieser höflich, freundlich und nett war, kam der Ältere kalt, arrogant und besserwisserisch daher. Außerdem war er der Chef der Instanz und man musste schon machen, was er wollte.

Sie staunte nicht schlecht, als Pablo durch die Tür kam.

Seine Haare schwangen im Wind, den er selbst verursachte, und sein Gesicht war rot.

„Kannst du mir mal sagen, warum du ein Auto klaust?", rief er in lautem Ton und zog die Stirn in Falten.

Uhhh, so sauer hatte sie ihn noch nie gesehen! Ihre Augen wurden ganz groß. Sie schwieg entsetzt.

„Und wenn wir gerade dabei sind", schimpfte er weiter, „dann sag mir doch auch bitte gleich, warum du diesen Vollpfosten mit entführt hast. Und warum er behauptet, du hättest ihn mit einem Schwert bedroht!"

Sie starrte ihn immer noch an.

„Wieso sagst du nichts und schaust nur groß?", brüllte er, richtig aufgebracht.

Luna schluckte. So hatte sie ihren Ehemann noch nie gesehen.

Kurz las sie seine Gefühle und dann wurde es ihr klar: er war eifersüchtig! Er hatte doch tatsächlich Angst, ihr nicht genug zu sein, ihr nicht ein Auto oder ähnliches geschenkt zu haben.

„Beruhige dich!", sagte sie leise und atmete aus und ein, um ihn ebenfalls dazu zu animieren. „Ich liebe dich!"

Das schien zu wirken, er atmete langsamer und schien sich zu beruhigen. „Ich dich auch", sagte er leise. „Aber du bringst mich gerade völlig durcheinander."

„Ich weiß"; gab Luna zu. „Ich erkläre es dir sofort. Es hat gar nichts mit dir und mir zu tun, glaub mir das."

Die Tür schwang das zweite Mal auf und Cristobal stiefelte rein, hörte die letzten Worte und nickte den beiden zu.

„Dann lass hören!", sagte er knurrend. „Es geht um Gomez, hab ich recht?"

Luna nickte widerstrebend. „Er wollte euch nicht mit reinziehen, brauchte aber kurz Hilfe. Wie weit seid ihr schon mit den Infos?"

„Ich höre immer nur den Namen: Frau Steinweg!", knirschte Cristobal. „Was hat das mit dieser Frau auf sich?"

„Steinweg?", warf Pablo dazwischen. „Der Steinweg-Konzern?"

Seine Frau nickte. „Gomez hat Athena Steinweg... dazu gebracht, mit ihm einen Urlaub zu verbringen..." Uhhh, hoffentlich merkte jetzt keiner, dass sie balkenverbiegend log.

„Er hat – was?" hauchte Pablo fassungslos.

Eine Sekunde lang war es still, dann knirschte Cristobal mit den Zähnen. „Er ist wohl vollkommen verrückt geworden! Wir haben hier ein Problem, was den Diebstahl des Buches betrifft, und er will Urlaub machen?"

Bevor er aber sein Handy zücken konnte, um Gomez anzurufen, legte Luna ihre kleine Hand auf seine. „Er erhofft sich Informationen zu dem Buch von Athena Steinweg zu bekommen."

„Wieso sollte eine Millionenerbin denn Informationen zu einem Buch haben, das die Traumfänger betrifft?", brachte es Pablo auf den Punkt, der sich einigermaßen gefasst hatte. „Und aus welchem Grund glaubt er, diese Informationen in einem Urlaub zu erlangen?"

In Luna begann es zu brodeln. Pablo war ihr Ehemann und sollte besser auf ihrer Seite stehen. Er fiel ihr gerade so was von in den Rücken.

„Weil er offenbar glaubt, dass Athena Steinweg die Person auf dem Überwachungsvideo kennt", zischte sie ungehalten. „Und ihr wisst doch, wie das mit reichen Leuten ist. Die machen ständig irgendwie Urlaub!"

Cristobal zog seine Hand mit dem Handy unter Lunas hervor.

„Dort, wo er ist, gibt es kein Netz, ja?", wollte er wissen.

Sie zog eine Schnute. „Ich vermute, er hat das Telefon sowieso ausgemacht. Wahrscheinlich hat er noch etwas anderes vor als Infos zu sammeln."

„Egal", knurrte Cristobal. „In unserer Situation Urlaub zu machen, kommt uns nicht entgegen."

„Er hatte das letzte Mal Urlaub, als die Sache mit Max war", erinnerte ihn Luna. „Und da hast du ihn zurückgerufen. Jetzt gönne ihm das doch!" Pablo nickte dazu.

„Zum Teufel!" Der dunkle Instanzleiter hob die Hände, um sie in einer raschen Geste wieder sinken zu lassen. „Hoffentlich bekommt er seine Infos!" Er war schon auf dem Weg nach draußen, da hielt er nochmal inne. „Was hat das denn jetzt mit diesem Tony da zu tun? Der quatscht was davon, dass er Gomez verprügelt hat?"

„Deshalb wollte er den Typen ja nicht mitnehmen", log Luna und hoffte, damit durchzukommen.

„Und was mach ich jetzt mit dem?" Cristobal war sauer, zeigte dann mit dem Finger auf Pablo. „Darum darfst du dich mal kümmern!"

Die Tür knallte zu und Luna war mit Pablo allein.

„Schatz", sagte der und setzte sich hin. „Meinem Bruder kannst du ja erzählen, was du willst." Er seufzte. „Aber ich glaube dir nicht ein Wort."

Scheiße, er kannte sie wohl besser als sie gedacht hatte.

Vier

Gomez und Athena hatten den gesamten restlichen Abend nicht mehr miteinander geredet. Während er sich in der Küche herumtrieb, das eine oder andere weg- oder umräumte, setzte sie sich mit angezogenen Beinen auf das bequeme Sofa und starrte in die Flammen. Gegen Mitternacht verschwand Gomez in dem angrenzenden Raum ohne Kommentar und Athena blieb allein zurück. Ganz wohl war Gomez nicht dabei, hoffentlich hatte sie gerafft, dass sie nicht von hier weg konnte. Als es ungefähr vier Uhr war und er immer noch nicht wirklich geschlafen hatte, stand er auf und schlich sich in den Wohnraum.

Er fand sie und grinste.

Athena lag über die Holztruhe gebeugt und schlief. Ihre Hand war noch an dem Zahlenschloss. Sie war bis 467 gekommen.

Mit einem Seufzen hob er sie hoch und bettete sie auf der Couch, legte dann eine Decke über sie, ohne dass sie erwachte.

Eine Weile lang beobachtete er sie. Sie war so süß!

Ihre Haare waren verwuschelt, lagen aber wie ein Schleier um ihren Kopf und ihr Gesicht war im Schlaf so sanft und ruhig, dass er ihr am liebsten über die Wange gestreichelt hätte.

Mit einem weiteren Seufzer holte er aus der Küche das zweite Zahlenschloss, entfernte das erste und brachte das zweite an, nicht ohne es auf die Ziffernkombination 467 zu drehen.

Was würde wohl passieren, wenn sie irgendwann bemerkte, dass er drei dieser Dinger hatte, mit unterschiedlichen Codes?

Er wünschte, er hätte sie packen und in sein Bett bringen können, aber das ging nicht. Nicht, so lange sie das nicht wollte.

Und im Moment wollte sie das nicht, so viel war mal klar.

Wohl wissend, dass er immer noch nicht schlafen würde, schlich er wieder in sein Zimmer, legte sich in das bequeme aber viel zu große Bett und schloss die Augen.

Gegen sieben stand er gerädert wieder auf, duschte und schlich sich leise in die Küche, wo er mithilfe des wieder entflammten

Holzofens einen Mörderkaffee braute. Den hatte er auch verdient!

Athena schlief immer noch, aber er machte ihr ebenfalls einen. Sie würde sowieso bald erwachen, bei dem Duft hier.

Und er hatte recht, nicht lange danach streckte sie sich und sah sich um.

Es war düster in der Hütte, da es draußen Bindfäden regnete und Gomez die Gaslampe nur auf kleinste Flamme gestellt hatte.

Er ging zu ihr rüber und hielt ihr den Becher mit Kaffee hin. „Guten Morgen!"

Etwas verwirrt sah sie ihn an, nahm aber den Kaffee, roch an der Tasse und kostete vorsichtig einen Schluck.

Fast bildete er sich ein, ein Schnurren zu hören.

Er grinste und verzog sich wieder in die Küche.

Also: entweder war Athena ein Morgenmuffel oder sie war immer noch sauer wegen gestern.

Abwarten war die Devise.

Nachdem sie ein paar Schlücke getrunken hatte, erhob sie sich vom Sofa und kam ebenfalls in die Küche.

Sie sah ihn von oben bis unten an. „Hast du geduscht?"

Na, die Frage war jetzt aber mal lustig. „Ja, sicher", bestätigte er mit einem Grinsen. „Ich bin doch ein sauberes Schweinchen!"

Beinahe hätte sie auch gegrinst, fasste sich aber sofort wieder. „Dann kann ich auch duschen?"

Gomez verdrehte die Augen. „Wer bin ich, dich davon abhalten zu wollen?"

Er wies auf die Tür zu seinem Schlafraum und ging vor, um ihr den Weg zu zeigen.

Als Athena das bequeme Bett sah, runzelte sie die Stirn, aber nachdem sie einen Blick auf die Dusche und die Toilette geworfen hatte, schien sie wieder versöhnt.

Gomez gab ihr ein weiches Handtuch und eine Zahnbürste, dann ließ er sie allein. Alles weitere würde sie wohl finden.

Und während sein Gast sich frisch machte, bereitete er das Frühstück zu. Es gab Müsli und Orangensaft, danach jede Menge schmackhaften Kaffees.

Alle seine Verwandten tranken Kaffee als wäre es das

Allheilmittel schlechthin und manche wurden sogar richtig böse, wenn sie die tägliche Dosis unterschritten, wie zum Beispiel sein Bruder Cristobal. Er selbst konnte schon mal ein paar Tage ohne Kaffee, aber es fehlte ihm dann immer was. Und wenn es dann den ersten frischen Kaffee am Morgen gab, hob sich seine Laune sofort.

Gott, sie waren doch alle süchtig!

Athena trat mit feuchtem Haar und zerknittertem Kleid aber frisch geduscht aus dem Schlafraum und setzte sich an den Tisch. Sie tauchte den Löffel ins Müsli und fing an zu essen, ohne etwas zu sagen.

Nachdem beide ihr Mahl verputzt hatten, sahen sie sich an.

„Gomez", sagte Athena mit Nachdruck. „Hören wir doch auf mit diesem Spielchen!"

Er nickte. „Ganz meine Meinung!"

Sie erhob sich sofort. „Dann fahren wir jetzt zurück?" Vorsichtigerweise hatte sie es als Frage formuliert.

„Sicher" Er erhob sich ebenfalls. „Wenn du mir das Buch gibst."

Mit einem Aufstöhnen griff sie sich an den Kopf. „Das hatten wir doch schon! Ich habe dein Buch nicht! Können wir bitte mal von diesem Buch aufhören? Ich möchte jetzt nach Hause! Also schließ diese verdammte Truhe auf und lass uns endlich fahren!" Ihre Augen schossen Blitze.

Er schüttelte den Kopf und setzte sich wieder. „Ich weiß nicht, ob du es nicht verstehst oder gar nicht erst verstehen willst, aber wir gehen hier nicht eher fort, bis ich dieses Buch habe. Darüber brauchen wir nicht zu diskutieren!"

„Ja, sicher!", rief sie sarkastisch aus. „Ich habe es geschrumpft und in mein Kleid gesteckt!" Dann rang sie die Hände. „Was denkst du dir? Dass ich es hier habe?"

„Damit wären wir dann einen Schritt weiter", sagte er ruhig. „Du gibst also zu, dass du das Buch gestohlen hast."

„Wenn es dich glücklich macht: ja, ich habe das Buch gestohlen", rief sie und kam auf ihn zu. „War es das jetzt?"

Er lachte auf. „Das war doch nur der Anfang. Komm schon, sag jetzt nicht, das hättest du nicht gewusst!"

Konsterniert schlug Athena mit beiden Händen auf den Tisch.

„Ich werde noch wahnsinnig! Du kannst mich nicht hier auf immer und ewig festhalten! Ich habe nicht mal Klamotten hier! Und was passiert, wenn ich vermisst werde! Ich habe Verpflichtungen, kannst du dir das nicht denken?"

Während sie ihn wütend und mit funkensprühenden Augen ansah, sich kaum noch unter Kontrolle halten konnte, blieb er völlig gelassen, fast gelangweilt. „Du willst doch nicht ernsthaft mit mir diskutieren, ob und wie lange ich dich hier festhalten kann. Ich tue es gerade, weißt du?"

Athena sprang auf und war in einem Wahnsinnstempo bei Gomez. Kurz vor ihm blieb sie stehen und schlug ihn vor die Brust, holte bereits mit einem Schrei ein weiteres Mal aus.

Wieder blieb Gomez ganz ruhig, fing ihre beiden Hände ein und hielt sie fest, so lange, bis sie sich wieder beruhigt hatte.

Er sprach dabei kein Wort, sie hingegen schimpfte, schrie, versuchte, um sich zu schlagen und brach anschließend in Tränen aus.

Eine ganze Weile später schluchzte sie nur noch, wurde ganz schlaff in seinen Armen. Er setzte sie sacht auf das Sofa und sogleich zog sie die Beine an und schlang die Arme darum.

Mit viel Verständnis beobachtete er sie, indem er direkt vor ihr stand. „Geht es wieder?", fragte er leise.

Sie hob den Blick, ihre dunkelblauen Augen schimmerten voll Tränen und ihre Lippe zitterte. „Bitte...", hauchte sie.

Fast bedauernd schüttelte er den Kopf. „So funktioniert das nicht, Süße." Er wies auf die Tür. „Das einzige, was dich hier herausbringen wird, ist das Buch. Keine Kompromisse!"

Die Worte brachten sie nur dazu, sich weiter kleinzumachen. Sie zitterte, legte ihren Kopf auf die Knie.

Gomez setzte sich neben sie, strich ihr kurz durchs Haar. „Mach es dir doch nicht so schwer. Du brauchst mir doch nur etwas über deine Motive zu erzählen, das würde doch schon mal ein Anfang sein. Warum macht dir das so viel Angst? Ich schlage dich nicht, ich kette dich nicht an die Wand – ich finde, ich bin echt gar nicht so ein schlimmer Kerkermeister."

Sie bewegte sich nicht, ließ die Berührungen aber zu.

„Wenn ich dir etwas über meine Motive erzähle", sagte sie leise und dumpf, da sie den Kopf nicht hob, „dann willst du alles wissen und am Ende das Buch zurück."

Er lachte kurz auf. „Das will ich sowieso, das ist dir doch klar, oder etwa nicht?"

„Aber das kann ich dir nicht geben."

„Dann sag mir doch einfach, warum nicht", schlug er vor.

„Weil ich es nicht habe." Jetzt hob sie den Kopf und sah ihn an.

Gomez fiel etwas auf. Sie sagte ständig, dass sie das Buch nicht habe, was aber auch bedeuten konnte... „Du hast es nicht *mehr*...?", versuchte er vorsichtig. Und auf ihr leichtes Nicken: „Weil du es jemandem gegeben hast?"

Wieder nickte sie leicht.

Scheiße! Das wurde ja immer komplizierter! Er brauchte das Buch zurück, sonst würde er mächtig in Schwierigkeiten kommen. Aber vielleicht konnte Athena es von dem Empfänger zurückverlangen.

„Und würdest du das Buch von diesem Menschen, dem du es gegeben hast, bekommen, wenn du darum bitten würdest?" Gomez legte ihr die Worte praktisch in den Mund.

Ihre Augen füllten sich wieder mit Tränen. Dann schüttelte sie den Kopf.

Ja, Mist! Worst-Case-Fall!

Er stöhnte auf. „Kannst du mir sagen, warum?"

Wieder schüttelte sie den Kopf.

„Dann vielleicht, ob er ein Traumfänger ist?" Gomez versuchte alles.

Kopfschütteln.

„Heißt das, er ist kein Traumfänger oder du weißt es nicht?", fragte er verwirrt daraufhin.

„Ich will es nicht sagen", kam es leise von Athena.

„Aber es ist nicht Max, oder?" Das war Gomez größter Alptraum, wenn dieser Mensch wieder aktiv würde, obwohl das alle schon praktisch ausgeschlossen hatten.

Sie sah ihn groß an. „Wer ist Max?"

Okay, sie log nicht, das sah er ihr an. Also nicht Max, das war schon mal gut.

„Und warum kann man dich nicht orten?", wollte er wissen.

53

Ein Aufblitzen in ihrem Gesicht, dann verdunkelte es sich wieder. Wenn sie jetzt etwas sagen würde, würde sie lügen, wusste er, deshalb hob er die Hand. „Vergiss es, du wirst es mir nicht sagen."

„Du weißt es eigentlich schon", meinte sie verwundert.

Er wusste es schon? Wie war das denn jetzt gemeint. Hatte er schon Informationen und er wusste es gar nicht?

Sein Gesicht war ein einziges Fragezeichen. „Ich weiß es schon...?", murmelte er in sich gekehrt.

„Wenn du wüsstest wie du jetzt guckst." Sie sah ihn an, ihr Gesicht hellte sich auf, sie versteckte ein Lächeln hinter einer Hand, so als wäre es unpassend.

„Hey", beschwerte er sich und tat so als hätten ihre Worte ihn getroffen. Dann fing er ihre Hand und zog sie von ihrem Gesicht weg, was sie zu einem weiteren Lächeln brachte, bevor sich ihre Augen so herrlich verschleierten.

Wie es dann kam, dass sie sich plötzlich küssten, wusste hinterher keiner von beiden.

Klar war jedenfalls, weder Gomez noch Athena konnten damit aufhören. Es war wie ein Zauber, der vom Himmel auf sie gefallen war – und er war nicht zu brechen.

Kaum einen klaren Gedanken fassend, spürte Gomez ihre Zunge, die gerade mit seiner Tango tanzte, und seine Hände legten sich wie selbstverständlich um ihre Hüfte, natürlich nur, um sie näher an sich zu ziehen. Kleidung fiel zu Boden, nicht nur seine. Er bemerkte nicht mal mehr, dass er plötzlich kein T-Shirt mehr an hatte und auch Athena war mit einem Mal völlig unbekleidet. Nur ihre herrlichen langen Haare hüllten sie beide ein, bewegten sich im Takt des gemeinsamen Atems. Wie war das geschehen? Sie hatten sich doch nur geküsst!

Die Umgebung nahm keiner von beiden mehr wahr. Sie lagen auf dem Holzboden direkt vor dem Kamin, mal der eine oben, mal die andere. Beiden kam es vor wie ein Ritt auf dem Regenbogen, der nach einer Weile in einer glühenden Explosion aus Farben zerbarst, bevor sie beide die Realität wieder einholte. Schwer atmend lagen sie nebeneinander, er hatte den Arm um sie gelegt und es war fast so wie vor einem Jahr – nur besser.

Viel besser!

„Das war...", keuchte Athena und schüttelte den Kopf, um nach Worten zu suchen.

„Unglaublich?", half Gomez aus und stützte sich auf einen Ellenbogen. „Atemberaubend...?"

Sie nickte, schien über etwas nachzudenken.

Dann schmiegte sie sich an ihn und sah ihn ernst an. „Darf ich dir eine Frage stellen?"

Sein Gesicht verdunkelte sich, da er schon die Frage kannte. Und die Antwort würde sie nicht erfreuen. „Frag!", sagte er.

Eine Weile brauchte sie noch, um sich zu trauen. Dann kam aber klar und unmissverständlich die Frage. „Warum hast du mich vor einem Jahr sitzenlassen?"

Er atmete auf. Das war nicht die Frage, die er erwartet hatte, aber diese war auch nicht viel angenehmer. Umständlich räusperte er sich. „Mein Bruder hat mich angerufen, als du im Bad warst. Er bestand darauf, dass ich sofort zurückkomme. Das hatte nichts mit dir zu tun. Ich fand es selbst unmöglich."

„Dein Bruder?", fragte sie leise und setzte sich auf, zog die Decke über sich. „Wieso hat dein Bruder diese Macht über dich?"

Wieder eine unangenehme Frage. „Er ist mein Chef! Und wir hatten eine Krise in der Instanz." Er atmete gequält ein. „Du kennst die Umstände nicht, nicht die Hierarchie der Traumfänger, deshalb kannst du es nicht nachvollziehen. Wenn ich eine andere Möglichkeit gehabt hätte, dann wäre das alles anders gelaufen. Aber es war wirklich heftig. Mein anderer Bruder hätte fast sein Leben verloren! Und Cristobal machte sich Sorgen, mir könnte auch etwas passieren." Er schüttelte den Kopf. „Es hört sich gerade nicht richtig an, wenn ich das so sage, aber es ist die Wahrheit. Ich kann mich nur entschuldigen." In ihren Augen suchte er nach Verständnis.

„Irgendwann ist diese Situation aber auch beendet gewesen", vermutete sie und wartete ab, bis er langsam genickt hatte. „Spätestens da hättest du dich melden können."

Er griff sich an den Kopf. „Athena, ich hatte dich praktisch auf dem Bett liegenlassen, ohne eine Erklärung, und war davon gestürmt. Wie hätte ich denn da zehn Tage später ankommen können, um die Situation zu bereinigen? Ich wusste damals nur deinen Vornamen und konnte mir vorstellen, dass du dieses Hotelzimmer nicht auf ewig behalten würdest! Erst später habe ich erfahren, dass du die Erbin des Steinweg-Imperiums bist! Vorher Fehlanzeige!"

Jetzt schüttelte sie den Kopf. „Erzähl mir doch nichts! Du hast mich doch auch jetzt gefunden."

Gomez angelte nach seiner Kleidung. „Es war mehr oder weniger ein Zufall. Immerhin wusste ich jetzt, wer du warst und wo ich dich finden konnte. Ich bin einfach ins beste Hotel gestiefelt und habe gefragt." Er zog sich weiter an.

Athena sagte nichts, drehte ihm den Rücken zu und begann ebenfalls, nach ihrer Kleidung zu suchen.

Er warf einen Blick auf ihre Tattoos, die sich in einer geraden Linie der Wirbelsäule folgend bis zum Gesäß durchzog.

Das letzte war eine kleine Eule, die die Flügel ausbreitete.

„Oh", sagte er und berührte es sacht. „Wie hübsch! Das ist neu."

Sie drehte sich zu ihm herum und sah ihn an. „Das war das letzte in der Reihe. Ich habe die Ausbildung beendet..." Sie biss sich auf die Lippen, als hätte sie etwas gesagt, was sie besser für sich behalten hätte.

Für welche Ausbildung brauchte man denn diese Tattoos?

Diese Frage schoss Gomez durch den Kopf. Als sie sich das erste Mal ohne Kleidung gesehen hatten, hatte sie ihm erklärt, das seien magische Tattoos und nur sie würde sie tragen, aber er hatte dem keinen Wert beigemessen. Die Teile sahen stylish aus und er hatte jedes von ihnen mit einem feuchten Kuss liebkost. Niemals hatte er angenommen, dass jedes Tattoo eine Auszeichnung für einen weiteren Teil einer Ausbildung war.

„Ausbildung?", wagte er dann doch zu fragen.

„Auch ich habe mehrere Geheimnisse...", meinte sie leise.

Oh ja, dachte er. Und damit waren sie wieder mal beim Thema.

„So wie das Buch", brachte er die unliebsame Diskussion wieder in Gang.

„Ja", bestätigte sie. „So wie das Buch."

„Du weißt, dass sich nichts geändert hat, oder?", forschte er nach. „Dass ich dich nicht gehen lasse, bevor ich das Buch habe."

Mitten in ihrem Tun hielt sie inne, wahrscheinlich geschockt.

„Wie meinst du das?", fragte sie mit angehaltenem Atem.

Er rollte mit den Augen. „Hast du wirklich gedacht, du verführst mich kurz mal eben und ich lasse dich dann gehen? Athena, das kannst du nicht gedacht haben, so dumm bist du doch nicht!"

Sie stieß einen frustrierten Schrei aus und suchte etwas, das sie ihm an den Kopf werfen konnte. Zu seinem Glück war es nur ein Kissen, das ihn auch noch verfehlte. „Du verdammter..."

Mit noch nicht so beweglichen Knochen, aber dennoch schnell, erhob er sich behände und ging zur Tür. Mit was sie ihn be-schimpfte, bekam er nicht mehr mit.

„Ich gehe Holz hacken", war sein Kommentar.

Draußen regnete es zwar immer noch, aber er brauchte die Pause jetzt dringend. Als er an sich heruntersah, bemerkte er die fehlenden Schuhe. Ach ja, die hatte er ja auch eingeschlossen, damit sie die nicht in einem unbedachten Moment nahm und den Abgang machte.

Egal, im angrenzenden Schuppen hatte er noch Arbeitsschuhe stehen. Nach ein paar Minuten hatte er die auch gefunden, angezogen und mit dem Holzhacken angefangen.

Der Regen prasselte auf ihn herab und er fuhr fort, immer und immer wieder neue Scheite hervorzubringen. Als ob das gegen seine innere Unruhe helfen würde...

Zweieinhalb Stunden später war er entweder durchgeschwitzt oder komplett nassgeregnet – oder eine Kombination aus beidem. Das Holz konnte er so auch nicht verwenden, dass musste erst mal wieder trocken werden. Also stapelte er es am Schuppen auf, nahm noch einen Eimer trockenes mit und betrat die Hütte wieder.

Athena saß auf dem Sofa und sah ihn böse an, als er das Brenn-werk an den vorgesehen Platz stellte.

Er seufzte. Sie hatte sich also noch immer nicht beruhigt.

Wenn er richtig darüber nachdachte, hätte er es an ihrer Stelle wohl auch nicht. In diesem Moment kam er sich vor wie das letzte Schwein. Aber er brauchte das Buch!

Mit einem Seufzer setzte er den Teekessel auf den Ofen und schickte sich an, duschen zu gehen.

Mit einem Mal gewahrte er Athena, die hinter ihm stand.

Er drehte sich herum, sah sie an.

Sie hatte sein Schwert gefunden, dass er hinter die Truhe gelegt hatte, hielt es jetzt in den Händen und zielte auf seinen Bauch.

„Öffne die Truhe, sonst..." Den Rest vom Satz ließ sie offen, aber er sah ihr an, dass es ihr ernst war.

Die Spitze des Schwertes zeigte direkt auf seinen Bauchnabel.

Er lächelte bitter, bevor er leise etwas sagte. „Athena, mit einem Schwert ist es anders als mit einer Pistole. Wir Traumfänger kennen uns gut damit aus, da es die Waffe ist, mit der wir unser tägliches Brot verdienen. Und wenn wir uns einander bedrohen, dann..." Ganz langsam streckte er den Zeigefinger aus, legte ihn unter die Klinge und schob sie sacht nach oben. Dabei ließ er sie nicht aus den Augen. Irgendwann war er bei seinem Hals angekommen. „Dann halten wir es an die Kehle." Er beugte seinen Kopf etwas zur Seite, bot ihr wie einem Vampir den Hals in seiner ganzen Pracht an, fuhr sogar mit seinem Zeigefinger quälend langsam über die Ader, die da unter seiner Haut pochen musste. „Hier gibt es eine gute Stelle, die mächtig blutet, wenn wir sie nur etwas anritzen. Aber zum Töten ist es am allerbesten, dem Entsprechenden, in diesem Falle mir, den Kopf abzuschlagen." Er machte eine Pause, in der er die geweiteten Augen seiner Bedroherin bemerkte. „Und hier haben wir auch das Dilemma. Du willst die Truhe aufgeschlossen bekommen, ich weigere mich. Selbst wenn du mich ein wenig mit dem Schwert bearbeitest, werde ich sie nicht öffnen. Und selbst wenn du mich noch so wenig bearbeitest, werde ich verbluten. Damit ist das mit der Truhe gegessen. Gesetzt den Fall ich öffne die Truhe, was nicht passieren wird, was willst du dann tun? Wie wirst du mich in Schach halten, während du die Sachen herausnimmst? Mit einer Pistole wäre das einfach – nicht mit einem Schwert." Wieder lächelte er. „Also, Athena, dann schlag zu! Mach es kurz!"

Sie sah ihn nur an, ihre dunkelblauen Augen geweitet, den Mund leicht geöffnet. Ihre Hand zitterte.

„Ich will dich nicht töten", wisperte sie.

„Aber das tust du!", widersprach er hart. „Entweder du stößt dieses Schwert in mich oder du bringst mich und meine Sippe langsam um, indem du mir das Buch vorenthältst. Das Ergebnis ist dasselbe, nur bei der zweiten Methode dauert es länger."

Athena ließ das Schwert sinken, bis dass es auf den Boden schepperte. Sie presste eine Hand auf den Mund und versuchte, nicht in Tränen auszubrechen. Die andere Hand schlang sie um sich, unfähig, ihr Zittern zu verbergen.

Gomez wusste, er musste jetzt wirklich hart bleiben, so ungern er das tat und so schwer es ihm fiel. Sie waren an einem Punkt angekommen, wo sie endlich begriff, endlich begreifen musste, wie wichtig dieses Buch für ihn und die gesamten Traumfänger war. Er musste sie jetzt weiter nachdenken lassen.

Also drehte er sich um und ging ins angrenzende Zimmer, um zu duschen.

Während das heiße Wasser an ihm herunterlief, wurde er immer unruhiger. Er hoffte inständig, dass Athena keinen Unsinn machen würde. Im Moment traute er ihr sogar zu, ohne Schuhe den Waldweg herunterzulaufen, nicht, dass sie dort weit kommen würde. Es war einfach so verwirrend. Warum sagte sie denn nicht endlich, was Sache war? Offenbar hatte sie jetzt erkannt, wie weit er gehen würde, sogar, wie weit sie bereit war zu gehen. Und jetzt mussten sie einen Kompromiss finden. Und er hoffte, betete, dass dieser Kompromiss zu seinen Gunsten ausfallen würde, denn abschlagen konnte er ihr so wirklich nicht viel.

Nach einer Weile wurde das Wasser kalt und er verließ die Dusche, trocknete sich ab und suchte sich eine Jogginghose und ein T-Shirt raus. Die dreckigen Sachen würde er später im Waschbecken waschen.

Er betrat den Wohnraum und fand dort Athena vor, die vor dem Küchenofen stand und einen Kaffee zubereitete. Sie reichte ihn ihm, als er sich ihr näherte.

„Hast du was hinein getan?", fragte er, ohne eine Miene zu verziehen.

„Nur Zucker", meinte sie, bevor sie begriff, was er damit hatte sagen wollen. „Na, hör mal, was hältst du von mir?"

Er zuckte die Schultern. „Du willst hier raus. Da musst du jeden Vorteil nutzen. Ich hätte es jedenfalls so getan." Und dabei dankte er den Göttern dafür, dass er das Schlafmittel im Bad eingeschlossen und versteckt hatte.

Sie war verletzt, das konnte er deutlich sehen. Ohne ihn aus den Augen zu lassen, nahm sie ihm die Tasse wieder ab und nahm einen Schluck daraus, dann gab sie ihm wieder. „Besser?"

Mit einem Lächeln nickte er. „Danke, viel besser." Er nahm ebenfalls einen Schluck. Oh, das tat gut, genau das hatte er gebraucht.

Sie goss sich ebenfalls eine Tasse ein und kostete. Offenbar war sie dem schwarzen Gebräu ebenso zugetan wie er.

„Wenn ich dir sage, wo du das Buch finden kannst", bot sie nach einer Weile mit gesenktem Blick an, „gibst du mir dann mein Handy und lässt mich telefonieren?"

Er lachte auf. „Damit du den anderen warnen kannst? Wohl kaum!" Gekonnt verschwieg er ihr, dass es hier oben sowieso kein Netz gab. Aber der Vorschlag war interessant.

Sie schüttelte den Kopf. „Ich will nur meine Familie anrufen, dass es mir gut geht. Wahrscheinlich laufen die schon Amok."

„Wenn ich darauf eingehe", sagte er langsam und nachdenklich, „erzählst du mir dann etwas zu deinen Motiven?" Er fand ihren Blick.

Athena biss sich auf die Unterlippe. „Nur, wenn du mir etwas von dir und den Traumfängern im Gegenzug erzählst."

Wieder lachte er. „Also Geheimnis um Geheimnis?" Seine Augen funkelten. „Gefällt mir, von meiner Seite aus kommen wir zusammen."

Sie setzte sich auf einen der Küchenstühle und lehne ihre Ellenbogen auf den Tisch, stützte den Kopf auf die Hände, sah ihn unverwandt an. „Warum ist euch das Buch so wichtig? Es wurde mir nur als Überbleibsel eurer Alten beschrieben. Steht etwas darin, dass euch schaden könnte?"

„Selbstverständlich", gab er zu und setzte sich ebenfalls an den Tisch. „Und eigentlich dürfte kein Außenstehender von diesem Buch auch nur ein Fitzelchen wissen. Wo hast du davon gehört?"

Sie lachte und das gefiel Gomez nur zu gut. Wenn sie immer dieses Lachen verwenden würde, wäre er machtlos. Es verführte ihn dazu, ihr alles geben zu wollen, wenn sie denn nur weiter lachen würde.

„Im bösen World Wide Web natürlich." Sie nahm noch einen Schluck Kaffee und grinste. „Stell dir vor, da findest du eine Menge."

„Im Internet steht etwas über das Buch der Stille, von dem nur die Traumfänger wissen?", entgegnete er entgeistert. „Das kann ich fast gar nicht glauben!"

„Solltest du aber." Athena nickte ernst. „Du musst nur genau schauen. Es wird nach einigem Suchen aufgelistet unter dem Schlagwort..." Mit einem Mal verstummte sie und bekam einen verschlossenen Gesichtsausdruck. „Neue Frage", lenkte sie dann ab, „habt ihr das Buch schon mal benutzt?"

Oha, offenbar wusste sie viel genauer Bescheid, als er gedacht hatte. Das machte ihm etwas Angst. Sie war immer noch eine Außenstehende. Wie sollte er das Cristobal erklären? Sollte er es ihm überhaupt erklären? Zum Teufel, das geriet hier gerade ganz schön aus dem Ruder!

„Vielleicht", lachte er. „Es ist gefährlich. Man wird verrückt, wenn man darin liest."

Jetzt wurde sie aber eine Spur besorgt. Sie schluckte trocken. „Wirklich? Das wusste ich nicht."

„Wolltest du darin lesen?", forschte er weiter, nicht ohne ihre gegenwärtige Besorgnis auszunutzen.

„Möglicherweise" , antwortete sie ausweichend. Offenbar ahnte sie, was er bezweckt hatte.

„Und wo kann ich das Buch finden?", wollte er leise wissen. Er war mittlerweile so rappelig, dass er kaum stillsitzen konnte. Was, wenn sie ihr Versprechen nicht halten würde...?

Athena sah ihn an und atmete tief ein und aus. „Das Buch befindet sich zur Zeit in der Elisabethenstraße 13." Sie stockte, atmete nochmal zitternd ein und nickte dann. „Jetzt bist du dran!"

Er erhob sich, ebenfalls nickend, und ging zu der Truhe, die er aufschloss. Dann entnahm er ihr das Handy und hielt es Athena hin. „Ich muss dir noch etwas sagen."

Sie hörte es nicht. Schnell nahm sie das Handy, startete es und hielt es hoch.

„Athena, bitte hör mir zu!", versuchte es Gomez noch einmal.

Aber sie ging in der Hütte herum, hielt das Handy hoch, in der Hoffnung, ein Netz zu bekommen.

In dem Moment, wo Athena verblüfft sagte: „Ich hab kein Netz hier!", brüllte Gomez fast genau dasselbe: „Du hast kein Netz hier!"

Beide sahen sich an und schwiegen entsetzt. Athena, weil ihr die Tragweite der Aussage gerade bewusst wurde und Gomez, weil er gerade nicht wusste, ob sie ihm vielleicht nicht doch an die Gurgel gehen wollte.

„Das war es, was ich dir sagen wollte", meinte er nach einer Weile Starrens. „Hier oben gibt es kein Netz."

Ihr Gesicht lief rot an. „Das hast du gewusst, bevor du mit mir diesen Handel eingegangen bist?" Ihre Stimme ätzend,

Er hob die Hände und zeigte ihr beruhigend die Innenflächen.

„Athena, ich kann selbst nicht telefonieren und muss die Info von dir weitergeben. Ich hatte also geplant, runter auf die Straße zu fahren und dort zu telefonieren. Und da wollte ich dich mitnehmen, also wirf mir nicht vor, ich wäre ein unlauterer Handelspartner!" Gomez war sehr sauer. Klar, er hatte vielleicht nicht von Anfang mit offenen Karten gespielt, aber daraus jetzt zu schließen, er würde von vornherein betrügen wollen, das war schon stark.

Athenas Gesicht hellte sich auf. „Entschuldige, hast du gesagt, wir fahren von hier fort?"

„Ich hatte gesagt, ich wollte telefonieren fahren und dich eventuell mitnehmen", meinte Gomez pikiert. „Aber im Moment frage ich mich, ob du nicht vielleicht wieder im Kofferraum mitfahren solltest."

Ihr schauderte es. „Bitte nicht, das war ganz schrecklich!"

Er war immer noch nicht versöhnt. „Dann denk immer daran, dass das schneller wieder eintreten kann als du glaubst." Mit Schwung nahm er seine Schuhe aus der Truhe, seinen Auto-Schlüssel und verschloss alles andere darin.

Athena kam an seine Seite und beobachtete ihn, wie er sich

anzog. Sie wartete ab, bevor sie wieder redete. „Du hast mir meine Schuhe nicht gegeben." Vorsichtigerweise wagte sie nicht, zu entnervt zu klingen.

Gomez lachte auf. „Ich will ja auch nicht, dass du wegläufst. Und es ist mir ein Vergnügen, dich zum Auto zu tragen. Also: bist du bereit?"

Was sollte sie tun? Gute Miene zum bösen Spiel machen, das war ihre einzige Chance. So nickte Athena.

Etwa drei Minuten später saßen beide im Auto, wobei Gomez nicht darauf verzichtet hatte, sie höchstpersönlich auf seine Arme zu nehmen und sie auf den Beifahrersitz zu befördern.

Langsam fuhren sie aus dem Wald.

Auf einem Parkplatz kurz bevor die geteerte Straße anfing, hielt Gomez das Auto an und nickte Athena zu. „Dann fang mal an zu telefonieren." Er legte seine Hand auf ihre, die das Handy hielt und zwang sie, ihn anzusehen. „Aber mach keinen Unsinn, sonst nehme ich dir das Handy weg und schmeiße es so weit wie es fliegt!"

Sie nickte und wusste genau, er meinte das vollkommen ernst.

Aufseufzend wählte sie die Nummer von Tony, schließlich musste der sie ja schon schmerzlich vermissen. Komischerweise ging niemand ran, das Handy war sogar ausgeschaltet.

Mit gerunzelter Stirn nahm sie die nächste Nummer, Jörgs.

Nach dem dritten Klingeln ging er ran. „Frau Steinweg?", fragte er mit Keuchen. „Geht es Ihnen gut?"

„Ja", sagte sie ruhig und gewahrte den argwöhnischen Blick von Gomez auf ihr. „Ich möchte mich nur abmelden. Ich mache kurzfristig Urlaub. Bitte teile das Tony und meiner Familie mit!"

„Können Sie reden?", fragte Jörg mit einem Flüstern. „Ist einer der Entführer bei Ihnen?"

Sie schaute Gomez verwundert an, der sie ebenfalls. Das Handy war so eingestellt, dass er mithören konnte. „Ich bin nur im Urlaub und es ist alles in Ordnung", sagte sie mit Nachdruck. „Wieso glauben Sie an eine Entführung?"

„Wegen dem Entführer, der mit Tonys Handy angerufen hat", sagte Jörg verblüfft. „Soll das heißen, da hat mich einer hoch-genommen?"

„Ich bin nicht entführt!", stellte Athena nochmal klar und gewahrte Gomez, der eine Handbewegung machte, die besagte, sie solle zum Schluss kommen. „Und ich mache jetzt weiter Urlaub!" Damit beendete sie das Gespräch und schaltete das Handy aus. „Bist du jetzt zufrieden?", meinte sie verstimmt zu ihrem Gegenüber. „Du hättest mich nicht drängen müssen!"

Er nahm ihr das Handy ab und steckte es in seine Hosentasche. Dann legte er den Kopf schief und runzelte die Stirn. „Du hast doch deinen Leuten alles sagen können. Das sollte kein Roman werden! - Und beschwer' dich nicht, schließlich bist du meine Gefangene!"

„Warum eigentlich noch?", wunderte sie sich. „Du weißt doch jetzt, wo das Buch ist! Wieso kann ich da nicht wieder nach Hause?" Das schien ihr wirklich erst gerade aufgefallen zu sein.

„Ich habe das Buch noch nicht", entgegnete er mit zusammen-gebissenen Zähnen. „Und ich entscheide, wann ich dich gehen lasse!"

Sie zuckte die Schultern und wandte sich ab.

Er nahm sein eigenes Handy und wählte die Nummer von Cristobal. Das Gespräch würde nicht leicht werden, so viel war mal klar. Hoffentlich hatte Luna für ihn gesprochen...

„Was?", bellte sein ältester Bruder in das Mobiltelefon. „Und du solltest jetzt besser eine ganz gute Erklärung haben, weshalb du in Urlaub gegangen bist!" Er war wie immer schlecht drauf.

„Habe ich", entgegnete Gomez. „Hast du was zu Schreiben? Ich sage dir die Adresse, wo das Buch jetzt ist.

„Du weißt, wo sich das Buch befindet?", brüllte Cristobal entgeistert. „Woher hast du die Infos? Sind die reell?"

„Sicher", nickte Gomez. „Im Moment befindet es sich in der Elisabethenstraße 13. Am besten du informierst dich, was das für ein Gebäude ist und siehst zu, dass du das Buch da rausholst."

Cristobal schnaufte. „Weißt du, wer es hat und wie es dahin kam?"

„Nein, ich weiß nur, dass es sich dort befindet. Ich hab auch nicht groß Zeit, dir irgendwas zu erklären. Wenn ich neue Infos habe, dann rufe ich wieder an"

„Gomez?" Cristobals Stimme klang ruhig, aber gefährlich. „Bist du in Schwierigkeiten? Brauchst du Hilfe?"

Er lachte kurz auf. „Nein, ich brauche nur mehr Zeit. Danke, Bruder, ich melde mich." Damit beendete er das Gespräch, steckte das Handy ein und startete das Auto. Eine Minute später waren sie wieder auf dem Weg in den Wald.

Athena seufzte. „Gomez, wie lange soll das denn noch gehen? Wieso musst du mich weiter hier in deiner Gewalt behalten, wenn du weißt, wo das Buch ist."

Er gönnte ihr nur einen kleinen Seitenblick. „Wie gesagt, ich habe das Buch noch nicht. Du hast mir nur die Adresse gegeben, das heißt noch lange nicht, dass mein Bruder es bekommt. Und das impliziert nun wieder, dass ich dich bei mir behalte. Verstanden?"

Wütend stieß sie den Kopf gegen die Lehne. „Dann wird das ein verdammt langer Urlaub für uns beide werden. Denn dein Bruder wird das Buch nicht bekommen, egal, was er tut!"

Fünf

Cristobal wusste genau, wie er jetzt weiter vorgehen musste. Als erstes sagte er Tiymur und Adnan Bescheid, sie sollten sich bereithalten, dann versuchte er, seine Weise Leonie zu finden. Leider gestaltete sich das schwieriger als gedacht, denn die Gute war nicht aufzufinden. Erst ganz zuletzt suchte er in ihrem Ruheraum, den sie in der Instanz hatte. Und er stürmte auch einfach so rein, was konnte da drin schon vorgehen?

Und damit platzte er voll in eine Liebesbeziehung, auf die er gar nicht so vorbereitet war.

Leonie schrie auf und zog eine Decke über sich und ihren Partner, der so zusammenfuhr, dass beide bald aus dem Bett fielen.

„Verdammt noch mal!", fluchte der Dritte. „Was ist eigentlich los in dieser verfluchten Instanz? Jedes Mal, wenn ich hier in diesem Zimmer bin, vermasselt man mir die Tour! Das ist ja krank!" Er angelte unter der Decke nach seinen Klamotten.

Cristobal grinste beide an, es war ihm nicht mal peinlich!

„Sorry für die Störung! Ich bräuchte mal unsere Weise zwecks einer Sichtung."

„Jaja", stöhnte der Dritte. „Ist ja immer so! Warum ist das so wichtig, verdammt?"

Leonie seufzte auf. „Hat das nicht Zeit?"

„Nein", entgegnete der Instanzchef. „Sonst wäre ich ja nicht hier."

„Dann warten Sie draußen", sagte sie entnervt.

„Schon gut!" Cristobal drehte sich um, aber bevor er den Raum verließ, sah er beide nochmal an. „Aber ich komme in einer Minute wieder rein! Also keine Zeit für eine kleine Nummer!" Er grinste und machte, dass er vor die Tür kam.

Von innen hörte er noch, dass etwas die Tür traf.

Nach angemessener Zeit kam der Dritte aus dem Raum und sah ihn böse an. „Hoffentlich ist das wichtig!"

Dann kam auch Leonie raus. Sie sah ebenfalls nicht freundlich aus. „Was wollen Sie wissen?"

„Elisabethenstraße 13", sagte Cristobal und das Grinsen wich langsam aus seinem Gesicht. „Was können Sie darüber sagen?"

„Sie haben uns doch nicht gestört", knurrte der Dritte und nahm eine Position ein, die Cristobal gar nicht gefiel, „um etwas zu einer Adresse zu erfahren, die Sie einfach hätten googeln können!"

„Cristobal, wirklich...", begann auch Leonie mit gerunzelter Stirn.

Die Hände des Instanzleiters fuhren hoch und brachten alle zum Schweigen. „Leute, ich bin nicht blöd! Ich brauch die Infos dringend! Können wir dann mal loslegen?"

Wie auf Kommando wurden der Dritte und Leonie rot im Gesicht, hielten sich aber zurück. Nach einer Minuten Durchatmens, in der Cristobal in sich hinein grinste, warf Leonie endlich den Kopf in den Nacken und sah in die Zeit. Es dauerte auch nicht wirklich lange. Bereits eine weitere Minute später war sie wieder klar und sah Cristobal bedauernd an. „Tja, mein Lieber, das war wohl nichts."

„Wie jetzt...?"

Sowohl der dunkle Instanzleiter als auch der Dritte sahen sie ungläubig an.

„Ich kann nichts dazu sehen", erklärte Leonie gelassen. „Das ist ein Haus mit einem schönen Vorgarten. Das war alles. Ich kann nicht sagen, wer darin wohnt, ich kann nicht sagen, wie viele Zimmer es gibt, leider werde ich an der Haustür abgewiesen."

„Wie meinst du das?", wollte Thomas Schmidt wissen. „Wer weist dich da ab? Und wie geht das?"

Sie zuckte die Schultern. „Keine Ahnung! Ich weiß nur, dass ich gedanklich nicht reinkomme."

„Hm", überlegte Cristobal. „Es ist also so wie bei der Frau auf dem Überwachungsvideo."

„Reden wir von dem Buch?" Jetzt war der Dritte in Fahrt. „Sie haben Infos zu dem Buch? Und Sie lassen mich hier so stehen?"

„Langsam", bremste ihn Cristobal, während Leonie von einem zum anderen schaute. „Noch habe ich nichts! Aber, wenn Sie unbedingt wollen, nehme ich Sie mit, wenn ich nachsehe."

„Sie nehmen mich mit?", brüllte der Dritte erbost. „Erst vermasseln Sie mir die Tour, dann kommen Sie damit raus, dass

67

Sie Infos zu dem Buch haben und jetzt wollen Sie mich nur mitnehmen? Sie sollten froh sein, wenn ich Sie mitnehme!"
Die beiden standen voreinander und sahen sich böse an.
„Bitte, Leute!" Leonie quetschte sich zwischen die Streithähne.
„Im Grunde genommen ist es egal, wer hier wen mitnimmt. Warum geht ihr zwei nicht gemeinsam los? Ihr solltet sowieso erst einmal Erkundigungen..." Weiter kam sie nicht, denn der Dritte fasste Cristobal am Arm und wies auf den Ausgang.
Und der nickte, war einfach mitgegangen.
Leonie schüttelte den Kopf. Das war ja wie auf dem Spielplatz hier!
Adnan und Tiymur warteten bereits im Auto auf ihren Chef, sagten aber nichts, als der Dritte dabei war.
Sie fuhren auf direktem Wege zur Elisabethenstraße und hielten gegenüber des Hauses auf der anderen Straßenseite.
Leonie hatte Recht gehabt: ein schönes Haus mit einem geschmackvollem Vorgarten. Ein paar Blümchen säumten den Eingang und vor der Haustür auf der Treppe gab es einen Tontopf mit einem Bäumchen. Durch die Fenster konnte man nicht ins Innere sehen und der umzäumte Garten könnte ein Hinweis auf einen Hundebesitzer sein.
„Wie machen wir es?", fragte Cristobal die anderen. „Jemand einen Vorschlag?"
Adnan nickte. „Ich klingele an, frage nach, wie die Nachbarschaft hier ist, da ich ein Haus zu kaufen gedenke. Mal sehen, wer aufmacht und was ich erfahren kann."
Der Dritte nickte dazu. „Guter Plan! Und während Sie den Besitzer ablenken, stürmen wir das Gebäude und nutzen den Schreckensmoment aus!"
„Könnte nach hinten losgehen", gab Tiymur zu Bedenken. „Wir wissen nicht, wie viele Leute im Haus sind. Lassen Sie doch erst einmal Adnan Informationen sammeln."
Cristobal stimmte ihm zu. „Wir warten ab. Los Adnan, hau rein!"
Der große türkischstämmige Mann machte sich auf den Weg, klingelte und wartete, was sich tat.
Es öffnete ein Mann mit blondem Haar, der eine ähnliche Figur wie er hatte, die dieser Mensch aber in einen Anzug gequetscht

hatte. In der letzten Zeit schien der auch etwas an Gewicht zugelegt zu haben, denn der Anzug saß etwas knapp.

„Guten Tag", grüßte Adnan höflich. „Ich interessiere mich für ein Haus in der Nachbarschaft und wollte mal wissen, ob Sie mir weiterhelfen können."

Der Blonde runzelte die Augenbrauen. „Was?", fragte er unhöflich. „Ich versteh' Sie nicht!"

Eines musste man Adnan lassen. Am liebsten hätte er dem Typen was aufs Fressbrett gehauen, aber er lächelte höflich, fast ein bisschen dümmlich und meinte gelassen: „Ich wollte mal wissen, wie die Nachbarschaft hier ist."

„Nachbarschaft?" Der Blonde schien nicht sonderlich intelligent zu sein. „Keine Ahnung, die kenne ich nicht."

„Dann wohnen Sie noch nicht lange hier?" Adnan sprach mit Engelszungen.

„Nee", bestätigte der Anzugträger. „Nur, wenn wir in der Stadt sind."

„Entschuldigen Sie die Frage", beeilte sich Adnan, den Anschluss nicht zu verlieren, „dann weiß vielleicht Ihre Frau, wie es hier ist." Er beugte sich vertrauensvoll näher. „Die Frauen wissen doch meist eher Bescheid. Meine zumindest... Sie wissen schon..."

Nein, der Mann wusste es wohl nicht. Er machte eine Schnute und sagte etwas verwirrt: „Ich bin nicht verheiratet!"

„Oh, tut mir leid! Ich dachte, bei dem großen Haus und weil Sie „wir" gesagt hatten..."

„Mein Chef wohnt hier! Und der geht nicht aus, also lassen Sie uns in Ruhe!" Jetzt war es mit der sowieso gespielten Höflichkeit des Mannes ganz vorbei. „Fragen Sie doch gegenüber, die haben nervige Kinder, die immer so laut rumschreien!" Flaps, die Haustür wurde zugeschmissen und Adnan stand einfach da.

Mit einem leisen Grinsen auf den Lippen stiefelte er wieder zum Auto.

„Also", erklärte er beim Einsteigen. „Offenbar gibt es den Chef von dem Tonti, der die Tür geöffnet hat, und den Tonti selber. Aber innen war alles sauber, die haben wohl eine Putzfrau. Es ist luxuriös eingerichtet, so weit ich das sehen konnte. Und ich kann mir nicht vorstellen, dass der Chef da allein mit dem Tonti ist. Da gibt es wohl noch mehrere. Auf der Klingel steht der Name Meier, nichtssagend. Ich schaue mal im digitalen Telefonbuch nach, ob der dort drin steht." Schon hatte er sein Handy gezückt und tippte darauf ein.

„Pffft" Der Dritte zückte ebenfalls sein Handy. „Das wird mir jetzt hier viel zu blöd, ich hole ein paar Beschützer und wir nehmen den Kasten ein!" Flugs hatte eine Verbindung und orderte einen Trupp entsprechender Leute.

„Ich halte das für eine saublöde Idee!", widersprach Cristobal, nachdem der Dritte aufgelegt hatte. „Das kann nach hinten losgehen! Was hält Sie eigentlich davon ab, ein paar mehr Infos zu sammeln?"

Der Dritte sah den dunklen Instanzleiter schräg an. „Ein paarmal hatte ich gedacht, Sie hätten sich weiterentwickelt." Er lachte wie über einen guten Witz. „Aber Sie sind einfach zu weich, seit Sie verheiratet sind."

Cristobals Mund klappte zu. Das hatte ihm noch niemand gesagt. „Halten Sie die Klappe!"

„Weichei!" Der Dritte stieg aus dem Wagen und wartete am Straßenrand.

„Der macht mich wahnsinnig!", grollte Cristobal, während Adnan und Tiymur sich angrinsten. Wütend betätigte er den Fensterheber. „Steigen Sie wieder ein, Sie Vollpfosten!"

Der Dritte beugte sich arrogant runter und lächelte fies. „Ich habe doch alles gesagt! Und meine Leute kommen jetzt gleich. Kein Grund zur Sorge!" Wieder lachte er wie eine alte Hexe auf. „Wenn alles vorbei ist, lasse ich Sie mal teilhaben, wie die großen Kinder so spielen..." Damit wandte er sich ab.

Tiymur, der am Steuer saß, hielt Cristobal zurück. Der wurde ganz rot im Gesicht und wollte schon aus dem Auto stürmen.

„Cristobal, lassen Sie ihn! Soll er doch die Drecksarbeit machen, wir sacken dann die Überlebenden ein und machen uns nicht schmutzig", gab auch Adnan zu bedenken. „Kein Grund, sich jetzt aufzuregen!"

Die beiden hatten natürlich recht, also beruhigte sich der dunkle Instanzleiter wieder und wartete mit den Zähnen knirschend auf die Dinge, die sich da entwickelten.

Es dauerte auch nicht lange, da kamen zwei dunkle Vans angebraust, aus denen insgesamt sieben Beschützer des Asteriums stürmten, die dann auf Kollisionskurs mit dem Haus auf der Elisabethenstraße 13 gingen – der Dritte voran.

Die drei Männer im Mini konnten nur sehen, dass nach dem Klingeln das Haus gestürmt wurde. Dann wurde es für kurze Zeit laut im Haus, Cristobal bildete sich sogar ein, Schüsse gehört zu haben.

Danach war es still.

Zu still.

Mit einem mulmigen Gefühl sah er seine Leute an. „Das ist kein gutes Zeichen, oder?", wollte er wissen.

Beide schüttelten wie auf Kommando den Kopf.

„Ich hab da ein verdammt mieses Gefühl", meinte Adnan, was Tiymur nur bestätigen konnte.

In diesem Moment ging die Tür auf und ein junger Mann von etwa 20 Jahren trat aus dem Haus. Er sah sich um.

Sein Blick fiel auf den schwarzen Mini, in dem die drei Männer saßen, die sich etwas verwirrt ansahen.

Der schmale Jüngling trug eine große schwarze Plastiktüte mit sich und hielt zögernden Schrittes auf den Mini zu.

Aus der Nähe betrachtet sah er ziemlich eingeschüchtert aus, fand Cristobal, und auch gar nicht wirklich nach 20 Jahren – eher jünger.

Da die Scheibe auf dem Beifahrersitz bereits unten war, hielt der Junge dort an und räusperte sich. „Wer ist denn der Chef bei Ihnen?" Seine Stimme zitterte etwas.

Adnan sah Tiymur an, der Cristobal und dieser den Jungen.

Was sollte das denn jetzt?

„Wer will das wissen?", grollte der dunkle Instanzchef.

Der Junge zuckte angesichts der dunklen Stimme und des nicht freundlichen Tones zusammen.

„Ich soll dem Chef etwas geben", presste er hervor und hob die Tüte etwas an. Es musste etwas Großes drin sein, denn sie war sehr ausgebeult.

Cristobal stieg aus, stellte sich cool vor den Jungen hin und wedelte mit der Hand. „Gib her!"

Am ganzen Körper bebend gab der Typ die Tüte rüber und musste schließlich an sich halten, um sich nicht zu schütteln.

Tiymur und Adnan stiegen ebenfalls aus und gesellten sich zu ihrem Chef.

Der öffnete die Tüte und warf einen Blick rein.

Dann schloss er kurz die Augen und als er sie wieder öffnete, war da eine Eiseskälte darin, die Adnan derart überraschte, dass er nach der Tüte griff.

Cristobal war tatsächlich etwas blass geworden, aber er gab sich weiterhin sehr cool. „Was ist mit dem Rest?"

Der Junge deutete auf das Haus. „Den sollen Sie dann drinnen abholen...", stotterte er.

Währenddessen hatte Adnan in die Tüte geschaut und ihm wurde ganz übel. Er gab sie weiter an Tiymur, der ebenfalls ganz blass wurde, nachdem er den Inhalt gesichtet hatte.

Er machte den Kofferraum auf und legte die Tüte vorsichtig hinein, als ob das dem Inhalt noch etwas ausmachen würde.

Einen Augenblick lang konnte er das Bild nicht loswerden, er musste es unbedingt verdrängen.

Dieses rote Haar, das da dunkel voll Blut verklebt war, die toten Augen, die glücklicherweise geschlossen waren, der offene Mund...

Offenbar war der Dritte nicht darauf vorbereitet gewesen, seinen Kopf zu verlieren.

Tiymur schüttelte sich. Das Bild würde ihn lange verfolgen...

„Dann gehen wir!", forderte Cristobal den Jungen auf.

Auch Adnan und Tiymur setzten sich in Bewegung.

Der Junge blieb stehen und druckste herum. „Äh, mein Chef hat gesagt, nur Sie."

„Wir können Sie da nicht allein reingehen lassen!", zischte Tiymur seinem eigenen Chef zu und sprach für Adnan gleich mit.

„Wie ist die Situation da drin?", fragte Cristobal den Jungen, ohne sich darum zu kümmern, welche Einwände seine Leute hatten.

„Äh", machte der. „Ich weiß nicht genau, wie ich Ihnen das sagen soll... Auf jeden Fall sieht das nicht so gut für diese Eindringlinge aus." Er schluckte hektisch. „Aber Sie haben freies Geleit, wenn Sie deshalb sorgen."

Sorgen? Wer machte sich hier denn Sorgen?

Cristobal drehte sich zu Adnan und Tiymur hin und nickte. „Ihr habt es gehört. Ich komme in jedem Fall wieder raus. Wenn nicht, könnt ihr ja immer noch eine Bombe darauf werfen."

Wer jetzt meinte, er hätte einen Scherz gemacht, Fehlanzeige. Das meinte er völlig ernst.

Er drehte sich wieder dem Jungen zu, machte ihm eine Geste und beide setzten sich in Bewegung.

„Wer ist dein Chef?", fragte Cristobal noch, bevor sie das Haus betraten.

„Er wird sich selbst vorstellen", meinte der Jüngling und schien sich jetzt hier im Inneren etwas sicherer zu fühlen, jedenfalls wirkte er nun nicht mehr so eingeschüchtert.

Adnan hatte recht gehabt. Es war alles sehr luxuriös ausgestattet. Vom Flur ging es in einen weiteren kleineren Raum, der wie ein leichtes Lesezimmer wirkte, mit zwei Ledersesseln und einem Tischchen, auf dem auch drei Bücher lagen. Cristobal kannte keines davon. Vom Leseraum kam man in ein großes Zimmer, das wie eine Halle wirkte, im hinteren Bereich ein offener Kamin vor dem ein Bärenfell lag, spiegelglatter Fliesenboden, feine Möbel, die so gar nicht zu dem Bild passten, das sich Cristobal bot.

Im Halbkreis knieten die Beschützer des Asteriums auf dem schönen Boden, die Hände auf dem Kopf verschränkt – und hinter ihnen standen starke Männer, dunkel gekleidet, jeder in den Händen ein Sturmgewehr, das auf die Köpfe der Leute zielte. Cristobal bemerkte, dass einige bluteten.

Auf einem Haufen vor dem Kamin und Bärenfell lagen die Schwerter, die die Beschützer offenbar mitgebracht hatten, aber die konnten sie jetzt nicht mehr nutzen.

Und ein Stückchen weiter lag ein Körper unter einer Decke, die bestimmt auch nicht billig gewesen war – nicht schwer herauszufinden, dass das der Rest des Dritten sein musste. Auf dem Boden hatte sich eine große Lache Blut gebildet.

Cristobal blieb mittig stehen und sah sich um.

Dann bemerkte er eine Bewegung von rechts und ein Mann kam näher, der in einem teuren Anzug gekleidet war, irgendwas Exquisites, schien jedenfalls Seide zu sein.

Sein Haar war dunkel, etwas mit Grau durchsetzt, kurz geschnitten und er hatte kantige Gesichtszüge, die Cristobal bekannt vorkamen, er aber gerade nicht einzuordnen wusste.

„Guten Tag", grüßte der Mann, der um die Fünfzig sein musste mit unterdrücktem Akzent. Sein kleiner Schnurrbart bewegte sich leicht. „Sie sind also der Chef dieser", er machte eine Pause, „unglücklichen Menschen?" Freundlich lächelte er Cristobal an.

Der schüttelte den Kopf. „Nein, nicht wirklich", sagte er, ohne das Lächeln zu erwidern. Er deutete auf den verhüllten Körper. „Das war der ranghöchste Chef hier. Ich bin nur ein kleines Licht."

Der andere lachte. „Ach, das glaube ich nicht. Sehen Sie doch mal die Leute an. Seit Sie hier reingekommen sind, ist wieder Hoffnung in ihren Gesichtern. Darf ich um Ihren Namen bitten?"

„Sicher" Cristobal nickte ihm zu. „Wenn Sie mir dann auch Ihren sagen!"

„Gern" Mit einer Geste deutete der Mann auf das bequeme Ledersofa rechts im Raum. „Setzen wir uns doch. Wünschen Sie eine Erfrischung?"

In Cristobal brodelte es, aber er zwang sich zur Ruhe. In einem hatte der Typ recht: die Beschützer hofften tatsächlich auf seine Hilfe – und da kam es nicht so gut, den Hausherrn zu schnell zu verärgern. „Nein, ich wünsche mir eher eine Erklärung, was hier vorgefallen ist", sagte er mühsam beherrscht und setzte sich auf das Sofa.

Der Mann setzte sich neben ihn und trank einen Schluck aus einer kleinen Tasse – vielleicht einen Espresso.

„Das ist einfach zu erklären", meinte er gleichmütig. „Der Tote stürmte mein Haus, wollte mich angreifen und meine Männer haben mich verteidigt. Es kam zu einem Schusswechsel, bei dem der Mann mit den roten Haaren tödlich verletzt wurde. Das war alles."

„Sie haben diesen viel zu jungen Bengel mit dem Kopf meines Vorgesetzten rausgeschickt", knurrte Cristobal. „Es wäre einfacher gewesen, Sie hätten mir einfach gesagt, ich solle

74

reinkommen!"

Der Mann machte eine entschuldigende Geste. „Ich dachte, das sei bei den Traumfängern so üblich. Außerdem habe ich ihn nicht hinrichten lassen, er war schon verstorben. Warum beschweren Sie sich da?"

Cristobal machte ebenfalls die gleiche entschuldigende Geste. Sagen konnte er gerade nichts, sonst wäre er geplatzt.

„Genug der schönen Worte!", tönte da die Stimme seines Gegenübers und der sanfte Klang war völlig verschwunden. Mit einem Mal war sie so kalt wie ein Wintermorgen. „Ich weiß, dass Sie das Buch wollten, und ich weiß auch, woher Sie meinen Aufenthaltsort haben. Heute bleibe ich bei einer Verwarnung. Im Anschluss an unser Gespräch lasse ich Sie mit Ihren Leuten gehen, Sie dürfen sogar den toten Körper Ihres Kollegen mitnehmen. Aber lassen Sie sich nicht durch meine freundliche Art täuschen. Beim nächsten Mal werde ich nicht so höflich sein, also sorgen Sie besser dafür, dass wir uns niemals wiedersehen! Und jetzt verraten Sie mir endlich Ihren Namen, damit ich weiß, wohin ich die Rechnung senden soll."

Rechnung? Der dunkle Instanzleiter war für eine Sekunde lang verblüfft. Was für eine Rechnung denn? „Sie können mich Cristobal nennen, das machen die anderen auch. Und ich bin nicht bereit, irgendeine Rechnung zu übernehmen."

Der Mann zuckte die Schultern. „Dann schicke ich sie ans Asterium." Woher wusste dieser Kerl nur so gut Bescheid?

„Cristobal hört sich spanisch an. Haben Sie Verwandte dort?"

„Warum sollte ich Ihnen das sagen?"

„Das müssen Sie nicht, da haben Sie recht." Der Mann grinste ihn an. „Ich wollte es nur aus Interesse wissen, da dort auch meine Wurzeln sind. Mein Name ist übrigens Diego Cortez. Das sollten Sie sich merken, denn trotz meiner Warnung denke ich, dass wir nochmals aufeinandertreffen." Cortez erhob sich, was ihm Cristobal nachtat.

Dann wies der Hausherr seine Leute an, die Beschützer hinaus-zubegleiten, während zwei von ihnen den Leichnam des Dritten tragen sollten.

Während es Bewegung auf beiden Seiten gab, reichte Cortez

Cristobal die Hand. „Ich werde die Decke ebenfalls mit auf die Rechnung setzten, wünsche Ihnen aber trotzdem alles Gute!"

Meinte der das ernst? Er, Cristobal, wünschte ihm jedenfalls die Pest an den Hals. Aber er sah seine Chance. „Was wollen Sie eigentlich mit dem Buch?", fragte er frech.

Diego lachte. „Warum sollte ich Ihnen das sagen?", wiederholte er exakt die Worte seines Gesprächspartners und wies auf die Tür. „Adiós, mein Freund!"

Und Cristobal stiefelte hinaus, bevor er kotzen musste.

Und das lag nicht an dem vielen Blut oder daran, dass die Beschützer ihm wie kastriert vorkamen – nein, es lag ganz allein an Diego Cortez! Der verursachte ihm Übelkeit!

Gomez und Athena waren wieder in der Hütte angekommen und so ganz allmählich trat der Hunger bei ihm ein.

Eigentlich konnte Gomez in jeder Lebenslage essen, es gab fast gar nichts, wo er keinen Hunger hatte.

Ein Horrorfilm mit viel Blut? Gut, aß man halt was mit Tomatensauce.

Ein Arztfilm mit eiternden Gedärmen? Auch egal, Auflauf ging immer.

Und weil Gomez eben immer gerne aß, musste jetzt etwas auf den Tisch. Athena schwieg ihn wieder mal verstimmt an, als er den Ofen in der Küche aktivierte und dann gleich daraufhin den Kamin im angrenzenden Wohnraum, da es langsam kalt wurde.

Sie zitterte schon und hüllte sich in die Decke auf dem Sofa, sah ihn aber auch nicht an.

Er stellte einen Topf auf den Herd und suchte die Nudeln.

Hier in der Hütte durfte man halt nicht so wählerisch sein, was das Essen betraf. Er hatte eine ganze Menge eingekauft, aber da es keinen Strom gab und nur einen Vorratsraum, waren die Mittel halt begrenzt. So schnitt er noch etwas von dem Schinken, der zum Trocknen unter der Decke hing, und holte sich dazu etwas Butter und Knoblauch. Das müsste dann halt gehen.

Eine Weile lang hatte er gedacht, Fortschritte mit Athena gemacht zu haben, aber im Moment sah es so aus als wären sie wieder am Anfang angekommen. Und das stellte sich so dar, dass sie sich nur anschwiegen und sie böse guckte.

Was war denn nur so schwierig daran, mal mit der Sprache herauszukommen? Ihr musste doch letztendlich klar sein, dass sie hier sowieso nicht rauskam, ohne dass er alle Informationen hatte. Vielleicht sollte er nach dem Ende der Mahlzeit noch mal versuchen, mit ihr zu reden.

So bereitete er das Essen eben so schweigend zu, deckte den Tisch und rief sie dann.

Zum Glück schien sie ebenso hungrig zu sein wie er, denn sie setzte sich an den Tisch und begann mit viel Genuss zu essen.

„Eines muss man dir lassen", murmelte sie zwischen zwei Bissen. „Du kochst wirklich lecker."

Hey, ein Kompliment!

Gomez freute sich ein Loch in den Bauch!

Er sah sie so erfreut an, dass sie fast rot wurde unter seinem Blick.

„Was ist?", fragte sie verwundert. „Darf ich das nicht mal anmerken?"

„Doch schon", gab er zu. „Aber ich hatte gedacht, du bist ganz andere Sachen gewohnt, die deinen verwöhnten Gaumen kitzeln, da darf ich auch mal verwundert sein." Er grinste.

Sie winkte ab. „Das verliert auch irgendwann seinen Reiz."

„Verstehe" Er gab sich versöhnlich.

Als beide fertig waren, räumte sie wie selbstverständlich die Teller ab und goss heißes Wasser in die Spüle.

Und während sie die Essensutensilien abwusch, trocknete er ab – fast wie bei einem alten Ehepaar.

Anschließend fanden sich beide im Wohnraum ein und nahmen auf dem breiten Sofa Platz.

„Gut, meine Süße", sagte Gomez mit einem breiten Lächeln. „Ich habe eingesehen, dass ich dich zu sehr unter Druck setze und dir praktisch gar nichts gebe für die Informationen, die ich benötige. Also habe ich mir überlegt, dass du mich etwas fragen kannst und ich dir antworte. Egal, was es ist."

„Ich könnte dich also nach den Geheimnissen der Traumfänger fragen und du würdest sie mir sagen?", fragte sie in einer Mischung aus Verwunderung und Lauern.

Er nickte. „Sofern ich sie denn weiß."

„Aber dafür willst du von mir auch etwas wissen, ja?" Sie senkte den Blick.

„Heute nicht", sagte er langsam und sanft. „Heute ist es umsonst."

Für einen Augenblick schien sie es nicht fassen zu wollen. Dann aber nutzte sie ihre Chance.

„Du sagtest, ihr habt das Buch schon mal benutzt", fing sie an. „Sag mir wofür!"

Gomez holte tief Luft. „Mein Cousin Dante ist in der Alten Kammer gewesen. Und die anderen haben ihn von dort abholen müssen. Er konnte nicht allein zurückkommen."

Sie sah ihn fassungslos an. Gedanken wirbelten in ihrem Kopf herum. Er hatte ihr geantwortet, richtig geantwortet – und das schien sogar die Wahrheit gewesen zu sein. Denn um in die Kammer zu gelangen, brauchte man Passagen aus dem Buch, das wusste sie. Welche es waren, wusste sie nicht.

„Wie ist dein Cousin dorthin gelangt?", flüsterte sie ergriffen.

Sein Mund verzog sich unwillig. Dann holte er nochmals Luft. „Das weiß ich nicht. Er ist ein Sonderfall, er sieht in die Träume der Menschen. Offenbar war das der Grund, warum er in die Kammer gelangen konnte, ohne das Buch zu benötigen. Tut mir leid, ich war nicht dabei. Sie haben es mir nur erzählt, sonst wüsste ich mehr."

„Weißt du, was du getan hast?", fragte sie, immer noch fassungslos. „Du hast mir gerade das höchste Geheimnis der Traumfänger erzählt."

„Ja", gab Gomez zu und schluckte. Hoffentlich war das kein Fehler gewesen.

„Gomez, warum hast du das getan?" Sie sah ihn an, die Augen so groß, das Gesicht so nah dem seinen.

Er erwiderte ihren Blick, legte seine ganzen Gefühle mit hinein. „Weil ich begonnen habe, dir zu vertrauen." Dabei verschwieg er, dass Cristobal eine Gedankenlöschung anordnen würde, gesetzt den Fall, er würde das jemals erfahren. Sie war immer noch eine Außenstehende.

„Willst du mich verarschen?", fragte Athena und ihre Stimme

kippte über. „Ich habe euer heiliges Buch gestohlen, es außerhalb eurer Reichweite gebracht und bin dabei, sämtliche Informationen eurer Traumfängerei herauszufinden! Wie kannst du da sagen, du vertraust mir?"

Er nickte, bevor er antwortete. „Ich vertraue vielmehr darauf, dass du für mich mehr empfindest als die bloße Bekanntschaft. Du hast mich mit meinem eigenen Schwert nicht töten können, du hast es nicht mal geschafft, es mir auf den Kopf zu knallen!" Dabei schlich sich kurz bei ihm der Gedanke ein, dass er sie jetzt vielleicht auf komische Ideen gebracht hatte. „Also empfindest du etwas für mich, dass über das gemeine „Mögen" herausgeht. Und bei mir ist das ebenso. Herrgott, ich schwöre, ich wäre schon dreimal über dich hergefallen, wenn du mir ein Zeichen gegeben hättest. Aber so wie die Dinge zur Zeit liegen, muss ich wohl... hmmpf!"

Weiter kam er nicht.

Athena hatte sich kurzerhand auf ihn gesetzt und küsste ihn mit einer Leidenschaft, als wäre sie der Prinz, der Dornröschen gerade wieder zum Leben erwecken wollte.

Und Gomez genoss.

Er blieb weiterhin relativ passiv und ließ Athena die Kontrolle übernehmen, so weit das eben ging.

Als sie selbst ihr Kleid ein Stück weit einriss, um besser rausschlüpfen zu können, blinzelte er ihr verwundert zu, vergaß aber blitzschnell, was er eigentlich hatte machen oder sagen wollen, da sie sich so schnell über ihn beugte und diese Sachen mit ihm machte, die ihn schlichtweg verrückt werden ließen. Er war süchtig nach ihren Küssen, nach ihrem Körper und nach ihr schlechthin, konnte nicht genug davon bekommen, sie überall zu berühren mit seinen Händen und seinem Mund. Das würde niemals aufhören, das wusste er.

Und hinterher dankte er den Göttern dafür, dass sie hier draußen in einem Wald waren, wo kein Mensch ihrer beiden Schreie hatte hören können.

„Ich hab ein Problem", stöhnte Athena nach einer Weile, die sie nebeneinander gelegen hatten.

Er hob alarmiert den Kopf. „Was für eines denn?"

„Ich hab mein Kleid kaputt gemacht", gestand sie mit so trauriger Stimme, dass er fast gelacht hätte. Doch er verkniff es sich noch so gerade. „Jetzt hab ich nichts anzuziehen."

Nun lachte er doch. Er hatte ja viel erwartet, aber das?

„Ich gebe dir gleich ein T-Shirt von mir", meinte er gutmütig, nachdem er sich wieder beruhigt hatte. „Oder einen Bademantel oder so. Du musst ja hier drinnen keine Modeschau machen."

„Aber was mache ich, wenn ich wieder von hier weg kann?", fragte sie und zerstörte damit die Situation, was ihr auch sogleich bewusst wurde. „Entschuldige..."

Er schüttelte den Kopf. „Nicht doch. Ich gebe dir meine Nähsachen, vielleicht kannst du da was retten." Langsam erhob er sich und zog sich halbwegs wieder an. In T-Shirt und Unterhose ging er an den Küchenschrank und suchte nach einer kleinen Kiste, die er ihr dann umgehend brachte. „Leider ist das alles, was ich hier habe."

Dann begab er sich in den Nebenraum und brachte anschließend ein schwarzes T-Shirt mit, dass sie sich rasch überstreifte. Es reichte ihr fast bis zum Knie, was ihn grinsen ließ.

Sie erhob sich und stellte sich vor ihn, um ihn fest anzusehen.

„Gomez, du solltest mir nicht vertrauen. Ich bin dein Feind, ich habe das Buch gestohlen, um es zu verwenden. Und ich benutzte jede Information von dir, um dich und deine Leute anschließend reinzulegen. Bitte, tu mir einen Gefallen und vertrau mir nicht!" Sie sah ihn flehend an.

Kurz schloss er die Augen. „Mein Plan ist es, dich mehr in mein Leben zu integrieren, so dass du nicht wieder von mir loskommst. Und es ist ziemlich schwierig, den Leuten, mit denen man lebt, immer an die Karre zu pissen. Du siehst also, du hast schon verloren!" Er lachte dieses herzzerreißende Lächeln, dass sie jedes Mal schwach werden ließ.

„So gerne ich das wollte", hauchte sie und eine Träne lief über ihre linke Wange, „das wird niemals passieren."

In dem Moment fachte der Wind auf.

Es zischte im Kamin, die Bäume beugten sich und irgendwo knackte ein Ast ab.

Die beiden fuhren auseinander.

„Was ist denn jetzt los?" Gomez schaute entsetzt nach draußen.

Eine um die andere Böe fuhr um die Hütte, die ächzte und knarrte, wieder fachte das Feuer auf, als der Wind in den Kamin fuhr und ein Heulen kam von draußen, dass einem die feinen Härchen im Nacken aufstellen ließen.

Angstvoll sah Athena ihn an.

Die Tür schwang auf und Blätter und Dreck fegte rein, es klapperte und jammerte wie eine alte Hexe.

Dann fasste sich Athena an den Kopf.

„Scheiße!", schrie sie. „Das darf nicht sein!"

Gomez, der gerade die Tür wieder schloss und verriegelte, verharrte in der Bewegung. „Was meinst du?"

Athena war in einer Sekunde bei ihm und ihr Gesicht war angstverzerrt und ernst. „Ich brauche meine Schuhe!", brüllte sie. „Los, gib mir sofort meine Schuhe!"

Das Brausen draußen nahm zu und der Tornado schien sich direkt auf sie zuzubewegen.

Gomez war verwirrt. Was wollte sie denn jetzt bloß mit ihren Schuhen?

„Du kannst da jetzt nicht rausgehen!", schrie er entgegen des lauten Windes und stemmte sich gegen die Tür.

„Verdammt, Gomez!" brüllte sie und ihre Stimme kippte fast über. „Du musst mir meine Schuhe geben, ich brauche jetzt sofort meine Schuhe! Das ist überlebenswichtig! Beeil dich und mach die verdammte Truhe auf!"

„Du bist verrückt!", schrie er und schüttelte den Kopf.

„Gomez!" Sie fasste ihn vorne bei seinem T-Shirt und kam ihm mit dem Kopf ganz nahe. „Wenn du mir so vertraust, wie du eben gesagt hast..." Sie schluckte und er sah den Ernst in ihren Augen. „Dann gibst du mir jetzt meine Schuhe!" Jedes Wort hatte eine eigene Betonung.

Was hat sie nur, fragte sich Gomez, begriff aber, dass ihr das jetzt ein inneres Bedürfnis war. Und abhauen konnte sie eh nicht. Er ging also zur Truhe, ignorierte den heulenden Wind und öffnete das Teil, förderte die Schuhe zutage.

Im Nu hatte sie sie ihm aus der Hand gerissen und angezogen.

Dann stellte sie sich in der Mitte des Zimmers auf und breitete die Hände aus.

Mit offenem Mund beobachtete Gomez, wie sie leise irgendwelche Worte rezitierte, welche Sprache das war, konnte er nicht mal sagen. Und als sich um sie herum ein blaues Licht ausbreitete, das von ihren Händen um den ganzen Körper waberte, wäre er beinahe vor Schreck vorne herüber gefallen. Sie sah unglaublich aus in dem T-Shirt und den hohen Schuhen, fast wie eine Fee, die in einem Meer aus Blau badete.

Das Licht breitete sich aus, nahm die Hütte ein, ihn selbst und glitt aus der Tür.

Er konnte sogar sehen, dass sein Auto, dass draußen dem Wind und Regen trotzte, mit eingeschlossen wurde.

Langsam wurde es stiller.

Und dann, so schnell wie es begonnen hatte, war es auch schon vorbei. Der Wind hörte mit einem Mal abrupt auf und es sah so aus, als wäre er niemals dagewesen.

Mit einem Stöhnen ließ Athena die Hände sinken, das Licht hörte auf zu leuchten. Sie fiel fast auf die Knie, fing sich aber noch rasch und setzte sich auf das Sofa. Sie zitterte vor Schwäche und atmete schwer.

„Was in drei Teufels Namen war das?", fragte Gomez in die Stille hinein und konnte sich immer noch nicht von der Stelle bewegen.

Athena sah ihn müde an. „Dein Bruder hat versucht, das Buch zu bekommen, und der jetzige Besitzer war nicht sehr erbaut davon."

Langsam kam er zu ihr rüber und setzte sich neben sie. „Wie ist das jetzt gemeint?" Er war immer noch perplex.

„Er hat versucht, mich zu finden", flüsterte Athena und legte den Kopf auf die Lehne, „weil er weiß, dass ich verraten habe, wo sein Aufenthaltsort ist." Sie sah ihn völlig geschafft an und schluckte trocken. „Hast du was zu trinken, ich brauche jetzt..."

Egal, was sie brauchte, er würde es herschaffen. Schnell bewegte er sich in die Küche und holte Mineralwasser, was sie den Kopf schütteln ließ. „Irgendwas, was süßer ist, was mit Energie", hauchte sie sacht.

Wieder machte Gomez einen Schrank auf und fand dort Eistee,

den er in ein Glas schüttete. Er hielt es Athena hin, sie nahm es und trank es in gierigen Schlücken aus. Sofort füllte er das Glas nach und Athena trank es wieder auf ex. Dann aber winkte sie ab, als er ihr es erneut hinhielt.

„Brauchst du noch etwas anderes?", fragte Gomez unruhig, nachdem er gesehen hatte, dass ihr Gesicht immer noch so blass war.

Sie schüttelte den Kopf und öffnete die Augen nicht.

So war Gomez verurteilt zum Warten.

Eine ganze Weile später, Gomez hatte den Kamin schon neu befeuert, Tee gekocht und war hin- und hergelaufen, machte Athena dann doch die Augen auf und sah ihn fast belustigt an.

„Das war ganz schön aufregend, nicht?"

Im Begriff, Honig in den Tee zu packen, hielt Gomez inne und keuchte: „Aufregend? Das war nicht das richtige Wort dafür! Ich würde es eher erschreckend oder bizarr nennen!"

Sie lächelte etwas, doch ihre Augen waren immer noch müde. „Oder so. Nenn es wie du willst."

Er reichte ihr den Tee und setzte sich neben sie. „Magst du mir das erklären?", fragte er vorsichtig.

„Ich glaube nicht, dass du es wissen willst", entgegnete sie und kostete vorsichtig.

„Doch, du ahnst gar nicht, wie sehr ich es wissen will!", sagte Gomez mit Nachdruck. „Ich muss darauf bestehen!"

Wieder schloss sie die Augen. „Magie", sagte sie nur, dann glitt ihr alles aus den Händen und sie schlief auf der Stelle ein.

Gerade noch konnte er die Tasse erwischen, bevor sie auf den Boden aufschlug und er verbrannte sich mächtig die Finger, was ihn leise fluchen ließ.

Verdammte Inzucht! Magie? Was sollte das denn? Sie waren ja nicht bei den Feen im Zauberwald hier!

Obwohl er mächtig darauf brannte, ihr weitere Geheimnisse zu entlocken, verstand er, dass sie unbedingt ruhen musste.

Okay, dachte er, Gnadenfrist.

Er legte sie ganz auf das Sofa und wollte ihr die Schuhe abstreifen, um es ihr gemütlicher zu machen, da schlug sie kurz die Augen auf. „Nicht die Schuhe ausziehen..." Dann war sie auch schon wieder weg.

Verdammt, was ging da vor sich?

War sie eine Hexe wie Dorothy aus dem Zauberer von Oz, die mithilfe der Schuhe hexen konnte?

Ach, sagte er sich, so was gibt es doch gar nicht!

Richtig Gomez, so etwas gibt es doch gar nicht. Genau so wie Traumfänger – die gibt es ja auch nicht...

Sechs

Cristobal hatte die Beschützer angewiesen, den Leichnam des Dritten ins Gebäude des Asteriums zu befördern und dort Bericht zu erstatten. Anschließend fürchtete er fast, dass Dante ihn anrufen würde. Er hatte einem besonders gefasst aussehendem Mann die Tüte mit dem Kopf übergeben, der ihn nickend in einem der Vans verstaut hatte. Dann fuhren die beiden schwarzen Autos davon.

Der dunkle Instanzleiter selbst nahm im Mini Platz und gab das Zeichen zum Abflug. Tiymur startete den Wagen und fuhr ihn schweigend in die Instanz zurück.

Dort angekommen verfrachtete Cristobal sich selbst ins Privatzimmer seines Büros und schloss die Tür ab.

Er musste erst einmal ins Reine kommen.

Generell hatte er nichts dagegen, mal etwas an die Wand zu werfen, aber Nina hatte das Zimmer neu eingerichtet und er brauchte nicht noch mehr Ärger als er schon hatte.

Vielleicht Kaffee?

Den gab es im Büro, aber da würde es auch jede Menge Fragen geben – und da war Cristobal gar nicht nach.

Und seiner Erfahrung nach würde es auch gar nicht so lange dauern, da würde entweder Dante oder Nina anrufen, um eine Aufklärung der Situation zu bekommen – oder die Weise Leonie würde reinschneien, wo denn ihr Geliebter bliebe.

Beides war gerade nicht für ihn akzeptabel. Er verschwand im Bad und wusch sich die Hände und das Gesicht, sah sich eine Sekunde lang im Spiegel an, dann schloss er die Tür auf und setzte sich ins Büro.

„Haben wir Kaffee?", fragte er grollend.

Thomas, sein Sekretär und Vertreter, wies auf eine Thermoskanne, die auf dem Sideboard stand.

Und während er sich eine Tasse genehmigte, nickte er Thomas zu. „Vielleicht nimmst du auch eine. Hier geht gleich die Post ab."

„Aha", sagte der Sekretär, keinesfalls verwundert. Bei Cristobal musste man eben auf alles gefasst sein. „Was Schlimmes?" Er bekam einen Riesenschreck, als sein Chef nickte.

„Kann ich was tun?", wollte Thomas wissen und fürchtete sich fast vor der Antwort.

„Steh mir nicht im Weg herum, wenn ich ausflippe!", warnte ihn sein Chef düster.

Dann ging es los.

Die Weise Leonie klopfte an und kam dann ins Büro. Ihr Gesicht war aschfahl und ihr Mund zu einem Strich zusammengepresst.

„Was haben Sie getan?", brüllte sie.

In seiner typisch unnahbaren Art zuckte Cristobal die Schultern. „Im Grunde genommen nichts. Und das war nicht mal ein Fehler. Ich konnte ihn nicht aufhalten." Er räusperte sich kurz. „Wenn Sie das gesehen haben, wissen Sie es auch."

„Ich habe gar nichts gesehen!", brüllte die Weise weiter. „Nina hat mich angerufen und gefragt, ob sie was für mich tun kann! Also: was ist passiert?"

Auch das noch!

Jetzt sollte Cristobal ihr auch noch erklären, wie ihr Geliebter ums Leben gekommen war. Er atmete kurz aus. „Der Dritte ist tot. Ist mit einem Trupp in das Haus rein, ohne auf uns zu warten. Tut mir leid."

Es passierten zwei, drei Dinge auf einmal.

Während das Telefon zu klingeln begann, kippte die Weise Leonie nach hinten, direkt auf Thomas, der sie erschrocken auffing.

Cristobal nahm den Hörer ab, ohne sich zu melden.

„Cristobal?", brüllte ihm Dante entgegen. „Sag mir, dass es dir gut geht!"

Was regte sich der denn auf? „Es geht mir gut."

„Sonst hätte Nina echt den Boden geküsst", stöhnte Dante. „Ich gebe sie dir mal."

„Ich liebe dich und mir ist nichts passiert", melde sich Cristobal, nachdem das Rauschen geendet hatte.

Er hatte recht. Nina war dran und sie weinte. „Was ist dort denn nur passiert?"

„Gute Frage", entgegnete ihr Ehemann. „Kann ich dir nur

beantworten, wenn ich Gomez bekomme. Wahrscheinlich kennt er den anderen Teil der Story."

„Dann hol ihn!", verlangte sie schniefend.

„Wenn ich wüsste wie, wäre mir schon wohler." Cristobal hatte versucht, ihn orten zu lassen, aber das war ein Satz mit X. Man hatte ihm erklärt, dass das eigentlich nicht möglich war, aber man fand seinen Bruder einfach nicht.

So war Cristobal dazu verdammt zu warten, bis sich Gomez melden würde. Und wer wusste, wann das war?

„Da kann ich dir helfen", sagte Nina und ihre Stimme klang plötzlich viel fester. „Ich sehe in die Zeit und bringe ihn dazu, bei dir anzurufen."

Cristobal wusste, das tat Nina gar nicht gerne, aber es war gerade die einzige Chance, die ihnen blieb.

Und er hoffte, dass es klappen würde. Sie brauchten dringend ein paar gute Informationen.

Hoffentlich konnte Gomez die bringen.

Der hingegen brachte gerade Ordnung in seine Gedanken. Und er machte das unglaublich leise, da Athena immer noch wie im Koma auf dem Sofa lag und schlief.

Was hatte sie getan? Und was hatte das mit den Schuhen zu tun?

Klar war jedenfalls: als er ihr die Schuhe weggenommen hatte, da war sie wie eingeschüchtert gewesen – und kaum hatte sie die Mörderdinger angezogen, da war sie wieder die Powerfrau.

Was hatte sie gesagt? Magie?

Die gleiche Art Magie, die Nina benutzte, wenn sie in die Zeit sah und jemanden manipulierte? Cristobal hatte ihm erzählt, dass sie dann blauer Nebel umgeben würde.

Bei Athena war das auch so gewesen, aber war das ein Zeichen, dass es Magie war?

Gomez war verwirrt. Athena war keine Traumfängerin, das hatte sie selbst irgendwie zugegeben. Aber sie hatte jede Menge Insiderwissen – ihren eigenen Worten zufolge aus dem Internet.

Verdammte Technik!

Er warf wieder mal einen Blick auf sie.

Hoffentlich ging es ihr gut.

Mit einem Mal wurde es ihm seltsam zumute. Er dachte plötzlich intensiv an Cristobal. Wie war er denn jetzt darauf gekommen?

Und in ihm hörte er eine Stimme!

„Du musst Cristobal anrufen!", sagte die Stimme – definitiv nicht seine.

Das war doch...

Alarmiert sprang Gomez auf!

„Raus aus meinem Kopf!", brüllte er.

Und ebenso wach war auch Athena, sie stand praktisch von jetzt auf gleich vor der Couch und starrte ihn hellwach an.

„Was war das?", fragte sie heiser.

Es war vorbei.

Gomez atmete auf und machte eine beruhigende Geste in Richtung Athena. „Das war meine Schwägerin. Sie hat mir eine Nachricht zukommen lassen." Sein Herz klopfte immer noch wie wild. Er hasste Manipulationen!

„Was?", fragte Athena verständnislos. „Sie war hier?"

„Nein, in meinem Kopf." Gomez seufzte. „Sie ist eine Weise und kann zudem noch bestimmte Dinge."

„Eure Weisen benutzen Magie?" Athena sah ihn immer noch so an, als ob er gerade „Buh!" gesagt hätte.

„Irgendwie schon", gab er zu. „Aber sie ist ein Sonderfall."

Verwirrt nahm Athena Platz. „Es gibt eine Menge Sonderfälle bei deiner Familie. Hast du nicht gesagt, dein Cousin wäre auch ein Sonderfall?"

Er nickte. „Und mein Bruder auch. Die können alle etwas Besonderes."

„Und das macht dir Angst?", forschte Athena weiter.

„Nein", meinte Gomez nachdenklich. „Es ist vielmehr so, dass ich mir gerade Sorgen mache. Wenn sie zu dem Mittel greifen musste, ist es wirklich schlimm. Sie weiß nämlich genau, dass ich ihre Nachrichten gar nicht mag." Er ging mit krauser Stirn im Raum auf und ab. „Was mach ich denn jetzt? Wie soll ich denn Kontakt zu ihr aufnehmen?"

Athena begriff, dass er gerade nicht zu ihr sprach, aber sie sah ihre Chance. „ Willst du nochmal telefonieren fahren?"

Gomez sah sie an, hielt inne mit dem Umherwandern. „Nein, eigentlich möchte ich wissen, was das eben bei dir war. Und jetzt erklär mir nicht, das sei Magie gewesen und ich solle mich nicht darum kümmern." Er verzog das Gesicht missmutig. „Du hast schon gesagt, es liegt daran, dass der Buchbesitzer sauer ist, weil du ihn verraten hast." Dabei fiel ihm etwas ein. „Was übrigens der Grund dafür sein könnte, warum meine Familie mit mir sprechen will."

„Ja", bestätigte sie ernst. „Das ist sogar wahrscheinlich."

„Versuchst du gerade, mir Angst zu machen?", fragte er eben so ernst.

Sie schüttelte den Kopf. „Du hast gesehen, wie er darauf reagiert hat, dass ich ihn verraten hatte."

„Was mich darauf bringt..." Er zeigte mit dem Finger auf sie. „Was hast du da gemacht? Kannst du mir das erklären?"

„Könnte ich schon", druckste sie herum und sah auf den Boden. „Aber will ich das auch?"

„Herrgottnochmal!", fluchte Gomez und erschreckte sie mit seinem Ausbruch. „Ich kann das nicht mehr! Zwar verstehe ich, dass du Geheimnisse haben willst, aber das sollte jetzt nicht dazu gehören. Hey, ich versuche, dich so weit wie möglich aus der Sache herauszuhalten, aber du machst es mir nicht gerade einfach! Ich muss dir immer alles aus der Nase ziehen und mir dann auch noch Sorgen machen, dass alles okay ist mit dir! Äußere dich endlich mal, sonst ticke ich hier aus!"

Athena hatte ihn entgeistert angesehen, dann schluckte sie trocken. „Also gut, ich sehe es ein, ich könnte mal ein wenig preisgeben. Der jetzige Besitzer des Buches ist sauer, weil dein Bruder offenbar das Buch wieder an sich nehmen wollte. Und da nur ich den Aufenthaltsort verraten konnte, wollte er sich an mir rächen. Er hat versucht, mich zu orten und mich zu zwingen, zu ihm zu kommen und ich habe mich magisch verteidigt. Das war es." Sie sah ihn aufmerksam an. Ob er das verstanden hatte?

„Und du kannst das nur, wenn du deine Schuhe anhast?", wollte er wissen.

„Ja, genau, damit zentriere ich mich", erklärte sie etwas unbehaglich. „Die Schuhe sorgen dafür, dass sich meine Magie verstärkt. Wie zwei Zauberstäbe sozusagen..."

„Oh", machte er. Wahnsinn! Das waren also wirklich Zauberschuhe!

„Ich meine", fuhr sie fort, nachdem sie in seinem Gesicht gelesen hatte, „das geht mit allen meinen High Heels."

„Hat das auch was mit den Tattoos zu tun?", wollte er langsam wissen.

Dazu nickte sie auch.

Gomez atmete ein und aus. Er war immer noch nicht ruhiger. Irgendwas musste in der Instanz vorgefallen sein, dass er so ungewöhnlich benachrichtigt wurde, also musste er telefonieren fahren. Schon wieder...

Er öffnete die Truhe, holte seine Sachen raus und zog seine Schuhe an. Dann hielt er Athena ihre Tasche hin. „Du musst mir schwören, dass du dich nicht einfach davonmachst!", forderte er scharf.

„Sonst?" Sie hob die Augenbrauen.

„Stecke ich dich wieder in den Kofferraum." Das ließ keine Diskussionen zu.

Athena erklärte sich bereit, ruhig neben ihm mitzufahren und in Handumdrehen standen sie auch schon auf dem kleinen Parkplatz in der Nähe der geteerten Straßen – zum zweiten Mal.

Gomez startete das Handy und wählte Cristobals Nummer.

Es klingelte durch.

„Gomez?", brüllte Cristobal in das Handy, so dass es der Angesprochene ein Stück weit weghielt, damit er nicht taub wurde. Er sah Athena dabei mitleidheischend an. Siehst du, so geht es mir, sagte sein Blick.

Und sein Instanzchef brüllte weiter. „Du musst sofort hier herkommen! Und ich befehle dir, deinen Informanten mitzubringen! Ich brauche jede brauchbare Hilfe! Hörst du mir eigentlich zu?"

Athena hatte alles mitbekommen und verdrehte die Augen innerlich. Was war das denn für ein Choleriker?

„Kannst du mir mal erklären, wieso du deiner Frau erlaubt hast, in meinem Kopf Ding-Dong zu machen?", fauchte Gomez statt einer Antwort ins Mobilphon, als sein Bruder gerade Luft holte.

„Ich dachte, das würden wir innerhalb der Familie nicht machen!"
„Jetzt spiel hier nicht die beleidigte Leberwurst!", entgegnete Cristobal, so als ob er die Tatsache einfach nicht zuließ. „Was musst du auch dein Handy ausmachen! Wir haben hier eine Krisensituation und brauchen dich hier! Also setz deinen Arsch endlich in Bewegung!"

Gomez biss die Zähne aufeinander. Das konnte doch nicht wahr sein. Das ganze entwickelte sich so nach und nach zu einem Déjà Vu – genau wie vor einem Jahr.

Er warf einen nachdenklichen Blick auf Athena. Er wollte sie nicht verlassen – und mitnehmen wollte er sie auch nicht. Cristobal würde sie brechen, das war ihm klar.

Verdammte Inzucht!

„Ich brauche hier mehr Zeit", sagte er so ruhig wie möglich.

„Verdammt noch mal!", brüllte Cristobal. „Es hat hier Verletzte und Tote gegeben! Ich mache mir Sorgen um dich und brauche dich hier! Und ich dulde keinen Widerspruch!"

Gomez hörte, dass er mit den Zähnen knirschte. „Als dein Instanzchef befehle ich dir, sofort herzukommen und deinen Informanten mitzubringen! Und darüber brauchen wir nicht zu diskutieren. Punkt!

Der jüngste Da Cruz schwieg. Den Befehl konnte er nicht missachten. Er stöhnte.

Da fühlte er Athenas Hand auf seiner. Verwundert schaute er sie an.

„Ich komme freiwillig mit", flüsterte sie. „Wenn ich dein Wort habe, dass ich von dort wieder mit dir weggehen kann."

„Gomez?", schrie Cristobal. „Hörst du mir eigentlich zu?"

„Ja", brüllte der zurück, zu sehr von allen Seiten unter Druck gesetzt. „Ja, verdammt, man hört dich noch am anderen Ende der Straße! Warte kurz!"

Er drehte sich zu Athena hin, hielt seine andere Hand über das Handy, damit sein Bruder nichts mitbekam. „Das ist für dich gefährlich! Mein Bruder wird dich befragen wollen und er ist selten freundlich dabei. Du hast ihn eben gehört..."

Sie nickte. „Aber ich profitiere ebenso davon. Ob du es glaubst oder nicht, ich kann bei euch Informationen sammeln, die ich für meine Zwecke benötige. Du musst mir nur versprechen, dass wir beide gemeinsam wieder von dort weggehen, sonst wird das nichts."

Gomez dachte an Geisteslöschungen, an Sex, an das Buch und an eine gemeinsame Zukunft mit Athena – gleichzeitig. Und es dauerte auch einige Zeit, bis dass er wieder klar denken konnte.

Dämliches Kopfkino!

„Ich verspreche, alles zu tun, was in meinem Möglichen liegt", versprach er Athena ernst.

Sie nickte wieder und deutete auf das Handy, aus dem wütende Schreie kamen. „Dann sag ihm zu, bevor er einen Herzinfarkt bekommt." Sie lächelte.

Er nahm das Telefon wieder auf, hielt es sich ans Ohr und pustete kurz hinein, damit Cristobal endlich still war. „Ich bin auf dem Weg!", sagte er hart und legte einfach auf.

Scheiße!

Das würde nicht leicht werden!

Schon die Fahrt allein war ein Unding!

Gomez hatte Athena gezwungen, im T-Shirt mitzufahren, da sie ihr Kleid nicht so schnell hatte nähen können. Und als er auf dem Parkplatz sein Handy ausgemacht hatte, war er an den Kofferraum gegangen und hatte einen Schal herausgeholt.

Den hatte er Athena hingehalten mit den Worten: „Entweder du bindest den um den Kopf, damit du nichts siehst oder ich muss dich hinten unterbringen." Er hatte dabei entschuldigend gelächelt, aber das hatte die Situation nicht entkrampft.

Athena hatte das nicht gutgeheißen. „Wieso ist das denn nötig?", hatte sie fast beleidigt gefragt. „Wir müssen doch bestimmt an die zwei Stunden fahren, bis wir in unsere Stadt kommen. Kann ich diesen blöden Schal nicht dann erst umbinden?"

„Erstens", hatte er gegrollt, „ist das kein blöder Schal, der ist aus Kaschmir, und zweitens möchte ich das Geheimnis um diese Hütte gern behalten, denn das ist mein Zufluchtsort, von dem niemand etwas weiß. Also, wie machen wir es?"

Er hatte so ernsthaft ausgesehen, dass Athena den Schal schnellstens umgeknotet hatte.

Und genau das brachte Gomez jetzt so aus dem Gleichgewicht.

Athena sah einfach so verletzlich aus, in dem viel zu großen T-Shirt, dem Schal um den Kopf und so in den Beifahrersitz gedrückt, dass er unwillkürlich immer wieder hinsah.

Sie hingegen hing ihren eigenen Gedanken nach.

Und die drehten sich um Gomez, wie sie sich kennengelernt hatten.

Das war auch eine Situation gewesen, die nicht gerade alltäglich dahergekommen war. Sie war tatsächlich von drei übel aussehenden Typen verfolgt worden, die offenbar Absichten auf ihre Handtasche geäußert hatten. Und dabei hatte sie in einen Rost getreten und war mit dem spitzen Absatz darin hängengeblieben. Im Gedanken daran musste sie etwas lächeln. Gomez hatte schon damals nicht begreifen können, warum sie den Schuh nicht einfach ausgezogen hatte. Er war von irgendwo her aus dem Dunkel gekommen und hatte sich vor sie gestellt. Die drei Angreifer hatten ihn zuerst ausgelacht, aber als er sein Schwert gezogen hatte und dem ersten eine kleine Wunde mitten im Gesicht geschnitzt hatte, waren die anderen stiften gegangen. Und dann hatte er ihr aus dem Rost heraus geholfen, indem er ihr sacht den Fuß geführt hatte. Wenn sie weiter darüber nachdachte, überlief es sie immer noch eigentümlich prickelnd. Sie seufzte.

„Hör mal, das geht so nicht!", erschreckte Gomez sie da, so dass sie zusammenfuhr. Seine Stimme hatte sich gepresst angehört, während er das Auto weiterhin fuhr. „Kannst du endlich mal aufhören, ständig deine Beine übereinanderzuschlagen? Das ist echt nicht lustig!"

Sie lächelte, als sie erahnte, welches Problem er hatte. „Wieso?" fragte sie kehlig. „Stört dich das etwa?"

„Du solltest das mal von meiner Perspektive aus sehen", grollte er weiter. „Ich kann mich gerade nicht wirklich aufs Fahren konzentrieren."

„Das ist deine Schuld", entgegnete sie belustigt. „Du hast mich gezwungen, diesen Schal zu tragen. Kein Mitleid!"

Er hielt das Auto an und machte den Motor aus. Dann hörte sie die Tür und bemerkte atemlos, dass er ausstieg. Ihre Tür wurde geöffnet. „Du kannst ihn abnehmen", sagte Gomez und half ihr, den ungeliebten Schal loszuwerden.

Nach einigem Blinzeln sah Athena, dass sie vor einem Jeans-Shop standen. Fragend sah sie Gomez an.

„So kann ich nicht weiterfahren", erklärte er unwirsch, half ihr aus dem Auto und schob sie schnell in den Laden.

Dort erntete er einen bösen Blick der Verkäuferin, die wohl gerade dabei war abzuschließen.

„Wir hatten ein winzig kleines Klamottenproblem", sagte er der Frau mit strahlendem Lächeln und bittenden Augen, so dass diese sofort weich wurde. „Können Sie uns helfen?"

Wie, zum Teufel, machte er das nur, fragte sich Athena. Er sah jemanden an und schwupps – dieser war ihm zugeneigt.

In diesem Fall hellte sich das Gesicht der Verkäuferin sofort auf und sie neigte den Kopf. „Ja sicher", entgegnete sie und lächelte ihn zurück an.

„Danke" Gomez reichte der Frau die Hand und drückte sie sacht. „Sie sind wirklich ein Engel. Wir brauchen eine Jeans und irgendein Oberteil."

Athena verdrehte innerlich die Augen. Diese Frau fiel gerade voll auf ihn rein. Na ja, wenn sie so nachdachte... Sie wäre in ihrer Situation wahrscheinlich auch auf ihn reingefallen. Er war doch auch einfach zu süß.

Im Handumdrehen hatte Athena eine passende Jeanshose und eine weiße Bluse in der Hand, die ebenso schnell auch angezogen waren.

Gomez sah sie an und runzelte die Stirn. Seine eigene Situation hatte sich nicht verbessert. Sie sah einfach heiß aus. Verdammt, und er hatte gedacht, jetzt konzentrierter fahren zu können.

Nochmals bedankte er sich überschwänglich bei der Verkäuferin, gab ihr ein Trinkgeld, zahlte die Klamotten ohne mit der Wimper zu zucken und geleitete Athena wieder zurück ins Auto.

Wieder im Inneren griff sie aufseufzend zu dem Schal, hielt aber inne, als Gomez diesen ihr aus der Hand nahm.

„Lass das!", knurrte er. „Wir sind weit genug weg. Ich sage dir Bescheid, wenn du ihn wieder umknoten kannst."

„Danke" Sie legte sachte ihre Hand auf sein Knie.

„Das", knurrte er weiter, „solltest du besser nicht tun! Sonst kommen wir nicht an!"

Athena grinste und nahm die Hand betont langsam weg, während er das Auto startete und sich in den Verkehr einreihte. Sie erhaschte einen Blick auf das Stadtschild – hmm, von dieser Stadt hatte sie noch nie etwas gehört. Höchstwahrscheinlich waren sie hier im totalen Hinterland.

„Ich möchte noch mal kurz mit dir reden", ließ sich Gomez nach einiger Zeit vernehmen. Und als sie ihm die entsprechende Aufmerksamkeit zukommen ließ, fuhr er weiter fort: „Wenn wir später in unsere Instanz kommen, wird mein Bruder Cristobal dich in die Zange nehmen. Das wird nicht schön werden! Am besten ist, du sagst ihm alles, was du weißt."

„Ich werde ihm gar nichts sagen!", widersprach Athena mit ernstem Gesichtsausdruck. „Ich bin ihm nichts schuldig!"

Kurz verdrehte Gomez die Augen. „Du hast das Buch gestohlen", erinnerte er sie.

„Und wenn schon." Sie kreuzte die Arme vor der Brust. „Was will er mit mir machen? Mir auf die Finger klopfen?" Sie hob die Hände theatralisch und sprach mit tiefer Stimme: „Böse, böse Athena, du hast ein Buch gestohlen, da bekommst du aber eine schöne Strafpredigt!"

„Pffft" Gomez stieß die Luft verächtlich aus. „Wenn du ihn als eine größere dunklere Version von mir vorstellst, dann liegst du falsch. Pack noch die Boshaftigkeit einer Schlange und die Verschlagenheit eines Kojoten dazu, dann kommst du ihm schon ziemlich nahe." Er warf ihr einen ernsten Blick zu. „Ich will dich wirklich warnen. Er ist beharrlich in dem, was er tut und er lässt keine Gefangenen übrig. Also nimm meinen Rat an und sag ihm von Anfang an, was du weißt. Ich möchte mich nicht gegen ihn stellen, weil ich etwas für dich empfinde."

Sie schwieg dazu.

„Was glaubst du, warum ich dich weit weggebracht habe?", versuchte er es nochmal zu verdeutlichen. „Damit warst du aus seiner Reichweite und geschützt. Ich kann nicht wirklich viel tun für dich, wenn du erst einmal in seiner Obhut bist."

„Mir fallen drei Dinge auf", fasste es Athena zusammen und überraschte ihn damit. „Erstens scheinst du deinen Bruder nicht unbedingt zu mögen, denn du schilderst mir nur seine Schattenseiten."

„Nein", unterbrach er sie. „Das waren eher seine Vorzüge."

Sie ignorierte ihn. „Und als zweites ist auffällig, dass du dich sehr um mich sorgst." Liebevoll sah sie ihn an. „Das ehrt dich, aber ich kann prima auf mich aufpassen. Ich bin nicht wehrlos und ich werde mir nicht von deinem bösen Bruder Sachen gefallen lassen, die ich bei anderen dulden würde."

Er lachte bitter auf. Nein, er wusste es besser. Cristobal hatte noch jeden kleingekriegt. „Was ist das dritte?"

Sie sah ihn belustigt an.

„Du hast gesagt, dir wären drei Dinge aufgefallen", meinte er. „Was ist also das dritte?"

„Wenn die Sache vorbei ist...", sagte sie leise und kam ihm etwas näher, „dann würde ich gerne herausfinden, ob wir nicht vielleicht doch zueinander passen." Und als er schwieg, seinen eigenen Gedanken nachhängend, redete sie einfach weiter: „Wenn ich nur einen Blick auf dich werfe, dann möchte ich dich in meinem Leben und zwar so intensiv, dass es mir heiß und kalt den Rücken herunterläuft. Gleichzeitig möchte ich dich nur anschreien, weil du mich damals einfach hast sitzen lassen. Und ich habe Angst, dass ich innerlich zerbreche, wenn du das wieder machst. Was würde also passieren, wenn wir einfach mal mehr Zeit miteinander verbringen?" Jetzt wartete sie auf eine Antwort.

„Wir würden nie wieder voneinander loskommen", sagte er leise. Dann fuhr er rechts ran. „Und ehrlich gesagt will ich das, genau das! Was sagt man dazu?" Er schüttelte den Kopf, als wäre es ihm gerade klar geworden.

Und Athena? Sie neigte den Kopf und küsste ihm die letzten Zweifel aus dem Hirn. So lange, bis er sagte: „Verdammt, wir sind hier auf dem Autobahnrandstreifen und ich denke bloß daran, wie ich dich verführen kann. Wir müssen verrückt geworden sein..."

Verrücktsein war gerade das Schlagwort, das auch Cristobal benutzen würde. Er wartete jetzt schon geschlagene zwei

Stunden auf Gomez und der war immer noch nicht eingetroffen. Was zum Teufel sollte das jetzt wieder?

In letzter Zeit war der wirklich nicht er selbst, fand der dunkle Instanzleiter. Ja, Gomez hatte immer alle Aufträge erledigt, aber sobald es irgendwie rummelig wurde, war er auch schon auf Nimmerwiedersehen verschwunden – siehe auch die Story mit Max. Cristobal erinnerte sich noch zu gut daran, als er Gomez zurückrufen musste und wie der sich gewunden hatte.

Nun ja, später war er ja präsent gewesen und hatte mitgearbeitet, aber Cristobal ging es auf den Keks, dass sein jüngster Bruder immer eine Extraeinladung benötigte. Das war schon das ganze Leben so gegangen. Gomez hatte irgendeinen Unsinn gemacht und Pablo und er durften dann zur Rettung eilen. Früher hatte er das ja auch noch gern gemacht, aber so langsam wurde das langweilig. Konnte der nicht endlich mal die Verantwortung für sein eigenes Leben übernehmen?

Endlich ging die Tür zum Büro auf und Gomez trat ein, im Schlepptau eine Frau mit mahagonifarbenem langen Haar, die vorsichtig hinter ihm hervorschaute.

Cristobals Blick glitt zu den hohen Schuhen der Frau und er erkannte sie sofort. „Aha", machte er. „Du bist also die Frau, die das Buch gestohlen hat." Er wandte sich Gomez zu und nickte anerkennend. „Gute Arbeit, Bruder!"

„Warte", meinte der und schob sich zwischen die Frau und seinen Instanzleiter. „Sie steht unter meinem Schutz und ich möchte, dass du mir versprichst, dass ihr nichts passiert", sagte er mit ernstem Gesicht.

„Hallo?", knurrte Cristobal. „Wir sind hier nicht bei „Wünsch-Dir-was"! Geht's noch?"

Gomez ließ sich nicht wegschieben. „Dann gehen wir wieder!", drohte er.

„Bist du eigentlich verrückt geworden?", brüllte Cristobal los. Da war es wieder: verrückt geworden... „Glaubst du, du kannst hier irgendwelche Vergünstigungen bekommen, weil wir verwandt sind?"

„Ja", brüllte Gomez zurück. „Ganz genau so ist es! Du bekommst immer welche bei Dante, warum ich nicht auch mal? Gehöre ich zu den schwarzen Schafen der Familie oder grenzt du mich heute nur mal so zum Spaß aus?"

Die beiden standen voreinander, fast Nase an Nase.

Und Athena stand mit offenem Mund daneben.

Sie sahen sich so ähnlich.

Gomez war etwas kleiner als dieser Instanzleiter und seine Haare waren um einiges kürzer, aber die Art, wie beide die Augenbrauen runzelten, die war gleich, definitiv. Dieselbe Familie konnten sie nicht verleugnen.

Aus der Ecke kam ein schlanker, hellhaariger Mann mit einer Brille, der erst Athena an die Seite schob und sich dann zwischen die beiden Streithähne zu drängen versuchte.

„Leute, können wir für einen Augenblick mal ruhig werden?", fragte er mit einer innerlichen Gelassenheit, die Athena bewunderte. „Das Geschrei bringt doch hier gar nichts!"

Also, dieser Typ war am vernünftigsten, fand sie. Der hatte Klasse. Sie lächelte ihm zu.

Der Anflug eines Lächelns glitt über sein Gesicht, dann war er wieder ernst und sah so aus, als würde er Athena nicht mehr mögen.

Ups, dachte sie, der ist aber auch nicht mein Freund. Dem geht es nur um Ruhe und Frieden.

Gomez warf dem hellhaarigen Bebrillten einen Blick zu. „Danke Thomas, dass du versuchst, die Situation zu retten, aber ich gebe heute keinen Millimeter nach!"

Aha, der Mensch hieß also Thomas, registrierte Athena.

„Hast du mich schon mal nachgeben gesehen?", wollte dieser Instanzleiter wissen und es hörte sich so an, als wäre das wirklich noch nie vorgekommen.

Für eine Sekunde öffnete Gomez den Mund, dann schloss er ihn wieder. Erst nach einer Weile konnte er sprechen. „Ich werde es heute sehen", verkündete er leise.

„Träum weiter!", grinste Cristobal diabolisch.

„Entschuldigung?" Athena wedelte mit ihrer Hand und hatte im Nu die Aufmerksamkeit aller drei Männer. Sie lächelte wieder kurz und räusperte sich leicht. „Ich versuche mal zu vermitteln. Also: ich bin freiwillig hier und möchte keinen Ärger machen.

Entschärft das die Lage etwas?"

Der Instanzleiter pustete die Luft aus und musterte sie verächtlich. „Mädel, du machst Ärger, seit du deine Finger in unsere Angelegenheiten gesteckt hast. Was hast du dir dabei gedacht, das Buch zu stehlen? Und wie zum Teufel hast du die technischen Begebenheiten ausschalten können?" Er kam ihr einen Schritt näher und sah sie böse an. „Beantworte die Frage und ich bin etwas versöhnlicher!"

Athena blinzelte nicht mal. „Ich brauchte das Buch für meine Zwecke und die technischen Begebenheiten sind aus unserer Firma, klar, dass ich die alle kenne. Und das waren im übrigen zwei Fragen, der Herr!"

Wow, staunte Thomas innerlich, die gibt es ihm aber! Und er war gespannt, wie Cristobal jetzt reagieren würde.

„Du bist nicht mal eine Traumfängerin!", empörte der sich. „Was zum Teufel hättest du mit dem Buch machen sollen? Es lesen?" Er lachte laut auf. „Noch stehst du vor mir und bist einigermaßen vernünftigen Geistes, das scheidet also aus. Und dennoch habe ich das Buch nicht wieder! Ist das also deine Art, den Ärger zu vermeiden?"

Wieder hatte Athena nicht mit der Wimper gezuckt. „Wie haben Sie es eben noch so treffend gesagt: wir sind hier nicht bei „Wünsch-dir-was", ja? Und warum sollte hier jeder herumlaufen und Ihnen alle Steine aus dem Weg räumen müssen. Dafür sollten Sie schon etwas Wichtigeres darstellen!"

Zischend sog Gomez die Luft ein. Sie tat nicht gerade das Beste, um ihre Situation zu entschärfen. Ganz im Gegenteil!

Er stellte sich vor Athena und brachte sie hinter seinem Rücken in Sicherheit, denn Cristobal würde jeden Moment platzen. Niemand, der ihn kannte und klar denken konnte, würde ihn freiwillig so reizen. Das konnte nach hinten losgehen! Nein, das würde nach hinten losgehen!

Auch Thomas spürte den aufkommenden Streit. Er drehte sich um und hielt Cristobal eine Tasse hin. „Kaffee, Chef?"

Ein mieser Versuch.

Cristobal schlug die Tasse weg, so dass sie vor die Wand knallte und dort zerschellte. Der Kaffee machte einen hässlichen Fleck dort.

„Etwas Wichtigeres?", brüllte er. „Was glaubst du, mit wem du es hier zu tun hast?"

„Keine Ahnung", entgegnete Athena, die sich von so etwas nicht einschüchtern lassen wollte. „Sie haben sich mir ja nicht vorgestellt!"

Im nächsten Moment war Cristobal nach vorne gestürmt und Gomez war gefangen zwischen seinem Bruder und Athena. Er stieß einen pfeifenden Laut aus und bemühte sich, die Arme seines Bruders von seiner Frau wegzuhalten.

"Hör sofort auf damit!", brüllte er.

Und auch Thomas war geschockt. Er öffnete die Bürotür und gab der Frau ein Zeichen hinauszuschlüpfen.

„Hey", flüsterte er ihr zu. „Sie brauchen dringend Abstand! Laufen Sie um die nächste Ecke!"

Athena war einen Schritt zurückgegangen und stand nun im Türrahmen. Ein winziges bisschen Angst hatte sie jetzt schon. Der Bruder von Gomez war offenbar ein gewalttätiger Schläger!

Sie drehte sich um und lief jemandem in die Arme, der den beiden Brüdern genau so ähnlich sah. Und der schlang seine Arme um sie. „Hallo, wo wollen wir denn hin?"

Gomez Blick fiel auf den Neuankömmling und er lief vor Wut rot an. „Pablo! Lass sie los! Sofort!"

Der angesprochene Pablo hob sofort seine Hände, als hätte ihn jemand mit der Pistole bedroht. „Ich hab gar nichts gemacht!"

„Halt sie fest!", brüllte Cristobal und versuchte, an Gomez vorbeizukommen, was der immer wieder zu verhindern suchte.

„Ja, was denn nun?", fragte Pablo, relativ verzweifelt.

„Ich finde, Sie sollten die beiden auseinander treiben", schlug Athena ernsthaft hervor. Offenbar war das der andere Bruder von Gomez. Er sah aus wie sein Zwilling mit langen Haaren.

„Finde ich nicht", plauderte Pablo und reichte ihr die Hand zum Gruß. „Ich bin Pablo und wäre ja bescheuert, mich da einzumischen. Da bekomme ich hinterher auch noch einen auf den Deckel. Sie sind also Gomez' Flamme? Interessant..."

„Athena" Sie nahm die Hand und drückte sie sacht. „Flamme? Den Ausdruck habe ich auch noch nicht gehört."

Währenddessen kämpften Cristobal und Gomez mehr oder weniger ernsthaft darum, entweder zu Athena hinzugelangen oder von ihr wegzukommen.

„Haben die das öfter?", forschte sie nach.

Pablo zuckte die Schultern. „Ehrlich gesagt, das erlebe ich das erste Mal. Ist schon komisch!" Er wandte sich an Thomas. „Hast du das schon mal mitbekommen?"

Der war ganz aufgelöst und stammelte fast. „Nein, und ich bin mir auch nicht sicher, was wir jetzt tun sollen. Ich habe echt Angst um das Inventar. Wer darf hier anschließend aufräumen? Ich dann wieder."

„Hmm" Pablo beäugte die Szene kritisch. „Also, wenn ihr mich fragt..." Er sah erst Gomez tief an, dann Cristobal, bevor er seinen Blick wieder zu Athena und Thomas gleiten ließ. „Sollen wir nicht einen Kaffee trinken? Ich könnte Ihnen dann auch mal meine Frau vorstellen, Athena. Na, was sagen Sie?"

„Ja, ich finde, das ist eine hervorragende Idee!", ließ sich Thomas vernehmen, drängte alle aus dem Türrahmen, schlug die Tür zu und zog die beiden mit sich.

Als die Tür zuklappte, sahen sich Gomez und Cristobal an.

Wie auf Kommando ließen sie einander los.

Sie kamen sich irgendwie verarscht vor, aber keiner von beiden hätte das jetzt zugegeben.

Also durchbohrten sie sich mit Blicken.

„Cristobal, ich liebe diese Frau", versuchte Gomez dann nach ein paar Minuten zu erklären. „Denk doch mal daran, wie es dir mit Nina gegangen ist. Hast du nicht ein winziges bisschen Verständnis für mich?"

Sein Bruder überlegte. Dann schüttelte er den Kopf. „Nein, das war damals eine völlig andere Situation." Er ließ sich auf den Schreibtischstuhl plumpsen, atmete tief durch. „Sie ist eine Gefahr! Und sie hat das Buch gestohlen! Du solltest endlich mal vernünftig werden!"

„Das bin ich!", widersprach Gomez. „Ich bin so vernünftig wie noch nie in meinem Leben!"

„Das bist du definitiv nicht!" Cristobal holte sein Handy hervor und tippte darauf herum. „Dein Zustand beschreibt gerade das

Gegenteil von vernünftig. Aber das kennen wir ja..."
„Was willst du denn damit sagen?" Gomez runzelte die Stirn. „Und was machst du da?"
„SMS an Nina", erklärte der andere, bevor er das Handy auch schon wieder verschwinden ließ. Er sah seinen Bruder scharf an. „Also folgendes: du kannst sie dir abschminken. Du hast sie hergebracht und ich werde aus ihr herausholen, wo das Buch ist, warum sie es gestohlen hat und was sie sonst noch weiß. Danach bekommt sie eine Geisteslöschung, wenn sie Glück hat, und ich werde versuchen, dich möglichst aus allem herauszuhalten. Verstanden?"
Gomez lief rot an, als er in das sarkastische Gesicht seines Bruders schaute. „Du kannst mich mal, du arrogantes Arschloch! Ich habe sie nur hierher gebracht, weil sie freiwillig Infos rausrückt. Und wenn sie dir ein paar Brocken hingeworfen hat, dann verschwinden sie und ich von hier und das war es. Na, wie gefällt dir das, Mister „Ich-muss-mal-eben-nur-die-Welt-kontrollieren"? Wann verstehst du eigentlich mal, dass die anderen um dich herum auch Gefühle haben?"
Die Tür ging auf und Adnan und Tiymur kamen herein, nickten Cristobal und Gomez zu.
Und Cristobal nickte zurück, diabolisch grinsend.
Im nächsten Moment lag Gomez auf dem Boden, die Hände auf dem Rücken, Adnan auf ihm kniend. Der jüngste Da Cruz konnte nicht mal mehr „Pieps" sagen, bevor Tiymur ihm den Mund mit Klebeband zuklebte und Adnan seine Hände mit Kabelbinder fesselte, um ihn dann so mühelos hochzuheben, als wäre er ein kleiner Junge von zehn Jahren.
Gomez versuchte, um sich zu treten, aber das war zwecklos, die beiden türkischstämmigen Männer nahmen ihn einfach in die Mitte, bereit zum Abtransport. Das ganze hatte nicht mal zwanzig Sekunden gedauert.
Cristobal griff Gomez Hemdkragen und zwang ihn hart, ihn anzusehen. „Du solltest dir eines merken, Bruder. Du gehörst zur Familie Da Cruz und das bedeutet, wir sind Traumfänger und leben für unsere Berufung. Da mischt sich keine Außenstehende ein, die zudem noch eine Gefahr für uns sein könnte. Werde

endlich erwachsen und lass nicht immer Pablo und mich die Kartoffeln für dich aus dem Feuer holen!"

Er wandte sich an Tiymur. „Bringt ihn in irgendeine Zelle und legt ihn da auf eine Pritsche. Egal, was passiert, er kommt da nicht raus, solange ich es nicht sage, klar?"

„Klar", bestätigte Adnan und stupste Gomez nicht mal unfreundlich an. „Gehen wir, Alter!"

Egal, wie sich Gomez wehrte, wie sehr er zappelte oder versuchte, um sich zu treten, er wurde abtransportiert. Und er ahnte, dass Cristobal eben keine SMS an Nina geschrieben hatte, dieser verlogene Hundesohn!

Auf direktem Wege ging es zu den Inhaftierungszellen, die auch sogleich geentert wurden.

Gomez bekam eine nette mit einer Schlafgelegenheit, auf die er relativ sacht von Adnan gebettet wurde.

Der Blick, den er dem großen Türken zuwarf, war mit so flammenden Augen, dass der zweimal hinsah.

„Hör mal, Kleiner", wisperte er ihm zu und klopfte ihm auf die Schulter. „Wir alle haben das schon mal überlebt. Du musst die Frau einfach vergessen. Später wirst du deinem Bruder mal dankbar sein."

„Mach keinen Unsinn hier!", warnte ihn Tiymur noch. „Ich hab keine Lust, Cristobal zu erklären, warum du hier dein Lebensende gefunden hast."

Dann ließen die beiden ihn allein.

Ja, verdammt noch mal, ganz allein.

Gomez hievte sich von der Pritsche hoch und suchte nach einer Möglichkeit, diese verfluchten Handfesseln loszubekommen, was an sich ein zum Scheitern verurteiltes Unterfangen war.

Kabelbinder halt, der hielt ewig, außer man schnitt ihn durch.

Bloß scheiße, dass es hier gar nichts zum durchschneiden gab.

Und dass die beiden Cristobaltreuen Anhänger ihm dieses dämliche Klebeband nicht abgemacht hatten, das gefiel Gomez auch viel weniger.

War er denn wirklich verurteilt, hier auszuharren, bis mal jemand kam und ihn befreite?

Er hatte eine Stinkwut auf Cristobal und schwor sich, sollte er jemals hier wieder rauskommen, dann würde der das büßen, soviel war mal klar.

Athena saß mit dem Zwillingsbruder von Gomez, Pablo, und diesem Thomas, der sich selbst als Sekretär von Cristobal geoutet hatte, im sogenannten Zentrum an einem Tisch, jeder eine schöne Tasse Kaffee vor sich stehen und ein Teller mit Keksen. Hier war die Stimmung entspannt.

„Wie hast du Gomez kennengelernt?", fragte gerade dieser Pablo ohne Arglist. Es schien ihn wirklich zu interessieren.

„Das war von gut einem Jahr", antwortete sie ausweichend. „Er hat mir aus einer misslichen Situation geholfen und wir sind dann ausgegangen."

„Das ist schon so lange her?", erstaunte sich der Zwilling und warf dem Sekretär einen verwunderten Blick zu. „Gomez hat nie etwas gesagt."

Athena pustete die Luft aus. „Das lag wahrscheinlich daran, dass wir uns erst vor ein paar Tagen wiedergesehen haben."

Ja, als er in ihr Hotelzimmer gekommen war und sie geküsst hatte.

„Oh", machte Thomas. „Das muss gewesen sein, nachdem Sie das Buch gestohlen haben."

Sie machte keinen Hehl daraus. „Das ist richtig."

„Warum eigentlich?", wollte Pablo wissen und nahm einen Schluck Kaffee. Er wirkte immer noch so entspannt. Nicht so wie dieser ältere Bruder, der schon eine Zornesfalte im Gesicht gehabt hatte, noch bevor sie den Raum betreten hatten. „Ich meine, Sie sind nicht vom Fach, oder habe ich was verpasst?"

„Nein", gab sie zu und nahm ebenfalls einen Schluck Kaffee. „Ich kenne nichts von Ihren Traumfängereien. Aber das Buch ist mir schon ein Begriff. Wissen Sie, Sie sind nicht so unbekannt wie Sie meinen."

„Cristobal ist ausgetickt, als er das mit Gomez, Ihnen und dem Buch herausbekommen hat", ließ sich Thomas vernehmen. „Können Sie es ihm nicht einfach zurückgeben und dann gehen?" Ach, er glaubte doch selbst nicht an diese Möglichkeit.

„Ich habe das Buch nicht mehr", lächelte Athena ihn an. „Aber wenn ich es hätte, dann bestimmt. Dann hätte ich Gomez gepackt und wäre mit ihm auf und davon." Sie sah Pablo an. „Nichts gegen Sie, Pablo, Sie scheinen sehr nett zu sein, aber ihr älterer Bruder ist mir gänzlich unsympathisch. Haben Sie seine Augen gesehen? Arbeitet der mit schwarzer Magie, oder was?" Pablo grinste Thomas an, der ihn.

„Sie haben ihn noch nicht in Rage erlebt", erklärter letzterer mit Grabesstimme. „Dann kann ihn nur noch eine stoppen."

„Eine?" Athena sah auffordernd in die Runde.

„Ja", gab Pablo zu. „Nina, seine Frau."

„Dann benachrichtigt die doch schon mal", war ihr Vorschlag. „Ich bin nicht bereit, klein beizugeben."

„Das sehen wir dann!", sagte eine Stimme hinter ihr und die drei Leute schreckten zusammen. Es war Cristobal und er war nicht allein. Hinter ihm standen Adnan und Tiymur. Und sie alle machten nicht die freundlichsten Gesichter.

„Oh" Athena sah die Neuankömmlinge an. „Sagen Sie, Cristobal, mussten Sie sich erst Verstärkung holen, um mit mir zu sprechen? Haben Sie etwa Angst vor mir?"

Pablo verschluckte sich fast an seinem Kaffee und Thomas bekam große Augen. Wusste die Frau denn nicht, wann sie aufhören musste?

„Ganz im Gegenteil", sagte Cristobal glatt und grinste annähernd freundlich. „Die beiden sind zu deinem Schutz da. Falls ich mich nämlich nicht unter Kontrolle habe, reicht ein Mann nicht aus, um mich zu bremsen."

„Dann sollten Sie sich dringend professionelle Hilfe suchen", war Athenas Kommentar, ungeachtet der Versuche unterm Tisch, sie vom Reden abzuhalten.

„Genau das hab ich getan", freute sich Cristobal. „Adnan und Tiymur helfen mir, wenn ich austicke – sie werden mir aber auch helfen, wenn du austickst, denn sie sind echt professionelle Helfer. Trink aus, du bist fertig!" Das Lächeln war erloschen und stattdessen ein böses Gesicht erschienen, das die Wärme im Raum zu absorbieren schien.

Pablo erhob sich langsam. „Hör mal, Cristobal..."

„Klappe!", zischte der. „Geh irgendwas spielen!"

Er zog Athena hoch, nahm sie beim Arm und zerrte sie mit sich.

Endlich kamen sie in einem Raum an, der völlig aus Fliesen zu bestehen schien. Der Instanzleiter schuppte sie in Richtung eines Stuhles. „Setzen!", sagte er kalt.

Athena blieb demonstrativ stehen.

Einer dieser großen Begleiter beugte sich etwas zu ihr runter. „Mädchen, Sie tun besser, was er sagt! Es bringt nichts, ihn jetzt schon auf die Palme zu bringen." Dabei zwinkerte er ihr aufmunternd zu.

„Okay" Aufseufzend gab sie nach und nahm Platz. Dann sah sie sich um.

Die beiden professionellen Helfer stellten sich neben dem Eingang auf und kreuzten die Arme vor der Brust, ohne sie aus den Augen zu lassen. Und Cristobal lehnte sich lässig ihr gegenüber an die Wand. Auch er ließ sie nicht aus den Augen.

Eine Weile lang sagte niemand auch nur ein Wort.

„Und jetzt?", fragte Athena, nachdem es ihr zu langweilig wurde. „Was wollen Sie wissen? Wollen Sie überhaupt etwas wissen? Und wo ist Gomez?"

Cristobal lachte leise in sich hinein. „Normalerweise stelle ich die Fragen", meinte er dann belustigt. „Aber wir können es ja heute auch mal anders machen." Er stieß sich von der Wand ab und stellte sich direkt vor Athena. „Ich will alles über diesen Hundesohn Diego Cortez wissen. Damit könnten wir beginnen."

„Haben Sie ihn gegoogelt?" meinte sie mit hochgezogenen Augenbrauen. „Da finden Sie eine Menge über ihn."

Cristobal legte den Kopf schief. „Ich will es von dir wissen."

Seine Stimme war nicht mal laut.

„Oh" Athena nickte. „Sie kennen sich wohl mit der modernen Technik nicht so aus, verstehe schon. Also gut: er ist ein Magier. Einer, der weiß, was er tut. Und er ist nicht arm, so dass er sich eine Menge leisten kann. Das ist alles. Sie sollten sich besser nicht mit ihm anlegen."

„Das muss ich wohl." Cristobal verzog unwillig das Gesicht. „Ganz offensichtlich ist er derjenige, der das Buch der Stille jetzt besitzt."

„Da haben Sie recht", stimmte ihm Athena zu. „Was aber nicht heißt, dass er Ihnen das Buch überlassen wird. Das wird er niemals, denn er ist schon lange hinter dem Buch her."

„Und du hast es ihm gebracht."

Wieder nickte sie. „Das wussten Sie doch schon."

Er bestätigte das ebenfalls mit einem Nicken. „Und was hast du ihm über uns erzählt?" Wieder klang seine Stimme sehr sanft.

„Gar nichts", gab sie zu. „Alles, was ich über die Traumfänger weiß, habe ich größtenteils von ihm gehört."

Jetzt runzelte er die Stirn. „Dann hat er dir praktisch den Auftrag erteilt, das Buch für ihn zu stehlen?" Und als sie recht zögerlich nickte, fuhr er weiter fort: „Ich frage mich, warum du, eine reiche Erbin, sich von einem Westentaschenhexenmeister überreden lassen hat, ein Buch zu stehlen, das überhaupt keinen Wert für dich oder diesen Menschen hat." Er ging langsam auf und ab. „Ich meine, du hast bestimmt genug Geld, um dir alles zu kaufen, wonach es dir gelüstet. Waren die Luxustaschen oder Schuhe nicht mehr genug? Fehlte der Nervenkitzel?" Wieder bei ihr angekommen hielt er an.

Sie zuckte die Schultern. „Werden wir das je erfahren?" Ihre Stimme klang belustigt.

Im nächsten Augenblick hatte Cristobal mit voller Wucht gegen den Stuhl getreten und Athena saß urplötzlich auf dem Boden, während der Stuhl durch die Gegend flog. Erschrocken stieß sie einen kleinen Schrei aus, aber viel zu spät.

Einer dieser Türken holte den Stuhl aus der Ecke und stellte ihn wieder neben ihr auf. Seine Geste war unmissverständlich.

Athena sollte sich wieder setzten.

Sie war immer noch überrascht, sah von einem zum anderen, rieb sich ihr Hinterteil. Ganz langsam erhob sie sich vom Boden und setzte sich sacht wieder auf den Stuhl. Sie war verwirrt. Was sollte diese Behandlung denn jetzt?

Cristobal lehnte wieder an der Wand und tat so, als sei gar nichts vorgefallen. Er wirkte eigentlich recht entspannt, während sie immer unruhiger wurde. Aber er hatte sie doch gar nicht angerührt, noch nicht...

„Was will Cortez mit dem Buch?", fragte er sanft und glatt.

Athena zuckte die Schultern. „Das weiß ich nicht. Fragen Sie ihn!"

Als sich der Instanzleiter von der Wand abdrückte, spannte sich Athena an. Was würde dieser Mann jetzt machen? Wieder gegen den Stuhl treten? Oder schlimmer?

Er lächelte, als er ihren Blick bemerkte. Nicht mehr lange, dachte er. „Das gestaltet sich als nicht so einfach", gab er zu. „Als ich das letzte Mal bei ihm zu Besuch war, hat er einem Bekannten von mir sozusagen den Kopf abgeschlagen."

„Wie bitte?" Sie war wirklich erstaunt. „Sie meinen doch nicht wirklich, dass er jemanden geköpft hat. Das ist nicht seine Art. Jemanden verfluchen, ja, aber den Kopf abschlagen? Niemals!"

Er beugte sich zu ihr runter. „Du willst doch nicht damit sagen, dass ich ein Lügner bin, oder doch? Das würde mich nämlich wirklich ärgern, weißt du?"

„Ach, zum Teufel!" Athena verlor die Ruhe. „Sie sind doch schon verärgert, seit ich hier in Ihrer Instanz bin. Verärgert ist offenbar Ihr zweiter Vorname. Ich glaube einfach nicht, dass der Meister jemandem den Kopf abschlägt. Dann müsste dieser Jemand ihn aber verdammt gereizt haben. Was hat er gemacht? In sein Haus eingebrochen und ihn mit einer Waffe bedroht?"

„Der Meister?" Cristobal pustete die Luft verächtlich aus. „Dieser Vollpfosten lässt sich „der Meister" nennen? Sehr exzentrisch, wirklich. Und woher kennst du den Dritten der Beschützer des Asteriums?" Für einen Augenblick lang stutzte er, als ihm einfiel, dass der ja jetzt nicht mehr lebte.

Sie dachte einen Augenblick lang nach. „Ich kenne diesen Beschützer gar nicht. Jedenfalls nicht persönlich. Aber ich habe von ihm gehört. Das ist doch dieser Rothaarige, der immer herumbrüllt, ja?"

„Jetzt nicht mehr", meinte der Instanzleiter bitter.

Ihr wurde klar, was das bedeutete und ihr Mund verzog sich zu einem O. Verwirrt griff sie sich an die Stirn. Sollte das tatsächlich heißen, dass der Meister diesem Rotschopf den Kopf abgeschlagen hatte? Warum das nur?

„Tut mir leid", flüsterte sie. „Aber das ist wirklich nicht Cortez' Art. Er ist sonst sehr... umgänglich."

„Er hat mir den Kopf durch einen Jungen auf die Straße bringen lassen", sagte Cristobal hart, der sich nochmal daran erinnerte,

108

wie das gewesen war. „Also sag mir endlich, was er mit dem Buch will und wie ich es wiederbekomme!"

Sie rang die Hände. „Das weiß ich nicht! Und das ist die Antwort auf beide Fragen!"

„Das ist aber nicht die Antwort, die ich hören will", presste der Instanzleiter hervor. „Denk nochmal genau nach!"

Er lehnte wieder an der Wand, sah sie zwar an, doch sein Gesichtsausdruck ließ keine Einblicke in sein Innerstes zu. Es sah so aus, als beobachtete er nur.

Mittlerweile war Athena allerdings auch schon darauf gekommen, dass das mit zum Spiel gehörte. Er versuchte, sie mehr und mehr aus der Reserve zu locken, indem er sich einmal umgänglich gab, das andere Mal wild und unbeherrscht.

Einen Augenblick lang überlegte sie. Sie hatte ihm nicht viel mitgeteilt. Praktisch konnte er mit dem, was sie sich überhaupt entlocken lassen hatte, gar nichts anfangen. Und ihr war es mulmig geworden.

„Wo ist eigentlich Gomez?", wollte sie wissen.

„Gute Frage!" Er nickte ihr zu und grinste sie dann an. Es war kein freundliches Grinsen. Es wirkte eher so, als wüsste er etwas, das sie noch nicht wusste. Aber er würde es ihr gleich sagen, das war ihr schon klar.

„Ich habe ihn zu einem neuen Auftrag geschickt", gab er sehr selbstzufrieden von sich. „Zu unseren Großeltern" Und er vervollständigte nach einer Weile: „Nach Spanien"

In Athena begann es, sich zu drehen. Sie holte tief Luft, als sie begriff, was er da gerade gesagt hatte. Gomez hatte sie hier gelassen und war einfach so auf und davon? Einfach hier allein gelassen mit diesem verrückt gewordenen Schläger? Sie schluckte trocken und senkte den Blick. Er sollte auf keinen Fall sehen, wie sehr sie dieser Schlag getroffen hatte. Gomez hatte ihr doch versprochen, mit ihr zusammen die Instanz zu verlassen.

„Das war anders abgemacht", sagte sie mit belegter Stimme.

„Ach ja?" Cristobal strahlte über das ganze Gesicht. „Hast du vielleicht geglaubt, er würde sich an ein Versprechen halten, das er außerhalb der Familie gemacht hat? Wirklich? So dumm bist du also?" Er lachte ganz offen. „Wir sind Traumfänger und unsere Familie geht uns über alles. Und wir sind nicht an Aussagen gebunden, die wir Außenstehenden geben. In deinem Fall ist das natürlich schlecht für dich. Du bist praktisch allein in meiner Instanz und niemand ist hier, der für dich spricht. Na, reiche Erbin, wie fühlt sich das an?"

Es fühlte sich scheiße an. Und Athena traten die Tränen in die Augen. Zum zweiten Mal war sie auf Gomez hereingefallen. Hatte sie aus ihren Fehlern denn gar nichts gelernt?

Und jetzt saß sie hier, auf Gedeih und Verderb diesem Menschen ausgeliefert, der möglicherweise ein Sadist war – aber auch nur, wenn sie Glück hatte. Verdammt, wie kam sie denn aus dieser Sache wieder raus?

Auf die Hilfe des Meisters konnte sie auch nicht vertrauen. Schließlich war der ja sauer, dass sie seinen Aufenthaltsort verraten hatte. Zum Teufel, dieser Cristobal hatte recht. Sie war wirklich ganz allein...

„Jetzt hast du es geschnallt!", zischte er, als er ihr Mienenspiel gedeutet hatte, und bewegte sich auf sie zu.

Würde er wieder den Stuhl wegtreten?

Athena wappnete sich.

Nein, diesmal ließ er den Stuhl völlig in Ruhe. Er packte sie am Oberarm, zog sie hoch und schleuderte sie an die Wand, so dass es knallte. Sogleich stand er dann auch vor ihr, dass sie nicht weg konnte, sogar Probleme hatte, Atem zu holen.

Mit der einen Hand hielt er ihre rechte fest, die andere hatte er ihr ganz unangenehm auf die Schulter gelegt. Sie konnte sich wirklich nicht rühren, also wurde sie ganz steif.

Er bohrte ihr seinen Daumen dorthin, wo sie das Schlüsselbein vermutete, und sie stieß ein Wimmern aus.

Es tat schrecklich weh!

„Das war doch erst der Anfang", beruhigte er sie. „Ich kenne eine Stelle hier, wenn man dort nur ein bisschen drückt", und er machte sogleich, was er sagte, auch wenn sie einen Schrei ausstieß, „dann kann man sogar mit wenig Kraftaufwand den Knochen zerbrechen."

Wieder schrie sie auf, fing an zu zittern, ihr wurde vor Schmerz sogar übel.

„Ich höre erst auf, wenn ich brauchbare Informationen habe!" Cristobals Stimme hatte sich nicht erhoben, aber sie war eisig, ließ keine Zweifel aufkommen, dass er genau das machen würde, was er sagte. „Und du hast ja auch zwei Stellen dieser Art..." Und wieder drückte er zu.

Athena warf den Kopf an die Wand und schrie so laut auf, dass es Adnan und Tiymur durch Mark und Bein ging. Doch sie bewegten sich nicht von der Stelle.

Tiymur verdrängte, was da gerade vor sich ging und dachte stattdessen an den Anblick des Kopfes des Dritten. Cristobal hatte recht, so grausam vorzugehen. Sie brauchten die Infos.

Und Adnan schluckte nicht mal. Er ließ das alles nicht an sich ran.

Athena sank zusammen, wurde aber von Cristobal gehalten, der immer mal wieder den Griff verstärkte, offenbar wusste er genau, wann er das machen musste. Ihre Schreie wurden immer greller.

„Ich sag es dir nochmal", erklärte Cristobal ungerührt. „Ich höre erst auf, wenn ich etwas von dir bekomme. Fang endlich an zu reden, Mädel!"

„Er will das Buch, um in die Kammer zu gelangen!", schrie Athena auf, als der Instanzleiter wieder fester zudrückte. „Bitte, hören Sie auf!"

Eine Sekunde später sank sie schwer atmend auf den Boden und weinte, während Cristobal ein paar Schritte nach hinten ging. „Was will er in der Kammer?", fragte er ungnädig.

„Was schon?" Athenas Augen waren dunkel und Tränen schwammen darin. Sie kauerte sich angstvoll zusammen und zitterte immer noch, während die Schmerzen in Wellen durch ihren Körper gingen und nur langsam abebbten. „Was jeder will! Eine zweite Chance!"

Unwillig schnalzte Cristobal mit der Zunge. „Dann hat er sich einen Bären aufbinden lassen! Dort gibt es nichts außer den beiden Säulen der Erde! Und die machen so ziemlich gar nichts als Träume aufzunehmen." Er ging vor ihr in die Hocke und registrierte, dass sie hektisch anfing zu atmen vor Angst. „Was wolltest du denn mit dem Buch? Auch eine zweite Chance?"

Sie sagte nichts, aber er wusste, auch das war ihre Intention gewesen.

Er schüttelte den Kopf. „Ihr seid auf den dümmsten Mist der Zivilisation hereingefallen! Zweite Chancen gibt es nicht! Das Schicksal kann man nun mal nicht ändern!" Er erhob sich wieder. „Ich kann es kaum glauben. Dieses ganze Theater nur wegen einer Sache, die nicht mal existiert? Das ist doch Katzenscheiße!"

Bei Katzenscheiße regte sich etwas in Athena. Wut schoss in ihr hoch. Sie zuckte vor Schmerzen zusammen, aber ungesehen von Adnan, Tiymur und Cristobal nahm sie sich ein dunkles Haar vom Boden, das letzterer wohl verloren haben musste. Sie verbarg es in ihrer Hand. Es war nur ein einziges Haar, aber mehr würde sie nicht brauchen. Später...

„Nichtsdestotrotz", brachte sich Cristobal wieder ins Spiel. „Ich brauche das Buch zurück, egal wie. Wie komme ich da ran?" Er machte seine Hand auf und zu und ließ Athena nicht aus den Augen. „Irgendeine Idee?"

Scheinheiliger Schweinehund, ging es ihr durch den Kopf.

Sie negierte. „Der Meister hat seine Preziosen magisch geschützt. Es nützt nicht mal etwas, wenn Sie einfach so ins Haus gehen."

Ja, das hatte Cristobal ja schon gewusst.

„Dann muss er wohl rauskommen" murmelte er und begab sich zur Tür. Dort wandte er sich kurz an Tiymur und Adnan. „Bringt sie weg und sperrt sie ein. Vielleicht habe ich später noch Fragen..." Damit verließ er den Raum.

Tiymur und Adnan bewegten sich auf Athena zu, die sich mühsam vom Boden erhob und angstvoll auf die beiden Männer blickte.

Und jetzt zeigte Tiymur, dass er doch nicht so cool war, wie er immer selbst von sich angenommen hatte. „Geht es wieder?", fragte er besorgt und erntete einen überraschten Seitenblick von Adnan.

Athena nickte ihm zu, dankbar für die Anteilnahme.

Wenn er menschlich ist, dann bin ich das auch, sagte sich Adnan und lächelte der reichen Erbin zu. „Wenn Sie uns freiwillig folgen, bringen wir Sie nur in einen anderen Raum. Dort können Sie sich ausruhen und Ihnen wird auch nichts passieren."

Das nun wieder überraschte Tiymur.

Himmel, wurden sie etwa beide alt?

Sie nickte, hatte die rechte Hand immer noch zur Faust geballt, aber sie machte keinen Ärger. Was hätte sie auch machen sollen? Sie war ja nur eine kleine Frau.

Na, wenn sich Adnan und Tiymur da nicht mal irrten...

In dem Raum angekommen, der eine kleine Schlafgelegenheit und einen Tisch mit dazugehörigem Stuhl enthielt, ließen die beiden Athena allein.

Jetzt, da keiner mehr im Raum war, kochte in ihr wieder die Wut hoch. Wut und Zorn auf Cristobal, der ihrer Meinung nach, der Initiator des Unglücks persönlich war.

Sie setzte sich auf den Boden, machte ein paar Handbewegungen in jede Himmelsrichtung und konzentrierte sich.

Das Haar vom Kopfe Cristobals hatte sie vorsichtig vor sich gelegt. Es spielte bei dieser Art von Beschwörung eine wichtige Rolle.

Etwa eine Viertelstunde später spürte sie eine innere Erschütterung und begann zu lächeln. Ja, wusste sie, dieser Zauber würde funktionieren. Und man würde ja sehen, was dieser verfluchte Cristobal dazu zu sagen hatte.

Sieben

Der verfluchte Cristobal hatte sich in sein Büro gesetzt, war eigentlich ganz zufrieden mit der Situation. Er hatte seinen Bruder unter Kontrolle und dieser reichen Erbin gezeigt, wo der Hammer hing. Nun, was wirklich Wichtiges hatte er nicht erfahren können, das hatte er aber auch nicht erwartet. Was er nun wusste, reichte, um weitermachen zu können.

Dieser Cortez war also ein verrückter Gelehrter. Und das war eine ganz gefährliche Mischung.

Magie durfte man nicht zu gering einschätzen, das war sogar Cristobal klar. Seine eigene Frau arbeitete damit und - so weit er das wusste - auch die ganzen Weisen, vielleicht auch die Heiler, ganz klar war das keinem. Wenn dieser Cortez die gleiche Art von Magie benutzte, dann könnte das im schlimmsten Falle ganz schön ungemütlich werden. Dieser Verrückte dachte doch tatsächlich, man würde eine zweite Chance bekommen, wenn man in die Kammer der Alten Stadt kam. Wie in aller Welt war er bloß darauf gekommen? Er selbst, Cristobal, war dort gewesen, gleich zweimal. Und da war nichts, was einer Art zweiter Chance auch nur ähnlich gesehen hatte. Da war nichts außer Träumen, den beiden Säulen, jeder Menge Fliesen und - ach ja - verrotteter Schwerter. Das konnte man also getrost als Spinnerei abtun. Und wieso brauchte der Magier eigentlich eine zweite Chance? Worauf denn nur?

Cristobal wurde immer klarer, dass er diesen Cortez fragen musste. Anklingeln, freundlich um einen Termin bitten und eben so freundlich Fragen stellen, das war so gar nicht seines, aber es hörte sich nach einem Plan an. Wäre auch ein guter Plan gewesen, wenn dieser Cortez nicht den Dritten ums Leben gebracht hätte.

Aufseufzend holte sich Cristobal eine Tasse, die er mit dem Kaffee aus der Thermoskanne füllte, die auf dem Sideboard stand, als es plötzlich so etwas wie einen Knall gab.

Sogar Thomas fuhr zusammen. „Was war das denn jetzt?"

Sein Instanzleiter zuckte mit den Schultern. „Keine Ahnung, aber so lange hier keiner reinschneit und sich beschwert, kann es nichts Schlimmes gewesen sein."

Thomas nickte dazu. Er war in letzter Zeit viel gelassener geworden.

Cristobal setzte sich an den Schreibtisch und nahm genießerisch einen Schluck aus seiner Tasse. Dann spuckte er den Kaffee über den Tisch und brüllte auf.

Entgeistert starrte sein Sekretär ihn an. „Was ist denn los?"

Sein Chef spuckte und hustete. „Was zum Teufel ist denn in der Kanne gewesen?", brüllte er, als er endlich wieder Luft bekam. „Das schmeckt ja wie Scheiße!"

Thomas sah ihn immer noch verwundert an. „Wie meinen Sie das jetzt? Das ist ganz normaler Kaffee." Er wies auf seine

Tasse. „Ich habe mir vor fünf Minuten etwas genommen und es ist völlig in Ordnung gewesen."

Mit gerunzelter Stirn streckte Cristobal Thomas seine Tasse entgegen. „Na, dann versuch das doch mal! Dann wirst du verstehen, was ich meine."

Ganz vorsichtig roch Thomas an der Tasse, konnte aber nichts Ungewöhnliches finden. Es roch einfach wie guter Kaffee. Noch viel vorsichtiger kostete er einen Schluck und wappnete sich innerlich gegen das ultimative Böse, das in der Tasse lauern musste – so wie sein Instanzchef reagiert hatte.

Es war Kaffee.

Richtig guter Kaffee, von netten Küchenfeen extra für ihn und seinen Chef gekocht.

Verwundert sah Thomas Cristobal an, der wiederum ihn abwartend anstarrte. „Ich weiß nicht, was Sie haben...", stammelte er. „Das ist doch nur Kaffee."

„Kaffee?", schrie Cristobal erbost. „Das schmeckt wie Scheiße! Wie Katzenscheiße, um genauer zu sein! Wieso schmeckst du das denn nicht? Willst du mich verarschen?"

Nichts hätte Thomas lieber gemacht, aber in der Tasse war wirklich nur Kaffee – keine Scheiße.

Er nahm noch einen Schluck, einen großen. „Würde ich das trinken, wenn es so schrecklich schmecken würde?", gab er zu bedenken.

Cristobal stutzte. Nein, das traute er Thomas nicht zu.

Was stimmte denn da nicht? Er runzelte die Stirn so fest, dass er Falten bekam.

Thomas erhob sich und angelte nach einer neuen Tasse, die er vorsichtig befüllte und seinem Chef dann hinhielt. „Da, versuchen Sie das mal!"

Nickend nahm Cristobal die neue Tasse entgegen, schnupperte erst einmal vorsichtig und kostete. Um den ganzen Inhalt dann wieder in die Ecke zu spucken. Er kotzte beinahe.

„Was ist das?", brüllte er aufgebracht und mit rotem Gesicht.

Die Tür ging auf und Pablo kam herein und trat auch noch in die Pfütze, die Cristobal gerade hergestellt hatte.

„Ihhh", schimpfte der jüngere Da Cruz. „Was ist denn hier

passiert? Undichtes Dach, oder was?"

Thomas schaltete sofort. „Pablo, könnten Sie mal kurz den Kaffee probieren und uns sagen, was damit nicht stimmt?" Er hielt ihm Cristobals Tasse hin.

Kritisch schaute Pablo in die Tasse und dann auf die beiden Männer. „Nee", sagte er mit verzogenem Gesicht. „Ich bin nicht der Vorkoster seiner Majestät!"

„Ich finde es völlig in Ordnung", versuchte Thomas zu erklären, „aber Cristobal meint, es schmeckt nach... etwas Anderem."

„Na gut!" Pablo nahm die Tasse und kostete ganz langsam. Er schluckte. Dann nahm er noch einen großen Schluck und prostete den anderen zu. „Schmeckt gut – was habt ihr denn?"

Cristobal ließ sich mit offenem Mund auf den Stuhl plumpsen.

Schmeckten die das denn nicht?

Das konnte doch gar nicht sein!

Die mussten doch schmecken, dass das einfach scheiße war!

„Ich trinke das aus", ließ sich Pablo vernehmen und rettete die Tasse vor seinem Bruder. Dann angelte er nach einer PET-Flasche mit Mineralwasser. „Vielleicht trinkst du mal das hier, du hast bestimmt nur einen schlechten Geschmack im Mund."

Mit ungutem Gefühl nahm Cristobal die Wasserflasche, die noch versiegelt war. Er hatte noch niemals einen schlechten Geschmack im Mund gehabt – nun ja, bis auf jetzt gerade, von diesem Dreckskaffee. Unter den Augen der anderen beiden öffnete er die Flasche und setzte vorsichtig an.

So bald er etwas im Mund hatte, begann er zu würgen. Er konnte es nicht mal herunterschlucken, so ekelig war das! In hohem Bogen spuckte er das Wasser auf den Boden und hustete, was das Zeug hielt.

Es war ohrenbetäubende Stille im Raum, als alle begriffen, dass etwas mit Cristobal nicht stimmen konnte.

Keiner bewegte sich, auch nicht, als der Instanzchef aufgehört hatte zu husten und würgen.

Pablo stellte die Tasse hin und sah ihn mitleidig an. „Wir gehen mal ins Zentrum und fragen einen Heiler, was mit dir nicht stimmt. Los!"

Und Cristobal folgte ihm, ernstlich verstört. So etwas hatte er noch nie gehabt! Er war immer gesund gewesen – bis auf die Kratzer, die er in Kämpfen davongetragen hatte. Verdammt, er hatte nicht mal die Masern gehabt!

Im Zentrum fand man schließlich Elisa, die gerade nichts zu tun hatte und dementsprechend Pause machte. Sie trank ebenfalls einen Kaffee.

„Warte mal!", forderte Pablo sie auf, bevor sie noch einen Schluck nehmen konnte. Er nahm ihr die Tasse weg.

„Was soll das denn?", fragte sie unwirsch. „Ich wollte gerade..."

„Ja, ich weiß", entgegnete ihr Ex-Verlobter. „Pass gut auf, was jetzt passiert." Er reichte Cristobal die Tasse, nicht ohne sich einen bösen Blick von ihm einzufangen. War er hier eine Zirkusattraktion, oder was? Er knurrte dunkel.

Vorsichtshalber holte Pablo noch ein paar Servietten und deutete Cristobal an, er möge kosten.

Der konnte nicht anders als böse zu gucken. Er wollte ja auch wissen, was mit ihm los war. Aber musste man ihn hier so vorführen? Das war seiner nicht würdig!

Ganz vorsichtig probierte er mit der Zungenspitze.

Und es war schrecklich!

Er spuckte, was das Zeug hielt, in eine Serviette.

„Also, lasst euch schnell was einfallen!", keuchte er. „Das mach ich nicht lange mit!"

Elisa hatte große Augen bekommen. Sie sah ihn schräg von unten her an. „Das war Kaffee! Ich denke, du liebst Kaffee! Was ist denn da los? Bist du schwanger, oder was?"

„Es schmeckt einfach wie Katzentoilette!", beschwerte er sich. „Und wenn ich nicht genau wüsste, dass das Kaffee ist, würde ich anfangen, alle Katzen dieser Welt umzubringen!" Er setzte sich auf einen Stuhl und fuhr sich unwirsch durchs Haar.

„Hast du schon mal etwas anderes probiert?", wollte Elisa wissen und nahm neben ihm Platz. Sie hatte ihn noch nie so zerknirscht gesehen.

Er nickte. „Mineralwasser", sagte er betreten. „Hat genau so geschmeckt."

„Was ist mit fester Nahrung?", fragte sie weiter und hielt ihm einen Keks hin.

„Das könnte interessant werden", fand Pablo und setzte sich ebenfalls an den Tisch. Er beobachtete seinen Bruder wie ein Versuchsobjekt.

Cristobal sah den Keks an, als sei der eine Atombombe. Ja, er hatte wirklich Muffensausen, diesen ach so harmlosen Keks zu kosten. Wenn der jetzt ebenfalls nach Katzenscheiße schmeckte? Es schüttelte ihn schon innerlich.

Aber da musste er jetzt durch! Er wollte ja auch irgendwie wissen, ob es nur bei Getränken so schrecklich schmeckte...

Diesen Gedanken mochte er nicht mal zu Ende denken.

Er nahm den Keks.

Er bröselte ein winziges bisschen davon ab.

Und er nahm einen Krümel in den Mund.

Dann nahm er die Serviette, die Pablo ihm schnellstens hingehalten hatte und erbrach sich fast.

„Verdammte Scheiße!", fluchte er und holte Luft. Er brauchte dringend etwas zu Trinken, um diesen ekligen Geschmack aus dem Mund zu bekommen. Aber, halt mal...

„Heißt das vielleicht, ich kann nie wieder etwas essen oder trinken, das nicht wie Katzentoilette schmeckt?" Die Panik stand ihm mitten ins Gesicht geschrieben.

Kein Kaffee?

Keine Pizza?

Nicht mal ein verdammtes Walnusseis?

„Elisa!", brüllte er aufgebracht. „Kannst du das wieder in Ordnung bringen?"

Die Heilerin sah ihn an. Wirklich, sie hatte Cristobal noch niemals in Panik gesehen. Nicht mal, als es um sein Leben oder das einer seiner Brüder gegangen war, hatte man ihm den Stress angesehen. Er war einfach nur cool und boshaft.

Diese Krankheit war eine Strafe aus der Hölle, wusste sie – und ja, er hatte sie verdient. Zumindest ein bisschen...

„Wir gehen mal in ein Heilerzimmer und checken dich durch", bot sie an.

„Aber ich werde keine Dinge mehr probieren!", grollte er und folgte ihr.

„Ach", hörte er sie. „Höre ich da vielleicht ein kleines Mimimi?"

Obwohl es ja verboten war, sich über den Chef lustig zu machen, fand Elisa das insgeheim doch sehr komisch.

Und er fluchte. Was für eine verdammte Scheiße! Katzenscheiße sozusagen...

Nach einer Stunde intensives Suchen durch drei der besten Heiler der dunklen Instanz stand etwas eindeutig fest: keiner wusste, was Cristobal fehlte.

Aber der Heiler Markus, der Heiler Michael und die Heilerin Elisa wussten jetzt, dass ihr Chef ein bisschen arg wehleidig war, wenn er krank war. Was gleichzusetzen war mit nicht gut gelaunt.

„Das muss doch irgendeine Lösung geben!", brüllte Cristobal zum wiederholten Mal und sah von einem zum anderen. „Kann nicht einer von euch mal kurz seine Hände über mir ausbreiten und mich heilen? Bei allen anderen ist das doch kein Problem!"

Michael zuckte die Schultern. „Die anderen sind ja auch krank, Sie nicht. Da kann man nichts heilen, da ist ja auch nichts kaputt..."

„Hallooooo?" Cristobal regte sich wirklich auf. „Es schmeckt alles wie Katzenklo! Da können Sie doch nicht sagen, es ist alles in Ordnung! Ich kann nichts essen und trinken, ich muss elendig verrecken, schon mal darüber nachgedacht?"

Elisa verdrehte die Augen. „Nein, musst du nicht. Du musst nur einfach nicht daran denken, wie es schmeckt. Die Nahrung ist ja völlig in Ordnung. Es ist ja nicht wirklich Katzenscheiße, die du zu dir nimmst."

„Hallooooo?", brüllte Cristobal wieder aufgebracht. „Ich fange an zu kotzen, wenn ich nur darüber nachdenke, etwas in den Mund zu nehmen!"

Markus schnippte mit dem Finger. Er holte aus einer Schublade einen kleinen Tiegel. „Schmieren Sie sich mal etwas davon unter die Nase!", verlangte er und gab ihm das Döschen.

„Ich will mir verflucht noch mal nichts unter die Nase schmieren!", schrie der Instanzleiter und wäre bereit gewesen, das Döschen an die Wand zu schmeißen, wenn Markus ihm nicht in weiser Voraussicht die Hand festgehalten hätte.

„Versuchen Sie es doch bitte!", sagte er ernst.

Cristobal stöhnte. In der letzten Stunde hatte er so viele Sachen kosten müssen, um immer wieder festzustellen, dass alles gleich schmeckte. Ihm war übel und er hatte Durst. Ein Problem größeren Ausmaßes. Mit einem Ruck öffnete er das Döschen und schmierte sich die weißlich-durchsichtige Paste unter die Nase. Es roch nach Menthol – und es brannte.

„Wollen Sie mich umbringen?", schrie Cristobal und griff nach einer Serviette, um das Zeug schnell wieder loszuwerden.

Markus hielt wieder seine Hand fest. „Nein, warten Sie! Versuchen Sie jetzt, etwas zu trinken!"

„Was?" Der dunkle Instanzleiter war kurz vor einem Nervenzusammenbruch. Was mutete man ihm hier eigentlich zu? Erst schmeckte alles wie Katzenklo, dann musste er ein Brennen in der Nase und auf der Haut ertragen und alles roch wie in Erkältungsbad. Das konnte doch nur ein Scherz sein.

„Machen Sie schon!", forderte ihn auch Michael auf.

Mit einem Grollen setzte er das Glas vorsichtig an und kostete mit der Zungenspitze.

Er schmeckte nichts. Er roch bloß noch Menthol!

Er nahm noch einen Schluck, dann noch einen und noch einen.

Er zog das ganze Glas leer, bevor er anfing zu würgen. Der letzte Schluck war dann wohl doch nicht so gut gewesen.

Drei Augenpaare blickten ihn an.

„Ging irgendwie", kommentierte er mit rauer Stimme. „Aber nicht für lange. Zuletzt schmeckte es wieder nach – ach ihr wisst schon."

Völlig geschafft sank er in dem Stuhl zusammen und wischte sich die Paste von der Haut.

„Sehen Sie!", freute sich Markus. „So ganz werden Sie nicht verhungern. Wir haben zumindest etwas gefunden, mit dem Sie den Geschmack für ein paar Sekunden loswerden."

„Was für ein Fortschritt...", meinte er verzagt.

„Seit wann haben Sie dieses Problem eigentlich?", fiel Michael da auf. „Was haben Sie vorher gemacht, bevor es auftrat? Was haben Sie gegessen oder getrunken?"

„Gar nichts", ließ sich Cristobal vernehmen. „Ich war bei einer Verdächtigen, dann bin ich ins Büro gegangen und da wollte ich

Kaffee trinken. Dann ging es los."

Michael schüttelte den Kopf. „Das lässt auch keinen Rückschluss darauf zu, was Ihnen passiert ist. Wenn ich es nicht besser wüsste, dann würde ich sagen, Sie sind verflucht."

„Was?" Cristobal hob den Kopf und sah den Heiler mit brennenden Augen an und das lag nicht an der Mentholpaste. „Was haben Sie gesagt?"

„Na ja" Der Heiler hob die Hände kurz an, um sie dann wieder sinken zu lassen. „Überlegen Sie mal: wir konnten keine organische oder seelische Störung feststellen, aber das Problem ist ja da! Und die Krankheit scheint ja so konstruiert zu sein, dass Sie Ihnen das Leben vermiesen will. Tödlich ist sie ja nicht. Meine Vermutung ist daher, dass Sie jemanden ganz arg geärgert haben, der sich mit einem Fluch rächen will. Das ist so ähnlich wie der Heilerfluch. Wie es funktioniert, weiß niemand so genau, aber es passt einfach. Magie halt..."

Cristobal sprang auf. Dieser Cortez! Dieser miese Westentaschenhexenmeister! Wie konnte der das wagen?

„Verdammte Scheiße!", brüllte er. „Sie haben recht! Wie werde ich das wieder los?"

„Machen Sie Bitte-Bitte bei dem, der das gemacht hat", war der Rat des Heilers, den Cristobal so gar nicht hatte hören wollen.

Verdammte Inzucht!

Da hatte er seinen Grund, mit Cortez in Kontakt zu treten.

Er verließ das Heilerzimmer, ganz in Gedanken versunken.

Pablo hatte auf ihn gewartet und beeilte sich, hinter ihm herzukommen. Im Büro hatte er ihn eingeholt.

„Was ist denn jetzt?", wollte er wissen. „Haben sie den Fehler gefunden?"

Auch Thomas, der im Büro saß, sah ihn erwartungsvoll an.

Cristobal atmete entnervt aus. „Ich kann noch immer nichts zu mir nehmen. Aber wenn ich diesen Scheiß-Magier, der mir diesen Fluch auf den Hals gehetzt hat, in die Finger bekomme, dann soll der ebenfalls verflucht sein!"

Und diesen Schwur schwor er sich zu halten!

Ein Blick zur Uhr sagte ihm, dass es schon nach Mitternacht war und er schickte Thomas ins Bett. Dann schrieb er noch eine

SMS an Nina, dass er die Nacht im Privatzimmer hinter dem Büro verbringen würde.

Gomez hatte eine unruhige Nacht verbracht. Seine Arme waren wie abgeschnürt, nach einer Weile hatte er sie nicht mehr gespürt, dann tat es einfach nur noch weh. Zähneknirschend hatte er das ignoriert, so gut es eben ging.
Und irgendwann war er auch eingeschlafen, wurde erst wieder wach, als die Tür quietschend aufging.
Müde und verschlafen registrierte er, dass Adnan und Tiymur hereingekommen waren und ein Tablett mit Frühstück dabei hatten.
Tiymur baute sich vor ihm auf und bedeutete ihm, aufzustehen.
„Ich mach dir jetzt den Kabelbinder ab", sagte der große Mann. „Das wird ein bisschen unangenehm."
Ach, welch nette Umschreibung.
Gomez stöhnte, als das Blut wieder in seine Hände strömte und er biss die Zähne zusammen.
„Wenn du das massierst, geht es schneller", riet ihm Tiymur, was Gomez auch sofort tat.
Die beiden waren nicht unfreundlich, aber Gomez hätte ihnen am liebsten irgendwas auf den Kopf gedonnert und hätte den Raum verlassen. Das schienen die aber irgendwie zu ahnen, denn sie waren sehr vorsichtig.
„Hör mal", grollte ihn Adnan nach einem fast belustigten Blick an. „Mach uns hier keinen Ärger. Wir sind nur hier, damit du dein Frühstück bekommst. Das hätten wir auch selber essen und dich hier liegenlassen können. Also Peace, Bruder!"
„Schon gut", meinte Gomez heiser, nachdem er sich das Klebeband vom Mund gezogen hatte. Um nichts in der Welt hätte er sich ums Frühstück bringen lassen.
Er setzte sich vor das Tablett und begann zu essen.
„Wie ist die allgemeine Lage draußen?", wollte er zwischen zwei Bissen wissen. „Oder hat er euch verboten, mit mir zu sprechen?"
„Nein", negierte Tiymur grinsend. „Er hat nur gesagt, dass wir dir Frühstück bringen sollen. Sonst nichts, also können wir dich

schon ins Bild setzen."

„Deiner reichen Erbin geht es gut", klärte ihn Adnan auch sogleich auf. „Er hat ihr nichts getan – na ja, fast nichts. Nur ein bisschen Geplänkel."

Gomez hörte auf zu kauen.

„Hey, ruhig!", wusste Tiymur. „Sie ist eine von der harten Sorte, hat alle Finger und Zehen noch, iss weiter!"

Das konnte Gomez nicht wirklich beruhigen. Er warf das Brötchen auf den Teller und trank einen Schluck Kaffee. „Wo ist sie jetzt?", wollte er wissen.

„Keine Angst", meinte Adnan wieder mit einem Grinsen. „Immer noch hier in der Instanz. Er ist noch nicht fertig mit den Fragen. Aber sie wird mitspielen, keine Sorge."

Gomez schloss die Augen und hinter seinen Lidern spielten sich grausame Szenen ab. „Ich hätte es gern ganz genau", sagte er rau.

Adnan setzte sich neben das Tablett und klaute ihm ein Stückchen Wurst vom Teller. „Das bringt doch nichts. Ich versichere dir, sie ist völlig okay. Er war sehr zahm mit ihr, hat sie nicht gebrochen. Isst du das noch auf?"

Kopfschüttelnd bot Gomez ihm den Rest an, trank nur noch etwas Kaffee.

„Kann ich zu ihr?", fragte er nach einer Weile leise. Er kannte die Antwort schon, aber er wollte alles ausprobiert haben.

Belustigtes Kichern kam von Adnan. „Du darfst nicht mal hier raus. Und außerdem: was soll das bringen? Hat er dir nicht gesagt, dass du sie abschreiben sollst?"

Gomez atmete betont langsam ein und aus. Fast wirkte es so, als wolle er bis zehn zählen. Dann sah er Adnan direkt an. „Würdest du ihm etwas bestellen?" Und ohne auf die Zustimmung zu warten, fügte er hinzu: „Wenn er mich wirklich zwingen will, zum zweiten Mal die Frau zu verlieren, die ich liebe, dann prophezeie ich ihm, dass ihm die Schicksalsgöttin auf eine Art in die Suppe spucken wird, so dass er es nicht vergisst. Das soll er sich überlegen, bevor er etwas tut, was er später bereuen wird."

„Du kennst ihn doch", gab Tiymur zu bedenken. „Hat er jemals etwas bereut?"

„Dann sollte er schnell damit anfangen!" Gomez sah sehr ernst aus. Er hatte einen Plan gefasst und den würde er bis zum bitteren Ende durchziehen.

Und das hatten auch Tiymur und Adnan gerade begriffen. Es ließ beide gleichzeitig nachdenklich werden. Jeder von ihnen konnte sich vorstellen, dass Cristobal im Moment nicht auf der Glücksseite des Lebens stand. Hatte er das nicht auch irgendwie verdient? Mal einen auf den Deckel zu bekommen, weil er doch ein wenig zu arrogant dahergekommen war?

Vielleicht – vielleicht auch nicht.

Abwarten, entschied Tiymur und nickte Gomez zu. „Ich richte es aus, aber rechne nicht mit zu viel Reaktion."

Die beiden räumten das Frühstück zusammen und wiesen Gomez an, ruhig zu bleiben. Dann bräuchte er auch keine Fesseln mehr.

Heute mussten sie noch ein zweites Frühstück ausliefern.

Das war auch sofort als nächstes dran. Und Adnan fand es auch irgendwie tragisch, dass es direkt in die Zelle nebenan ging, nämlich zu Athena. Er schloss die Tür auf, machte sich bemerkbar und Tiymur trug das Tablett rein, auf dem ebenfalls Brötchen, Marmelade, Wurst und Kaffee waren.

Athena saß auf der Pritsche und sah die beiden großen Männer ruhig an.

„Setzten Sie sich an den Tisch und frühstücken Sie", riet ihr Tiymur und schenkte galant den Kaffee ein. „Sonst alles in Ordnung mit Ihnen?"

Sie bewegte sich recht schwerfällig, zuckte auch etwas zusammen, als sie sich erhob. „Es geht", sagte sie leise.

„Die Schulter?", wollte Adnan fast ein wenig mitfühlend wissen. „Ich hatte gestern nicht den Eindruck, dass das Schlüsselbein gebrochen war. Habe ich mich geirrt?"

„Ich weiß nicht." Athena versuchte, sich relativ wenig zu bewegen.

Tiymur machte sich schon auf den Weg. „Ich besorge mal einen Heiler."

Verwirrt sah sie auf. „Einen Heiler?"

Adnan nickte dazu. „Wir sind angewiesen worden, es Ihnen so umgänglich wie möglich zu machen. Dazu gehört natürlich auch, dass Sie nicht unbedingt Schmerzen erleiden." Er zeigte nochmal auf das Tablett. „Trinken Sie wenigstens etwas, bis der Heiler kommt."

„Warum?" Athenas Augen blickten den großen Türken immer noch völlig verwirrt an. „Ich verstehe das nicht. Jetzt wollen Sie, dass ich geheilt werde und dieser Cristobal kommt gleich wieder und quält mich von Neuem. Das ist doch unnötig."

Er stieß die Luft mit einem pfeifenden Ton aus. „Er wird nicht kommen und Sie quälen, das kann ich Ihnen versprechen. Und wenn er Sie wieder rufen wird, stellt er Ihnen nur Fragen. Das liegt alles an Ihnen, inwieweit Sie bereit sind mitzuarbeiten. Lassen Sie den Heiler seine Arbeit machen und warten Sie einfach ruhig hier. Ich bin mir sicher, Sie brauchen keine Angst zu haben. Okay?" Er legte den Kopf schief und deutete auf die Kaffeetasse.

Mit der winzigen Andeutung eines Lächelns nippte Athena an dem Kaffee und dachte darüber nach, dass jemand anderes das jetzt nicht genießen konnte. Einerseits tat das gut, andererseits hatte sie nicht erwartet, dass er sie hier tatsächlich gut versorgen würde. Sie würde abwarten, was als nächstes passierte.

Als nächstes kam erst einmal Tiymur zurück, die Heilerin Elisa im Schlepptau. Und sie wies die beiden Männer an, den Raum zu verlassen, damit sie eine ordentliche Heilung machen konnte. Also warteten die beiden vor der Tür.

Elisa sah sich Athenas Schulter professionell an und befand, dass zwar nichts gebrochen, aber ihr Körper wirklich sehr lädiert war. Die Haut war fast bis zu den Rippen blau verfärbt.

Sie begann auch sogleich mit der Heilung.

„Sie arbeiten mit Magie?", fragte Athena völlig verblüfft, als sie sah, dass grünes Licht aus den Händen von Elisa zu strömen schien.

Die lächelte. „Wir Heiler tragen eben eine Art Heilungsmagie in uns. Die wird familiär vererbt. Sie kennen sich nicht sehr gut mit den Traumfängern aus, oder? Wieso sind Sie hier?"

Athena blinzelte. „Dieser Cristobal hat mich hier einsperren lassen", antwortete sie ausweichend. „Offenbar habe ich noch Informationen für ihn, die ihm wichtig erscheinen."

Die Heilerin nickte. „Ach ja?" Sie inspizierte die Schulter nochmal gründlich. „Dann gebe ich Ihnen einen Tipp: vermeiden Sie, ihn wütend zu machen und beantworten Sie jede seiner Fragen, dann wird Ihnen so etwas wie dieses hier nicht mehr passieren."

Sie lächelte Athena, die seltsam eingeschüchtert aussah, wieder beruhigend zu. „Er wird Sie wohl noch ein bisschen in Ruhe lassen, denn er hat gerade ein anderes Problem. Ein Scheißproblem sozusagen." Mehr verriet sie nicht, aber Athena wusste schon, wovon sie redete.

Ihr Fluch hatte seinen Träger wohl gefunden...

„Hallo, ich komme gleich vorbei und wir trinken einen Kaffee zusammen! Ich liebe dich!"

Das hatte auf Cristobals Handy gestanden. Eine SMS von Nina.

Und er starrte diese Nachricht jetzt an, fast verzweifelt.

Etwas hatte er über sich gelernt. Nämlich: er war ein Genuss-mensch, ob er das nun wollte oder nicht.

Er konnte es nicht mal ertragen, einen Kaffee zu riechen, ohne ihn kosten zu können.

Und er hatte nochmal etwas über sich gelernt: er war einfach nur ungerecht.

Weil er den Kaffee nicht hatte riechen können, ohne gleich an sein Problem erinnert zu werden, hatte er Thomas angebrüllt und des Raumes verwiesen – samt des ganzen Kaffees, den er im Büro finden konnte. Er hatte ihn einfach auf den Flur geschmissen, ohne sich darum zu kümmern, wen oder was er da hätte treffen können.

Wie sollte er das alles nur Nina erklären?

Sie durfte davon keinesfalls erfahren! Wenn sie das jetzt zu diesem Zeitpunkt wüsste, würde sie das Asterium alarmieren und das Haus des Magiers stürmen lassen, den Typen kielholen lassen und... ja, was und?

Sie hätte den wahrscheinlich getötet, bevor er den Fluch rück-gängig gemacht hatte. Und das, obwohl sie nur das Gute in den Menschen sah. So viel dazu...

Also musste er sein Problem verbergen. Oder vielleicht sein Leben lang mit dem Fluch leben? Keine Option!

Gut gesagt, aber er hatte heute Morgen schon beim Zähneputzen einen Kotzanfall bekommen. Und Nina würde es sofort merken, wenn er sich diese gottverdammt stinkende Mentholsalbe unter die Nase schmieren würde.

Er hatte nur eine Chance.

Er musste es verbergen, so gut es ging. Und den Fluch so schnell es ging brechen lassen.

Die Tür schwang auf und Nina stürmte rein, flog fast auf ihn zu, warf sich in seine Arme.

„Du hast mir gefehlt!", flüsterte sie und küsste ihn heftig.

Panik stieg in ihm auf. Hoffentlich...

Eine Sekunde später war die Panik wieder weg.

Küssen ging. Küssen war gut!

Er war so was von erleichtert, dass er mit dem Küssen gar nicht wieder aufhörte.

Nach einer Weile machte sich Nina frei und bemerkte fast lächelnd: „Na, ich habe dir wohl auch gefehlt..."

„Und wie!", gab er zu.

„Wo ist denn Thomas?", wollte sie wissen. „Ich wollte mit dir ins Zentrum gehen, um einen Kaffee zu trinken. KHP wartet vor der Tür. Er geht auch mit."

KHP, ja, den hatte Cristobal auch schon vermisst.

Mist, der war Heiler! Hoffentlich sah der nicht, dass er, Cristobal, mit diesem verdammtem Fluch gesegnet war.

Wenn KHP etwas mitbekam, so sagte er nichts dazu. Er nickte Cristobal in seiner gewohnt stoischen Art zu und begleitete die beiden ins Zentrum, wo sie auch auf einen böse guckenden Thomas trafen.

Cristobal nahm ihn beim Arm. „Tut mir leid", sagte er leise.

Verdammt, er hatte sich noch nie entschuldigt. Und jetzt fing er damit an?

Thomas' Augen weiteten sich. Er konnte das nicht glauben. Sein Chef entschuldigte sich? Er schnappte nach Luft wie ein Fisch auf dem Trockenen.

Der Blick, den Cristobal ihm daraufhin zuwarf, war auch nicht von Pappe. „Das Büro müsste besetzt werden."

„Kein Problem." Thomas setzte sich in Bewegung. War ja nicht das erste Mal, dass er Cristobal nicht verstand. Was sollte es?

„Ist was mit dem?", fragte Nina stirnrunzelnd und sah hinter Thomas her. „Der war komisch."

„Hatte noch keinen Kaffee", ließ sich Cristobal vernehmen.

Er führte Nina an einen Tisch und holte Tassen und Teller mit Keksen.

„Hast du noch lange gearbeitet?" Nina nahm einen großen Schluck Kaffee und biss in einen Keks, so dass Cristobal ein Grollen im Magen fühlte. Gott, er hatte Hunger!

„Etwa bis zwei", sagte er ausweichend und tat so, als ob er ebenfalls einen Schluck Kaffee trank.

Er hätte ihn wirklich gerne getrunken, aber er grauste sich davor, wieder diesen grässlichen Geschmack auf der Zunge zu haben. Aber dieser Kaffee roch so gut! Ihm brach der Schweiß aus.

„Ja", stöhnte Nina. „Ich war auch bis nach Mitternacht unterwegs. Das Asterium ist so was von in Aufregung wegen des Ablebens des Dritten. Die anderen sind dafür, diesem Cortez mal auf den Zahn zu fühlen, aber Dante will noch nicht so da ran. Er möchte erst deine Einschätzung der Situation, da du ja dabei warst." Sie griff sich an den Kopf, als wäre ihr gerade etwas eingefallen. „Und weißt du was? Heute ist eine Rechnung eingetroffen, von diesem Cortez, in der er ein Heidengeld für die Reinigung seines Hauses fordert! Und er will sogar die Patchworkdecke bezahlt haben, in der der Körper vom Dritten eingewickelt war! Kannst du dir das vorstellen?"

Ja, richtig, der hatte ja was von einer Rechnung gefaselt, erinnerte sich Cristobal.

Nina kramte in ihrer Handtasche und holte einen Wisch hervor.

„Sieh mal, das ist eine Kopie! Das ist einfach unfassbar!"

Er nahm ihr die Rechnungskopie aus der Hand und studierte sie eindringlich. So brauchte er nicht vorgeben zu trinken oder zu essen. Es standen alle wichtigen Daten darauf, oben im Adresskopf sogar die Bankdaten des Magiers, sowie eine Telefonnummer für Rückfragen. Der Rechnungsbetrag war saftig, alle Wetter! Fast eintausend Euro für eine Reinigung und eine Decke? Der Typ musste wohl irre sein...

„Und?", fragte er mit einem Grinsen. „Will Dante das bezahlen?"

„Das glaubst du doch selber nicht!" Nina pustete verächtlich die Luft aus. „Er tobt und hat gesagt, er würde das nicht mal zahlen, wenn der Dritte noch leben würde!" Ihr Blick verdüsterte sich. „Ich habe mit Leonie gesprochen. Sie ist am Ende. Wusstest du, dass sie in ein äußeres Heilerzentrum eingewiesen wurde?"

Er nickte. „Ich habe das eingeleitet. Sie brauchte dringend Abstand und dort wird sie rund um die Uhr betreut."

Nina nickte ebenfalls und senkte den Blick, der dann sogleich auf Cristobals Tasse fiel, seine volle Tasse. „Bist du krank?"

Jetzt sah sie ihn prüfend an. „Du trinkst ja gar nicht!"

Wieder breitete sich Panik in ihm aus.

Da kam er nicht raus!

Wenn sie jetzt bemerken würde, was mit ihm los war....

Er wedelte mit den Händen. „Ich war abgelenkt, wegen der Rechnung." Unter den argwöhnischen Augen von Nina, hob er die Tasse an den Mund und nahm einen großen Schluck.

„Nicht kotzen, nicht kotzen!", sagte er sich wie ein Mantra und schluckte alles runter. Beinahe blieb es ihm ihm Hals stecken und nur mit Mühe beherrschte er sich.

Er würde sterben, jetzt und hier – das war einfach zu ekelig!

Dann hustete er doch. „Hab mich verschluckt", keuchte er.

KHP übersah die Szene mit starren Augen. Er sagte wie immer gar nichts dazu. Man konnte nicht erahnen, was und wie viel er wusste.

Nina tätschelte ihrem Ehemann den Rücken. „Geht es wieder?" Sie klopfte auf die Rechnung und legte sie auf den Tisch. „Die kannst du behalten, die Kopie ist eh für dich."

„Danke" Cristobal ließ offen, ob er sich für die Anteilnahme oder die Rechnung bedankte. In Wirklichkeit war er für beides dankbar. So hatte er wenigstens die Daten des Magiers, falls er sich entschließen sollte, den wegen des Fluchs zu interviewen.

Ninas Handy bimmelte und sie verdrehte die Augen, bevor sie ranging. Wie nebenbei hörte er ihr zu, wie sie mit Dante sprach, der sie offenbar dringend im Gebäude des Asteriums benötigte. Es ging wohl um die Neubesetzung des Dritten.

Sie legte dann auch relativ schnell auf, seufzte und erhob sich. „Ich muss wieder zurück. Du hast bestimmt auch noch was zu tun, oder?"

Er nickte und war froh, dass er seinen Kaffee nicht austrinken musste. Sie hatte nichts gemerkt! Zum Glück!

Bevor sie sich anschickte, die Instanz dann doch zu verlassen, griff KHP Cristobal noch an der Schulter. „Mit dir stimmt was nicht!", raunte er. „Ich sage nichts, aber du musst mit einem Heiler sprechen. Dein Körper leidet."

Die beiden Männer sahen sich an, Cristobal nickte langsam, dann war auch KHP auf dem Weg, begleitete seine Schutzbefohlene zurück ins Gebäude des Asteriums.

Der dunkle Instanzleiter begab sich wieder ins Büro. Er ignorierte Thomas, so gut es eben ging, und überlegte, wie er es am besten anfangen könnte. Selbstverständlich hatte er einen Plan, aber ob der nun so funktionierte, wie er es wollte, das stand in den Sternen. Klar war jedenfalls, so wollte er nicht weitermachen. Er vermisste den Kaffee viel zu sehr. Das ging einfach so nicht weiter. Also klärte er Thomas darüber auf, dass er, Cristobal, jetzt mal kurz die Instanz verlassen würde.

Nach einem kurzen Abstecher in die City, wo er eine Bank ansteuerte, fand er sich schließlich in der Elisabethenstraße direkt vor dem Haus des Magiers ein.

Er ließ sein Schwert im Auto und machte sich daran, die Auffahrt möglichst langsam hochzugehen, so dass man ihn gut sehen konnte. Dann klingelte er an.

Die Tür wurde geöffnet und Cristobal starrte in die Mündung einer Pistole in den Händen von diesem blonden Kerl, der Adnan die ersten Informationen gegeben hatte.

Cristobal hob die Hände und sah den Typen ruhig an. „Ich bin nicht bewaffnet", sagte er. „Ich würde gerne mit Herrn Cortez sprechen."

„Sie sind ja völlig bescheuert!", stieß der Blonde hervor. „Warum sollte der... Herr Cortez mit Ihnen sprechen wollen?"

Cristobal war sich sicher, dass sein Gegenüber Herrn Cortez als „der Meister" titulieren wollte, im letzten Moment aber umge-schwenkt war.

Langsam griff der dunkle Instanzleiter in seine Tasche und holte die Rechnungskopie hervor. „Weil ich die Rechnung bezahlen möchte?", lächelte er zuversichtlich.

Der Blonde wedelte mit der Waffe, Cristobal sollte reinkommen, was der sehr zögerlich tat.

Ins Haustelefon sprechend, ließ ihn der Blonde nicht aus den Augen, aber Cristobal war sich sicher, dass Cortez ihn würde sehen wollen.

Und er hatte recht. Der Blonde zeigte auf das Zimmer, in dem er schon gewesen war. „Gehen Sie voraus!"

Man fand auch schnell Herrn Cortez, der wieder auf der großen Ledercouch Platz genommen hatte, sich auch freundlich erhob, als Cristobal den Raum betrat.

Der Blonde bedeutete ihm, sich zu setzen. Cortez reichte ihm die Hand und setzte sich ihm gegenüber. „Sie schon wieder!", lächelte er. „Wieso war mir das nur klar?"

Cristobal zuckte die Schultern. „Mittlerweile habe ich auch ein ganz gutes Bild von Ihnen", begann er, eben so freundlich. „Sie haben sich praktisch so eingebracht, dass ich nicht anders konnte, als Sie aufzusuchen."

Ein bisschen Verwirrung kam auf das Gesicht des Magiers. „Es freut mich sehr, dass Sie sich so beeilen, die Rechnung zu begleichen. Aber das wäre doch völlig unnötig gewesen. Ich hatte doch eine Zahlungsfrist von drei Wochen eingeräumt. Nichtsdestotrotz freue ich mich, Sie wiederzusehen. Unser erstes Zusammentreffen war nicht sehr glücklich, muss ich sagen."

„Ich versichere Ihnen", beeilte sich Cristobal zu sagen, „dass der Dritte der Beschützer des Asterium auf eigene Faust gehandelt hat. Ich hätte noch etwas gewartet, bis ich mehr Informationen über Sie gesammelt habe."

Cortez lächelte fein. „Sie sind ein Mann nach meinem Geschmack. Meine Art ist es auch, immer erst alle Informationen zu haben." Er nickte ihm zu. „Ich bedauere es, dass es so gekommen ist. Mir liegt nichts daran, unnötig Leute zu töten."

Wider Willen war Cristobal von Cortez angetan. Er schien nicht der irre Hexer zu sein, für den er ihn gehalten hatte.

„Darf ich Ihnen etwas anbieten?", fragte Cortez gerade. „Kaffee vielleicht? Oder etwas Anderes?" Sein Blick war ohne Arglist.

Cristobal lachte kurz auf, was ihm einen verwirrten Gesichtsausdruck eintrug. „Sehr lustig. Wollen Sie nur wissen, ob es richtig funktioniert hat?"

Der Gesichtsausdruck änderte sich nicht. Cortez guckte wie ein Fragezeichen. „Ich verstehe Sie gerade nicht", meinte er langsam. „Was hat funktioniert?"

Nun legte Cristobal den Kopf schief und sah Cortez ein bisschen genervt an. „Der Fluch?", erinnerte er.

Immer noch verwirrt sah Cortez von Cristobal zu dem noch immer im Raum befindlichen Blondhaarigen und dann zurück zu Cristobal. Dann erhob er sich und stellte sich vor seinen Gast, legte seine Rechte auf den Kopf des dunklen Instanzleiters. Ein paar Sekunden später begann er zu lächeln. „Oh, jetzt verstehe ich..." Er nahm wieder Platz. „Sehr kreativ."

Jetzt war es an Cristobal, verwirrt zu gucken. Dann aber siegte doch die Bosheit. „Ich weiß nicht, was daran kreativ sein sollte, wenn alles nach Katzenscheiße schmeckt!"

Cortez lachte laut auf und schlug die Hände zusammen. Er war so sehr belustigt, dass es Cristobal schon auf den Keks ging.

Aber er musste einfach ruhig bleiben.

Langsam zog er seine Brieftasche hervor, nahm das entsprechende Geld heraus und legte es auf den Tisch. „Brauche ich eine Quittung oder ist das ein Handel unter Ehrenmännern?"

Der ältere Mann hatte sich etwas beruhigt, zählte das Geld nach und winkte dem Blonden zu. „Jörg wird Ihnen eine Quittung geben. Ein Beleg zu haben, ist immer gut. Das ist so etwas wie ein Abschluss einer Sache." Er sah seinen Gast wieder an. „Und was haben Sie hinsichtlich des Fluches geplant?", wollte er mit Schalk in den Augen wissen.

„Es pisst mich fürchterlich an", gab Cristobal zu, „aber ich muss Sie bitten, das irgendwie wieder rückgängig zu machen. Nennen Sie mir Ihre Bedingungen!"

„Ach, deshalb sind Sie also hier – nicht wegen der Rechnung!", wusste Cortez völlig richtig. „Ich hatte mich schon gefragt, wieso

Sie so ruhig und gelassen hier hereinschneien. Dann ist das Rätsel also gelöst."

Cristobal kommentierte das nicht. Er saß wie auf heißen Kohlen. Der Magier hatte nicht mit einem Ton gesagt, ob er den Fluch wieder zurücknehmen würde. Die Situation begann, an seinen Nerven zu zerren und er atmete gequält ein.

„So lustig das für Sie sein mag", meinte er nach einer Weile, „für mich ist es das nicht. Und eigentlich habe ich diesen Fluch nicht verdient. Ich war es nicht, der das Kommando zum Stürmen des Hauses gegeben hat. Ich appelliere also nochmal an Ihren guten Willen."

„Nein, da haben Sie vollkommen recht", pflichtete ihm Cortez bei. „Ich hätte niemals einen solchen Fluch verwendet, nur für die Tatsache, dass Sie in mein Haus gekommen sind. Das wäre auch völlig übertrieben gewesen." Er lächelte wieder fein. „So amüsant ich das finde, dass Sie hier sitzen und mich um einen Gefallen bitten." Zwinkernd machte er eine kleine Pause. „Ich weiß nicht, ob Sie diesen Fluch verdient haben, aber irgendwas müssen Sie gemacht haben, um sie zu verärgern." Er ließ die Worte kurz wirken. „Meine Schülerin ist sehr kreativ und macht mich stolz. Außerdem ist sie außergewöhnlich talentiert, fast genau so gut wie ich. Das heißt dann also für Sie, dass Sie hier an der falschen Adresse sind, so bedauerlich ich das auch finden mag."

Cristobal bekam gerade nicht alles in die Reihe. Er schüttelte den Kopf, um ihn wieder klar zu bekommen. „Was genau meinen Sie jetzt damit? Dass Sie mir diesen Fluch gar nicht auf den Hals gehetzt haben? Sie sind der einzige Magier, den ich kenne!"

„Das bezweifele ich wirklich", meinte Cortez mit einem Nicken. „Sie müssen meine Schülerin kennen, ganz bestimmt sogar. Ich kann ihre Signatur auf dem Fluch spüren."

Schülerin? In Cristobal kam ein ganz böser Gedanke hoch.

Er kannte nur eine und die hatte ihn erst auf diesen Magier aufmerksam gemacht. Er hatte sie nie gefragt, ob sie nicht vielleicht auch...

„Athena Steinweg?", brachte er mit einem Keuchen hervor, völlig überrascht. „Sie war Ihre Schülerin?" Er schluckte. So bekam das alles auch einen Sinn! „Deswegen hat sie das Buch für Sie gestohlen."

„Ich kommentiere das nicht." Cortez ließ sich nicht in die Karten gucken. Gleich darauf schüttelte er bedauernd den Kopf. „Was den Fluch anbelangt, müssen Sie sich mit ihr auseinandersetzen, mein Sohn."

„Sagen Sie nicht „mein Sohn" zu mir! Das haben schon andere gemacht, die nicht mein Vater waren", grummelte Cristobal, noch in Gedanken versunken. Es war wie ein Schock für ihn, dass die kleine verdammte Erbin ihn verarscht hatte.

„Tut mir sehr leid", entschuldigte sich der Magier und es hörte sich so an, als meinte er es auch so. „Das war nur eine Floskel. Ich weiß nicht, ob mein erstgeborenes Kind ein Sohn oder eine Tochter ist. Meine Frau hat mich vor der Geburt verlassen. Aber bei Ihnen hört sich das auch so an, als gäbe es da ein Problem. Ich wollte nicht in ein Wespennest stechen."

„Danke" Cristobal war immer noch in seinen eigenen Gedankengängen versunken. Dann fasste er sich, sah Cortez direkt an. „Ich denke, ich sollte jetzt gehen. Das heißt aber nicht, dass ich niemals wiederkomme. Sie wissen genau, dass ich das Buch zurück brauche. Eigentlich weiß ich nicht mal, was Sie damit wollen. Sie können gar nichts damit anfangen, weil Sie kein Traumfänger sind. Sie wollen es mir nicht zufällig wieder zurückgeben?" Seine Augenbrauen zogen sich hoch.

„Nein, damit ist in nächster Zeit nicht zu rechnen", meinte der Magier freundlich, aber bestimmt. „Aber ich verspreche Ihnen, ich mache nichts damit, was Ihnen schaden könnte. Bestellen Sie das dem Asterium!" Er erhob sich und winkte dem Blonden, der eine Quittung in der Hand hielt.

Cristobal nahm den Wisch an und reicht Cortez die Hand zum Abschied. „Bis zum nächsten Mal. Wir sehen uns bestimmt wieder."

Und schon folgte er dem Blonden aus dem Haus.

Dieser Magier war zwar ganz schön verrückt, aber irgendwie doch ein netter Kerl. Schade, dass der auf der Gegenseite stand.

Und a propos Gegenseite: da fiel ihm doch noch jemand ein.

Acht

Etwa eine halbe Stunde später stürmte er in die Instanz und schlug die Tür dermaßen zu, dass das ganze Gebäude erzitterte. Und jeder schien jetzt zu wissen, dass Cristobal schlecht gelaunt war. Nicht, dass das etwas Neues gewesen wäre, aber diesmal war es offenbar ganz besonders schlimm.

Der dunkle Instanzleiter hechtete durch die Gänge, kam in den Inhaftierungstrakt und hielt auch gleich auf eine bestimmte Zelle zu.

Er öffnete die Tür und füllte den Rahmen aus.

Als Athena gehört hatte, dass es ein Geräusch an der Tür gegeben hatte, war sie aufgestanden. Jetzt, da sie sah, wer da stand, bewegte sie sich langsam rückwärts zur Wand hin.

Jeder las in dem Gesicht des anderen und beide wussten jetzt Bescheid.

Cristobal schloss die Tür von innen ab und ließ den Schlüssel in seiner Hosentasche verschwinden, bevor er sich mit vor der Brust gekreuzten Armen kurz hinter dem Durchgang aufbaute.

„Na, hat es Spaß gemacht, mich zu verfluchen? Sich vorzustellen, dass alles, was ich zu mir nehmen könnte, nach Katzenscheiße schmeckt?" Seine Stimme war leise und dennoch so eisig, dass sich die Temperatur gefühltermaßen bis zum Nullpunkt herunterkühlte.

Athena war bei der Wand angekommen und drückte sich dagegen. Wenn sie gekonnt hätte, wäre sie gern noch ein Stückchen weiter hineingekrochen, aber das war ja nicht möglich.

Er packte den Stuhl und warf ihn an die rechte Wand, so dass es krachte. „Ich will eine Antwort!", brüllte er.

Sie schluckte und hatte wirklich Angst, aber das durfte sie nicht zeigen, also atmete sie tief durch und sagte mit nicht allzu zitternder Stimme: „Spaß nicht wirklich. Es war eher ein Gefühl der Genugtuung."

Im Nu war er bei ihr und griff ihr an die Kehle, drückte zu und zischte dabei: „So wie es mir jetzt ein Gefühl der Genugtuung bringen wird, dich jetzt gleich vom Leben zum Tode zu befördern!"

Sie zappelte wie verrückt herum, versuchte, seine Hand wegzudrücken, aber er presste nur noch heftiger, nahm dabei nur eine Hand dazu. Die andere hing schlaff am Körper herunter, so als ob es ihm keine Mühe bereiten würde, und er sah sie nur dämonisch grinsend an.

„Der Tod bricht den Fluch nicht", hauchte sie rau, hörte auf, sich zu wehren und verdrehte die Augen.

„Verdammt!" Cristobal warf sie einfach in die Ecke, als ob sie ein Stück Obst oder Käse wäre.

Das bedeutete, sie würde heute nicht sterben.

Heftig atmend und unglaublich hustend versuchte Athena, genügend Luft in die Lungen zu bekommen, dass das Brennen aufhörte. Es gelang ihr erst nach einer ganzen Weile.Während der Zeit hatte Cristobal sie nur beobachtet, seine Hände hatten sich zur Faust geballt und wieder geöffnet, ein Muskel zuckte in seinem Gesicht, das zur Maske erstarrt war.

Endlich atmete sie wieder ruhiger, wagte aber nicht, Cristobal anzusehen.

„Ich will, dass du diesen Drecksfluch sofort zurücknimmst!", forderte er mit zusammengebissenen Zähnen und einem Knirschen.

Trotz ihrer misslichen Lage brachte sie ein Lächeln zutage, ein bitteres zwar, aber es war ein Lächeln. „Warum sollte ich das tun?"

Er legte den Kopf schief und wieder zuckte ein Muskel in seinem Gesicht. „Kann ich dir sagen. Weil ich dir sonst erst die Rippen, dann die Arme und Beine und anschließend alle Finger einzeln brechen werde." Er nickte kurz. „Ich werde dir so viel Schmerz zufügen, dass du darum betteln wirst, mich von diesem Fluch zu befreien. Das kannst du mir glauben!"

Vor Schreck griff sie sich an den Mund. Sie schloss die Augen, um die Tränen wegzublinzeln, die gerade in ihr aufstiegen. Als sie die Augen wieder öffnete, lag eine gewisse Härte darin, die er nicht erwartet hatte.

„Das können Sie", bestätigte sie. „Dazu sind Sie in der Lage."
Wieder holte sie Luft. „Aber jedes Mal, wenn Sie gehen, werde
ich den Fluch verstärken."
Cristobal lachte laut und unschön auf. „Noch mehr verstärken?",
fragte er süffisant. „Wie soll das denn gehen? Katzenscheiße ist
Katzenscheiße und noch schlimmer kann es gar nicht
schmecken. Ich lache über diesen Versuch, du dämliche Gans!"
Sie machte ihm mit der Hand ein Zeichen und schüttelte den
Kopf. „Dann haben Sie mich nicht richtig verstanden. Sicher, am
Geschmack kann ich da nichts mehr drehen. Aber..." Sie sah ihn
jetzt ruhig an, so dass ein komisches Gefühl in ihm hochkam.
„Aber wie wäre es, wenn Sie stattdessen bei jedem erdenklichen
Geruch auch Katzenscheiße riechen?" Sie wies auf seine rechte
Hand. „Ich sehe, Sie sind verheiratet. Benutzt Ihre Frau Parfüm?
Und wenn ja, wie riecht es denn?"
Als er die Tragweite der Aussage begriff, weiteten sich Cristobals
Augen. Entsetzt schwieg er und innerlich sah er Bilder, in denen
er sich angewidert von Nina abwenden musste, weil er weder ihr
Duschgel, noch ihr Parfüm riechen konnte, ganz zu schweigen
vom lieblichen Duft ihrer Haare...
„Ich sehe, Sie haben mich verstanden", hörte er Athena leise.
„Und das ist erst der Anfang. Haben Sie Kinder? Möchten Sie
welche? Ich kann den Fluch auf alle Nachkommen ausweiten."
„Stopp", sagte Cristobal. „Genug!"
Während er nachdachte, quälte sich Athena langsam hoch und
richtete ihre Kleidung. Sie setzte sich auf das schmale Bett und
gab ihm einen eindringlichen Blick.
„Also gut", fand er nach einer Weile. „Sie wollen sicher keine
Schmerzen, ich will den Fluch loswerden. So ungern ich das
auch mache, es läuft auf einen Kompromiss raus. Machen Sie
Vorschläge!"
Ihr war es schon aufgefallen, dass er zurück zum „Sie" gegangen
war. Aha, also wusste er jetzt, dass sie nicht das kleine dumme
Mädchen war, sondern ein ernstzunehmender Gegner.
„Ich will hier raus!", sagte sie mit Nachdruck. „Und ich will
niemals wieder jemanden aus Ihrer Familie in meiner Nähe
haben. Keinen! Weder Gomez, noch Sie, noch Ihren eigentlich

ganz netten Bruder! Und keine dämlichen Nachfragen mehr wegen dieses verdammten Buches! Ich hab es nicht mehr! Schlagen Sie sich darum mit dem Meister! Lassen Sie mich einfach wieder in mein Leben gehen, so als ob wir uns nie gekannt hätten."

Cristobal nickte und dachte darüber nach, ob er bei ihr eine Gedankenlöschung vornehmen lassen sollte. Aber, ob das gut war? Vielleicht machte das irgendwas mit dem Fluch und da wollte er kein Risiko eingehen. „Akzeptabel", bestätigte er. „Dafür werden Sie diesen Fluch von mir nehmen und vergessen, dass es Traumfänger gibt."

Dazu nickte sie anerkennend. „Das ist auch von meiner Seite akzeptabel. Glauben Sie mir, ich will das dringend vergessen!"

Er machte ihr ein Zeichen mit der Hand. „Gut, dann wäre das also abgemacht. Fangen Sie an! Erlösen Sie mich!"

„Nicht so schnell", meinte sie mit dem Anflug eines Lächelns. „Ich vertraue Ihnen kein bisschen! Deshalb werde ich es erst tun, wenn ich hier raus bin."

„Dann haben wir ein Problem", sagte Cristobal und machte ein saures Gesicht. „Denn ich vertraue Ihnen auch kein bisschen. Wer sagt mir denn, dass Sie den Fluch wirklich brechen, wenn Sie hier erst mal raus sind."

Athena stöhnte auf. Dann erhob sie sich und stellte sich vor ihn hin. „Vielleicht bringen Sie mich von hier weg und wir halten im Park an. Dort werde ich meinen Teil des Handel dann erfüllen und wir gehen beide getrennte Wege. Wie ist das?"

„Eigentlich schade, dass Sie und Gomez nicht mehr zusammen kommen", ließ sich Cristobal mit einem schiefen Grinsen vernehmen, während er die Tür öffnete. „Sie hätten wirklich gut zueinander gepasst, und Sie sind die einzige, die mich annähernd einschätzen kann." Er zeigte auf die geöffnete Tür. „Gehen wir?"

Noch traute Athena diesem Menschen nicht wirklich, aber es war ein Lichtblick, aus dieser Zelle zu kommen.

Und Cristobal hielt Wort. Er begleitete sie quer durch die Instanz zum Parkhaus, dann reichte er ihr einen Schal.

Athena verdrehte die Augen. „Nicht das schon wieder", murmelte sie, band das verhasste Teil aber ohne Widerstand um.

Sobald das passiert war, startete Cristobal das Auto und fuhr mit seiner Insassin davon. Auf dem Parkplatz vor dem Park hielt er an und entfernte Athena den Schal, legte ihn nach hinten.

„Also los!" forderte er. „Jetzt sind Sie dran! Entfluchen Sie mich!"

Für den Bruchteil einer Sekunde lächelte Athena, dann aber nickte sie und schloss die Augen.

Während sie begann, irgendwelche Texte zu murmeln und die Arme auszubreiten, umwaberte sie blauer Nebel und Cristobal fühlte sich an Nina erinnert, die beim Sehen in die Gegenwart ja auch diesen Nebel produzierte.

Magie schien wohl überall zu sein.

Auf einmal gab es einen Knall und er fuhr zusammen. Und er erinnerte sich, dass er diesen Knall schon mal gehört hatte. Aha, das war also der Moment gewesen, als der Fluch gewirkt hatte.

Athena öffnete die Augen und sah ihn an. „Das war es, der Fluch ist gebrochen."

Noch war Cristobal nicht überzeugt. Er nahm aus seiner Hosentasche ein Behälter mit Pfefferminzdrops, schüttete sich ein Bonbon auf die Hand und nickte Athena zu. „Wenn ich das jetzt in den Mund nehme und das Teil hier immer noch nach Katzenscheiße schmeckt, ist meine Aggressionsschwelle extrem niedrig, nur mal so angemerkt!"

Sie lächelte nur dazu. „Ich weiß, was ich mache, das sollte Ihnen doch klar sein."

Ganz langsam steckte sich Cristobal das Bonbon in den Mund und wappnete sich innerlich gegen den üblen Geschmack.

Kein übler Geschmack! Nur Pfefferminze!

Erleichtert schloss er die Augen. Oh mein Gott, er hatte gar nicht gewusst, wie himmlisch so ein kleines Drops schmecken konnte! Als er sie wieder öffnete, fand er ein leises Lächeln in Athenas Gesicht.

„Frau", sagte er mit Grollen in der Stimme. „Sie haben mich Jahre meines Lebens gekostet!"

Dann beugte er sich über sie und machte die Beifahrertür auf. „Laufen Sie, bevor ich es mir anders überlege!"

Athena stieg aus und ließ sich Zeit damit. Als sie vor dem Auto stand, sah sie durch die Tür nochmal ins Innere. „Ich muss Ihnen noch etwas sagen." Und sie registrierte ein Aufblitzen in seinen Augen, ein wütendes Aufblitzen, als wollte es sagen: Wie, du hast mich betrogen?"

„Wenn Sie oder irgendeiner Ihrer Familie sich mir in böswilliger Absicht nähert..." Vorsichtigerweise ging sie einen winzigen Schritt zurück. „Dann wird der Fluch wieder aktiv."

„Was?", brüllte Cristobal und seine Stimme kippte vor Wut fast über. Oder war es eher Schrecken?

„Das ist kein Problem, wenn Sie mich einfach in Ruhe lassen", sagte sie und hielt sich auf Abstand. „Es ist nur eine Versicherung, dass ich niemals wieder behelligt werde."

Er knirschte mit den Zähnen. „Sie sind eine böse Hexe!", murmelte er, nickte ihr dennoch zu. „Aber ich hätte es an Ihrer Stelle auch so gemacht. Leben Sie wohl und auf Nimmer-Wiedersehen!" Von innen zog er die Tür zu, startete den Motor und fuhr rasant davon.

Athena sah ihm hinterher und wünschte sich, dass das das letzte Mal war, dass sie jemanden der Familie Da Cruz sah.

Ach, man muss sich doch auch mal die besten Wünsche verkneifen können...

In diesem Moment verkniff sich Cristobal gar nichts. Er war bei einem bekannten Kaffeespezialitätengeschäft vorbeigefahren und hatte sich drei verschiedene Becher Kaffee besorgt, die er sich genießerisch und unter Stöhnen einverleibte. Wer nur die Geräuschkulisse gehört hatte, war sicherlich der Meinung, es passierte gerade etwas ganz anderes.

Nachdem er ordentlich geschlemmt hatte, besorgte er sich noch ein außergewöhnlich gut belegtes Brötchen und war sich sicher, sollte ihn dieser Fluch nochmal treffen – er würde das nicht überleben.

Beim Kampf sterben – gut!

Aber durch diesen Fluch? Beschämend...

Er hatte auch relativ schnell das Brötchen verspeist und fuhr zurück in die Instanz, ziemlich glücklich und zufrieden.

Da hatte ihn die Gegenwart aber dann auch wieder. Er hatte noch einen Gang vor sich, der nicht wirklich schön war.

Aber es musste halt sein.

So schnappte er sich das Schwert seines Bruders und marschierte in den Zellentrakt. Kurz vor Gomez Zelle hielt er inne, straffte sich und stürmte rein.

Das Schwert legte er auf den Tisch, so dass es ein klirrendes Geräusch gab, dann sah er Gomez scharf an. „Gut Bruder, ich habe alles geregelt. Du bist wieder eingesetzt. Nimm dein Schwert, hol dir deine Liste ab und fang an zu arbeiten!" Sein Gesicht hatte keine Gefühlsregung zu zeigen.

Gomez, der auf der Pritsche gesessen hatte, erhob sich langsam, sah seinen Bruder ebenfalls an. „Was ist mit Athena?", wollte er heiser wissen.

Cristobal grinste. „Ich habe ihr alle Informationen entlockt, ihr eine Geisteslöschung angedeihen lassen und sie anschließend in ihr reiches und schönes Leben geschickt." Er legte amüsiert den Kopf schief. „Hast du etwas anderes von mir erwartet?"

Sein Bruder war blass geworden."Das heißt also, sie erinnert sich nicht an mich?"

„Und da kannst du froh sein", kommentierte der andere das. „Ihr habt sowieso nicht zueinander gepasst."

Gomez schluckte. „Und das hattest du zu entscheiden?"

„Ganz recht!" Cristobal nickte. „Seit du auf der Welt bist, lässt du deine Entscheidungen von mir oder von deiner Familie treffen. Du hast nicht eine einzige selbst gefasst. Und du bist ein Traumfänger. Das bedeutet, du lebst und stirbst für deine Berufung. Außerdem bist du ein Da Cruz. Wir tun immer das richtige! Also fang an und steh endlich dazu!"

„Das heißt also", Gomez ging auf das Schwert zu und nahm es in die Hand, „weil ich ein Mitglied der Familie Da Cruz bin, und ebenfalls ein Traumfänger, darf ich keine eigene Meinung haben, mich nicht in irgendeine Frau verlieben, die vielleicht den Konventionen nicht entspricht, und muss schön brav meiner Berufung folgen und still sein?"

„Du bringst es auf den Punkt!" Cristobal nickte dazu. Offenbar hatte es Gomez begriffen. Was ihn nur etwas störte, war, dass der so ruhig war, geradezu beängstigend ruhig.

„Dann will ich das nicht mehr", sagte Gomez gerade, ohne seine

Stimme zu erheben.

„Was?", brüllte Cristobal.

„Du hast mich verstanden." Gomez sah ganz gelassen aus, aber innerlich war er es nicht. So viel Wut war in ihm, er traute sich nicht, die rauszulassen. Schließlich wollte er Cristobal nicht töten. Er nahm das Schwert in beide Hände, beugte sein Knie und zerbrach es.

Das Geräusch war ohrenbetäubend.

Cristobal konnte ihn nur fassungslos anstarren.

„Wenn das alles sein soll, was mir das Leben als Da Cruz und Traumfänger bieten kann, dann will ich das nicht mehr!" Gomez schluckte wieder kurz. „Ich entsage meiner Familie, ich entsage den Traumfängern, lichte oder dunkle, und ich will niemals mehr etwas mit euch zu tun haben. Ich entsage meinem Namen und alles, was damit zu tun hat!" Zornig schleuderte er die beiden Stücke des Schwertes in die Ecke, dann stutzte er etwas. Er hatte sich an der scharfen Scheide geschnitten, Blut tropfte von seinen beiden Händen auf den Boden. Er lachte freudlos auf und hob dieselben hoch, so dass Cristobal sie gut sehen konnte. „Ich entsage und besiegele diesen Schwur mit Blut! Ich habe keine Familie mehr!"

Damit drehte er sich um und verließ den Raum. Er hatte etwas geschafft, auf das viele Leute stolz gewesen wären.

Er hatte Cristobal zum Schweigen gebracht!

Und während der dunkle Instanzleiter immer noch dastand, als hätte ihn der Blitz getroffen, verließ Gomez das Gebäude zu Fuß.

Das ganze war für ihn weniger überraschend als für Cristobal, wusste er, da er ja auch genügend Zeit gehabt hatte, um über alles nachzudenken. Jetzt musste er nur noch die Liste abarbeiten, die er innerlich erstellte hatte.

Irgendwie fühlte er sich frei, wusste aber, er musste schnell handeln, sonst war diese Freiheit nur geborgt.

Die würden ihn orten.

Also musste er etwas tun, dass er nicht zu orten war.

Aber dafür brauchte er erst einmal Geld – viel Geld. Er ging in seine Hausbank und holte einen gewaltigen Batzen ab, was den

Kassierer zwar erstaunte, aber nicht zu Nachfragen animierte. Auf dem Konto verblieb immer noch mehr als genug.

Dann setzte sich Gomez in ein Internetcafé und benutzte den PC, so dass die Drähte glühten.

Nach einer Weile hatte er auch das, was er suchte und schrieb eine E-Mail, bat um sofortigen Kontakt.

In einem anderen Laden erstand er ein Handy, mit dem er bequem ins Internet gehen konnte, damit setzte er sich im Park auf eine Bank.

Hoffentlich meldete sich der Kontaktpartner bald.

Und dieses Mal hatte er Glück. Der Mann wollte ihn in einem Café um die Ecke treffen. Sogleich begab sich Gomez dort hin, wartete, saß wie auf heißen Kohlen.

Eine Weile später setzte sich ein Mann zu ihm, dunkles Haar mit Grau durchzogen, mit einem Schnurrbart, gut gekleidet.

„Sie sind also „der Namenlose"?", lächelte dieser, reichte ihm die Hand zum Gruß. „Haben Sie wirklich keinen Namen oder wollen Sie ihn nicht sagen?"

Gomez lächelte zurück. „Ich habe ihn eben abgelegt. Also habe ich wirklich keinen mehr. Aber wenn es Sie stört, können Sie mich nennen, wie sie wollen."

Hinter dem Mann stand ein anderer in gemäßigter Entfernung, der die Szene beobachtete.

„Will sich Ihr Bodyguard nicht zu uns setzten?", meinte Gomez nach einem Blick auf ihn. „Er wirkt seltsam verloren dort hinten."

Der Mann nickte seinem Personenschützer zu, dann Gomez. „Sie sind sehr aufmerksam, danke. Das ist Miguel." Er wies auf den großen Mann, der sich dazu setzte, aber keine Miene verzog. „Sollen wir gleich zum Geschäft kommen?"

„Das wäre mir am liebsten", gab Gomez zu, nachdem er Miguel zugezwinkert hatte. „Ich habe eine Menge Leute gegoogelt, aber offenbar sind Sie der einzige, der mir weiterhelfen kann."

„Ich verstehe." Der etwa 50-jährige Mann sah ihn ernst an. „Aber ich nehme im Moment keine Schüler auf. Die Ausbildung dauert sieben Jahre und ich habe bereits einen Schüler im zweiten Jahr. Wenn Sie so lange warten wollen..."

„Sieben Jahre?" Gomez verschluckte sich fast.

„Na ja", gab der Mann zu. „Nicht mehr ganz so viel, nur noch fünfeinhalb, wenn man es genau nimmt."

Gomez wedelte mit der Hand. „Sie verstehen mich nicht! Ich habe keine sieben Jahre Zeit, ich habe nicht mal sieben Tage, wenngleich sieben Stunden!"

„Oh" Der Blick seines Gegenübers traf ihn mit Verwunderung. „Es sieht so aus, als hätten Sie große Probleme."

„Das haben Sie gut erkannt." Gomez fuhr sich durchs Haar. „Ich brauche Ihre Hilfe. Dafür muss ich nicht sieben Jahre lernen, Sie müssen mir nur beibringen, wie es geht, dass man mich nicht orten kann. Und dann gehe ich zum Tätowierer und lasse mir diese Teile auf den Rücken machen und gut ist!"

Wieder ein verwunderter Blick, aber auch ein bisschen Bewunderung. „Ich sehe, Sie sind informiert. Wer hat Ihnen davon erzählt?"

„Das ist unerheblich." Der Namenlose holte tief Luft. „Ich bin in einer grässlichen Lage, das gebe ich zu. Verliere ich zu viel Zeit, dann finden die mich und schleppen mich in die Instanz zurück, aus der ich gerade geflohen bin. Sie können mir helfen, damit ich nicht geortet werde, und ich bin bereit, dafür einiges zu zahlen. Kommen wir zusammen?"

Es war gut mitanzusehen, wie der ältere Mann nachdachte. Er strich über seinen Schnurrbart, wiegte den Kopf abschätzend hin und her, bevor er weitersprach. „Sie sind ein Traumfänger?"

„Ich war es."

„Dann helfe ich Ihnen!" Der Mann erhob sich. „Wenn Sie sich in meiner Nähe aufhalten, sind Sie nicht zu orten. Ich schlage also vor, Sie begleiten mich in mein Haus und wir regeln das Geschäftliche. Wie sieht es aus?"

Statt einer Antwort stand Gomez ebenso auf und zahlte, bevor er sich anschickte, dem Magier zu folgen.

Als man dann endlich in der Elisabethenstraße 13 anhielt, ging Gomez ein Licht auf. Na super! Er war an den Meister von Athena geraten! Ob das mal gut ging?

Zumindest wusste er, dass die Magie dieses Meisters hervorragend funktionieren würde, so viel war mal klar.

Sie betraten das Haus und Gomez staunte über die gediegene

Einrichtung. Er selbst hatte es gern rustikal aber gemütlich. Das hieß aber nicht, dass er den feudalen Stil nicht kennen oder schätzen würde. Es gefiel ihm hier ganz gut.

In einem Wohnzimmer nahmen sie auf einer bequemen Ledercouch Platz, die so weich war, dass er unwillkürlich darüberstreichen musste.

„Darf ich Sie fragen, warum Sie jetzt kein Traumfänger mehr sind?", wollte der Magier wissen und sah ihn eindringlich an. „Soviel ich weiß, ist das eine ererbte Berufung, die man nicht einfach ablegen kann."

Gomez zuckte die Schultern. „Prinzipiell richtig. Aber es gibt einen Ausweg, den man mit Blut besiegelt. Indem ich mit allen gebrochen habe, bin ich natürlich angreifbar geworden. Und um das zu ändern, muss ich einfach lernen, wie das mit den Tattoos funktioniert. Das wiederum stellt sich mir so dar, dass Sie der Mann der Stunde sind."

Der Magier orderte Kaffee und sah Gomez fragend an. „Sie meinen also, Sie bekämen ein paar Tattoos und dann kann Sie keiner mehr orten? So einfach ist das nicht."

„Dann erklären Sie es mir doch", forderte ihn der andere auf.

Ein Mann brachte ein Tablett mit Kaffee, Tassen und Gebäck herein und erregte Gomez' Aufmerksamkeit.

Es war Jörg, seines Zeichens der zweite Bodyguard von Athena Steinweg!

Gomez sprang auf. „Was macht der denn hier?"

Jörg stellte das Tablett auf den polierten Marmortisch. Er zitterte dabei ein wenig, ließ sich aber nichts anmerken.

„Sie kennen sich?", wollte der Magier wissen.

„Dieser Mann war unverschämt zu Frau Steinweg", erklärte Jörg und knetete seine Hände. „Mein Kollege und ich mussten ihm Manieren beibringen." Das hörte sich fast so an, als täte es ihm leid.

„Ah", machte der Magier und lächelte. „Dann hat Athena Sie also auf die Sache mit den Tattoos gebracht."

„Irgendwie schon", sagte Gomez langsam. „Was ich allerdings nicht verstehe, ist, was dieser Typ bei Ihnen macht. Für wen arbeitet der denn jetzt wirklich?"

145

„Kümmern Sie sich nicht darum", beruhigte ihn Cortez. „Ich versichere Ihnen, Jörg wird Ihnen kein Leid zufügen."

Gomez setzte sich wieder, war aber keinesfalls beruhigt. Das war doch eine verdammte Intrige hier. Wenn nicht gegen ihn, dann gegen Athena. Aber warum sollte er sich darüber Gedanken machen? Sie kannte ihn ja nicht mal mehr!

Cortez nahm sich eine Tasse, goss sich heißen Kaffee ein, rührte Milch und Zucker hinzu, roch an der Tasse und nahm genießerisch einen Schluck.

Fast wie Cristobal, fand Gomez, innerlich grinsend.

„Kaffee ist meine Leidenschaft", erklärte der Magier augenzwinkernd. Dann setzte er die Tasse ab und machte Jörg ein Zeichen zu verschwinden. „Ich kann Ihnen helfen, aber das wird nicht schön für Sie", meinte er nach einer Weile und sah seinen Gast bedauernd an. „Die Tattoos, von denen Sie reden, sind magisch. Und Sie haben Recht, sie schützen vor Ortung durch Ihre ehemaligen Arbeitgeber oder anderen magischen Ortungen. Normalerweise werden sie als Belohnung vergeben für jeden Abschluss einer magischen Aufgabe. Sie sind aber nicht damit verknüpft. Ich kann sie Ihnen stechen lassen, ohne dass Sie die Aufgaben erledigen, das hat mit der Wirkung nichts zu tun – sie wird trotzdem da sein. Aber das ganze ist schmerzhaft und nicht reversibel. Das sollte Ihnen klar sein."

Gomez nickte. „Ist mir klar und durchaus erwünscht", sagte er knapp.

„Neben dem Preis, den Sie in Geld zahlen müssen", Cortez gönnte sich einen weiteren Schluck Kaffee, „gibt es noch eine Art Versprechen, das Sie leisten müssen."

„Das Geld dürfte kein Problem darstellen", nickte ihm Gomez zu. „Was das Versprechen angeht, um was handelt es sich da?"

Der Magier nannte ihm einen außergewöhnlich hohen Geldbetrag und schaute nicht schlecht, als Gomez seine Tasche öffnete und genau den Betrag abzählte. Er behielt noch eine ganze Menge übrig. Offenbar hatte er mit mehr gerechnet.

„Das Versprechen?", erinnerte er Cortez.

Der legte das Geld auf den Tisch, ohne nochmal nachgezählt zu haben. Er lächelte Gomez freundlich an. „Das ist ganz einfach.

Sie verpflichten sich, mir einen Gefallen zu tun. Und zwar werde ich irgendwann auf Sie zukommen und diesen Gefallen fordern und Sie werden ihn dann ohne Zögern ausführen. Das kann in einem Jahr sein oder vielleicht auch gar nicht. Sind Sie immer noch einverstanden?"

„Nein" Gomez schüttelte den Kopf. „Das kann ja wer weiß was sein! Hinterher wollen Sie, dass ich jemanden töte oder so. Da sollten Sie konkreter werden!"

„Ich bin weder ein Mörder, noch plane ich, einen Mord in Auftrag zu geben", entsetzte sich der Magier. „Im Gegenteil, ich schätze das Leben der Menschen hoch ein. Sie dürfen sich sicher sein, so einen Gefallen würde ich niemals fordern." Er machte eine kleine Pause. „Ich mache es Ihnen einfacher, indem ich Ihnen ein Beispiel nenne. Von Athena habe ich gefordert, dass sie mir das Buch der Stille bringt. Verstehen Sie?"

Deshalb hatte sie das Buch gestohlen!

Das war also des Rätsels Lösung!

Einen Augenblick lang grübelte er. Mit diesem Versprechen verpflichtete er sich diesem Magier aufs Äußerste. Aber die Alternative war inakzeptabel. Gomez wollte nie wieder etwas mit seiner Familie oder den Traumfängern zu tun haben.

Er nickte. „Ich akzeptiere", meinte er mit rauer Stimme.

„Ich habe das gewusst", verriet ihm der Magier. „Und vielleicht brauche ich Ihre speziellen Dienste gar nicht, das kann auch sein. Dann steht unserem Handel also nichts mehr im Wege. Hand darauf!"

Als Gomez dem Magier die Hand reichte, begann der ein paar Worte zu murmeln und ein blaues Licht umfloss beide Hände, so dass sie zu zittern begannen. Eine Sekunde später war es wieder weg.

„Keine Sorge", beruhigte ihn Cortez fast belustigt. „Ich habe den Handel nur magisch abgesichert. Das ist so gut wie ein Vertrag auf Papier. Wir können sofort anfangen, wenn Sie wünschen."

Sein Gegenüber nickte. „Je eher, um so besser!"

„Dann folgen Sie mir!"

Dieser Aufforderung kam Gomez nur zu gern nach. Die Situation hatte begonnen, an seinen Nerven zu zerren. Er wollte schnell fertig werden. Ach, wenn er doch nur gewusst hätte, was ihn erwartete...

Sie fanden sich in einem gekacheltem Raum wieder, in dessen Mitte eine Liege stand. Das ganze wirkte wie ein Labor bei einem Allgemeinarzt. Von der anderen Seite kam ein kleiner Mann, der auch gut und gerne als dieser Arzt hätte durchgehen können, wenn er nicht von oben bis unten mit Tattoos vollgepflastert gewesen wäre. Offenbar war das der hauseigene Tätowierer.

Cortez sprach Spanisch mit ihm, was Gomez zu einem Grinsen veranlasste – schließlich war das seine Muttersprache gewesen. Ob der Magier wohl wusste, dass er jedes Wort verstand?

Aber so konnte der ihn nicht betrügen.

Es hörte sich auch nicht so an. Cortez wies den Typen an, ihm die üblichen magischen Tattoos zu stechen. Und der Typ wunderte sich, dass alle auf einmal gemacht werden sollten.

Als er fragte, ob er, Gomez, das überleben würde, wurde ihm ganz komisch. Aber Cortez war da sehr zuversichtlich – wenigstens der! Eine kurze Diskussion gab es noch um das letzte Tattoo. Augenscheinlich gab es da eine Verbindung mit dem Namen. Und Gomez erinnerte sich daran, dass Athena eine kleine Eule trug – das Wappentier der Göttin Athene, das passte also wie die Faust aufs Auge.

Der Typ wurde angewiesen, den Magier zu kontaktieren, wenn er dort angekommen war.

Cortez wandte sich an Gomez, forderte ihn auf, sich freizumachen und auf die Liege zu legen. Als das geschehen war, klopfte er ihm noch anerkennend auf den Rücken. „Sie müssen sich nicht zurückhalten. Die Wände sind schalldicht!"

Damit verließ er den Raum und Gomez verdrehte die Augen. So schlimm konnte es doch gar nicht werden!

Er wurde sogar noch viel schlimmer.

Eigentlich hatte Gomez gedacht, er würde das irgendwie durchhalten können, aber bereits nach den ersten Stichen wusste er, das war hier die Hölle. Die tiefste und dunkelste Hölle und nicht nur ein Vorraum. Und der Typ, der seinen Rücken in stoischer Gleichmäßigkeit und mit Summen bearbeitet, das war einer der höchsten Dämonen, wenn nicht gleich der Satan persönlich.

Gomez biss sich auf die Zähne, versuchte ruhig zu atmen, aber bei jedem Stich fühlte es sich so an, als würde ein Messer tief in seine Wirbelsäule gehämmert. Nach einer Weile stöhnte er gequält auf. Ob er um eine Pause bitten konnte? Seine Finger waren schon steif, weil er sie so an den Rahmen der Liege gekrallt hatte.

Der Typ hielt inne, stand auf und ging ans Telefon.

Oh, hoffentlich war er am letzten Tattoo, so dass er den Magier holen musste. Aber der war doch noch so weit oben...

Ein paar Minuten später kam auch schon Cortez in den Raum, sah Gomez forschend an. „Ich hatte Ihnen gesagt, dass es weh tun würde. Soll ich Ihnen einen Trank geben oder schaffen Sie es so? Allerdings würde Sie der Trank benebeln..."

Gomez schüttelte den Kopf. „Keinen Trank!", keuchte er. „Wie lange dauert es noch?"

Der Magier sah ihn mitleidig an, lächelte ein wenig unschuldig – zu unschuldig. „Er ist gleich mit dem ersten fertig..."

Gomez' Kopf sank nach unten. Das erste? Oh mein Gott!

„Dann weiter!", kommandierte er.

Stunden später wünschte er sich den Trank mit einer Vehemenz, dass sich seine Eingeweide zusammenzogen. Aber er hatte sich nun mal für diese Variante entschieden, das würde er jetzt durchziehen, und sei es auch nur deshalb, damit Cristobal nicht Recht bekam mit der Ansage, er, Gomez, würde nichts zu Ende bringen.

Ein paar weitere Stunden später war er dem Koma nahe. Er hatte schon so viel Blut und Wasser geschwitzt, und das im wahrsten Sinne des Wortes, dass die Liege, auf der er lag, mittlerweile so nass war, dass es quietschte, wenn er sich nur minimal bewegte. Doch der Typ stach weiter.

Weitere sieben Stunden. Ohne Pause.

Dann kam der Magier wieder rein.

Gott sei Dank, der Tätowierer hörte auf. Gomez hätte beinahe ein Dankesgebet gesprochen.

Cortez half ihm auf und reichte ihm etwas zu Trinken und ein Brötchen.

„Ich denke, Sie können eine Stärkung vertragen", meinte er mit nicht allzu unfreundlichem Grinsen.

Es war reichlich unhöflich, aber Gomez konnte gerade nicht sprechen. Seine Kehle war wie ausgedörrt und er brauchte einfach noch etwas mehr Wasser.

Als hätte Cortez das gewusst, schenkte er ihm nochmal nach.

Dann erst biss Gomez in das Brötchen und es kam ihm so vor, als hätte er niemals etwas Schmackhafteres gegessen.

„Wenn Sie mögen, habe ich auch noch Kaffee da", meinte der Magier und deutete auf ein Sideboard, das beladen war mit einer Kaffeekanne, Tassen, Tellern mit Brötchen und Gebäck und Milch und Zucker.

Zögernd nickte Gomez und das tat sogar weh im Rücken.

Verflucht, was hatte der Typ da gemacht? Ihm eine neue Wirbelsäule geschnitzt?

Cortez schüttete ihm Kaffee in eine Tasse und gab auf Verlangen Milch und Zucker hinzu, reichte ihm dann das Heißgetränk an.

Es war einfach wundervoll!

In diesem Moment verstand er Cristobal, dass er so auf Kaffee stand. Nach dieser Tortur war Kaffee einfach nur göttlich.

Nachdem er das Brötchen verspeist und den Kaffee getrunken hatte, fühlte er sich nicht mehr wie verdaut und wieder hervorgewürgt. Es war nur noch das Gefühl eines vom Boden abgekratzten Kaugummis.

„Sie haben es bald geschafft", versuchte Cortez, ihn aufzubauen. „Wir sind jetzt beim letzten Tattoo. Und da brauche ich Ihre Mithilfe. Es ist das wichtigste und geht mit Ihrem Namen konform. Sie haben mir erzählt, Ihren Namen abgelegt zu haben. Wir brauchen aber einen, mit dem Sie sich identifizieren können. Fällt Ihnen da etwas ein?" Er sah ihn aufmerksam an.

Gomez hätte gern die Schultern gezuckt, aber das unterließ er wohlweislich. „Nehmen Sie einfach etwas, dass Sie für mich passend finden", sagte er dann rau. Seine Stimme hörte sich an, als hätte er Glasscherben gegessen.

„Gibt es nichts, was Ihnen gefallen könnte?", wunderte sich der Magier. „Jeder hat doch beispielsweise als Kind einen Lieb-

lingsnamen. Meiner war immer Durante." Er lächelte fein, wurde dann aber wieder ernst. „Was war Ihr Wunschname?"
Gomez schüttelte den Kopf. „Ich hatte keinen!" Er hatte wirklich keinen gehabt. Einen derartigen Unsinn hätten weder seine Eltern noch seine Großeltern zugelassen.
„Sie machen es mir nicht leicht", seufzte Cortez. „Was soll ich mit Ihnen machen?"
Eine Weile lang sagte niemand etwas, dann schien Cortez etwas einzufallen. „Was bedeutete denn der Name, den Sie abgelegt haben? Vielleicht kann man den irgendwie verändert wieder aufnehmen. Verstehen Sie? So wie Michael in einer anderen Sprache Miguel heißt, oder Karl Carlos. Wissen Sie die Bedeutung Ihres ehemaligen Namens?"
Gomez schloss die Augen. Ja, er wusste sie. „Der Mann", sagte er krächzend.
„Der Mann?" Der Magier nickte anerkennend. „Andros vielleicht? Oder..." Er stockte, sah Gomez durchdringend an. „Nein, ich weiß. Leander, das passt zu Ihnen!"
Leander? Das hatte Gomez noch nie gehört. Das sollte ebenfalls „der Mann" bedeuten? Nun ja, ihm war es egal. Der Name hatte einen angenehmen Klang, damit konnte er leben. Er nickte kurz. „Nehmen wir!"
„Sehr gut!" Cortez nickte ebenfalls. „Ich freue mich. Und ich kenne auch schon die Form des letzten Tattoos. Es ist das biologische Zeichen für männlich, das Schild und der Speer des Kriegsgottes Mars. Wenn Sie dann soweit sind, können wir weitermachen?"
Gomez legte sich mit steifen Knochen auf die Liege zurück. Hoffentlich war das bald vorbei.
Aber es fing doch erst an.
Offenbar war das letzte Tattoo das schlimmste und schmerzvollste von allen. Und das mochte vielleicht auch daran liegen, dass der Magier während des Stechvorgangs Magie fließen ließ und unablässig irgendwas murmelte. Wenn es vorher schon schlimm gewesen war, hatte es sich jetzt um eine vielfaches potenziert.
Gomez biss die Zähne zusammen und bemühte sich, nicht laut

aufzuschreien. Die ganze Zeit war es ihm so vorgekommen, als hätte er eine neue Form der Wirbel bekommen, aber das war alles nichts gegen die Schmerzen, die sich gerade brennend von oben nach unten über den gesamten Rücken verteilten. Die Nadel schien Feuer zu spucken und es hämmerte derart, dass sich Gomez kaum stillhalten konnte.

Er musste das einfach durchhalten, er musste!

Das war doch schließlich das letzte!

Er konnte jetzt nicht aufgeben!

Nicht ein Schrei kam über seine Lippen, aber die ganze Liege bebte.

Nach einer halben Stunde war es vorbei.

Der Magier beendete seine Sitzung, nachdem der Tätowierer mit dem Stuhl zurück gefahren war und einige zustimmende Worte in Spanisch gemurmelt hatte.

Gomez hatte es nicht mal verstanden, es kam ihm gerade vor, als würde er jeden Moment in ein tiefes Loch fallen.

Cortez berührte ihn kurz am Arm. „Willkommen in Ihrem neuen Leben, Leander! Sie sind jetzt geschützt!"

Und langsam erhob sich Leander von der Liege.

Dann verdrehte er die Augen und ging zu Boden.

Ein schöner Anfang für ein neues Leben...

Als er wieder wach wurde, wusste er erst einmal nicht, wo er sich befand. Zumindest lag er in einem weichen Bett auf dem Bauch. Kunststück, auf dem Rücken hätte er nach dieser Tortur auch nicht liegen können. Aber erstaunlicherweise tat ihm im Moment gar nichts weh, also bewegte er sich langsam und vorsichtig, was die Situation aber nicht verschlimmerte. Erst als er sich etwas streckte, verspürte er einen leichten Schmerz im Rücken, aber das war erträglich. Hey, könnte es sein, dass er alles überstanden hatte?

Eine Hand berührte ihn an der Schulter, eine weibliche Hand.

Sie gehörte einer Krankenschwester, die offenbar neben seinem Bett gesessen hatte. Und sie sah ihn aufmerksam an.

„Wie fühlen Sie sich?", fragte sie mit ruhiger Stimme.

Leander versuchte, sich aufzurichten, registrierte dabei, dass er eine Verbindung zu einer Infusionsflasche im Handrücken hatte.

„Gut", sagte er mit leicht belegter Stimme. „Was ist passiert?"
Die Schwester bedachte ihn mit einem leisen Lächeln. „Sie sind umgekippt und für eine Zeitlang ohne Bewusstsein gewesen. Können Sie sich daran erinnern?"
Er nickte, bewegte sich sacht und setzte sich dann auf die Bettkante. „Wofür ist das?", wollte er wissen und wies auf die Infusion.
„Sie waren mehrere Tage ohne Bewusstsein", meinte die Schwester leichthin und nabelte die Infusion ab. Die Worte erschreckten ihn etwas. Sie reichte ihm einen flauschigen Bademantel und half ihm beim Anziehen. „Möchten Sie vielleicht ins Bad?"
Oh ja, und wie er ins Bad wollte. Das schien sie ja genau zu wissen!
Vorsichtig erhob er sich, aber er hätte Bäume ausreißen können, so gut fühlte er sich. Das passte gar nicht so zu den Worten, dass er mehrere Tage bewusstlos war. Komisch.
Leander ging ins Bad, suchte die Toilette auf, duschte dann ausgiebig und trat dann wieder in das Zimmer, wo sein Blick auf ein Tablett mit den Utensilien für ein Frühstück fiel.
Sein Magen knurrt so laut, dass die Schwester sich ein Grinsen verkniff.
„Bitte, greifen Sie zu!" Sie geleitete ihn zum Tisch, an dem er Platz nahm, und legte schon mal seine Kleidung zurecht.
Mit viel Genuss aß er das Brötchen, trank den Kaffee und schüttete sich sogar noch nach. So wohl hatte er sich seit langer Zeit nicht gefühlt.
„Wenn Sie sich angezogen haben, möchte der Meister Sie zu einem Abschlussgespräch sehen", ließ sich die Schwester vernehmen. „Brauchen Sie Hilfe dabei? Ansonsten warte ich vor der Tür."
„Danke", sagte er, bevor er sogar etwas rot wurde und deutete auf die Tür. „Ich brauche nur ein paar Minuten."
Offenbar war diese Schwester ein besonders humorvolles Ding, denn sie grinste von einem Ohr zum anderen, bevor sie den Raum verließ und ihn in seine Klamotten schlüpfen ließ.
Er kontrollierte alle seine Taschen, konnte indes nichts finden,

was fehlte, also marschierte er zur Tür, öffnete sie und fand sich auf einem Flur wieder. Und dort stand dieser Jörg, der ihm ehemals schon nicht sympathisch vorgekommen war.

Der hob die Hand und kam auf ihn zu. „Ich soll Sie zum Meister bringen..."

Leander runzelte die Stirn.

„Ich werde Ihnen nichts tun!", sagte der Bodyguard und Leander war erstaunt, dass die Stimme leicht atemlos und sogar etwas angstvoll geklungen hatte. „Bitte folgen Sie mir nur!"

Verwirrt schaute er Jörg auf den Rücken, der sich schnell durch den Flur bewegte. Was hatte der denn?

„Warten Sie mal!", forderte er ihn auf, worauf der Bodyguard wie auf Kommando stehenblieb und sich umdrehte. War das wirklich Angst in seinem Blick?

„Was stimmt denn gerade nicht?", fragte Leander mit einem Stirnrunzeln. Die Situation war einfach seltsam.

„Alles in Ordnung", sagte Jörg, aber seine Stimme zitterte. „Der Meister erwartet Sie!" Er bewegte sich nicht von der Stelle.

Leander kam auf gleiche Höhe und sah den Bodyguard scharf an, worauf diesem der Schweiß ausbrach. Er wich seinem Blick aus.

„Hey", machte der andere. „Was ist denn mit Ihnen los? Sie tun ja gerade so, als hätte ich eine Bombe verschluckt. Gut, ich mag Sie nicht besonders, aber Sie können sich sicher sein, dass ich Ihnen nicht an die Gurgel gehe. Also: was ist denn Ihr Problem?"

Jörg schüttelte den Kopf. „Ich habe gar kein Problem. Ganz im Gegenteil, ich soll Sie nur zum Meister geleiten. Sollte Ihnen auf dem Weg dorthin irgendwas passieren – nicht dass das zu erwarten wäre – dann stehe ich mit meinem Leben für Sie ein. So lauten meine Befehle. Können wir dann, bitte?"

Der hatte panische Angst. Das konnte Leander sehen und deutlich fühlen, aber wieso nur? Hm, das musste er unbedingt den Meister fragen. So machte er nur eine Bewegung, dass es weitergehen konnte und folgte dem Bodyguard, den er so gar nicht verstand.

Im großen Wohnzimmer angekommen befand sich Cortez auf dem feinen Ledersofa, auf dem er Leander sogleich einen Platz anbot. Der setzte sich und sah aufmunternd in die Runde.

„Geht es Ihnen wieder besser?", wollte der Magier wissen und bot ihm ein Getränk an.

Leander wies dankend ab. „Mir geht es sehr gut. Aber ich habe gehört, dass ich irgendwie ohne Bewusstsein gewesen sein soll. Was ist da passiert?"

Cortez lehnte sich zurück und der Bodyguard ging einen Schritt weiter nach hinten, was Leander die Stirn runzeln ließ.

„Ich verstehe auch nicht", gab er mit einem Seitenblick auf Jörg zu, „warum dieser Mensch dort so panisch reagiert. Ich meine, wir kennen uns doch schon eine ganze Weile und eigentlich hat er mich doch verdroschen. Sehen Sie ihn doch an!" Mit dem Kinn bedeutete er dem Magier, Jörg mal genau zu mustern. „Der Mann hat so viel Angst, dass er schon schwitzt. Warum denn bloß?"

„Das kann ich Ihnen erklären", meinte Cortez und ließ Leander nicht aus den Augen. „Aber Sie müssen mir versprechen, ganz ruhig zu bleiben."

Sein Gegenüber schüttelte verwundert den Kopf. „Warum auch nicht. Hätte ich einen Grund, mich aufzuregen?"

„Wir wollen halt alle Eventualitäten ausschalten", war die seltsame Antwort des Magiers. Dann holte er tief Luft. „Ja, Sie sind ohne Bewusstsein gewesen, und damit haben Sie mir richtig Angst gemacht. Offenbar haben Sie selbst eine Menge Magie in sich, von der wir alle nichts gewusst haben. Und als ich Ihnen ein Teil meiner Magie abgegeben haben, was zu dem Vorgang durchaus gehört und nicht neu ist, da hat sich das eben ein wenig potenziert." Er machte eine Pause, während Leander auf sein Weitersprechen wartete. „Es gab sozusagen einen großen magischen Knall, den ich nicht erwartet hatte." Ein wenig schuldbewusst atmete er ein und wieder aus. „Aber ich muss sagen, Sie sind der erste Traumfänger, den ich hier bei mir dieser Behandlung unterzogen habe."

Leander bekam die Informationen nicht ganz in die Reihe.

„Warten Sie mal", sinnierte er. „Ich bin umgefallen und dann hat es einen Knall gegeben? Und dann? Das kann doch nicht der Grund sein, warum dieser Kevin-Costner-Verschnitt jetzt Angst vor mir hat. Ist sonst noch etwas passiert?"

Cortez sah ihn mitleidig an. „Irgendwie schon. Sie sind dann auch recht schnell wieder erwacht aus Ihrer Ohnmacht, und dann ging das Theater los..."

„Theater?" Sein Gast sah ihn verwirrt an. „Was für ein Theater denn? Was ist losgegangen?"

Achselzuckend nahm Cortez noch ein Schluck Wasser aus seinem Glas. Offenbar wollte er Zeit schinden. „Es lag möglicherweise daran, dass sich meine Magie mit Ihrer innewohnenden Magie zusammengeschlossen hat, jedenfalls haben Sie den Mund aufgemacht und geschrien."

„Ja, und?" Leander war immer noch verwirrt. Na gut, er hatte geschrien, war ja auch nicht ungewöhnlich, nach dieser Tortur. Aber was war daran jetzt so angsteinflößend? Dann hatte er eben geschrien. Vielleicht mochte das ein wenig laut gewesen sein, aber dabei fielen ja nicht die Fliegen von der Decke.

„Tatsache ist und war dabei, Sie scheinen Jörg nicht wirklich zu mögen", ließ sich der Magier weiter vernehmen.

So langsam wurde Leander unruhig. Das war ja zum Mäusemelken. Musste man denen denn alles aus der Nase ziehen?

„Ja, das ist so, aber war mein Schrei derart schrecklich, dass mich hier jeder anschaut, als wäre ich ein Mörder?"

„Für uns andere, die um Sie herumgestanden haben, nicht unbedingt", formulierte es Cortez beinahe vorsichtig. „Wir standen einfach nur da mit offenem Mund und wussten nicht, wie wir Sie stoppen konnten." Er lächelte Leander beruhigend an, beschwichtigte ihn mit einer leichten Handbewegung. „Für Jörg war es um einiges schlimmer." Jetzt stockte er, ließ seinen Blick zu dem unglücklichen Bodyguard gleiten. „Würden Sie es bitte selbst erzählen?", forderte er ihn auf.

Jörg schluckte, nickte dann aber, bevor er Leander voll ansah. „Sie haben mich angesehen und ich konnte mich nicht mehr rühren, war wie festgefroren. Dann haben Sie irgendwelche hochfrequenten Töne hervorgebracht, die einerseits schrecklich, andererseits wie ein Lied geklungen haben. Diese Töne haben in mir ganz qualvolle Schmerzen im ganzen Körper bereitet und ich konnte mich nicht wehren. Es war einfach grauenvoll. Ich bin dem Meister so dankbar, dass er Sie gestoppt hat..."

Entsetzt schwieg Leander. Er sah den Schrecken und die Angst im Gesicht des Mannes, sah sein Zittern. Und dieses hatte er, Leander, in ihm hervorgebracht? Sicher, er mochte diesen Typen nicht wirklich, aber zu so einem Mittel hätte er niemals gegriffen. Vielleicht hätte er ihm ein paar Beleidigungen um die Ohren gehauen oder ihm einen kleinen Tritt verpasst, aber so was? Sein eigenes Gesicht verzog sich, als er die Tragweite begriff.

„Tut mir leid", stammelte er und griff sich an den Kopf. „Ich kann mich gar nicht daran erinnern..."

Cortez berührte ihn sacht am Arm. „Das kann ich mir vorstellen. Sie waren auch nicht Sie selbst. Sie haben blau geglüht und sind, nachdem ich Sie gestoppt habe, gleich wieder umgefallen. Das ist ungefähr dreimal so gegangen."

„Dreimal?" Leanders Stimme kippte über.

„Hier!" Der Magier gab ihm ein Glas mit Wasser. „Trinken Sie das und atmen Sie ruhig!"

Wie in Trance griff er nach dem Wasser und nahm einen Schluck. Dann hörte er die Tür.

Jörg hatte den Raum verlassen, offenbar panikartig.

Er nahm noch einen Schluck und versuchte, das flatternde Gefühl im Magen loszuwerden. Erst nach ein paar Minuten gelang es ihm.

„Geht es wieder?", wollte der Magier wissen.

Fragend sah Leander ihn an.

„Sie haben schon wieder angefangen, blau zu glühen", klärte der Ältere ihn auf. „Offenbar passiert das immer, wenn Sie in Unruhe geraten."

„Entschuldigung" Leander konnte es immer noch nicht glauben und trank das Wasser, als ob es ihm helfen könne, besser mit der Situation umzugehen.

„Ich konnte Sie erst stoppen, als Jörg aus allen Öffnungen des Kopfes bereits blutete", meinte der Magier leise. „Deshalb ist er wohl auch jetzt etwas verängstigt." Er machte eine Pause. „Sie müssen lernen, damit umzugehen. Das sollte oberste Priorität haben."

„Ich weiß nicht mal, wie ich das gemacht habe", antwortete Leander und schüttelte sich innerlich. „Wie soll ich etwas beherrschen, dass ich nicht kenne? Wie?"

„Erstmal ruhig bleiben", riet ihm Cortez und goss ihm Wasser nach. „Das merken Sie schon, keine Sorge. Überlegen Sie doch mal, Sie haben doch gerade etwas bemerkt. Erinnern Sie sich an das Gefühl?"

„Ja" Leander nickte widerwillig. „Es war wie ein Flattern im Magen. Und als ich das Wasser getrunken habe, ist es besser geworden." Er sah verzweifelt aus. Hatte er doch alle seine Probleme beseitigen wollen, indem er sich unortbar machen wollte. Jetzt hatte er noch ein weiteres Problem stattdessen an der Backe. Gequält atmete er ein und aus.

Der Magier hatte ihn beobachtet und beugte sich jetzt zu ihm. „Leander, das ist kein Beinbruch. Sie sollten sich freuen, auch wenn Ihnen das jetzt nicht so vorkommt. Sie haben eine einzigartige Fähigkeit, die wohl schon immer in Ihnen geschlummert hat, hervorgebracht. Meine Magie hat das nur verstärkt. Lernen Sie, damit umzugehen, und Sie haben eine starke Waffe." Er machte eine Pause, indem er seinen Gast aufmerksam musterte. „Und ist es nicht das, was Sie sich immer gewünscht haben?"

Erstaunt riss Leander die Augen auf, als ihm klar wurde, dass es das tatsächlich war. Alle in seiner Familie – seiner ehemaligen Familie – hatten eine besondere Fähigkeit. Cristobal konnte singen wie ein junger Gott, Dante sah in die Träume von Menschen, Pablo konnte unmenschliche Schmerzen aushalten, sogar die angeheirateten Frauen hatten Fähigkeiten wie Herzheilung, Empathie und Manipulation. Seine war nur gewesen, dass sich alle um ihn gekümmert hatten. Und er hatte sich ewig lange gewünscht, auch er wäre etwas Besonderes. Jetzt, da sein Wunsch erfüllt worden war – durch was auch immer – fühlte er sich nicht einen Deut besser.

„Wollen Sie mir was dazu erzählen?", forschte Cortez.

Leander schüttelte wie auf Kommando den Kopf. Das waren Sachen, die er am liebsten vergessen würde. „Ich will nur wissen, wie ich das kontrollieren kann."

„Das üben Sie am besten vor einem Spiegel", riet ihm der Magier. „Und wenn Sie in der nächsten Zeit nicht unbedingt mit vielen Menschen zusammenkommen, werden Sie das recht schnell unter Kontrolle gebracht haben." Er räusperte sich. „Was meinen Sie, kann ich Ihnen ein paar persönliche Fragen stellen oder werden Sie versuchen, mich zum Weinen zu bringen?"

Es hatte sich lustig angehört, aber das Gesicht des Magiers war ernst gewesen, also war der Scherz dabei wohl nicht so groß. Leander überlegte. Er war diesem Mann einiges schuldig, doch er würde über seine persönliche Situation so wenig verraten wie es ging – zu seinem und zum Schutz seiner ehemaligen Familie. Er nickte langsam. „Fragen Sie, aber ich kann nichts versprechen."

„Kein Problem", versicherte der Magier und lehnte sich ruhig im Sofa zurück. Seine dunklen Augen beobachteten ihn mit Gelassenheit. „Sie haben zu den Traumfängern gehört, haben Sie erzählt. Und Sie haben denen den Rücken gekehrt, aus persönlichen Gründen. Was ich gerne wissen möchte ist, ob Sie sich mit dem Buch der Stille auskennen."

„Nein", beantwortete Leander die Frage wahrheitsgemäß. „Das hätte ich auch niemals gewollt. Wer darin liest, kann verrückt werden. Deshalb versteht auch keiner, warum Sie dieses Buch haben wollen. Das hat bislang ruhig und still in den Tresoren des Asteriums gelegen und vor sich hingegammelt. Dann ist Athena gekommen und hat in Ihrem Auftrag das Buch gestohlen. Und das hat alle in völlige Aufregung versetzt. Mein gutgemeinter Rat: geben Sie das blöde Ding besser zurück."

Cortez lachte schallend auf. Als er sich beruhigt hatte, grinste er immer noch. „Ach, Leander, ich habe Jahre gebraucht, bis ich herausgefunden hatte, dass dieses Buch tatsächlich existiert. Dann habe ich Jahre gebraucht, um es stehlen zu lassen und jetzt, wo es endlich in meinen Händen ist, soll ich aufgeben? Dann wäre ja alles umsonst gewesen."

Der andere schüttelte den Kopf. „Dann sagen Sie mir doch einfach, was Sie mit dem Ding wollen. Vielleicht kann ich Ihnen einen Tipp geben."

„Genau das versuche ich gerade", gab der Magier zu. „Ich wollte mich nur etwas herantasten. Also gut: ich möchte mithilfe des Buches in die Kammer der Alten Stadt. Und ich weiß bereits, dass ich dazu eine gewisse Textstelle im Buch lesen muss. Leider kenne ich die Textstelle nicht."

Leander sah ihn eindringlich an. „Ich kenne die Stelle auch nicht. Und ich weiß nicht, was Sie in der alten Kammer wollen. Laut meinen Informationen gibt es dort nichts, was es wert wäre, dorthin zu gelangen. Was wollen Sie also dort?"

„Von wem haben Sie denn Ihre Informationen?" Die Frage war so glatt und sanft, dass Leander glatt darauf hereinfiel.

„Von Cristobal. Und der war schon mal dort." Gerade, als er merkte, dass er zu viel verraten hatte, brach er ab. Verdammt, das hätte er nicht sagen dürfen!

„Cristobal?", fragte der Magier fassungslos. „Fast zwei Meter, lange dunkle Haare, trägt nur Schwarz und macht allen Angst, dieser Cristobal?"

„Ach, Sie kennen ihn schon?" Leander biss sich auf die Lippen. Die Frage war auch überflüssig gewesen. Er räusperte sich ungemütlich. „Wenn Sie ihn schon kennengelernt haben, dann fragen Sie ihn doch einfach. Ich bezweifele zwar, dass er Ihnen etwas sagen wird, aber vielleicht verrät er Ihnen etwas über das Abenteuer, das er dort erlebt hat."

Der Magier griff sich an den Kopf und murmelte etwas vor sich hin, dass klang wie: „Ich hatte ihn schon hier in meiner Hand und habe ihn gehen lassen... ich bin verrückter als ich dachte..." Er hatte in seiner Heimatsprache gesprochen.

„Cristobal war hier?", fragte Leander, nachdem er das gehört hatte, was Cortez den Kopf heben ließ.

„Sie verstehen Spanisch?", war die Gegenfrage. Der Magier runzelte die Stirn. „Heißt das, Sie haben schon die ganze Zeit verstanden, was ich gesagt habe?"

„Ja, sicher", antwortete der andere genau in der Sprache. „Ich bin dort geboren. Aber ich habe nichts gehört, was für mich ein Geheimnis war. Sie brauchen also keine Angst zu haben."

Cortez wechselte auch ins Spanische. „Was können Sie mir denn über Cristobal noch erzählen?"

Leander lächelte. „Geben Sie sich besser nicht mit ihm ab. Er ist

160

nicht umsonst der Leiter der dunklen Instanz. Er ist sehr selbstbewusst und nicht zu zerstören. Wenn Sie mich fragen, geben Sie Ihren Plan einfach auf, dann haben Sie weniger Probleme."

Der Magier schüttelte den Kopf. "Ich bin schon zu weit gegangen, um jetzt aufzugeben." Dann legte er denselben schief und sah Leander von unten her an. "Sie könnten mich nicht mit Cristobal zusammenbringen?"

Jetzt war es an Leander, den Kopf zu schütteln. "Niemals. Er gehört zu den Sachen, die ich hinter mir gelassen habe. Es sei denn..." Seine Nasenflügel blähten sich, als er witternd einatmete. "Es sei denn, Sie wollen Ihren Gefallen dafür opfern. Dann bin ich natürlich sofort bereit."

Eine Weile lang überlegte Cortez. "Nein, ich versuche es selbst. Danke für das Angebot, aber nein danke." Er lächelte. "Sie sind dabei, wieder stärker zu werden, das kann ich deutlich spüren. Das bedeutet für mich, dass ich Sie jetzt verabschieden muss." Forsch erhob er sich und wartete ab, bis sich sein Gast ebenfalls erhoben hatte. "Ich bedauere es etwas, dass Sie den Traumfängern den Rücken gekehrt haben. Das sind eigentlich sehr loyale Menschen, denen die Familie über alles geht."

Leander nickte. "Das haben Sie richtig erkannt. Es ist allerdings schlecht, wenn man gerade mit der Familie brechen muss." Er reichte dem Magier die Hand zum Abschied. "Ich bin Ihnen sehr dankbar für die neue Chance und wünsche Ihnen bei Ihrem Vorhaben viel Glück." Milde lächelte er ihm zu, während er sich zur Tür begab. "Ich denke, Sie werden mich finden, wenn Sie Ihren Gefallen einlösen wollen."

"Ja", flüsterte der Magier, als sein Gast den Raum schon verlassen hatte. "Denn für mich werden Sie immer zu orten sein..."

Vor der Tür traf Leander auf Jörg, den unglücklichen Bodyguard, dessen Gesicht auch wieder eine Spur weißer wurde, als sein Blick auf den Gast seines Meisters fiel. Alles in ihm spannte sich an, bereit gleich die Flucht zu ergreifen.

Leander hob die Hände und sah ihn ernst an. "Ich werde Ihnen nichts tun", sagte er langsam. "Eigentlich wollte ich das nie, aber im Moment bin ich wohl nicht so ganz geübt, was das Gebrauchen der Magie angeht. Nichtsdestotrotz möchte ich mich bei Ihnen entschuldigen. Wahrscheinlich ändert das nichts, aber ich möchte trotzdem damit abschließen." Er kam dem blonden Mann etwas näher, dessen Atem sich gleich beschleunigte. „Ich habe nichts gegen Sie. Dass Sie mir damals eine Abreibung verpasst haben, habe ich auch schon vergessen. Was ich nicht vergesse ist, dass Sie Frau Steinweg hintergehen. Sind Sie nicht eigentlich Ihr Bodyguard? Oder wurden Sie nur bei ihr eingeschleust?"

Jörg wurde noch eine Spur blasser. „Der Meister hat mich an sie ausgeliehen...", stammelte er.

Leander nickte. „Sehen Sie, das meinte ich. Wenn er sie wieder mal ausleiht, dann vergessen Sie nicht, dass Sie mich nie wiedergesehen haben." Er reichte dem Bodyguard die Hand und wünschte ihm noch viel Glück.

Fassungslos sah der dem dunkelhaarigen Mann hinterher.

Er hatte schon Glück, dass der endlich weg war! Das war ein mittelprächtiges Besäufnis wert!

Neun

Als Gomez die Instanz verlassen hatte, war es für Cristobal erst mal wie ein Schock gewesen. Er hatte einfach nicht damit gerechnet, irgendein Widerwort von seinem Bruder zu bekommen. Ja, von Pablo vielleicht, von Dante in jedem Fall – aber doch nicht von Gomez. Der war doch noch ein Kind!

Nachdenklich begab sich Cristobal ins Büro und goss sich eine Tasse Kaffee ein.

„Ach", meldete sich Thomas zu Wort und brachte ein Lächeln zustande. „Sind Sie wieder Sie selbst?"

Verwirrt sah Cristobal ihn an, dann dämmerte ihm, was sein Sekretär meinte. „Ja", sagte er ernst. „Der Fluch ist passe."

„Sehr gut!", fand Thomas erfreut. „Wie haben Sie das hinbekommen?"

„Darauf kann ich nicht stolz sein", fand der dunkle Instanzleiter in einem seltsam melancholischen Moment. „Ich musste tatsächlich einen Kompromiss eingehen."

„Tun wir das nicht alle irgendwann?" Thomas hob eine Augenbraue. „Und manchmal entsteht daraus das Beste, was uns je passiert ist."

Das bliebe dann abzuwarten.

Cristobal grummelte etwas und widmete sich seiner Tasse.

Dann streckte er sich innerlich. Gomez würde schon wieder normal werden, wenn er erst mal bemerkte, dass er ohne Hilfe nicht wirklich weiterkam. Spätestens dann würde er bereuen, dass er dieses Theater durchgezogen hatte.

Ich entsage – wie lächerlich.

Zeit, wieder die Arbeit aufzunehmen. Das Telefon schellte und Thomas meldete sich, reichte ihm den Hörer und nickte ihm zu.

„Ihr Bruder!"

„Gomez?", schrie Cristobal hinein. Das hatte nicht lange gedauert!

„Nein", sagte die Stimme von Dante. „Ich bin es." Er schwieg.

„Dante", stöhnte Cristobal. „Was ist los?"

„Es gibt ein Problem", ließ sich der Ehrwürdige des Asteriums vernehmen und augenscheinlich war es ihm sehr unangenehm. „Du wirst gleich von den Beschützern abgeholt werden zu einem Verhör im Gebäude des Asterium. Nina und ich konnten das nicht verhindern. Also tu mir bitte den Gefallen und geh freiwillig mit."

„Was?", schrie der dunkle Instanzleiter. „Seid ihr verrückt?"

Dante atmete gequält ein und aus. „Ich sagte doch, wir konnten es nicht verhindern."

Kälte durchfloss Cristobal, eisige Kälte. „Verstehe"

„Die werden dir nichts tun", grollte Dante. „Das wagen sie nicht." Er machte eine Pause. „Aber sie werden dir ein paar unangenehme Fragen stellen. Spiel mit, bitte, um Ninas Willen."

„Wo ist sie?", wollte sein Bruder wissen.

„Im Bad", erklärte der. „Hat sich seit einer Stunde eingeschlossen. Aber es geht ihr gut, versprochen."

„Danke" Cristobal legte auf.

Dann wandte er sich an Thomas, während er sein Schwert auf den Tisch legte. „Du wirst die Instanz während meiner Abwesenheit mithilfe von Pablo führen müssen. Benachrichtige ihn sofort! Ihr wisst von nichts und auch nicht, wo Gomez ist. Mach mich stolz!"

Thomas war blass geworden. Fast ließ er den Ordner fallen, den er gerade in der Hand gehalten hatte. Er schnappte nach Luft. „Wohin gehen Sie?"

In diesem Moment ging die Tür auf. Eine hochgewachsene Frau mit dunklem, kurzen Haar trat ein. Sie hatte das Gesicht eines Models, aber die Augen einer strafenden Göttin. Und ihr tödlicher Blick fand Cristobal.

„Ich bin die Dritte der Beschützer des Asteriums!", sagte die Frau mit glasklarer Stimme. „Da Cruz, Cristobal? Sie haben uns umgehend für ein Verhör zu folgen!"

Der Angesprochene lächelte kalt. „Ich bin bereit!"

Zwei Wächter fanden sich an seiner Seite ein und geleiteten ihn raus, während die Frau ihnen folgte.

„Oh Gott", flüsterte Thomas in sich hinein. Der ehemalige Dritte war schon eine Strafe gewesen, aber diese Frau war eine

164

würdige Nachfolgerin für ihn. Und etwas in dem Sekretär sagte ihm, dass er seinen Chef so bald nicht wiedersehen würde.

Der saß zusammengequetscht zwischen zwei Wächtern in einem dunklen Van, der durchaus auch einer von denen gewesen sein könnte, den der verstorbene Dritte seinerzeit geordert hatte.

Die Fahrt verlief schweigend und dauerte auch nicht lange.

Das war auch keine Überraschung, schließlich wusste er ja, wo das Gebäude des Asteriums lag.

Man begleitete ihn in einen Raum, der seinen Verhörzellen gar nicht unähnlich war, nur dass dieser viel mehr Platz aufwies.

Der Boden war gefliest, die Wände weiß gestrichen, es gab einen Tisch, einen Stuhl, auf den er sich setzten musste und einen weiteren, qualitativ hochwertigeren, auf den sich die neue Dritte wohl setzten würde.

Er wurde angewiesen, hier ruhig zu warten.

Na, das kannte er ja schon.

Es war komisch für ihn, heute mal auf der anderen Seite zu sitzen. Normalerweise war er derjenige, der die Verhöre führte, und das war etwas, dass er sehr gut beherrschte.

Dass man ihn warten ließ, zeugte nur davon, dass diese Leute ihr Handwerk verstanden. Er sollte entweder nervös oder ärgerlich werden. Das konnten sie haben, er war schon ärgerlich, aber das konnte er gut verbergen. Also lehnte er sich nach hinten, streckte die Füße gemütlich von sich und schloss die Augen. Er würde hier warten und einfach ein Nickerchen machen. Was anderes gab es ja auch nicht zu tun.

Etwa eine halbe Stunde später, Cristobal war tatsächlich etwas eingenickt, kam dann die neue Dritte rein, in Begleitung von zwei düster aussehenden Wächtern, die sich neben der Tür postierten.

Der dunkle Instanzleiter musste innerlich grinsen. So machte er das auch immer mit Tiymur und Adnan. Der Kandidat sollte wissen, dass es kein Entkommen gab.

Er setzte sich gähnend richtig auf den Stuhl und lockerte seine verspannten Muskeln. Ein Außenstehender hätte denken können, es machte ihm gar nichts aus, aber er und sogar die

Frau wussten, dass das nicht so war.

„Geht es jetzt los?", fragte er ruhig.

Die Dritte musterte ihn mit einem feinen Grinsen. „Sie sind ja mal ein ganz Cooler. Glauben Sie, die Verbindung zum Asterium hilft Ihnen, gut aus der Sache rauszukommen?"

„Nein", gab Cristobal zu. „Meine Unschuld hilft mir, wenn Sie es genau wissen wollen."

„Wir werden sehen", murmelte sie und warf einen Blick in ihre Unterlagen, die sie auf dem Arm hatte.

Er beobachtete sie ungeniert. Eigentlich war sie eine wunderschöne Frau. Zwar ziemlich groß für seinen Geschmack, aber recht durchtrainiert und mit Rundungen an den richtigen Stellen. Wenn er Nina nicht gehabt hätte, wäre die hier etwas für ihn gewesen und er hätte sie versucht anzumachen. Aber Nina teilte nicht und er akzeptierte das vollständig. Er teilte ebenfalls nicht, gar nichts.

„Wie lange sind Sie jetzt schon der Leiter der dunklen Instanz?", fragte die Dritte und schaute ihn über den Rand ihres Dossiers abwartend ab.

„Fast zehn Jahre", entgegnete er ausweichend und verschränkte die Arme vor der Brust. „Wann stellen Sie die wichtigen Fragen? Silvester esse ich zeitig."

„Sie sind nicht nur ein ganz Cooler", meinte sie mit verzogenen Lippen, „Sie sind wohl auch der Pausenclown hier."

Darauf zuckte Cristobal nur mit den Schultern. Völlig gelangweilt sah er sich im Raum um, nur um kundzutun, dass diese Behandlung nicht seines war.

Die Dritte setzte sich auf den Stuhl und wartete ab, bis Cristobals Blick ihren fand. „Ich lasse Sie absetzen", sagte sie sanft und mit einem Lächeln.

„Ach" Er nahm sie nicht ernst. „Glauben Sie, Sie können das? Da müssten Sie das Asterium informieren." Langsam beugte er sich vor. „Sie wissen schon, dass der Ehrwürdige Dante mein Bruder und die Weise Nina meine Ehefrau ist? Die beiden wissen, dass ich meinen Job sehr gewissenhaft und vorzüglich ausführe. Welchen Grund sollten Sie da haben, mich abzusetzen? Der müsste schon verdammt gut sein."

Sie lächelte immer noch. „Ja, man hat mich informiert, ich weiß Bescheid. Und wieder ja, der Grund ist hervorragend, glauben Sie mir." Allerdings verriet sie ihn nicht.

Das war doch nur Taktik und dazu da, Cristobal zu verwirren.

Er war nicht so blöd, darauf hineinzufallen. Sie würde ihn nicht einfach absetzten lassen, das war ihm klar.

Seine Langeweile zeigte er jetzt dadurch, dass er seine Fingernägel einen nach dem anderen betrachtete.

„Dann fangen Sie mal an zu erzählen!", forderte sie ihn nach einer Weile auf. „Am besten von vorne!"

„Von vorne?" Er grinste breit. „Als erstes ist die Erde abgekühlt, dann sind die Dinosaurier gekommen. Aber die wurden zu groß und zu fett und dann sind sie alle gestorben und zu Öl geworden...", rezitierte er aus einem Film.

„Es reicht!" Die Dritte erhob nicht mal ihre Stimme. Aber es war allen klar, dass er jetzt zu weit gegangen war. Und er würde noch weiter gehen, was sein dummes Grinsen verriet.

„Mir scheint, Sie nehmen mich nicht ernst", zischte sie böse.

„Ernst genug", grinste er. Seine linke Hand lag ruhig auf dem Tisch, während er sich mit der rechten gerade durchs Haar fuhr, als etwas Ungewöhnliches passierte.

Er hatte es nicht mal kommen sehen.

Es ging so verdammt schnell, dass er hinterher nur kurz aufkeuchen konnte, ein Wimpernschlag vielleicht.

Ein Dolch steckte mitten in seiner Hand und nagelte diese auf dem Tisch fest, noch bevor er den Mund aufgemacht hatte.

Und durch den Schreck versuchte er, die Hand wegzuziehen, was natürlich gänzlich misslang, sie war ja wie festgetackert.

Blut breitete sich auf dem Tisch aus.

Cristobal atmete ruhig ein und aus. „Das war nicht nett!", sagte er böse und versuchte, den Dolch herauszuziehen.

Die Dritte schnappte sich seine rechte Hand und hielt sie fest.

„Wenn Sie nicht wollen, dass ich die auch noch so behandele, nehmen Sie sie besser vom Tisch!"

Er war erstaunt, dass ihr Griff so fest war, und nahm die Drohung erst. Und so langsam begann seine linke Hand fürchterlich zu schmerzen.

Sie ließ es zu, dass er seine rechte Hand auf sein Knie legte. „Zur Verdeutlichung meiner Fragen lassen wir das jetzt so wie es ist", erklärte sie kalt und in diesem Moment sah er hinter ihre Maske. Und er erschrak. Was er dort sah, gefiel ihm nicht.

Er biss die Zähne zusammen. „Ich brauche meine Hand später noch", sagte er lässiger als er sich fühlte. „Wenn wir uns dann beeilen könnten?"

„Ja, ich weiß, Sie essen Silvester zeitig", lächelte sie ohne jegliche Gefühle. Offenbar machte ihr die Situation auch noch Spaß! Was für eine Frau!

Im Gegensatz zu vorher schien sie jetzt jede Menge Zeit zu haben, denn nun war sie es, die ihre Fingernägel – sauber maniürt, aber nicht lackiert – eingehend betrachtete.

Cristobal bewegte einen Finger nach dem anderen und stellte fest, dass das zwar höllisch weh tat, sie sich aber alle bewegen ließen. Also, allzu viel konnte da nicht kaputt gegangen sein. Entweder war sie eine Könnerin mit dem Messer oder sie hatte einfach nur Glück gehabt.

Glück war genau das, was er jetzt brauchen würde. Er atmete etwas tiefer ein und aus. „Was wollen Sie denn jetzt wissen?", fragte er schärfer als beabsichtigt.

Ihr Blick ging von ihren Nägel zu seinen Augen, dann zu seiner aufgespießten Hand. „Sie scheinen es ja wirklich eilig zu haben. Wie gesagt, fangen wir doch einfach mal vorne an. Vielleicht nicht ganz so weit vorne wie der Anfang der Weltgeschichte."

Innerlich stöhnte Cristobal, seine Hand tat verdammt weh.

„Ich hatte Informationen bekommen, wo das Buch der Stille zu finden war. Und weil der Dritte gerade in meiner Instanz zugegen war, habe ich ihn mitgenommen. Aber er wollte nicht warten und stürmte das Haus. Dort fand er dann den Tod." Er schluckte nur kurz und bemerkte, das sich Schweißperlen auf seiner Stirn bildeten. „War es das, was Sie wissen wollten?"

„So in etwa", bestätigte sie. „Sie sind ja doch nicht nur ein Pausenclown. Wenn Sie wollen, arbeiten Sie ja doch ganz gut mit. Brav, brav..."

Cristobal stöhnte jetzt wirklich auf. „Hören Sie, das tut total weh!", beschwerte er sich. „Können wir jetzt den Dolch

168

rausnehmen?"

„Später vielleicht", meinte sie lächelnd. „Wer hat Ihnen die Information gegeben?"

Wieder stöhnte Cristobal kurz auf. „Das ist doch unerheblich. Er hatte doch recht. Das Buch ist tatsächlich dort. Ich habe mit dem Magier gesprochen und er hat es zugegeben."

„Das wurde mir berichtet", gab sie zu. „Sie sind wie der goldene Ritter hereingekommen und haben die Männer allesamt gerettet." Sie machte eine Pause. „Bis auf den Dritten."

„Der war ja zu der Zeit auch schon tot", meinte Cristobal und bemühte sich, relativ ruhig zu klingen. „Man hatte mir seinen abgeschlagenen Kopf hinausbringen lassen."

„Davon habe ich auch gehört", stimmte sie ihm zu. „Konnten Sie ihn eigentlich nicht daran hindern, das Haus zu stürmen? Ahnten Sie nicht, dass so etwas hätte passieren können?"

Seine Brauen verzogen sich zornig. „Kannten Sie den Dritten nicht? Der hat sich nie was sagen lassen, schon gar nicht von mir! Ich hatte ihn gewarnt, dass wir nicht wissen, wie viele Personen im Haus sind und dass wir besser abwarten sollten. Aber er war halt der Dritte!" Er holte tief Luft. „Nochmal: das tut hier scheiße weh! Ich hab es ja begriffen! Sie sind der Chef hier! Und jetzt lassen Sie mich in drei Teufels Namen endlich den Dolch aus meiner Hand ziehen!"

Sie sah ihn einfach nur an.

Lange, wie ihm schien.

Und dann, ohne mit der Wimper zu zucken und ohne ihn aus den Augen zu lassen, zog sie den Dolch mit leichten Hin- und Herbewegungen raus.

Er stöhnte ganz offen und sah, wie noch mehr Blut aus seiner Hand strömte – aber sie war frei.

Sie gab ihm ein weißes Tuch, das einer der Wächter ihr angereicht hatte, und machte eine Art Wickelbewegung.

Er verstand, was sie ihm hatte andeuten wollen, und so schlang er das Tuch fest um die Hand. Für einen Augenblick lang überlegte er sich, ob er sich nicht vielleicht bedanken sollte, aber es kam ihm so vor, als würde sie das als Schwäche auslegen, also ließ er es.

169

„Ich muss Sie nochmal fragen", sagte sie und es hörte sich gefährlicher an als beim ersten Mal. „Von wem hatten Sie die Information?"

Cristobal hielt seine Hand fest und verzog das Gesicht. Er wusste genau, nochmal durfte er nicht sagen, dass das unerheblich war. „Von einem meiner Männer", wich er aus. „Und der hatte es ebenfalls von einem Informanten." Er sah der Dritten direkt ins Gesicht. „Das ist wirklich völlig irrelevant, glauben Sie mir. Was interessant ist, ist der Mann, der das Buch jetzt besitzt. Mit dem sollten Sie sich beschäftigen."

Sie biss an. „Und warum sollte ich das wohl?"

„Weil der jede Menge Insiderinfos über die Traumfänger und das Buch besitzt", erklärte ihr Cristobal. „Und zwar nicht von mir oder von den armen Kerlen, die in seinem Haus auf dem Boden knien durften, bevor sie es mit mir verlassen konnten, sondern von irgendjemand Anderem, den wir nicht kennen. Und das ist das eigentlich Gefährliche. Da draußen läuft jemand herum, der genauestens über uns Bescheid weiß und sogar weiß, wie er das Buch zu benutzen hat. Ich verstehe nicht, warum gerade ich hier sitzen und Rede und Antwort stehen muss, während dieser Mensch da draußen herumläuft und noch mehr Ärger macht." Er hielt inne und setzte sich etwas weiter vom Tisch weg. Nicht dass sie nochmal auf komische Gedanken kam.

„Sie sind also der Meinung, ich verhalte mich vollkommen falsch, indem ich den befrage, der meines Erachtens für das Zustandekommen der misslichen Situation verantwortlich ist", sagte sie süß.

Cristobal verdrehte die Augen. „Ich mache Ihnen keine Vorschriften. Wie Sie Ihren Job machen, müssen Sie selbst wissen. Ich sage Ihnen nur, dass ich nicht der Bösewicht bin, der Schuld an allem trägt. Und dass es noch andere Punkte gibt, bei denen man ansetzten kann."

Sie lächelte immer noch. „Und wenn Sie dieses ganze Szenario selbst angezettelt haben, um den Dritten umzubringen?"

„Sollten Sie mir danken, dass Sie den Job jetzt haben", sagte er frech, schüttelte aber den Kopf. „Habe ich aber nicht. Ich habe meinerseits Probleme mit dem Tod des Dritten. Meine Weise, die mit ihm liiert war, musste ich in ein Heilerzentrum einweisen, weil sie einen Nervenzusammenbruch hatte. Und ich habe das Buch nicht bekommen! Das war meine eigentliche Intention! Das Überraschungsmoment ist auch weg, hat mir dieser Cortez doch direkt ins Gesicht gesagt, dass ich nur wegen des Buches da bin." Er holte tief Luft. „Verstehen Sie mich nicht? Ich bin hier völlig falsch! Ich habe nur meinen Job gemacht. Und ich bin bereit, den weiter zu machen, wenn man mich denn mal lässt."

„Ich erkläre Ihnen rasch, wie das für mich aussieht", teilte sie ihm mit, und das Lächeln war wie aus ihrem Gesicht gewischt. Da war nur noch Beschützerin. Nicht gut. „Sie haben Verbindungen ins Asterium und eine hohe Position in einer Instanz. Und Sie sind machthungrig. Also machen Sie mit dem Magier gemeinsame Sache, lassen einen Konkurrenten aus dem Weg räumen, um an noch mehr Macht zu gelangen. Das Buch ist dabei der Köder, denn es ist völlig nutzlos für den Magier. Nachdem er es gelesen hat, wird er es uns freiwillig wieder geben. Oder Sie lassen es sich von ihm geben, damit Sie wie der glorreiche Held dastehen, wenn Sie es wiederbringen können. Was sagen Sie dazu?"

Cristobal blinzelte. „Der Plan hinkt an vier Stellen. Erstens bin ich nicht machthungrig. Wenn ich eine höhere Position erlangen wollte, bräuchte ich nur meine Frau oder meinen Bruder bitten, die könnten das sicherlich einleiten. Zweitens war der Dritte niemals ein Konkurrent, denn ich hatte nie vor, bei den Beschützern einzusteigen. Drittens mache ich mir so ziemlich Sorgen um das Buch, denn es ist gefährlich, Außenstehende damit experimentieren zu lassen und viertens wird mir niemand dieses Buch wiedergeben, weil ich diesen Magier gar nicht kannte, bevor der mich ganz blöd hat aussehen lassen. Ich könnte noch als fünften Punkt anführen, dass ich gar kein Bedarf habe, als glorreicher Held hier herumzustehen, aber das schenke ich mir."

„Wer war die Frau auf dem Überwachungsvideo?", fragte die Dritte unbeeindruckt und ohne auf seine Versuche, die Situation aufzuklären, einzugehen. „Kannten Sie sie?"

„Nein", log er dreist. „Mein Informant hat mir berichtet, sie sei zu dem Diebstahl gezwungen und beseitigt worden. Die Spur ist kalt."

„Dann zum letzten Mal", zischte sie und lehnte sich über den Tisch, so dass er die Iris ihrer Augen genau sehen konnte. „Wer ist Ihr Informant?"

„Sage ich nicht", zischte Cristobal zurück. „Ich habe ihn bereits befragt und es haben sich keine Neuigkeiten ergeben. Daraufhin habe ich ihn zu meinen Großeltern nach Spanien geschickt. Auch diese Spur ist kalt!"

„Dann haben wir also nur den Magier?" Ihr Gesicht wurde wieder sanfter. War das ein Trick?

„Genau", nickte er. „Und er wird das Buch nicht freiwillig rausgeben, so seine eigenen Worte." Wieder atmete er tief ein und aus. „Wenn wir das also alles geklärt haben, können wir dann mal einen Heiler holen, damit ich wieder in meine Instanz komme?"

Die Dritte erhob sich. Ihr Lachen war perlend und hell. „Sie haben mich nicht verstanden! Ich sagte, ich setzte Sie als Instanzleiter ab. Das war kein Scherz! Was für Sie also unbedingt bedeutet, dass Sie hier bleiben!"

Wütend erhob sich auch Cristobal, was auslöste, dass die beiden Beschützer sich direkt neben die Frau postierten. „Warum wollen Sie das immer noch tun, nachdem ich Ihnen die ganze Chose erklärt habe? Können Sie mir das mal sagen?"

„Ja, kann ich", entgegnete die Dritte. „Ganz einfach: ich glaube Ihnen kein Wort!"

Und damit drehte sie sich um und verließ den Raum, gefolgt von ihren beiden Beschützern und hinterließ einen fluchenden Cristobal, der sich ganz dringend einen Heiler gewünscht hätte.

„Nina! Kommen Sie da raus, bitte!", flehte die andere Frau des Asteriums, Marianne, und klopfte wie schon seit geschlagenen zwei Stunden an die Tür. „Das ist wirklich lächerlich!"

„Mir egal!", kreischte die Ehefrau von Cristobal von innen. „Ich komme hier nicht eher raus, als bis man meinen Mann zu mir bringt! Und wenn das so lächerlich ist, warum lacht dann niemand?"

„Das ist eher zum Weinen", murmelte Marianne in sich hinein. Sie drehte sich zu den anderen des Asteriums hin. „Ich weiß nicht, was wir noch weiter machen sollen. Wenn wir arbeiten wollen, brauchen wir sie, aber sie macht ernst."

„Ich hab doch gesagt, dass sie da nicht rauskommen wird", ließ sich Dante vernehmen. „Und ich weise darauf hin, dass ich das schon vor zwei Stunden gesagt habe!"

„Jaja", fauchte Florian. „Und vor einer und einer halben. Ich weiß. Wir alle wissen es!"

„Hergottnochmal!", fluchte Ralf, der lichte Traumfänger des Asterium. „Wir sind das verfluchte Asterium und abhängig von einer kleinen heulenden Göre, die nach ihrem Mann schreit. Wenn das einer mitbekommt, sind wir geliefert!"

„Dante, bitte sprechen Sie nochmal mit ihr!", flehte Marianne. „Wenn Sie ihr sagen, sie soll rauskommen, dann macht sie das bestimmt."

„Aber ich will ihr das nicht sagen." Dante zuckte die Schultern. „Meine Idee war das nicht, Cristobal zu einer Befragung der Beschützer zu holen. Ich war dagegen. Sie drei waren dafür. Dann löffeln Sie mal die Suppe aus, die Sie uns eingebrockt haben."

„Uns sollte doch wohl allen klar sein", fauchte Florian wieder, „dass dieser Cristobal eine Art Gefahrenpotential in sich trägt. Und dass er befragt werden muss! Zum Geier, so blöd können wir doch nicht sein!"

„Ihr anderen seid blöd!", schrie Nina aus dem Klo durch die Tür. „Dante und ich hätten allein mit ihm reden können und uns hätte er die Wahrheit gesagt. Aber das war den Herren und Damen vom Asterium ja nicht genug!"

„Ich bin fast so weit zu sagen, dass wir Nina absetzten!", regte sich Ralf auf. „Das ist ja nicht mehr schön!"

„Da weigere ich mich aber konstant!", rief Dante daraufhin aufgebracht. „Nochmal macht ihr das nicht mit mir!" Er holte tief Luft. „Und außerdem stehe ich auf Ninas Seite. Wie wäre es denn mal, wenn ihr anderen klein beigeben würdet?"

„Ich will irgendwann nach Hause", pflichtete ihm Florian bei. „Und wenn das Asterium nicht gemeinsam den Aufbruch bekannt gibt, geht das nicht! Also meinetwegen, holt diesen Typen aus der Zelle und lasst Nina und Dante mit ihm reden. Was soll schon passieren? Die Dritte muss eh schon mit ihm durch sein!"

„Waaaas?", kreischte Nina von innen. „Ihr habt ihn wirklich dieser Frau ausgeliefert? Ihr seid doch keine Menschen..."

„Jetzt mal ganz ruhig!", forderte Marianne. „Es ist alles schon in trockenen Tüchern. Also lasst uns diesen Cristobal holen, Nina kommt raus und wir gehen in den Feierabend. Was morgen ist, können wir immer noch besprechen."

„Na gut", grummelte endlich auch Ralf. „Von mir aus! Aber ich mache das nur unter Protest!"

Dante rief einen Beschützer und teilte ihm mit, dass er jetzt und sofort den dunklen Instanzleiter, eben Cristobal Da Cruz, hier zu sehen wünschte – sie alle wünschten das, der eine mehr, der andere weniger. Innerhalb von fünf Minuten wurde der Mann gebracht und er sah mit finsterer Miene und verbundener Hand in die Runde.

Dante umarmte seinen Bruder und wies auf die verschlossene Tür des Badezimmers. „Nina ist da drin. Bitte, hol sie raus, damit wir uns für den Abend auflösen können!"

Cristobal verdrehte die Augen, gab jedem außer Dante einen verächtlichen Blick und klopfte an die Tür. „Nina?", fragte er leise und in einschmeichelnden Ton. „Mach die Tür auf. Ich bin hier!"

So schnell hatte niemand damit gerechnet. Die Tür flog fast auf und die kleine Frau warf sich in die Arme des großen Mannes, der fast unter dem Aufprall nach hinten ging. Sie küssten sich ungeniert.

„Halloooo?", brachte sich Marianne in Erinnerung. „Können wir dann mal?"

Nina bestrafte sie mit einem Todesblick. „Gut, ich stimme zu. Und jetzt macht, dass ihr das Weite sucht!"

„Schließe mich an!", grinste Dante.

Die drei anderen des Asteriums schlichen von dannen.

Sie waren eben ausgetrickst worden von einer kleinen Frau mit einem großen Herzen.

Nina ließ Cristobal nicht los und schmiegte sich an ihn. „Ich hatte solche Angst um dich", sagte sie mit zitternder Stimme.

Er streichelte ihr übers Haar. „Süße", flüsterte er. „Es ist mir nichts passiert, alles ist gut."

„Was ist mit deiner Hand?", wollte Dante wissen, indem er mit dem Finger darauf zeigte.

Das machte auch Nina aufmerksam und sie stieß einen kleinen Schrei aus.

Cristobal seufzte und warf Dante einen vorwurfsvollen Blick zu.

„Du kennst mich. Ich musste nur kurz sehen, wie weit ich gehen konnte." Dabei grinste er etwas.

„Du Verrückter!" Dante telefonierte nach einem Heiler, nachdem er dies gesagt hatte.

Ninas Augen wurden groß und ihre Augenbrauen zogen sich zusammen, wütend zusammen. Ihr Ehemann bemerkte schon wieder die Stärke, die sich um sie bildete. Er hatte das schon mal gesehen, nämlich als Max sie bis zur Weißglut gereizt hatte. Und damals war sie explodiert. Er musste das verhindern, unbedingt. Denn er wusste auch genau, Nina würde sich später dafür hassen.

„Es war meine eigene Schuld", versuchte er, sie zu beruhigen. „Und ich lebe noch. Das ist nur ein Kratzer!"

Zusammen mit dem Heiler traf auch die Dritte ein.

Sie alle standen immer noch auf dem Flur vor der Toilette des Asteriums und Dante begriff, dass sie hier die Zielscheibe für Tratsch werden würden. Er öffnete eine Tür und drängte Nina dort rein, genau wissend, dass ihr alle folgen würden. Nina hatte eben eine Gabe, dass alle ihr immer folgen wollten.

Während der Heiler sich um Cristobals Hand kümmerte, warf Dante also der mitangekommenen Dritten einen bösen Blick zu.

„Sie hätten ihn weniger brutal behandeln können!", tadelte er mit dunkler Stimme. „Dieser Mann ist mein Bruder!"

Nina stob ebenfalls auf die Dritte zu und baute sich vor ihr auf.

„Was haben Sie sich dabei gedacht? Sie sind noch keine drei Tage im Amt und versuchen, meine Familie auszurotten?"

Die dunkelhaarige Frau schaute mit erstaunten Augen runter auf die kleine Frau vom Asterium, die gerade aussah, als würde sie in Flammen stehen. „Dieser Mann", dabei wies sie auf Cristobal, der die Szene von der Seite her beobachtete, während er noch geheilt wurde, „hat Dreck am Stecken. Und meine Aufgabe ist es, Gefahren vom Asterium fernzuhalten. Und das gilt auch für das Asterium selbst. Wenn ich Sie vor sich selbst beschützen muss, dann mache ich das!"

Dante drängte Nina nach hinten, indem er sich zwischen die beiden Frauen brachte. „Sie dienen uns", zischte er boshaft. „Die Beschützer des Asteriums sind eine Institution, die den Befehlen des Asteriums unbedingt gehorchen muss! Ist Ihnen das klar, Dritte?" Seine Stimme ließ keine Diskussion zu.

Die Dritte senkte die Augen nicht. „Selbstverständlich"

„Selbstverständlich... was?", fragte Dante, fast arrogant.

Er benutzte seinen Titel normalerweise nicht, aber er hatte gelernt, dass man den hervorragend ausnutzen konnte. Ja, er war schon einige Zeit beim Asterium.

„Selbstverständlich, Ehrwürdiger", presste die Dritte hervor und schaute dann endlich unter dem aus Eis gemeißelten Blick von Dante zu Boden.

„Was?", brüllte Nina in diesem Moment auf, die von Cristobal erfahren hatte, wie die Wunde in seiner Hand zustande gekommen war. Sie drehte sich zu der Dritten hin. „Sie haben ihm einen Dolch durch die Hand gejagt?"

Bevor sie losstürmen konnte, fing Cristobal sie mit der freien Hand ein. „Warte mal, sie hat doch nur ihren Job gemacht!"

Er hatte sämtliche Aufmerksamkeit, auch die der Dritten.

„Ich hätte es ähnlich gemacht", erklärte er ungerührt. „Nina, du hast mich schon mal beim Verhör erlebt. Da darf man nicht zimperlich sein. Und ich habe es herausgefordert."

„Du nimmst sie auch noch in Schutz?", brachte seine Frau mit großen Augen hervor.

Er hob die Hand, die schon wiederhergestellt war. Der Heiler hatte ganze Arbeit geleistet und sich auch schnellstens aus dem Staub gemacht. Zwischen die Fronten dieser Leute wollte er nicht mehr als nötig geraten.

„Es ist alles wieder beim alten", sagte Cristobal lässig und lächelte der Dritten zu, bevor er Nina an sich zog und ihr die Wut aus den Augen küsste. „Also nichts, über das wir uns aufregen müssten."

„Sie hätten nicht so weit gehen müssen", fand Dante, indem er die Dritte ansprach. „Ich bin mir sicher, mein Bruder hat Ihre Fragen nicht verweigert!"

„Sie irren sich, Ehrwürdiger!", widersprach die Dritte. Sie hatte gelernt, dass sie den Titel besser gebrauchte.

Und Dante ging es auch schon auf den Senkel. Er verbiss sich einen Kommentar. „Dann fragen Sie ihn jetzt", schlug er vor. „Er wird antworten!"

Cristobal schloss kurz die Augen, nicht unbemerkt von der Dritten. Dante riss ihn gerade voll rein!

„Dann sagen Sie mir, wer Ihr Informant ist!", wandte sie sich direkt an ihn. Ihre wasserblauen Augen ließen ihn nicht aus dem Blick.

Er schwieg.

„Sehen Sie?", meldete die Dritte Dante. „Er beantwortet die Frage nicht."

Nina sah ihn von unten her an. „Wen schützt du?", fragte sie leise.

Seine Lippen formten das Wort Gomez, aber er sprach nicht laut.

„Das ist unnötig", fand Dante, der es ebenfalls verstanden hatte. „Ich habe ihn niemals etwas Illoyales machen sehen."

„Ich auch nicht", stimmte ihm Nina zu.

„Das ist diesmal ebenso", ließ Cristobal verlauten. „Aber auch er hatte einen Informanten."

„Wen?", wollte Nina wissen.

„Die Frau auf dem Video", erklärte ihr Ehemann. „Aber die ist auch gezwungen worden. Von dem Magier. Ich habe sie längst verhört. Sie weiß nichts mehr."

„Ich sehe dann das Problem nicht", schnarrte Dante und drehte sich zu der Dritten hin. „Warum haben Sie ihn so behandelt, wenn Sie das alles schon wissen?"

Die Dritte atmete ruhig ein und aus. „Ich wusste es bislang nicht. Der dunkle Instanzleiter hat mir keine Informationen gegeben, nicht über den Informanten, noch über den Informanten des Informanten. Ich habe keine Namen und noch niemanden dazu befragen können. Im Grunde genommen habe ich gar nichts."

Cristobal sah auf. „Ich habe Ihnen gesagt, dass das Buch bei diesem Magier ist. Und dass wir dort ansetzen müssen. Das andere war eine innerfamiliäre Sache, die niemanden etwas angeht. Und trotzdem haben Sie mich meines Amtes enthoben und sind nicht auf meine Infos eingegangen. Aber ganz ehrlich: ich hätte das an Ihrer Stelle auch nicht gemacht."

„Danke" Die Dritte neigte den Kopf. „Und was die Amtsenthebung betrifft, das war nur eine Taktik."

„Dann ist jetzt alles in Ordnung?", wollte Nina wissen. „Wir brauchen keine Befragung mehr?"

„Keine offizielle", gab die Dritte zu. „Ich kann meine Fragen in einem privateren Rahmen stellen, jetzt, da ich mir sicher sein kann, dass ich Ihre Mitarbeit habe." Dabei sah sie Cristobal an.

Der nickte zögerlich.

„Dann entschuldigen Sie bitte mein Benehmen." Die Dritte kam auf ihn zu und reichte ihm die Hand, die er ergriff. Sie beugte sich etwas vor und hauchte, von den anderen ungehört, etwas in sein Ohr. „Du hast so sexy ausgesehen, wie du auf dem Stuhl gesessen hast, meinen Dolch in deiner Hand. Nenn mich Jenny."

Cristobal blinzelte. Was war das denn? Hatte er sich eventuell verhört?

Sie ließ seine Hand los, nickte allen zu und zog sich zurück.

Der dunkle Instanzleiter war immer noch leicht verwirrt, als Nina ihn fragte: „Was hat sie dir gesagt?"

„Ihren Namen", antwortete er automatisch.

„Sie heißt Jennifer Kern", gab auch Dante bekannt. „Und ich bin mir noch nicht sicher, ob sie lange in dem Job bleiben wird."

„Das ist eure Sache", wusste Cristobal, der sich langsam wieder gefangen hatte.

„Ich verstehe immer noch nicht", ließ sich Nina vernehmen, „wieso du dich von der Frau verletzten ließest, nur um Gomez zu schützen. Der hatte noch nichts zu befürchten."

So ganz stimmte das nicht. Aber das behielt Cristobal für sich. Er zuckte die Schultern. „Du kennst ihn doch! Er hätte das niemals durchgestanden."

Dante schüttelte den Kopf. „Ich weiß nicht, warum du ihn immer für ein Kind hältst. Er ist schon groß und hat schon andere Schwierigkeiten gemeistert."

„Ja?" Cristobal legte den Kopf schief. „Welche denn? Es ist immer jemand da gewesen, der ihm geholfen hat. Das ist einfach Gomez, der kann gar nicht anders." Er winkte ab. „Anderes Thema, bitte."

„Ich würde gern noch mal mit Gomez reden", meinte Dante sinnierend. „Ist er in der Instanz?"

Jetzt wurde es ungemütlich. Cristobal wusste ja genau, dass Gomez die Instanz verlassen hatte. Und wo der jetzt war? Vielleicht in einer Bar, um seinen Kummer zu ersäufen?

Er zuckte die Schultern. „Keine Ahnung, er ist freigestellt."

„Du hast ihn freigestellt?", forschte Nina nach. „Wieso?"

Ja, gute Frage!

„Weil er im Moment nicht er selbst ist!", fauchte Cristobal. „Das geht ihm nahe, was hast du gedacht!"

„Verstehe ich nicht", meinte Nina und runzelte die Stirn. „Er mochte den Dritten doch gar nicht. Was geht ihm denn da so nahe?"

Dante kam den beiden näher. „Was verschweigst du uns?", fragte er Cristobal mit rauer Stimme.

Sein Bruder stöhnte. „Nichts, was sollte ich denn verschweigen?"

Nina machte sich von ihm los und stellte sich neben Dante. „Du lügst uns an! Was hast du getan?"

Cristobal fuhr sich mit der Hand über den Kopf. „Spinnt ihr?"

„Verdammt!" Dante schlug mit der Hand auf einen Tisch, so dass es schallte. „Ich habe gerade die Dritte der Beschützer des Asteriums weggeschickt, weil ich dachte, dass du integer bist. Aber so wie das aussieht, bist du das gar nicht! Soll ich mich blamieren, indem ich die Frau zurückhole?"

„Halt die Klappe, du dämlicher Hund!", brüllte Cristobal und seine Augen sprühten Funken vor Wut. „Alles, was ich gesagt habe, war die verfluchte Wahrheit! Wenn Gomez sich beruhigt hat, dann kommt er schon zurück und alles ist so wie vorher. Jetzt macht keinen Stress, wir haben ganz andere Probleme!"

„Zurück?" Ninas leise Stimme hallte beinahe in die Stille. „Von wo zurück?"

„Von wo auch immer!", brüllte Cristobal weiter. „Ich weiß nicht, wo er ist! Er hat die Instanz verlassen und dummes Zeug gebrabbelt!"

„Was für dummes Zeug?", brüllte jetzt auch Dante.

Die beiden standen voreinander und sahen sich böse an.

„Er hat davon gesprochen, die Traumfänger zu verlassen", meinte der Ältere nach einer Weile relativ ruhig. „Aber ich bin mir sicher, das meint er nicht so."

„Warum?", fragte Nina wieder in die aufkommende Stille.

„Weil er sich in die Frau verliebt hat, die das Buch gestohlen hat." Cristobal angelte sich einen Stuhl und setzte sich.

Eine Minute später tat es ihm Dante nach und winkte Nina zu, sich ebenfalls zu setzen.

„Und diese Frau?", wollte Nina nach einer Weile mitfühlend wissen. „Die kann ihn nicht leiden?"

Ihr Mann schüttelte den Kopf. Nicht mehr, dachte er.

„Aber wieso will er dann die Traumfänger verlassen?" Dante runzelte die Stirn und bastelte an einer Version, die ihm nicht gefiel. „Wir hätte ihn doch aufgefangen. Warum wendet er sich von denen ab, die ihm hätten helfen können?" Er stockte. „Es sei denn..."

Cristobal schloss die Augen und biss die Zähne aufeinander.

„Ja", gab er dann zu. „Ich habe nachgeholfen."

Im nächsten Moment hatte Nina ihm auf den Kopf gehauen.

Wütend starrte sie ihn an. „Was. Hast. Du. Getan?" Sie betonte jedes einzelne Wort und es war unschwer zu erkennen, dass sie sehr sauer war.

Cristobal stand auf und wich bis zur Wand zurück. So hatte er Nina noch nie gesehen. Das war schlimmer als damals bei Max. Sie glühte förmlich.

„Sag es mir!", schrie sie.

Entgeistert hob Cristobal die Hände. Was zum Teufel war heute mit den Frauen los? Die waren doch alle gaga.

Aber Nina schien es ernst zu meinen. Nun ja, er hatte keine Angst vor seiner kleinen Frau – er hatte Angst um sie. Wenn sie sich zu sehr verausgabte, dann fiel sie wahrscheinlich mal wieder um. Verdammte Inzucht!

„Ich habe Gomez gesagt, die Frau mag ihn nicht mehr, und der Frau, er sei verreist. Sie passten sowieso nicht zueinander.

Außerdem hatte sie das Buch gestohlen. Und sie wäre sowieso inhaftiert worden. So wie es jetzt ist, ist es besser." Er sah Nina beschwörend an. „Nina, geht es dir gut?"

„Nein, zum Teufel!", schrie Nina erbost. „Mir geht es gar nicht gut! Wieso machst du immer solche Sachen? Wieso entscheidest du, was für jeden am Besten ist? Wer bist du und wer hat dir dafür den Auftrag erteilt?"

Er schwieg entsetzt. Hatte Nina recht damit? Plante er wirklich das Leben anderer? Zumindest wusste er, was für Gomez am besten war. Er hatte es immer gewusst. Schließlich war er sein kleiner Bruder – na ja, im eigentlichen Sinne war er nur der kleine Cousin, aber wer nahm das schon genau?

„Was hat Gomez denn nun genau gesagt?", schaltete sich Dante ein, der Nina ruhig nach hinten zog.

Cristobal senkte den Blick. „Er wollte kein Traumfänger mehr sein und auch kein Da Cruz. Was er immer wieder gesagt hat, war: ich entsage. Dann hat er sein Schwert zerbrochen und ist aus der Instanz gegangen." Er machte eine kleine Pause. „Aber er wird zurückkommen. Das macht er immer."

Dante verzog das Gesicht. „Ich würde es nicht. Nicht nach der Sache. Hört sich außerdem an wie ein Schwur. Na ja, so lange er es nicht mit Blut besiegelt hat..."

Das Gesicht, das Cristobal machte, löste etwas in Dante aus. „Er hat doch nicht den Schwur mit Blut besiegelt, oder...?"

„Äh", machte sein älterer Bruder. „Wie soll ich das jetzt sagen... irgendwie schon."

„Was?" Jetzt schrie auch Dante, der eben noch so gelassen war. „Weißt du eigentlich, was das bedeutet? Er hat sich mit Blut freigekauft! Weiß er das? Wusstest du das?"

Fassungslos schüttelte Cristobal den Kopf. Er hatte keine Ahnung, dass das möglich gewesen war.

„Bring das in Ordnung", sagte Nina und sie sah so ernsthaft aus, dass es ihn schmerzte. „Komm nicht nach Hause, bis du das wieder ins rechte Lot gebracht hast, sonst kann ich für nichts garantieren!" Damit drehte sie sich um und verließ den Raum.

„Tja, Bruder!", sagte auch Dante, bevor er sich anschickte, ebenfalls den Raum zu verlassen. „Da hast du aber große

Scheiße gebaut!"

Wie groß die Scheiße war, bemerkte Cristobal erst, als er wieder in der Instanz war und einen Weisen bemüht hatte, doch Gomez zu orten. Der Weise hatte es immer wieder versucht, aber er konnte ihn nicht erreichen.

Wie konnte das sein?

Etwas in Cristobal sagte ihm, dass das auch bei Athena nicht möglich gewesen war. Vielleicht war das die Magie, die sie gebrauchte. Aber wieso hatte jetzt Gomez die gleiche Magie?

Konnte das bedeuten, dass er sich mit Athena zusammengeschlossen hatte? Cristobal verwarf diesen Gedanken schnell wieder. Sie war einfach zu verletzt gewesen, sie würde ihn nicht wieder angehört haben, wenn er es versucht hätte. Außerdem schmeckte sein Kaffee noch nach Kaffee.

Er musste Gomez einfach finden, mittlerweile stand seine Ehe auf dem Spiel. Und Nina war etwas, das er auf gar keinen Fall verlieren wollte, gar nicht verlieren konnte.

Als er ins Büro kam, sah er in die besorgten Gesichter von Thomas und Pablo.

„Ist alles okay?", wollte letzterer wissen.

Cristobal nickte langsam. „Kannst du mir sagen, wo Gomez sein könnte?", fragte er dann mit belegter Stimme. „Ich muss ihn unbedingt finden."

„Hast du diese Athena gefragt?", war Pablos erster Gedanke. „Wo ist die überhaupt? Du hast sie doch hoffentlich nicht eingesperrt?"

Er schüttelte den Kopf. „Sie ist wieder in ihrem eigenen Leben und weiß nichts mehr von uns", log er. „Bei ihr ist er nicht. Hast du noch eine Idee?" Er sah auch Thomas an, der ja sonst mit Gomez zusammen gearbeitet hatte. Aber auch der schüttelte den Kopf.

„Herrgott!", fluchte Cristobal und fuhr sich durchs Haar. „Er muss doch irgendwo sein!"

Pablo bemerkte, dass sein ältester Bruder völlig von der Rolle war. So hatte er ihn noch nie gesehen. „Kannst du ihn nicht orten lassen?"

„Nein, das geht nicht, hab ich schon versucht." Müde ließ sich

Cristobal auf einen Stuhl plumpsen.

Irgendwas schien Pablo aufzufallen. „Warum ist er weg?", fragte er mit belegter Stimme, was ihm einen schrägen Seitenblick von Cristobal eintrug.

„Weil ich für ihn entschieden habe", sagte er nach einer Weile geschafft. „Und diesmal hab ich es falsch gemacht."

„Erzähl!", forderte Pablo.

Und Cristobal erzählte. Alles, was er wusste. Als er geendet hatte, waren alle still. Sogar Thomas sagte nichts mehr.

Pablo schüttelte den Kopf. „Du bist so ein Volltrottel!"

„Ich weiß." Der Ältere senkte den Blick.

„Wissen Sie, dass Sie ihm das das zweite Mal verdorben haben?", warf Thomas nach einer Weile in den Raum.

Cristobal hob den Kopf. „Das zweite Mal?"

„Ja", nickte der andere. „Als sie ihn in den Zwangsurlaub wegen Max geschickt haben, hat er die Frau kennengelernt und sie sitzenlassen, weil Sie ihn zurückgerufen haben."

Sein Chef schluckte trocken. Was war das für ein Gefühl? Fühlte er sich wirklich schuldig? Ach, er doch nicht!

Innere Stärke durchfloss ihn. Das war nur eine Prüfung und auch die würde er bestehen. Keine Zeit für Schwäche!

„Okay", sagte er mit der üblichen Miene. „Das kann ich jetzt nicht ändern. Ich muss nach vorne schauen. Anderes Thema: wie komme ich an den Magier ran?"

„Der Magier?", fragte Pablo entgeistert. „Was willst du denn jetzt mit dem?"

„Der hat das Buch", stöhnte Cristobal. „Und ich muss es wieder zurück bringen!"

In den nächsten drei Tagen tat sich gar nichts. Weniger als gar nichts sozusagen. Er konnte Gomez nicht finden und verlor immer mehr Freunde und Familienangehörige, die zu ihm hielten. Luna lief sogar vor ihm davon, als sie sich im Flur trafen, aber die war schon immer seltsam gewesen. Die tat fast so, als hätte sie Angst vor ihm. Lächerlich!

Thomas sprach nur das nötigste mit ihm und Pablo ließ sich fast gar nicht mehr blicken.

Was hatten die denn alle bloß? Er versuchte doch, die Sache

wieder in Ordnung zu bringen, das ging allerdings nicht so schnell.

Nina legte sofort auf, wenn sie seine Nummer sah, und er hatte sich nicht getraut, in sein Haus zu kommen. Er litt, würde das aber niemals zugeben. Dennoch hörte er überall die traurige Melodie von Fairytale der Band Serenity. Er hörte das Lied wirklich ständig, das war schon krank. Lange konnte er diese Situation nicht mehr durchhalten, so viel war klar.

Er vermisste Nina schrecklich.

Im Augenblick nächtigte er im Privatzimmer hinter dem Büro der Instanz. Und auch wenn ihm das vorher wie der Himmel auf Erden vorgekommen war, war es jetzt nur ein Zustand, den er schnell wieder beenden wollte. Arbeit lenkte ihn auch nur mäßig ab, aber er hielt sich praktisch immer im Büro auf.

Auch jetzt gerade.

Als das Telefon klingelte und sich Thomas meldete, hörte er fast nicht hin. Dann aber stupste sein Sekretär ihn an und hielt ihm den Hörer hin. „Der Magier!"

„Was?" Cristobal nahm das Telefon und meldete sich mit einem forschen „Hallo".

„Cristobal?", fragte Diego Cortez und lachte leise. „Entschuldigen Sie, dass ich Sie so anrufe, aber ich möchte mich gern noch mal mit Ihnen unterhalten."

„Warum?", fragte der dunkle Instanzleiter. „Und woher haben Sie die Nummer?"

„Das ist doch völlig egal", fand der Magier. „Jemand hat sie mir irgendwie zugespielt. Was halten Sie davon, wenn wir uns treffen? Ich möchte Ihr Interesse an einem Handel wecken."

Cristobal seufzte. „Sie sind ein sehr seltsamer Mensch", gab er zu. „Um was für einen Handel geht es denn?"

„Wir würden das bereden, wenn wir uns treffen", meinte Cortez und lachte kultiviert. „Wie wäre es in einem Café in der Innenstadt? Oder haben Sie noch Ärger mit diesem Fluch?"

„Nein, nicht mehr", bestätigte der andere. „Ich stimme zu, Sie haben mich neugierig gemacht. Kommen Sie allein?"

„Selbstverständlich", sagte der Magier und hörte sich fast etwas beleidigt an. „Ich will handeln und Sie nicht verärgern. In einer

Stunde? Am Kirchplatz?"

Cristobal sagte zu und legte auf.

Ein Lichtschein am Horizont!

Was konnte der Magier wollen? Aber das war ein Glücksfall!

Vielleicht konnte er so an das Buch kommen. Und vielleicht konnte er diesen Zauberstabschwinger mal fragen, ob er was über Gomez herausbekommen konnte.

Endlich! Es ging aufwärts!

Beschwingt verabschiedete sich Cristobal von Thomas und wies ihn an, Pablo mit ins Büro zu nehmen. Sollte er, Cristobal, nicht so schnell wiederkommen, mussten die beiden ihn vertreten. Thomas nickte ihm zu und wünschte ihm mit kühler Stimme viel Glück. Cristobal bedankte sich. Na, der hatte ihm auch besser gefallen, als der noch normal gewesen war...

Etwa eine Stunde später saß er in dem angegebenen Café und fand es reichlich gut besucht vor. Er hatte sich an einen Tisch im hinteren Bereich gesetzt, damit es nicht unbedingt so auffällig war, wenn er mit dem Magier verhandeln musste.

Und er wusste auch schon genau, was er verlangen wollte: das Buch und Gomez. Egal, was der Magier wollte, er würde es im Austausch für diese Dinge bestimmt irgendwie beschaffen können.

Zwei Tische weiter saß Tiymur und aß Kuchen, während er seinen Kaffee trank. Ganz allein hatte Cristobal nicht gehen können – immerhin könnte das ja auch eine Falle sein.

Und der Magier kam auch nicht allein.

Als er das Café betrat, folgte ihm der blonde Bodyguard, den Cristobal schon bei ihm gesehen hatte. Er nickte ihm zu und setzte sich zu Tiymur an den Tisch. Während die beiden sich böse anschauten und augenscheinlich miteinander bekannt machten, kam der Magier an Cristobals Tisch und setzte sich zu ihm. Er hatte eine schwarze Aktentasche dabei, die er zu seinen Füßen hinstellte.

„So allein sind Sie dann doch nicht, oder?", sagte Cristobal statt einer Begrüßung und reichte dem älteren Mann die Hand.

Der lächelte. „Sie doch auch nicht", entgegnete er. „Aber ich denke, das ist in Ordnung. Schließlich stören unsere beiden

Männer ja nicht. Meiner ist übrigens nur der Fahrer. Ich fahre ungern selbst."

Ein Kellner erschien am Tisch, nahm die Bestellung auf und brachte unglaublich schnell den angeforderten Kaffee.

Cortez kostete genießerisch und fand den Geschmack wohl in Ordnung.

„Und?", fragte Cristobal vorsichtig. „Was haben Sie mir denn nun vorzuschlagen? Geht es um das Buch?"

„So ungeduldig?" Cortez lächelte wissend. „Kein Smalltalk? Wollen Sie es sofort?"

„Das heißt, Sie kennen mich nicht", meinte sein Gegenüber gelangweilt. „Ich bin kein Typ, der gerne wartet." Und das im wahrsten Sinne des Wortes. Es ging ihm so was von gegen den Strich, dass seine persönliche Situation gerade stagnierte.

„Ich verstehe." Der Magier nahm noch einen Schluck Kaffee und stellte sich seine Aktentasche auf den Schoß. Daraus entnahm er ein Tablet-PC und startete diesen. „Wenn Sie sich das bitte einmal ansehen würden?", bat er liebenswürdig.

Mit gerunzelter Stirn beugte sich Cristobal über das technische Gerät. Er sah einen Raum, in dem sich der junge Mann befand, der ihm den Kopf des Dritten herausgetragen hatte. Offenbar las er in dem Buch der Stille. Eine Weile lang passierte nichts, außer dass es viele Störungen in der Übertragung gab. Es schien so, als ob es in dem Raum irgendwie blitzte, was dem Leser aber nicht aufzufallen schien. Nur einmal drehte er sich herum, aber außer ihm war niemand im Raum.

Dann las er weiter.

Und plötzlich mitten im Lesen schrie er auf, sah direkt in die Kamera. Seine Augen glühten rot auf und er schrie weiter, fing an, sich die Klamotten vom Leib zu reißen und sich blutig zu kratzen. Seine Schreie schienen aus Zahlenketten zu bestehen und Cristobal brauchte eine Weile, bis er es zusammen bekam.

Es war seine Telefonnummer.

Er lehnte sich nach hinten und seufzte. „Tja, ich hatte Ihnen offenbar vergessen mitzuteilen, dass es gefährlich ist, in dem Buch zu lesen. Armer Junge..."

Cortez legte den Mitnahme-PC flach auf den Tisch. „Wir mussten ihn sedieren. Er schien nicht zu wissen, dass er sich selbst blutig kratzt. Und jetzt wissen Sie auch, wie ich an Ihre Telefonnummer komme."

„Sehr seltsam", gab der andere zu. „Haben Sie jemanden in meiner Instanz eingeschleust, der es ihm hätte sagen können?"

Der Magier schüttelte den Kopf. „Ich weiß nichts über Ihre Instanz und ich wollte niemals etwas von Ihnen außer diesem Buch. Die Traumfänger sind mir samt und sonders egal. Es wird mir viel zu viel, wenn ich mich nochmal mit denen einlassen muss."

„Was soll das denn bedeuten?", fragte Cristobal mit verzogenem Gesicht.

Wieder schüttelte der Magier den Kopf. „Vergessen Sie es." Er hob nochmals den Tablet-PC hoch. „Die interessanteste Szene haben Sie ja auch noch nicht gesehen." Er wählte ein anderes Video aus und zeigte darauf.

Cristobal beugte sich ein zweites Mal darüber, gespannt, was denn nun zu sehen sein würde.

„Wir haben das vorherige Video mal auseinander gedröselt, weil uns die Blitze komisch vorgekommen sind", erklärte Cortez dazu. „Und das kam dabei raus!"

Ein Blitz tauchte auf, dann wurde der Film ganz langsam abgespielt. Beim ersten Mal sah man nur einen Schimmer. Das zweite Mal schien es ein Zusammentreffen von Wolken zu sein. Und beim dritten Mal sah es fast aus wie eine Person.

Erst danach sah man, dass es sich um einen etwa 10jährigen Jungen handelte, der ganz ernst in die Kamera blickte. Sein Mund formte ein Wort, welches, konnte Cristobal nicht erkennen. Aber das Kind, das kannte er.

Entsetzt stieß er die Luft aus.

Das war der Weise Alexander, ehemaliger des Asteriums.

Verblüfft strich sich Cristobal durch die Haare.

„Ich sehe, Sie kennen ihn", nickte der Magier.

„Das ist..." Dem dunklen Instanzleiter fehlten die Worte.

Der Weise Alex war nicht mehr auf der Erde. Er war in der Kammer der alten Stadt, wo sie ihn auf seinen Wunsch hin zurückgelassen hatten.

Wie war der in das Video gekommen?

„Was sagt er?", wollte Cristobal nach einer Weile wissen.

Der Magier legte den PC wieder auf den Tisch und schaltete ihn ab. Er nahm noch einen Schluck Kaffee und zog dann die Schultern hoch. „Wir wissen es nicht, das konnten wir nicht rekonstruieren. Aber die Frage ist ja eher: wo kommt dieses Kind her?"

„Gute Frage!" Cristobal nahm ebenfalls einen Schluck aus seiner Tasse. „Möglicherweise will er Sie einfach vor dem Buch warnen."

„Die Warnung ist angekommen", knurrte der Magier. „Und auch wenn wir nicht wissen, wo dieser Junge hergekommen ist, scheinen Sie ihn zu kennen."

Der andere nickte langsam. „Er war ein Traumfänger, ein ganz Großer. Aber er lebt nicht mehr."

„Ich dachte mir schon, dass er ein Geist ist", bestätigte der Magier. „Aber für was steht er? Warum ist er aufgetaucht? Und hat das was mit meinem Schüler Ronalf zu tun?"

„Gar nichts", klärte Cristobal ihn auf. „Der Junge passt auf das Buch auf. Ich sage es Ihnen nochmal: geben Sie das Buch zurück! Das ist zu gefährlich! Es gehört verdammt noch mal in einen Tresor!"

Cortez packte den Tablet-PC wieder in die Aktentasche und schwieg sich dabei aus. Er dachte wohl wirklich darüber nach, was er mit dem Buch machen sollte.

„Vielleicht kann ich Ihnen helfen", bot Cristobal relativ sanft an. „Sie kommen doch nicht wirklich weiter mit dem Buch. Wie wäre es denn, wenn Sie mir sagen, was Sie eigentlich damit wollten und vielleicht kann ich etwas für Sie tun." Wenn Sie dann auch etwas für mich tun, fügte er in Gedanken hinzu.

„Das würde ich gerne, aber ich fürchte, Sie können mir nicht helfen", bedauerte Cortez.

„Ich kann es versuchen", bot der andere nochmals an.

Cortez nickte. „Ich brauche Hilfe bei der Heilung von Ronalf. Es reicht nicht, ihn ständig zu sedieren und magisch kann ich da nichts tun. Ich kann nicht heilen, wissen Sie?"

Cristobal nickte auch. „Ich kann Ihnen eine meiner Heilerinnen ausborgen." Er dachte dabei an Elisa. Sie war eine der stärksten in seiner Instanz. „Aber ich kann natürlich nichts versprechen." Er machte eine kurze Pause. „Das war nicht alles, oder?"

„Nein", meinte der Magier gequält. „Wird Ihr Asterium mich zur Rechenschaft ziehen?"

Cristobal lachte leise. „Ich habe selten jemand gekannt, der sich so gut mit unseren Institutionen auskennt. Mich würde interessieren, woher Sie Ihre Infos haben." Er erwartete darauf keine Antwort, also fuhr er weiter fort. „Ich weiß es nicht, aber ich kann dort für Sie sprechen. Meine Connections zum Asterium sind ziemlich gut." Außer im Moment. „Dafür müssten Sie dann auch etwas für mich tun."

Nun lachte der Magier auf. „Das tue ich doch schon. Ich gebe Ihnen Ihr Buch zurück! Erwarten Sie sonst noch etwas von mir? Sind Sie schon wieder verflucht und versuchen, den Fluch loszuwerden? Ich habe Ihnen doch erklärt..."

Der dunkle Instanzleiter winkte ab. „Nein, darum geht es nicht." Er trank seinen Kaffee aus, um Zeit zu gewinnen. „Ich kann meinen Bruder nicht orten, aus welchem Grund auch immer. Aber ich muss ihn finden. Wenn Sie mir helfen, spreche ich beim Asterium für Sie vor."

Die beiden sahen sich an.

„Ihr Bruder", murmelte der Magier und pustete kurz die Luft aus. „Das hätte ich mir ja denken können." Dann schüttelte er den Kopf. „Wir kommen nicht überein, tut mir leid."

Verwirrt runzelte Cristobal die Stirn. Das war so gut gelaufen bislang, was war denn jetzt passiert? Wieso wollte der Magier nicht mehr? Er sah nachdenklich zu, wie Cortez seine Sachen zusammenpackte.

„Warten Sie mal!", forderte er den älteren Mann auf. „Warum auf einmal nicht?"

„Denken Sie doch mal nach!" Cortez sah ihn eindringlich an. „Ihr Bruder ist nicht zu orten, genau wie ich oder meine Schülerin oder ein anderer meiner Schüler. Was sollte Ihnen das sagen?" Nachdem sein Gegenüber nicht antwortete, fügte er hinzu: „Vielleicht, dass er gar nicht gefunden werden will? Dass er das mit Absicht herbeigeführt hat? Oder dass ich ihn dann auch nicht orten kann? Suchen Sie sich eines aus."

„Moment!", hielt ihn Cristobal auf. „Zwar kommt es mir so vor, als hätten Sie da die Finger mit im Spiel, aber ich kann nicht auf den Handel verzichten." Er holte Luft. „Wenn Sie mir das Buch geben, helfe ich Ihnen bei Ihrem Schüler und beim Asterium, ohne dass Sie meinen Bruder finden. Möglicherweise finde ich den auch allein..." Wie nur? Als hätte er das nicht schon die ganze Zeit versucht. „Geben Sie mir nur das Buch!" Mit dem Buch war er schon einen Schritt weiter.

Cortez hielt inne. Er schien intensiv nachzudenken. Dann sah er Cristobal direkt an, wollte in seine Seele blicken.

Eine Sekunde später hielt er ihm die Hand hin. „Ein Vertrag unter Ehrenmännern?", fragte er leise.

Und Cristobal nahm die Hand. „Definitiv!", sagte er.

Dann brach der Tornado aus!

Sämtliche Leute in dem Café, inklusive des Kellners, standen von ihren Tischen auf und hielten Cristobal, Cortez, dem blonden Jörg und Tiymur ihre Waffen vor die Nase.

Cortez ließ Cristobals Hand los, als hätte der plötzlich Herpes.

„Sie haben mich verraten!", zischte er ungläubig.

„Arschloch!", knirschte Cristobal. „Die sind nicht von mir! Sonst würde ich das jetzt nicht machen!" Er hob die Hände hoch. „Die Traumfänger benutzen außerdem Schwerter."

Von Eingang her hörte man die Schritte einer Frau.

Die beiden Männer drehten sich langsam zum Eingang hin.

„Irrtum!", sagte die Stimme von Jennifer Kern, der Dritten der Beschützer des Asteriums. „Jetzt benutzen wir auch moderne Feuerwaffen." Sie hörte sich sehr selbstzufrieden an.

„Was soll das?", fauchte Cristobal und wollte die Hände wieder herunternehmen. Ein böser Blick des Mannes, der direkt vor ihm stand, und eine kurze Bewegung mit der Waffe, ließ ihn aber innehalten. „Ich habe einen Vertrag mit dem Mann!"

„Und?", fragte sie ungerührt. „Kannst du ja, interessiert mich nicht. Du solltest allerdings nichts versprechen, was du nicht halten kannst."

„Und was soll das jetzt heißen?" Cristobal war wütend und konnte das nicht verbergen.

Jenny lächelte boshaft und zog ein Schreiben aus der Tasche Ihrer Uniform. Sie ließ ihn nur einen kleinen Blick darauf werfen, insbesondere auf die Unterschrift von Dante.

„Damit hat dein Bruder dich meiner Amtsbefugnis überstellt. Und deine Frau hat dich in die Wüste geschickt." Sie legte ihren Kopf schief. „Armer, armer Cristobal", höhnte sie. „Das Asterium steht nicht mehr auf deiner Seite..."

„Sehr schön!", freute sich der Magier, der mittlerweile auch seine Hände hochgehoben hatte. „Dann sind Sie genau so dran wie ich!"

Zehn

So langsam kochte Cristobal. Und was am schlimmsten war, war die Tatsache, dass Jenny genau das beabsichtigte.

Er kniete jetzt schon seit gefühlten Tagen hier auf dem Steinboden, die Hände mit Handschellen hinter dem Rücken gefesselt und einen Sack über dem Kopf. Es waren tatsächlich aber nur zwei Stunden. Wenn er sich bequemer auf die Fersen hocken wollte, bekam er gleich einen Schlag mit einem Stock ins Kreuz. Er hatte es dreimal versucht, bevor er so schlau gewesen war, durchhalten zu wollen.

Klappte aber auch nur phasenweise.

Seine verdammten Knie taten weh, sein Rücken war von blauen Striemen überzogen und es half ihm auch nicht zu wissen, dass der Magier direkt neben ihm knien musste.

Für ihn war es bestimmt noch schlimmer, schließlich war der gute zwanzig Jahre älter als er.

„Das haben Sie wunderbar hinbekommen!", schimpfte der ältere Mann gerade. „Ich werde in den nächsten drei Minuten zur Seite kippen und dann schlägt mich dieser Mann bestimmt bewusstlos. War es das, was Sie sich gewünscht haben?"

Erstaunlicherweise waren die Peiniger wohl nicht angewiesen worden, ein Gespräch zu unterbinden. Na ja, vielleicht hoffte man, was Neues zu erfahren.

„Nein", knurrte Cristobal. „Mein Lieblingswunsch hat eher was mit Blut, töten und dieser Frau zu tun. Das würde mich echt freuen! Für Sie tut es mir nur leid."

„Das hilft mir nicht wirklich", beschwerte sich Cortez. Dann gab es Geräusche und Cristobal hörte das dumpfe Schlagen des Stocks.

„Hey!", brüllte er. „Der Kerl ist alt, nehmt mal Rücksicht, Jungs!"

Und damit hatte er sich auch wieder ein paar Schläge eingefangen. Er stöhnte mit dem Magier im Gleichtakt.

Oh Gott, hoffentlich war das bald vorbei.

Ein paar Minuten später atmeten beide wieder etwas ruhiger.

„Der Handel mit dem Asterium fällt dann wohl flach", meinte Cortez leise. „Offenbar hat man Sie da abgeschrieben."

Cristobal knurrte. „Darüber ist das letzte Wort noch nicht gesprochen. Ich kann einfach nicht glauben, dass meine Frau und mein Bruder mich dieser Schlampe zum Fraß vorwerfen!"

Für „Schlampe" bekam er wieder einen Schlag auf den Rücken. Aber das war es ihm wert gewesen.

„Alles okay?", fragte der Magier leise, nachdem es wieder ruhiger geworden war.

„Achten Sie nicht auf mich!", riet ihm Cristobal. „Können Sie sie nicht einfach mal kurz verfluchen? Damit würden Sie mir den Tag retten."

„Nicht in diesem Zustand", bedauerte Cortez.

„Scheiße!"

Es dauerte dann auch nicht mehr lange, da hörten sie Schritte und dann wurde ihnen der Sack vom Kopf gerissen.

Cristobal blinzelte, denn das Licht war ziemlich hell. Dann sah er in das grinsende Gesicht der Dritten, der er gerne das Lächeln mit der Hand weggewischt hätte.

„War das nötig?", fauchte er sie an. „Gibt es hier keine Stühle, oder was?"

„Stühle gibt es für Mitarbeit", lachte Jenny. „Und die vermisse ich noch bei euch beiden."

Cristobal warf einen Blick auf das blasse Gesicht des Magiers und nickte der Dritten zu. „Dann sag ihm schnell, was er tun muss", riet er ihr und deutete mit dem Kinn auf Cortez. „Lange hält er das nämlich nicht mehr durch."

Sie stellte sich direkt vor den Magier, der zu ihr hoch sehen musste. „Sie haben offenbar das Buch der Stille", sagte sie und ihre Stimme klang fest und hell. „Geben Sie mir das Buch und ich sorge dafür, dass Sie es bequemer haben!"

Cortez schnaubte, dann sah er kurz in Cristobals Richtung. „Tut mir leid, ich habe einen Handel mit dem Herrn an meiner Seite. Ich kann Ihnen das Buch nicht geben. Es gehört schon ihm."

Die Dritte bekam einen eisigen Gesichtsausdruck und schlug den Magier mit der Hand. Er kippte auch sofort zur Seite und musste von dem hinter ihm stehenden Beschützer aufgerichtet werden.

Cristobal biss sich auf die Zähne. Was für ein Theater!

Sie kam zu ihm, baute sich vor ihm auf und legte ihm die Hand sacht auf die Schulter. „Nur zu deiner Information: diesmal habe ich dich wirklich als Instanzleiter abgesetzt. Ein Beschützer übernimmt deinen Job kommissarisch. Hat deinem Bruder und diesem Bürohengst nicht wirklich gefallen..."

Er ging nicht darauf ein. Thomas und Pablo wussten, was zu tun war. Selbst, wenn sie gerade sauer auf ihn waren, würden sie nicht die Instanz aufs Spiel setzen.

Sie ging um ihn herum, ließ die Hand aber auf seiner Schulter liegen. Als sie hinter ihm stand, legte sie die andere auf seine zweite Schulter. Sie spielte mit seinem Hemdkragen.

Cristobal verdrehte innerlich die Augen. Er hasste diese blöden Spielchen.

„Wirst du mir das Buch geben?", hauchte sie ihm zart in sein linkes Ohr.

„Nein", sagte er hart. „Das gebe ich nur dem Asterium."

Sie ließ sich nicht aus der Ruhe bringen, spielte immer noch mit seinem Kragen. „Aber das Asterium will dich nicht mehr sehen. Du bist eine Persona non grata..."

Er glaubte ihr nicht, lächelte kurz. „Dann werden die das Buch wohl nicht bekommen."

Die Hände auf den Schultern krampften sich in sein Hemd. „Wenn du mir das Buch nicht gibst, werde ich deinen Freund durchprügeln lassen!" Ihre Stimme hatte immer noch sanft und weich geklungen. Wie viel Mühe ihr das machen musste...

Scheiße. Cristobal wusste, der Magier war nicht so trainiert wie er. Der würde draufgehen.

Aber er selbst konnte nicht nachgeben. „Dann tu, was du nicht lassen kannst", lachte er sie aus. „Du wirst schon sehen, was du davon hast!"

„Und was soll das jetzt heißen?", wollte sie nahe seinem Ohr wissen.

„Er ist nicht umsonst ein Magier", grinste Cristobal. „Ein Fingerschnippen von ihm und er hat dir einen Fluch aufgehalst, an den du dich dein Leben lang erinnern wirst." Er lachte nochmal laut auf. „Du liebst deine schöne weiche Haut? Akneflüche sind nicht so schwer, hab ich mir sagen lassen." Er log natürlich schamlos.

Sie griff in seine Haare und zog seinen Kopf fest nach hinten.

„Lüg mich nicht an!", zischte sie.

Er bewegte sich nicht, zwinkerte nicht mal. „Würde ich nie wagen."

Dann erst ließ sie ihn los, wandte sich an Cortez, der vorsichtigerweise gar nichts kommentiert hatte.Er hatte einen wachen Blick und ließ sich nicht in die Karten gucken, sah einfach nur nach vorne, obwohl es ihm wohl unangenehm war, dass Jenny hinter seinem Rücken stand.

„Ich werde es darauf ankommen lassen", ließ sich die Dritte nach einer Weile vernehmen. „Es gibt gute Dermatologen."

Cortez und Cristobal schwiegen dazu, aber sie sahen beide so aus, als wüssten sie, dass Jenny nur so tat, als würde es ihr nichts ausmachen.

Sie kam wieder herum, stellte sich vor die beiden Männer.

„Der erste, der spricht, bekommt einen Stuhl", bot sie an. „Ich möchte wissen, wie die Frau auf dem Überwachungsvideo die technischen Begebenheiten umgehen konnte."

Cristobal sah Cortez an. „Sagen Sie es ihr!"

„Sie hat die Informationen direkt von der Herstellerfirma", meinte der Magier und Cristobal hörte die Schwäche aus den Worten. Der würde wirklich nicht mehr lange mitmachen.

Jenny lächelte mit zusammengekniffenen Augen.

„Stehen Sie auf!", forderte sie den Magier auf.

Die beiden Männer in seinem Rücken mussten ihm dabei helfen. Er ächzte schon ein bisschen sehr. Dann stand er direkt neben Cristobal, der zu ihm hoch sah.

„Ihr zwei seht so süß aus", lästerte die Dritte. „Ihr könntet beinahe Vater und Sohn sein."

Cortez zwinkerte mit den Wimpern und sah Cristobal an. „Wenn ich einen Sohn hätte, dann gerne so einen wie Sie." Er holte Luft. „Danke"

„Bringen Sie ihn in eine Zelle und sperren Sie ihn dort ein!", befahl die Dritte, was die beiden Beschützer auch sofort ausführten. Nach einer Minute war nur noch Cristobal mit Jenny in dem Raum.

„Willst du mich weiterhin hier knien lassen?", fragte er sie mit einem kleinen Seitenblick.

„Das macht mich tierisch an", gab sie grinsend zu.

Er verdrehte die Augen.

„Möchtest du deine Situation verbessern?", lockte sie ihn.

„Wie jetzt?", fragte er lässig. „Willst du dir deine eigene Freude nehmen? Wie ungewöhnlich..."

Sie bewegte sich in Richtung seines Rückens und holte einen Stuhl, den sie im Raum aufstellte.

„Setz dich hier hin!", meinte sie mit freundlicher Stimme.

Langsam erhob sich Cristobal und spürte seine knackenden Knochen. Innerlich war er dankbar, sich jetzt hinsetzen zu dürfen. Genau so langsam, wie er sich erhoben hatte, ließ er sich auch auf den Stuhl sinken. Seine Hände postierte er hinter die Lehne und streckte sich ein bisschen. Oh, war das schön, wenn der Schmerz nachließ.

„Besser?", fragte sie und stellte sich vor ihn hin.

„Ja", antwortete er. „Und was willst du dafür?" Es war ihm schon klar, dass das nicht umsonst war.

„Gefällt mir einfach besser so", lächelte sie.

Eine Weile lang ging sie hin und her und er beobachtete sie.

Sie war wirklich eine schöne Frau, hätte fast als Model durchgehen können. Die Uniform stand ihr ausgesprochen gut, brachte ihre Rundungen optimal zur Geltung. Und er ahnte, dass sie dieses Rumgerenne genau aus diesem Grunde machte: er sollte sehen, dass sie heiß war.

Okay, das war sie wirklich. Ihre Haare, die sie nach hinten gekämmt hatte, waren wellig und sahen weich aus, ihre Haut wirkte zart und cremig.

Aber sie war nicht Nina. Die hier war ein männermordender Vamp. Nina sah neben dieser Frau wie eine kleine Fee aus, nicht überirdisch schöner, nur ätherischer.

Ein Stich durchfuhr ihn, als er an seine Frau dachte.

War das etwa beabsichtigt?

Jenny holte diesen dämlichen Dolch aus ihrer Tasche und spielte damit, so dass er es genau sehen musste.

„Was willst du?", fragte er entnervt, nachdem sie nichts weiter tat, als den Dolch von einer Hand in die andere gleiten zu lassen. Ihre Fingerfertigkeit war bemerkenswert, aber Cristobal langweilte es.

„So ungeduldig?", sagte sie heiser und hielt inne.

„Wir wissen doch beide, dass du von mir keine Informationen bekommen wirst", sagte er leichthin. „Also frag endlich, lass mich dann bestrafen und danach in die Zelle bringen. Wieso noch Spielchen spielen?"

Im nächsten Moment holte er aufgrund einer Gewichtszunahme ächzend Luft. Jenny hatte sich rittlings auf seinen Schoß gesetzt und hielt ihm den Dolch an die rechte Augenbraue.

Er zuckte nicht mal.

„Weil Spielchen nun mal so viel Spaß machen", hauchte Jenny und fuhr mit dem Dolch an seinem Haaransatz entlang. Sie war so vorsichtig, dass sie ihn nicht mal schnitt.

Er blinzelte nicht. Blinzeln könnte hier tödlich sein.

Sie hörte nicht auf, führte den Dolch unter seinem Auge her und anschließend zeichnete sie seine Lippen nach. Währenddessen schmiegte sie sich enger an ihn und ließ kleine Laute der Entzückung hören. Sie ließ den Dolch weiter nach unten wandern, schnitt einen Knopf seines Hemdes ab. Dann noch einen, während sie ihn mit einem Lächeln bedachte, das wohl erotisch wirken sollte.

Endlich schloss er die Augen. „Jenny", sagte er mit zusammen-gebissenen Zähnen. „Das ist nicht lustig!"

Und das war es wirklich nicht. Er hatte einmal im Leben wirklich Angst gehabt. Und das war, als er Nina halbtot auf ihrem Sofa gefunden hatte und nicht wusste, ob er sie retten konnte. Das hatte ihn beinahe wahnsinnig gemacht. Aber diese Frau hier, die war richtig wahnsinnig. Und sie kostete den Wahnsinn auch noch voll aus. Das könnte ihm auch Angst machen.

„Hey", sagte sie lachend. „Ich bin doch erst beim Vorspiel!"

Wieder rieb sie sich aufreizend an ihm.

Cristobal öffnete die Augen nicht. „Und ich bin verheiratet!"

Jetzt lachte sie laut auf. „Die Kuh vom Asterium? Die Kleine, die

dich in die Wüste geschickt hat?" Sie biss ihn leicht in den Hals.
„Ich bin tausendmal besser als sie!"
Ärger überschwemmte ihn. So durfte keiner ungestraft über Nina sprechen! Ein Muskel bewegte sich in seinem Gesicht, als er die Zähne in ohnmächtiger Wut wieder mal aufeinander presste. Im nächsten Moment spürte er einen leichten Schmerz.
Jenny war mit dem Dolch dem Muskel nachgefahren und hatte seine Haut leicht angeritzt. Es traten nur ein paar Tropfen Blut aus und es tat nicht wirklich weh, es war mehr wie ein Kitzeln.
Er öffnete die Augen und sah sie böse an.
Ungerührt hob sie den Dolch wieder an und ließ ihn über die andere Seite seines Gesichts wandern. Es gab wieder einen leichten Schnitt, bei dem er nicht mal zusammenzuckte.
Die beiden sahen sich nur an, keiner sprach ein Wort.
Als nächstes spürte er den Dolch an seiner Unterlippe. Und diesmal war der Schnitt etwas tiefer. Er bemerkte den Tropfen Blut, der sich seinen Weg Richtung Kinn bahnte.
Er ließ seine Zunge sehen und leckte kurz über seine Lippe, schmeckte sein Blut. Es war ihm egal.
Sie stöhnte auf und im nächsten Moment presste sie ihre Lippen auf seine, küsste ihn mit einer verzehrenden Leidenschaft, das sie beinahe mit dem Stuhl umkippten.
Er bewegte sich nicht. Die war doch verrückt!
Sie krallte die unbewaffnete Hand in sein Haar, beugte den Kopf langsam nach hinten und küsste seinen Hals hoch und runter, verschmierte sein Blut dabei.
Er bewegte sich immer noch nicht, atmete ganz oberflächlich aber nicht schneller. Sie törnte ihn einfach nicht an.
Eine Sekunde später schien sie das genau zu spüren. Wütend schlug sie ihm die Faust ins Gesicht und sprang auf.
„Was stimmt eigentlich nicht mit dir?", fauchte sie.
Sein Mund verzog sich zu einem feinen Lächeln. „Ich bin verheiratet!", sagte er einfach.
In diesem Moment ging die Tür auf.
„Ich hatte gesagt...", begann die Dritte zu brüllen und drehte sich zu dem Störenfried hin, verstummte dann.
Man hätte eine Stecknadel hören können, wenn sie zu Boden

fiel. Da niemand eine hatte, hörte man es nicht.

In der Tür stand Nina. Ihr Gesicht war gerötet und als sie ganz in den Raum trat, schob sich KHP ebenfalls mit rein.

Nina stoppte erst, als sie vor der Dritten stand, sie streckte die Hand aus.

Nur ein Wort. Es durchschnitt die Stille und war härter als Stahl. „Schlüssel!"

Die Dritte griff in ihre Tasche und förderte einen Schlüssel zutage, den sie der Weisen vom Asterium sofort übergab.

Die schloss ihre Hand darum.

„Und jetzt gehen Sie in Ihr Quartier und warten, bis das Asterium eine Entscheidung gefällt hat." Auch die Worte waren scharf und endgültig.

Die Dritte schluckte und schickte sich an, den Raum zu verlassen.

Cristobal sah Nina an. Sie sah immer noch so hart aus, dass es ihm mehr wehtat als die Behandlung der Dritten. Er wagte nicht, ein Wort zu sagen.

Er konnte nichts tun, als sie anzusehen.

Langsam, ganz langsam bewegte sie sich auf ihn zu und einen Augenblick später fielen die Handschellen auf den Boden.

Dann erst bewegte sich Cristobal. Er sprang fast auf, nahm Nina in seine Arme und presste sie fest an sich.

„Danke", sagte er und sogar KHP wusste, dass das aus tiefstem Herzen kam. „Ich liebe dich!"

Eine halbe Stunde später saß Cristobal in einem Aufenthaltsraum für die Mitglieder des Asteriums und hatte ein Glas Wasser vor sich. Er hatte sich gewaschen und harrte jetzt müde der Dinge, die da kommen mochten.

Mittlerweile hatte er von Nina erfahren, dass sie ihn in einer Vision gesehen hatte, und sofort losgestürmt war.

„Warum hast du denn um Himmels Willen nicht darauf bestanden, mich oder Dante zu sprechen?", fragte sie gerade und lief immer noch wütend hin und her. „Du bist doch sonst nicht auf den Mund gefallen! Was wäre wohl passiert, wenn ich nicht reingekommen wäre?"

Darüber wollte er besser nicht nachdenken. „Ich hab es

versucht", meinte er schläfrig. „Aber nachdem ihr eine Amtsbefugnis für diese Frau ausgestellt habt..."

„Was?", brüllte Nina und blieb stehen. „Wir haben gar nichts ausgestellt! Keiner von uns wusste, wo du warst! Wie kommst du auf den Gedanken, wir würden dich einfach dieser Frau überstellen, ohne dass ich mit dir darüber gesprochen hätte?"

Er schloss die Augen und schüttelte den Kopf. Dann sah er sie durchdringend an. „Du warst sauer auf mich und ich habe die Unterschrift von Dante auf dem Papier gesehen."

Eben gerade ging die Tür auf und Dante stürmte rein, bekam die letzten Worte von Cristobal noch mit. „Was habe ich unterschrieben?"

„Die Überstellung von Cristobal für die Dritte?", fragte Nina ihren Kollegen.

„Niemals!", meinte der verstört und wandte sich an Cristobal. „Hör mal, ich bin gerade auch sauer auf dich, wie du mit Gomez umgegangen bist, aber du bist mein Bruder. Solange ich hier den Vorsitz habe, wird dir so was nicht geschehen. Das hättest du wissen müssen!"

Wieder schloss Cristobal die Augen. Aha, Jenny hatte also das zweite Mal gelogen. Das wurde langsam zu einer Art Taktik von der Frau. Man glaubte ihr besser gar nichts mehr.

„Dann bin ich also auch noch Instanzleiter?", fragte er leise.

„Selbstverständlich!"

Das untermauerte seine Theorie auf schärfste: Lügen-Jenny.

„Was ist denn eigentlich passiert?", wollte Dante wissen und setzte sich neben Cristobal. „Du siehst so was von scheiße aus und außerdem fehlen da zwei Knöpfe an deinem Hemd."

„Jaja", bestätigte er. „Das Hemd ist reif für den Müll. Und noch was: wo habt ihr diese neue Dritte aufgetan? Die ist echt der Hammer! Ich kann nicht oft von Frauen behaupten, dass sie mich geschafft haben, aber die..." Den Rest vom Satz ließ er offen. Dann fiel ihm etwas ein und er sprang so entsetzt auf, dass sich alle im Raum erschreckten.

„Der Magier!", rief er aufgeregt. „Ich muss den sofort befreien. Ich hab einen Deal mit dem Mann!"

Nina hatte sich ans Herz gegriffen, das wieder ruhiger schlug, nachdem sie gleichmäßig geatmet hatte. „Von wo befreien? Ist der hier im Gebäude?"

Er nickte. „Jenny hat ihn irgendwo eingesperrt. Ich muss den finden. Der hat sonst keinen, der für ihn spricht und ist nicht mehr so gut drauf, wenn ihr wisst, was ich meine!"

„Jenny...", sagte Dante anzüglich. „So so..." Dann aber wischte er sich das Grinsen aus dem Gesicht und telefonierte mit seinem Handy. Nach einer Minute nickte er Cristobal zu.„Deinem Magier geht es gut, die bringen ihn hier her."

Wenigstens das!

Er sank wieder auf den Stuhl.

Diese Befragung würde er nicht so leicht vergessen. Sein Rücken tat immer noch weh, sämtliche Muskeln in den Oberschenkeln waren verspannt und im Gesicht hatte er mehrere Schnittwunden, die aber nicht so schlimm waren. KHP hatte ihn heilen wollen, aber er hatte darauf verzichtet. Als es an der Tür klopfte und Diego Cortez hereingebracht wurde, erhob sich Cristobal und bot dem Magier seinen Stuhl an.

Der sah erbarmungswürdig aus.

Er war offenbar mehrfach ins Gesicht geschlagen worden und sein rechter Arm war an seinen Körper gepresst, als würde der schrecklich weh tun, wenn er ihn bewegte.

KHP ging auf ihn zu und sah ihn an.

„Der Kollege würde Sie gerne heilen", erklärte Cristobal dem Magier, der mit großen Augen den Bodyguard von Nina betrachtete. „Es tut nicht weh, lassen Sie ihn!"

Cortez nickte dankend.

Und KHP begann schweigend.

Nach einer Viertelstunde hatte der Magier wieder ein ordentliches Gesicht und fühlte sich ganz gut.

„Danke", sagte er schlicht. „Ihre Magie ist einfach wunderbar."

Nina kam auf den älteren Mann zu und sah ihn an. „Entschuldigen Sie die Frage, aber warum haben Sie dem Dritten den Kopf abgeschlagen?" Sie konnte das einfach nicht begreifen. Sicher, der war kein netter Mann gewesen, aber das hatte er nicht verdient. Andererseits sah dieser Magier auch nicht so aus als äße er kleine Kinder mit Senf. Das war einfach so verwirrend, dass sie jetzt eine klare Antwort haben musste.

Cortez senkte den Blick und atmete gequält aus. „Das tut mir selbst auf ärgste leid", gab er leise zu. „Als ich das erste Mal mit den Traumfängern in Kontakt gekommen bin, hat man mir gesagt, dass sei die übliche Behandlung, wenn jemand im Kampf stirbt. Allerdings ist das schon über dreißig Jahre her. Ich hatte einfach angenommen, dass sich das bislang nicht geändert hat. Und ich wollte zeigen, dass ich mich auskenne." Er sah Nina direkt an und seine Augen waren traurig. „Ich wusste es nicht besser und habe eine Katastrophe heraufbeschworen. Es tut mir unendlich leid..."

Nina nickte. Sie glaubte ihm. Seine Augen waren gutmütig.

„Vor dreißig Jahren sind Sie das erste Mal mit uns in Kontakt gekommen?", entfuhr es Dante. „Das ist ja ziemlich lange her. Können Sie uns darüber etwas erzählen?"

Die dunklen Augen des Magiers verschleierten sich kurz. „Ungern", sagte er leise und mit Bedauern. „Aber das bin ich Ihnen schuldig." Er räusperte sich und es dauerte eine Weile, bis dass er reden konnte. „Ich war in eine Traumfängerin verliebt, die mit mir durchbrannte. Sie hat mir alles beigebracht. Ihre Eltern waren allerdings gegen unsere Verbindung, und wenn ich das so vom heutigen Standpunkt betrachte, hatten sie wahrscheinlich recht. Als sie uns fanden, bekam ich eine kurze Einweisung, was mit mit passieren würde, wenn ich mich nochmal sehen lassen würde. Unter anderem kam da die Geschichte mit den Schwertern aufs Tapet." Missmutig verzog er das Gesicht, als er daran dachte.

„Stimmt", kommentierte Cristobal leidenschaftslos. „Einmal haben sie uns den Kopf eines entfernten Verwandten geschickt, als ich noch klein war. Das war echt kein schöner Anblick. Großvater hat mir den Arsch versohlt, weil ich durchs Schlüsselloch geschaut habe."

„Gruselig" Nina schüttelte sich.

„Ich war in einer Zwangssituation", erklärte der Magier weiter. Diese Leute stürmten mein Haus und zum Glück war meine Leibwache schnell vor Ort, so dass nicht viel passierte. Offenbar waren die Traumfänger geschockt, dass wir mit Sturmgewehren arbeiteten." Er atmete nochmal kurz durch. „Einzig und allein der rothaarige Mann, den Sie den Dritten nennen, wollte nicht aufgeben. Er griff mich mit dem Schwert an und lief praktisch in einen Warnschuss meines Wächters. Innerhalb ein paar Minuten war er tot. Und dann erinnerte ich mich daran, was mir die Traumfänger beigebracht hatten..."

Alle schwiegen betreten.

„Das wäre aber auch nicht passiert", ließ sich Dante nach einer Weile vernehmen und seine Stimme klang rein geschäftsmäßig, „wenn Sie nicht das Buch gestohlen hätten. Sagen Sie uns doch wenigstens jetzt, was Sie damit vorhaben? Ich meine, es sollte Ihnen doch klar sein, dass Sie das wieder rausgeben müssen."

„Er hat einen Deal mit mir", mischte sich Cristobal ein. „Er gibt das Buch zurück und ich werde dafür vor dem Asterium für ihn sprechen."

„Zwei vom Asterium sind hier zugegen", sagte Nina fast schüchtern. „Irgendwie wird sich da was machen lassen."

„Nachdem das mit meinem Schüler passiert ist, ist es mir zu gefährlich, das Buch im Hause zu haben", meinte der Magier und strich sich müde durchs Haar. Fast die gleiche Geste benutzte Cristobal immer. „Selbstredend will ich es zurückgeben. Meine Idee, in die Kammer der Alten Stadt zu gelangen, ist sowieso gescheitert."

„Ich verstehe nicht, was Sie dort wollten", meinte Dante kopfschüttelnd. „Wollten Sie unbedingt die beiden Säulen der Erde sehen? Oder was war es?"

Cortez schüttelte den Kopf. „Offenbar wissen Sie nichts über die Kammer. Sonst würden Sie genau wissen, was ich dort wollte."

Cristobal lachte auf. „Das sagen Sie dem Richtigen. Dante war von uns allen derjenige, der alle seine Talente behalten durfte. Er konnte sehen, hören und sprechen. Andere von uns waren dazu nicht in der Lage."

Der Magier hielt die Luft an und wurde aufmerksam. „Sie waren dort?"

„Deshalb weiß ich ja, dass dort nichts ist", meinte Dante lächelnd. „Es sei denn, Sie stehen auf Fliesen. Davon gab es dort jede Menge."

Cortez schüttelte den Kopf. „Dort wohnt das Schicksal, wussten Sie es nicht?"

Dante wurde wie auf Kommando blass. Er setzte sich hin und wich allen Blicken aus. „Das sollte keiner wissen", murmelte er leise.

Cristobal sah ihn aufmerksam an. „Der Weise Alex ist das Schicksal?"

Sein Bruder schüttete den Kopf. „Seine Mutter."

„Also Sie kennen das Schicksal?", forschte der Magier.

Dante schüttelte wieder den Kopf, aber diesmal sah jeder, dass er lügen musste. Dann griff er sich an die Stirn und räusperte sich, fand den Blick des Magiers. „Sie kommen da nicht einfach so raus. Geben Sie uns das Buch wieder und ich versuche, Sie mit einer Geisteslöschung freizupauken. Könnte aber schief gehen. So viel wie Sie sollte keiner wissen!"

„Ich gebe Ihnen das Buch sowieso wieder, ich bin Cristobal verpflichtet", sagte Cortez mit ruhiger Stimme. „Was die Geisteslöschung angeht, das funktioniert bei mir nicht. Ich habe magische Energien in mir, die das ganze aufheben." Er ließ seine Worte ein wenig sacken. „Aber ich verspreche Ihnen, ich werde niemals darüber sprechen. Wenn ich das hätte tun wollen, dann wäre das schon Jahre vorher geschehen. Ihr Geheimnis ist bei mir sicher."

„Ich verstehe das gerade nicht", mischte sich Nina ein und schmiegte sich an Cristobal, der den Arm um sie schlang. „Um welches Geheimnis geht es gerade? Das Buch?"

Dante schüttelte nochmal den Kopf. Wenn er nicht aufpasste, bekam er noch Kopfschmerzen davon. „Diese Worte werden den Raum nicht verlassen", grollte er und sah jeden einzeln an, um sich zu vergewissern, wie ernst er es meinte. „Der Magier wollte in die alte Kammer, um beim Schicksal eine Eingabe zu machen. Quasi etwas ändern, was damals im Leben falsch gelaufen war. Ich habe doch recht, oder?" Sein letzter Blick galt Cortez.

„Sie haben es erfasst", stimmte der zu. „Aber es ist mir zu gefährlich! Mein Schüler hat seine Gesundheit aufs Spiel gesetzt und ich brauche Ihre Hilfe. Ich lebe jetzt schon mein ganzes Leben ohne meine große Liebe und weiß nicht, wo mein Kind ist, geschweige denn, ob Junge oder Mädchen, aber ich bin über mein Ziel hinausgeschossen. Offenbar ist es *mein* Schicksal, das ich erfüllen muss..."

„Wir sind Traumfänger!", zischte Dante erbost. „Wenn Ihre große Liebe ebenfalls Traumfängerin gewesen ist, dann können wir sie finden, das ist nicht die Frage. Im Moment ist es nur so, dass ich Sie nicht einfach gehen lassen kann. Da können Sie mir einhundert Mal versprechen, dass Sie nichts darüber verlauten lassen. Meine Kollegen vom Asterium werden Sie bestrafen wollen. Und unrecht haben sie nicht damit."

„Er tut mir leid", sagte Nina mit feuchten Augen. „Dante, stell dir bloß mal vor, du hättest Raja nicht mehr sehen dürfen."

„Das wäre beinahe so gewesen", erinnerte der sich und verzog das Gesicht. Dann straffte sich. „Cortez, Sie haben zwei vom Asterium auf Ihrer Seite und wir sprechen für Sie, aber das ganze Asterium entscheidet, also versprechen wir nichts."

Der Magier nickte dankbar. „Das muss reichen."

Cristobal hatte jetzt endlich begriffen, was alle immer mit der zweiten Chance meinten. Und er überlegte stark, ob Athena denn jetzt auch aufgeben würde. Innerlich war er davon nicht überzeugt. Wahrscheinlich hatte sie irgendwo eine Kopie und versuchte es auf eigene Faust. Doch das würde er nicht laut sagen. Hier stand für ihn einfach zu viel auf dem Spiel.

Cortez straffte sich. „Wenn Sie erlauben, würde ich das Buch jetzt holen. Jemand sollte mich begleiten. Und wenn ich darum bitten dürfte, einen Heiler von Ihnen für meinen Schüler zu bekommen."

Nina nickte. „Ich gehe mit. Das bedeutet, KHP wird auch mitgehen. Wenn ihm das recht ist?" Sie sah ihn fragend an und erntete ein Nicken.

„Ich gehe ebenfalls mit", ließ sich Cristobal vernehmen. „Es sei denn, ich muss noch auf irgendeine Bestrafung oder so was warten."

Alle drehten sich zu ihm um.

„Na ja", druckste er. „In letzter Zeit hat nicht wirklich alles so geklappt wie ich das wollte. Und einige Leute sind hier echt sauer auf mich."

„Für das, was du mit Gomez gemacht hast", schimpfte Dante, „verdienst du auch die Bastonade. Hast du das wieder in Ordnung gebracht?"

Während der Magier so schaute, als ob er fast glauben würde, dass eine solche Bestrafung hier gang und gäbe wäre, schüttelte Cristobal den Kopf. „Ich wünschte, das könnte ich", seufzte er. „Der ist wie vom Erdboden verschluckt! Kein Weiser kann ihn orten. Dann habe ich versucht, ihn durch meinen Kontakt beim Einwohnermeldeamt aufzuspüren, aber der hat mir nur gesagt, dass er den Namen gewechselt hat. Er selber würde mir keine Auskunft darüber geben, denn er stünde auf Gomez' Gehaltsliste. So viel könnte ich ihm gar nicht zahlen wie mein sauberer Bruder." Cristobal ließ den Kopf hängen. „Das hätte ich ihm alles gar nicht zugetraut, aber offenbar hat er das von langer Hand geplant. Ich bin nicht oft bereit, mich zu entschuldigen, aber hier würde ich es sofort tun."

„Verteilen Sie hier wirklich noch die Bastonade?", fuhr der Magier dazwischen, der sich immer noch nicht sicher war, ob das nun ein Scherz war oder nicht.

Alle sahen ihn entgeistert an, bis auf KHP, der sich das Lachen verbiss.

„Schon gut", sagte Cortez. „Nach dieser Sache mit der Frau, die Sie die Dritte nennen, glaube ich Ihnen alles!"

„Die Dritte!" Nina spie das Wort fast aus und drehte sich zu Dante hin. „Was machen wir mit der Frau?"

„Wieso?", fragte Dante unwissend. „Was hat sie denn getan?"

„Mein Hemd ruiniert", grinste Cristobal, der jetzt wieder grinsen konnte. Vor gut einer Stunde war das noch anders gewesen. Er wurde auch recht schnell wieder ernst. „Ich weiß nicht, was in sie gefahren ist, aber sie hat eine Art von Verhörtechnik drauf, das ist nicht mehr schön. Obwohl sie ja recht hatte, ich habe ja was verschwiegen."

„Stehst du auf diese Schlampe?", zischte Nina und ihre Augen wurden vor Zorn ganz grün. „Oder warum nimmst du sie schon wieder in Schutz?"

„Gott bewahre", keuchte ihr Ehemann, kam auf sie zu und zog sie an sich. „Ich stehe nur auf dich, du Schäfchen! Wenn ich nicht die ganze Zeit an dich gedacht hätte, wäre ich bei der Befragung verloren gewesen!"

Nina war noch nicht versöhnt. „Sie hat dich abgeschleckt wie einen Lolly!", knirschte sie.

„Du hast das richtig erkannt", meinte Cristobal. „Sie hat das gemacht, aber ich nicht. Weil ich nichts von ihr will! Mir war das mehr als unangenehm."

„Waaaas hat sie getan?", fuhr Dante dazwischen. „Was ist denn mit der nicht richtig?"

„Sie hat Cortez und mich bei einem Treffen belauscht und mitgenommen. Dann hat sie uns ausgefragt, Cortez weniger als mich. Im Endeffekt war alles für die Katz'." Cristobal zwinkerte Nina zu. „Und ich bin dir echt so dankbar, dass du mich gerettet hast." Er küsste sie ungeniert und sie war wieder versöhnt.

„Nichtsdestotrotz", grummelte Dante. „Offenbar ist sie nicht die Richtige für den Job. Wir müssen jemand anderen finden. Scheiße, dann fängt das ganze Theater wieder von vorne an... Herr im Himmel!"

„Lass uns erst mal zu dem Magier gehen und dort klar Tisch machen", meinte sein älterer Bruder. „Dann kannst du mir nochmal mit Jenny kommen. Vorher..."

Der andere nickte. „Macht, dass ihr wegkommt!"

Das ließen sich die vier Leute nicht zweimal sagen. KHP steuerte das Auto und nach einer kurzen Weile kamen sie am Hause des Magiers an.

Cristobal hatte während der Fahrt nochmal mit Dante telefoniert, denn er hatte vergessen, dass ja auch Tiymur und der Leibwächter des Magiers mit eingebuchtet worden waren. Und die hatten im Gefängnis der Beschützer ja nun so gar nichts verloren. Dante versprach, sich darum zu kümmern und wünschte noch viel Glück.

Glück konnten sie alle brauchen.

Als erstes öffnete der Magier seinen Tresor und übergab Cristobal das Buch mit den Worten: „Nehmen Sie es und passen Sie gut darauf auf, mir hat es nur Ärger gebracht."

Dann erst begaben sie sich zu dem Ruheraum, in dem Ronalf, der Schüler des Magiers, lag, dem es anscheinend nicht so gut ging. Sie betraten den Raum schweigend, aber der Patient wurde wach und fing sofort an zu schreien und sich zu kratzen. Man hatte ihn auf dem Bett fixiert, so dass er sich selbst nicht verletzen konnte, aber das war unmenschlich anzusehen, wie er sich gegen die Fesseln wehrte.

Cortez Gesicht verzog sich voller Mitgefühl und etwas sehr Seltsames passierte.

Er begann zu summen.

Erst ganz leise, dann etwas lauter.

Und die Leute, die sich im Zimmer befanden, ging es ans Herz.

Cristobal schnappte nach Luft.

Das war genau so, wie er es immer machte...

Gerne hätte er den Gedanken weitergedacht, aber es war einfach zu schön mitanzuhören.

Ronalf wurde ganz ruhig und ergriffen, dann schlossen sich seine Augen und ein paar Tränen kullerten runter.

Der Magier verstummte.

Cristobal sah ihn fassungslos an.

Und Nina sah ihren Ehemann eben so fassungslos an. „Er kann es auch...", hauchte sie ergriffen.

KHP begann mit der Heilung. Es war ihm offenbar egal, wer hier was konnte.

„Warum können Sie das?", fragte Cristobal den Magier und ließ ihn nicht aus den Augen. Dann dämmerte es ihm. „Sie sind auch ein Traumfänger!"

Cortez senkte den Blick und wurde rot.

„Ja", gab er zu. „Aber einer, der erst sehr spät erwacht ist. Ich war schon fast 30 Jahre alt, als ich anfing, Träume zu sehen. Und ich habe es niemandem gesagt. Und ich beherrsche auch nicht den Schwertkampf." Dann klärte sich sein Blick. „Was meinten Sie? Meine Magie?"

„Sie können mithilfe eines Liedes jemanden beruhigen", erklärte Nina, die immer noch erstaunt war. „Diese Technik beherrscht sonst nur mein Ehemann! Aber er summt nicht nur, er singt richtig."

Der Magier und Cristobal sahen sich an.

„Sie können das auch?", fragte Cortez verblüfft. „Ich kannte bislang noch niemanden, der das konnte. Aber das ist Magie und hat nichts mit den Traumfängern zu tun."

Cristobal schüttelte den Kopf. „Es ist mein persönliches Talent, das nur ich habe. Jeder aus meiner Familie hat ein anderes." Er stockte kurz. „Ich wusste nicht, dass das auch andere beherrschen. Und ich wusste nicht, dass Sie auch ein Traumfänger sind. Das ist einfach unglaublich!"

KHP beendete die Heilung. Er wandte sich an Nina und flüsterte ihr etwas zu.

„Vielleicht hat das nicht gereicht mit der Heilung", sagte sie zu den anderen Männern, die sich anstarrten. „Eventuell brauchen wir noch eine Herzheilung. Wir müssen abwarten, aber wenn es nicht reicht, telefoniere ich mit Raja."

„Raja?", fragte Cortez verwirrt.

„Die Frau von Dante, meinem Bruder", sagte Cristobal automatisch. Er war noch immer nicht darüber hinweg, dass der Magier ein ganz ähnliches Talent hatte wie er. Nicht, dass er sein Talent gemocht hätte, ganz im Gegenteil: er hätte lieber etwas handfesteres gekonnt, statt einfach mit einem Lied jemanden so zu beruhigen, dass er aus dem Spiel genommen wurde. Okay, manchmal war es ganz gut, wenn er das so machen konnte, aber die meiste Zeit war es ihm peinlich, eine Stimme wie ein Engel zu haben. Er war kein Engel, verdammt!

„Sie kann herzheilen..."

Der Schüler Ronalf schlug die Augen auf und zum ersten Mal seit seiner Lesestunde im Buch schaute er nicht mehr so irre, eher verwirrt. Er versuchte, die Arme zu bewegen und suchte den Blick des Magiers. „Meister?", frage er fast ängstlich.

Cortez kam sofort auf ihn zu und löste die Fesseln. „Wie geht es dir, mein Junge?" Er war wirklich erfreut, dass Ronalf nicht mehr herumschrie und sich blutig kratzte.

Ein Erfolg für KHP.

„Danke", bestätigte der Schüler und sah sich schüchtern um. „Ich bin nur gerade nicht im Bilde, was hier passiert."

„Ich bin dahingehend froh, dass dir nichts weiter passiert ist", meinte der Magier erleichtert. Er wies ein paar andere Männer an, auf Ronalf aufzupassen und ging mit seinen Gästen in den

Wohnraum, wo er ihnen eine Erfrischung anbot.

„Was geschieht jetzt?", wollte er wissen. „Sollte ich Sie wieder zu unserem Ausgangspunkt begleiten? Ich würde es tun, aber ich hätte hier noch ein paar Dinge zu regeln. Wenn Sie mir Ihr Vertrauen schenken, würde ich mich morgen bei Ihnen melden, Cristobal."

Der sah auf die Uhr. Es war schon zwei Uhr nachts. „Was mich betrifft, ich möchte nur das Buch in den Tresor bringen, dann ins Bett." Er sah den Magier ernst an. „Ich glaube nicht, dass Sie sich aus dem Staub machen werden." Dann schaute er Nina an. „Du bist hier die Chefin. Entscheide du!"

Nina zuckte mit den Schultern. „Also, von mir aus..."

So verabschiedeten sich die drei, fuhren ins Asterium, wo Cristobal das Buch übergab und mit Nina in Begleitung von KHP nach Hause fuhr.

Sein Bett rief – in jeder Hinsicht!

Am nächsten Morgen fuhr er mit Nina gemeinsam zum Asterium, bevor er in ein anderes Auto stieg und den Magier abholte. Auf dem Weg dorthin dachte er nochmal über alles nach. Nina und er hatten geredet und er hatte verstanden, dass sie sein Verhalten mit Gomez nicht billigte. Im Nachhinein betrachtet hatte er sich wirklich wie der König in einem modernen Märchen benommen, ohne Rücksicht auf die Gefühle anderer Leute zu nehmen. Nina war unglaublich sauer wegen dieser Sache. Und Nina wollte er auf gar keinen Fall verlieren, also würde er die Sache wieder in Ordnung bringen – egal wie. Nur, dass er im Moment noch keine Ahnung hatte.

Der Magier war anscheinend auch etwas nervös, denn er räusperte sich während der Fahrt häufiger, stellte aber keine Fragen. Cristobal wusste, dass der nervös war, schließlich tagte das Asterium wegen seines Diebstahls. Und hoffentlich kam der recht glimpflich da raus. Schließlich hatte er versprochen, für ihn zu sprechen. Und noch mehr Tiefschläge wären echt nicht so gut.

Das Asterium ließ auch sofort bitten, als die beiden eintrafen und sie betraten den Konferenzraum, der immer noch so elegant wie dekadent eingerichtet war.

Den Magier konnte das nicht beeindrucken, schließlich war sein Haus eben so exquisit ausgestattet, dennoch schluckte er.

Diesen Dante, der Cristobal etwas ähnlich sah, den kannte er schon, ebenso wie diese Nina, die Frau von Cristobal. Da gab es jetzt noch eine andere Frau, eine circa 50jährige mit langem braunen Haar, die ihn über eine kleine Lesebrille hinweg musterte. Die beiden anderen des Asteriums, beides Männer, ließen sich nicht einordnen. Einer hatte braune Locken, der andere war hellhaarig, sonst konnte der Magier über sie nichts aussagen, außer dass ihre Mienen nicht sonderlich freundlich waren.

„Mein Mann hat gebeten, bei der Besprechung dabei zu sein", ließ sich Nina vernehmen. „Er hat versprochen, sich für den Magier einzusetzen. Wenn das alle dulden, selbstverständlich."

Der Dunkelhaarige schnalzte unwillig mit der Zunge. „Ich finde, das Asterium wird bald nur noch von Ihrer Familie dominiert", beschwerte er sich. „Andauernd kommen wir zusammen, weil irgendein Familienmitglied etwas getan oder geleistet hat. So langsam ist das ziemlich nervenaufreibend."

„Wieso das denn?", fragte Dante. „Das letzte Mal war doch wegen Max und da hatten Cristobal, Pablo und Gomez bei der Festnahme geholfen. Ich verstehe jetzt gerade nicht, was dieser Einwand soll!" Er hörte sich irgendwie beleidigt an.

Ralf schüttelte den Kopf und zeigte mit dem Finger auf Cristobal. „Das halbe Asterium besteht schon aus Ihrer Familie und da steht schon wieder ein Da Cruz. Arbeiten wir nur zu Ihrem Vergnügen, oder was?"

Bei dem Namen „Da Cruz" hatte der Magier nach Luft geschnappt und war eingeknickt, so dass Cristobal einen schnellen Schritt gemacht hatte, um ihn zu stützen. Cortez war leichenblass geworden.

Nina hatte sich erhoben, die Szene aber verpasst. Sie hieb böse mit der Hand auf den Tisch und ihre Augen glühten voller Wut. „Wollen Sie damit sagen, wir gehen Ihnen auf die Nerven? Oder ist es vielmehr die Tatsache, dass wir viele sind?" Sie wartete die Antwort gar nicht ab. „Denn dann muss ich Ihnen sagen, das wird sich nicht ändern! Im Gegenteil, wir werden nur noch mehr!"

Marianne, die andere Frau beim Asterium, zog Nina beruhigend auf den Stuhl zurück. „Nina, was ist denn mit Ihnen? Er hat es doch gar nicht so gemeint."

„Nein?" Nina war immer noch böse und setzte sich nicht. „Er hat gesagt, das halbe Asterium besteht aus unserer Familie. Ich möchte nur dazu sagen, dass ich den Job hier nicht freiwillig übernommen habe. Und übrigens sind wir zu zweit. Das sind nur ein Drittel des Asteriums!"

Florian verdrehte die Augen. „Wenn man mich fragt: ich habe überhaupt nichts gegen die Familie Da Cruz. Alles hervorragende Traumfänger, alle völlig loyal und machen ihre Arbeit mit innerlicher Stärke. Weswegen streiten wir nochmal?"

„Wir streiten gar nicht", sagte Ralf und winkte ab. „Fangen wir an." Er warf einen Blick auf Nina, die ihn immer noch wütend anblitzte. „Nina, ich wollte Sie nicht aufregen. Setzen Sie sich doch bitte wieder!" Das letzte hatte sich fast etwas beunruhigt angehört.

Nina war noch nicht versöhnt, warf Ralf aufs Neue einen bösen Blick zu, setzte sich dann aber auf ihren Stuhl. Dann sah sie den Magier an und der Ausdruck in ihren Augen änderte sich. „Stimmt etwas nicht, Herr Cortez? Geht es Ihnen nicht gut?"

„Nein, nein, alles in Ordnung", beeilte sich der Magier zu sagen, der zwar blass war, aber wieder ganz gerade stand.

Cristobal war sich da nicht so sicher.

Was war los gewesen mit dem Mann?

Die Leute vom Asterium sahen sich gegenseitig an. Dante räusperte sich, um die Aufmerksamkeit auf sich zu ziehen. „Das ist Herr Diego Cortez, er ist Magier und für den Diebstahl des Buches verantwortlich. Aber er ist freiwillig hier."

„Richtig", bestätigte Cortez. „Ich überstelle mich Ihrer Gerichtsbarkeit. Mit dem Diebstahl des Buches habe ich einen Fehler gemacht und ich möchte das wiedergutmachen."

„Da das Buch wieder in unseren Tresoren ist", meinte Florian mit Seitenblick auf die anderen, „ist mir vorwiegend ein Thema wichtig: der Tod des Dritten."

„Genau", meinte Marianne. „Wieso haben Sie den Mann getötet?"

Cortez holte tief Luft. „Werte Dame, ich versuche mal zu erklären. Ich sitze in meinem Haus auf dem Sofa und nach dem Betätigen der Türklingel stürmen acht mit Schwertern bewaffnete Leute mein Haus, brüllen herum, alles ist in Aufregung und meine Leibwächter liefern sich ein Gefecht mit Ihren Leuten. Dann stürmt dieser Mann, den Sie den Dritten nennen, mit gezücktem Schwert auf mich zu. Ein Warnschuss meines Bodyguards trifft ihn und er sinkt zu Boden. Es ging alles so schnell, dass ich nicht mal genau wusste, was da gerade vor sich gegangen war. Während Ihre Leute von meinen Leuten in Schach gehalten wurden, habe ich sogar versucht, erste Hilfe zu leisten. Aber die Kugel war direkt in sein Herz gegangen."

„Das ist wahr", steuerte Ralf zu. „Ich habe den Bericht unserer Doktoren." Er sah auf. „Aber warum haben Sie ihn geköpft? Das war ein Akt dermaßener Grausamkeit und völlig unnötig!"

„Ja, Sie haben recht", gab der Magier zu und man sah ihm an, dass er diese Tatsache bedauerte. „Zu der Zeit, als ich mit den Traumfängern zu tun hatte, und das war vor dreißig Jahren, war das die Behandlung, die mir zugetragen wurde. Ich dachte einfach, das sei üblich."

„Vor dreißig Jahren?" Marianne war die älteste und nickte betreten. „Da war das wirklich noch üblich."

„Aber heute nicht mehr!", sagte Florian gefühllos.

Cortez fand seinen Blick. „Es ist mir nicht leichtgefallen. Wenn Sie mir das bitte glauben würden."

Man schwieg. Das Asterium schien nachzudenken.

„Warum haben Sie das Buch gestohlen und wie ging das vor sich?", wollte Ralf nach einer Weile wissen. Sein Gesicht war ebenfalls gefühllos.

„Ich habe eine Frau angeheuert, die Informationen Ihrer Sicherheitssysteme hatte, die hat dann das Buch gestohlen." Der Magier sah jeden vom Asterium eindringlich an. „Aber diese Frau ist unschuldig und ich übernehme die volle Verantwortung. Ich werde auch ihren Namen nicht nennen." Er machte eine Pause, um sich zu sammeln. „Ich suchte in dem Buch nach einer Passage, die es mir ermöglichte, in die Kammer der Alten Stadt zu gelangen. Bei dem Versuch, diese Passage zu finden, wurde mein Schüler vom Wahnsinn befallen, der sich erst durch einen Ihrer Heiler beseitigen ließ. Deshalb werde ich auch niemals wieder versuchen, den Plan zu vervollständigen. Wie gesagt, ich überstelle mich Ihrer Gnade."

„In mir ist keine Gnade", ließ sich Florian vernehmen. „So nett das auch sein mag, dass Sie jetzt und hier vor uns stehen und Reue vortäuschen, Sie haben diese Taten mit Vorsatz begangen und es hat mindestens einen Toten gegeben. Des weiteren ist es gefährlich, Sie mit diesem Wissen weiterleben zu lassen. Meine Entscheidung steht fest." Er sah Ralf an.

Der nickte. „Meine auch. Und ich denke, die Frau, die an dem Diebstahl mit beteiligt gewesen ist, sollte ebenfalls zur Rechenschaft gezogen werden."

Marianne, die spürte, das ihre beiden dienstälteren Kollegen erwarteten, dass sie jetzt sprach, ließ sich Zeit. „Warum wollten Sie in die alte Kammer?", fragte sie Cortez leise.

Er senkte den Kopf. Als er ihn wieder hob, waren Tränen in seinen Augen. „Ich wollte um eine Eingabe beim Schicksal bitten. Durch einen dummen Fehler habe ich die Frau verloren, die ich liebe, vor ungefähr 33 Jahren. Ich wollte sie unbedingt wiederfinden, um nach meinem Kind zu fragen. Seit dieser Zeit suche ich sie. Und..." Er schluckte trocken, räusperte sich. „Ich gebe diesen Plan jetzt auf. Bestrafen Sie mich, wie Sie wollen, aber ich werde den Namen der Frau, die mir geholfen hat, nicht preisgeben. Sie ist unschuldig."

„Wir haben Mittel und Wege, es aus Ihnen rauszubekommen", sagte Ralf glatt.

Cristobal dachte an Jenny und ihre Art der Verhörtaktik und verdrehte innerlich die Augen. Aber dieser Ralf hatte recht, es gab eine ganze Kette an Möglichkeiten, die dem Asterium noch zur Verfügung stand. Und das implizierte, dass Athena den Fluch wiederaufflammen lassen würde. Er musst unbedingt etwas tun!

„Ich habe die Frau bereits verhört, sie hat mir alles gesagt, was ich wissen wollte und ich habe sie einer Geisteslöschung unterzogen", mischte er sich ein. „Es besteht also kein Grund mehr, sie sich wieder erinnern zu lassen."

„Wie konnten Sie sich erdreisten, das hinter unserem Rücken zu machen?", schrie Florian aufgebracht. „Was glauben Sie, wer Sie sind?"

Lässig zuckte Cristobal die Schultern. „Ich bin nur der Mann, der logisch gedacht hat, man muss nicht noch mehr Außenstehende mit reinziehen. Sie erinnert sich nicht an uns, wird demnach kein potentieller Gegner für uns sein. Das war einfacher als ihre ganze Familie am Arsch zu haben, die sie bis zum Letzten gesucht hätte. Und töten wollte ich sie eben auch nicht, denn sie ist relativ unschuldig. Was ist also falsch an dieser Theorie?"

„Es war nichts falsch", regte sich Florian auf. „Aber Sie haben das alles hinter unserem Rücken und über unseren Kopf hinweg entschieden. Diese Kompetenz hatten Sie gar nicht!"

„Oh, bitte!" Jetzt verdrehte Cristobal wirklich die Augen. „Ich arbeite schon mein ganzes Leben für die Traumfänger, in dem Falle fürs Asterium. Bislang habe ich immer solche Entscheidungen in Ihrem Sinne gefällt. Ohne, dass sich jemand auf den Schlips getreten fühlte! Und falls es Sie beruhigt: Sie haben den längeren..."

Dante stieß die Luft zischend aus. „Es reicht!"

Florian war aufgesprungen und Nina hielt ihn am Ärmel fest.

„Bitte! Keine Aufregung!" Und in Richtung Cristobal: „Du bist zu weit gegangen! Entschuldige dich!"

Cristobal grinste. „Das würde dann aber bedeuten, dass er nicht... schon gut! Entschuldigung!"

„Herrgottnochmal!", regte sich jetzt auch Dante auf. „Das war echt kontraproduktiv!"

Innerlich verdrehte Cristobal wieder die Augen. „Gut, ich sehe es ein, es war unfein von mir." Er drehte sich direkt zu Florian hin. „Entschuldigen Sie bitte meine Äußerung, ich wollte Sie nicht direkt angreifen." Er sah, dass Florian sich abregte und sich wieder setzte. „Aber Sie sehen doch ein, dass meine Aktion mit der Frau richtig war, oder nicht?"

„Ja", knirschte Florian. „Irgendwie schon."

Marianne schlug mehrfach auf den Tisch. „Ist hier jeder völlig verrückt geworden? Jetzt beruhigen wir uns alle mal und dann kommen wir wieder zum Thema zurück!"

Es herrschte Stille im Raum.

Nachdem jeder einen Augenblick nachgedacht hatte, meinte Nina versöhnlich: „Was mein Mann gemacht hat, war vielleicht nicht die feine englische Art, aber ich finde, er hat das ganz gut geregelt, so wie er das immer tut. Und das sage ich nicht nur, weil wir verheiratet sind. Wegen Herrn Cortez bin ich anderer Meinung. Ich bin nicht für eine Todesstrafe, niemals. Aber eine Wiedergutmachung muss geleistet werden. Der Dritte hatte schließlich auch eine Frau, die jetzt leidet."

„Und mit seinem Wissen können wir ihn nicht einfach draußen herumrennen lassen", vervollständigte Marianne. „Also müssen wir ihn an uns binden."

„Genau", bestätigte Dante, dem das ganze gerade gefiel. „Das denke ich auch. Und indem wir ihn Cristobal übergeben, der ihn in seiner Instanz arbeiten lassen wird – natürlich ohne Entgelt – haben wir ihm wieder eine Aufgabe übergeben, die er zur Zufriedenheit des Asteriums ausführen wird." Er grinste selbstzufrieden.

„Danke, Bruder!" knurrte Cristobal.

Ralf streckte die Arme wütend gen Himmel und ließ sie in einer heftigen Geste wieder fallen. „Das ist das, was ich meinte. Wir haben keine Chance gegen die Familie Da Cruz. Vielleicht sollte man das Asterium umbenennen in „Da Cruz Verein"."

„Was soll das denn heißen?", schimpfte Marianne. „Ich bin keine Da Cruz und habe gegen die Todesstrafe entschieden, weil es einfach nicht gerecht wäre. Wieso also dieser Hass?"

„Ja wieso?", höhnte Ralf und stand auf. „Wieso wohl? Weil die Da Cruz alles bekommen, selbst das, was sie gar nicht wollen!"

„Stimmt!", sagte Nina und ihre Augen begannen zu leuchten. „Dieses Theater will ich nicht, aber trotzdem muss ich das mitmachen! Aber das ist nicht das Thema, oder? Welcher Da Cruz hat denn etwas, was du haben möchtest?"

„Das habe ich doch gar nicht gesagt!" Ralf wurde etwas kleinlauter. Offenbar hatte Nina den Nagel auf den Kopf getroffen.

Cristobal überlegte. Wer könnte etwas haben, was er aber gar nicht wollte, was dieser Ralf aber gerne hätte...?

„Jenny!", sagte er dann mit Nachdruck.

Ralf vom Asterium wurde puterrot.

„Jenny?", fragte Dante verständnislos.

„Ach du liebe Zeit", sagte Florian und setzte sich auf seinen Stuhl. „Doch nicht..."

Ralfs Gesicht war immer noch so rot wie eine Tomate. Er setzte sich auch hin.

„Glauben Sie mir, die wollen Sie gar nicht!", meinte Cristobal fast mitfühlend. „Die würde Sie fertigmachen, eiskalt!"

Ralf sagte immer noch nichts.

„Kann mich kurz jemand ins Bild setzen?", warf Marianne ein. „Von wem reden wir?"

„Von der Dritten", bequemte sich Nina, die sich ebenfalls setzte. Sie sah so müde aus, dass Cristobal die Stirn runzelte. Hatte sie sich wieder so verausgabt? Nun, sie hatten nicht wirklich viel geschlafen, diese Nacht, aber er hatte nicht geahnt, dass sie das so schaffen würde. Vielleicht hatte sie wieder diese Blutarmut und zu wenig gegessen. Er ließ sie nicht aus den Augen.

„Ich verstehe nur Bahnhof", empörte sich die andere Frau des Asteriums gerade. „Bitte klärt mich doch mal auf!"

„Phuuu", machte Cristobal. „Wie sag ich das jetzt? Also: die Dritte hat mich in einer Unterredung mit dem Magier erwischt und mich verhört. Sie legte dabei eine... sehr aufreizende Art an den Tag, die mich glauben lässt, dass der lichte Herr vom Asterium denkt, dass ich das genossen haben könnte. Habe ich aber nicht. Und vielleicht ist er ein winziges bisschen eifersüchtig, dass ich mehr Aufmerksamkeit dieser Frau einheimsen konnte als er. Glauben Sie mir, ich will gar keine Aufmerksamkeit dieser Frau! Ich habe nämlich schon eine Frau und die ist mir heilig."

„Ralf?", fragte Dante. „Können Sie sich mal äußern?"

„Nein", sagte Ralf und vergrub den Kopf in seien Händen.

„Es obliegt mir nicht, ein Urteil über die Gedanken von Ralf zu fällten", ließ sich Nina leise vernehmen, „aber wenn das jetzt zwischen uns stehen sollte, dass Dante und ich miteinander verwandt sind und dem Asterium vorstehen, dann sollten wir das jetzt sofort klären. Und zwar bis zum bitteren Ende!" Sie sah Ralf durchdringend an. „Glauben Sie wirklich, Dante und ich dominieren Sie, indem wir uns absprechen oder Entscheidungen nach unserem Willen drehen, nur weil sein Bruder mein Ehemann ist?" Sie hatte Tränen in den Augen.

Ralf hatte den Kopf immer noch in seinen Armen verborgen, antwortete nicht.

„Gibt es jemand anderen, der das glaubt?", flüsterte Nina und eine Träne lief ihr über die Wange. „Dann sagt es jetzt, bitte!"

Cristobal bahnte sich seinen Weg durch die Menge und legte den Arm um Nina. „Süße, es glaubt bestimmt niemand, dass du nicht integer bist. Hier wissen alle, dass du ein gutes Herz hast." Er sah die anderen böse an. „Jemand sollte jetzt antworten!", grollte er.

„Dann antworte ich", sagte Florian mit klarer Stimme. „Von meiner Seite aus haben Nina und Dante jegliches Vertrauen. Sie beide haben mir gezeigt, dass jede Sache auch zwei Seiten hat und ich viel mehr Verständnis aufbringen muss. Wenn sie mich tatsächlich in einer Entscheidung umgestimmt haben, geschah das aus gutem Grund, nicht weil ich mich beschwatzen lassen habe. Dieses Asterium könnte nicht besser aufgebaut sein. Ich will keine Auflösung, dazu besteht kein Grund!"

Klare Worte, dachte Cristobal. Er nickte dem dunklen Traumfänger dankbar zu.

„Ich fühle mich auch nicht von Dante oder Nina oder beiden zusammen dominiert", gab Marianne zu und legte die Hand auf Ninas Schulter. „Sie dürfen sich nicht so aufregen, Nina. Das ist nicht gut für Sie. Hier denkt wirklich niemand schlecht von Ihnen. Und Ralf wird das bestätigen, wenn er fertig ist, sich selbst zu bemitleiden." Die letzten Worte hatten schärfer als beabsichtigt geklungen.

„Woher wissen Sie von der Befragung?", fiel Cristobal gerade auf. „Jenny war mit mir allein im Raum. Sie hatte die Wächter hinausgeschickt."

„Sie hat mit ein Überwachungsvideo davon gezeigt", gab Ralf ganz leise zu, hatte aber immer noch die Hände vor dem Gesicht.

Nina schüttelte sich bei dem Gedanken an ihre Vision. Sie verstand Ralf nicht. „Und dieses Video hat Ihnen gesagt, dass ich mit Dante das Asterium übervorteilen will?", forschte sie eben so leise nach. „Das ist mir unbegreiflich."

„Nein" Ralf legte den Kopf auf den Tisch und glitt mit den Händen durch sein Haar. „Ich hatte für einen Moment den Eindruck, dass hier jeder Da Cruz alles bekommt, was er will. Ich hingegen bekomme gar nichts."

„Was wollen Sie denn?", fragte Cortez, den wohl alle vergessen hatten. „Meinen Tod? Hilft Ihnen das weiter?"

Der lichte Traumfänger des Asteriums schüttelte den Kopf. „Das hilft gar keinem..."

Schweigen füllte den Raum.

„Ich denke, wir brechen hier ab", sagte Dante dann mit einem Seufzer. „Wenn sich alle einverstanden erklären, wird der Magier für unbestimmte Zeit der Verantwortlichkeit der dunklen Instanz sprich Cristobal Da Cruz überantwortet, bis das Asterium zu einer neuen Entscheidung gekommen ist."

Falls es eine neue Entscheidung gibt, fügte er in Gedanken hinzu. Nichts hält länger als ein Provisorium.

Es kamen keine Einwände der anwesenden.

Cristobal und der Magier wurden angewiesen, den Raum zu verlassen.

„Ich würde dich gern nach Hause fahren", sagte der dunkle Instanzleiter zu seiner Frau, die immer noch ganz blass war. „Nina, du siehst nicht gut aus. Ich will, dass ein Heiler dich ansieht!"

„Ich finde auch, sie sieht krank aus", meinte Marianne mitfühlend. „Es ist besser, wir beenden die Sitzung heute und machen weiter, wenn Nina sich wieder besser fühlt. Sie sah Cristobal an. „Nehmen Sie sie mit!"

Die anderen des Asteriums nickten, sogar Ralf.

„Wenn ihr Hilfe braucht", bot sich Dante an, „ruf mich an. Ich sage dann Raja Bescheid."

Cristobal bedankte sich und half Nina beim Verlassen des Raumes. Der Magier hakte sich auf der anderen Seite ein und beide geleiteten Nina zum Wagen, die bedrohlich schwankte.

Vor dem Gebäude stand KHP, der alarmiert auf das Trio zukam, als er sah, wie sich Nina quälte. Er warf ihr einen beunruhigten

Blick zu und streckte die Hände aus. Dann zog er sie zurück. Sein Blick fand Ninas. Er lächelte. „Da musst du durch, Frau", sagte er leise und mit rauer Stimme.

Verwirrt sah Cristobal den Magier an, der den dunklen Instanzleiter.

KHP wandte sich an Cristobal. „Ich bringe sie nach Hause."

Vor dem Magier blieb er stehen.

„Der kommt auch mit!", kommandierte der dunkle Instanzleiter. „Ich hab die Aufsicht über ihn."

„Und", der Magier sah ihn dankbar an, „ich werde den Teufel tun und nicht gehorchen."

„Ich glaube, ich muss mich übergeben", keuchte Nina und erbrach sich neben dem Auto.

„Kannst du sie nicht einfach mal heilen?", erboste sich Cristobal in Richtung KHP und reichte Nina ein Taschentuch.

Der negierte stoisch.

Der Magier begriff als erster. Er machte den Mund auf und... lächelte. „Ich fürchte, das wird jetzt häufiger vorkommen."

„Oh mein Gott!", stöhnte Cristobal. „Wie schlimm ist es?"

Nina boxte ihn völlig unerwartet in die Seite. „Ich hatte doch gesagt, es wird bald noch mehr von diesen Da Cruz geben..."

Es dauerte noch ein paar Minuten, aber als Cristobal es endlich begriff, stieß er einen wilden Jubelschrei aus.

Elf

Athena saß in einem Café und genoss einen Caffe latte, ohne dass es ihr wirklich Spaß machte. Sie war schon länger nicht shoppen gewesen, hatte sich neue Schuhe gekauft, war aber nicht wirklich zufrieden. Am Nebentisch saß Tony und trank ebenfalls einen Kaffee, beobachtete die Umgebung.

Als sie damals vor fast drei Monaten in ihr Penthouse im Hotel gekommen war, hatte er dort auf sie gewartet, so als ob nichts passiert gewesen wäre. Offenbar war ihm nichts aufgefallen und Athena hatte das so hingenommen. Sie war immer noch so verletzt und es war ihr egal. Eigentlich war ihr alles egal. Sie kam sich verloren vor und hintergangen. Und das Gefühl war immer noch nicht ganz von ihr gewichen.

Ein Schatten fiel auf sie und sie sah in das Gesicht einer molligen Frau, deren Haare im Licht der Sonne wie gesponnenes Gold aufleuchteten.

„Entschuldigen Sie", sagte die Leuchtende. „Darf ich mich ein paar Minuten zu Ihnen setzen?"

Am Nachbartisch erhob sich Tony mit bösem Gesicht, hielt auf die Frau zu und... erstarrte. Er hatte plötzlich Bilder von Schwertern und dieser Frau in seinem Kopf. Seine Brauen verzogen sich irritiert und er schüttelte den Kopf. Dann fing er sich. „Bitte gehen Sie!", sagte er mit heiserer Stimme.

Die Frau sah Athena mit karamellfarbenen Augen bittend an.

„Ich würde nur ganz gern einen Kaffee mit Ihnen trinken", lächelte sie. „Wenn Sie erlauben."

Athena winkte Tony, sich zu setzen. Die Frau war ungefährlich. Und außerdem war jeder Tisch im Lokal besetzt.

Mit Schwung ließ sich die Frau auf dem Stuhl nieder und bedankte sich. „Sie sind Athena Steinweg, nicht?", fragte sie freundlich.

Die andere nickte und ahnte jetzt schon, was da kommen musste. Wahrscheinlich stieß die Frau jetzt wohl einen Schrei aus und plapperte sie voll, wie toll sie sie doch finden würde.

Doch davon geschah nichts.

„Mein Name ist Luna Da Cruz", stellte sie sich vor und reichte ihr die Hand.

Athena stockte, griff aber dennoch nach der Hand. Die sah weder Gomez noch Cristobal oder diesem Pablo ähnlich, also wer war sie?

„Pablo ist mein Ehemann", klärte Luna sie dann auch sogleich auf, als hätte sie den verwirrten Blick der anderen gesehen.

„Oh" Athena erinnerte sich wieder, dass dieser Pablo davon gesprochen hatte. „Ein Mitglied der Familie Da Cruz, der im Gegensatz zu den anderen sehr nett daherkam."

Luna winkte ab. „Sie haben die anderen nicht kennengelernt. Die sind auch alle wirklich freundlich. Als ich in die Familie kam, habe ich mich sofort zuhause gefühlt."

„Wie schön für Sie", meinte Athena höflich. Sie machte eine kleine Pause. „Mir kam Cristobal allerdings nicht so nett vor."

Luna kicherte kurz. „Nun, er ist auch nicht einer meiner Favoriten. Aber in letzter Zeit ist er ziemlich umgänglich. Wenn auch gleichzeitig beunruhigt. Wie wir alle."

Athena dachte darüber nach, dass Cristobal dieses unschuldige Wesen keinesfalls geschickt haben konnte. Das würde er nicht wagen. Er war damals so verzweifelt gewesen wegen dieses Fluchs. Niemals würde er das aufs Spiel setzen. Also was wollte diese Luna?

Diese Luna bestellte ungeniert ebenfalls einen Caffe latte und genoss die Sonne. „Ich fand es sehr schade, dass Sie sich von Gomez getrennt haben", sagte sie nach einer Weile und sah Athena an.

Der Name Gomez traf sie mitten ins Herz, beinahe hätte sie aufgekeucht. Und dabei hatte Athena gedacht, das hätte sie hinter sich gelassen. Sie versuchte, ruhig zu atmen. „Er hat sich entschieden", sagte sie unverbindlich.

„So kann man das auch sagen", meinte Luna. „Aber wie hätte er es auch anders machen sollen? Meiner Meinung nach war das ziemlich mutig von ihm."

„Mutig?" Athena spie das Wort fast aus. „Was war mutig daran, mich zurückzulassen und brav wie ein Hündchen seinem Bruder zu gehorchen, um einen Auftrag in Spanien zu erledigen? Das war nicht mutig, das war so ziemlich das Gegenteil davon!" Sie schluckte. Es ging ihr näher, als sie das wollte.

Luna blinzelte. „Das haben Sie geglaubt?" Sie sah sie nur an, und Athena kam es fast vor, als würde sie in ihre Seele sehen. „Sie haben das wirklich geglaubt..." Sie schüttelte den Kopf. „So bekommt das auch alles einen Sinn", sprach sie mehr zu sich selbst. „Sie haben geglaubt, er hätte sie sitzengelassen – schon wieder - und er hat geglaubt, Sie würden sich nicht mehr an ihn erinnern..."

„Was haben Sie gesagt?", fragte Athena mit belegter Stimme. „Heißt das, er ist gar nicht zu einem Auftrag nach Spanien aufgebrochen?"

Mitfühlend schüttelte Luna den Kopf. „Er hat die Instanz einen Tag später verlassen, seinen Namen geändert und alles hinter sich gelassen. Wir haben ihn seitdem nicht mehr gesehen."

Für Athena brach gerade die Welt ein. Sie musste das erst mal ordnen. Konnte das heißen, er wollte sie gar nicht verlassen? Er hatte nur gedacht, sie hätte eine sogenannte Geisteslöschung bekommen? Sie schlug die Hand vor den Mund.

„Verdammter Cristobal!", stieß sie hervor und eine Träne fand ihren Weg über ihre Wange.

„Ja", bestätigte Luna und nahm ihre Hand. „Aber wenn es Sie beruhigt, er ist deshalb sehr kleinlaut geworden. Durch diese Sache hat er begriffen, dass er die Menschen nicht so drangsalieren darf."

„Das ist mir egal!", fauchte Athena und wurde ganz rot vor Wut im Gesicht. Sie stellte die Füße fest auf den Boden und erhob die Hände. Dann schloss sie die Augen und fing an, etwas zu murmeln.

Luna wurde es ganz anders, als sie die andere versuchte zu lesen. Da war so viel Macht in ihr, die sie, Luna, ganz schwindelig werden ließ. Was machte diese Frau da bloß? Oh mein Gott, sie musste sie stoppen!

In dem Moment gab es einen Knall, der Luna zusammenzucken ließ, den aber außer ihr wohl niemand mitbekommen hatte.

Athena hatte aufgehört zu murmeln und ihre Augen geöffnet.

Luna sah noch einen Funken von blauer Magie darin und ihr wurde mulmig.

„Was haben Sie getan?", flüsterte sie leise.

Die reiche Erbin lächelte, aber es war ein böses Lächeln. Eines, das sagte, dass es besser war, sich niemals mit einer Frau ihres Kalibers anzulegen. Und Luna, die Cristobal nicht wirklich mochte, machte sich gerade Sorgen um ihn.

„Frau Steinweg?", flüsterte sie.

Athena zwinkerte, blinzelte die Magie aus den Augen weg und sah Luna jetzt ganz ehrlich an. Dann griff sie in ihre Tasche und zog eine Visitenkarte hervor, die sie der anderen gab. „Wenn Cristobal mich erreichen möchte, darf er anrufen", sagte sich noch freundlich zu Luna, dann nahm sie ihre Handtasche und verließ das Café mit schnellem Schritt. Tony folgte ihr, schleppte die Tüten hinter ihr her.

Und Luna saß völlig fassungslos vor ihrem Caffe latte und hatte wirklich Angst. Gerade war etwas passiert, sie hatte es hervorgerufen, und das würde nichts Gutes für Cristobal bedeuten, das war ihr klar. Und sie war Schuld! Oh mein Gott!

Als Cristobal den Knall hörte, hob er den Kopf. In den letzten Zellen seines Hirns suchte er danach, wo er dieses Geräusch schon mal gehört hatte. Aber es fiel ihm nicht ein.

Dann fiel sein Blick auf Cortez und seinen Sekretär Thomas, die ihn ihrerseits erstaunt anblickten.

„Geht es Ihnen gut?", wollte der Magier wissen und forschte in den Augen seines jetzigen Chefs nach Anzeichen von Verwundheit.

„Wieso?" Cristobal sah alarmiert von einem zu andern. „Habt ihr das auch gehört?"

Thomas nickte, eben so wie Cortez.

Nachdem der Magier Cristobal sozusagen überstellt worden war, hatte der ihn als Mädchen für alles im Büro untergebracht.

Und das schien Cortez auch gut zu liegen. Er war ganz zufrieden. Jetzt allerdings würde er Cristobal etwas mitteilen müssen, das dem nicht gefallen würde.

Und Thomas schien das zu begreifen. Ihm war nämlich wieder

eingefallen, wann er diesen Knall das erste Mal gehört hatte.

„Wollen Sie mal einen Kaffee?", fragte er und hasste sich dafür.

„Danke, würde mir gefallen", meinte Cristobal, obwohl er nicht wirklich wusste, was jetzt da in seinen Angestellten vorging. Das verzogene Gesicht gefiel ihm nicht wirklich.

Thomas machte die Tasse nicht voll. Er hatte so eine Ahnung, dass Cristobal die nicht austrinken würde.

Und er hatte recht.

Kaum hatte Cristobal an der Tasse genippt – er nippte nur, als erinnerte er sich an etwas – da spie er den ganzen Inhalt seines Mundes auf den Boden. „Verdammt!", spuckte er. „Katzenscheiße! Ich hasse diese Frau!"

Cortez seufzte. „Also habe ich mich nicht verhört... schade!"

„Der Knall!", wusste Cristobal. „Ach verdammt, jetzt erinnere ich mich! Wer hat sich bloß Athena genähert?"

„Wie meinen Sie das?", fragte Thomas interessiert.

„Der Fluch sollte wieder aktiv werden, wenn sich jemand aus meiner Familie ihr in böswilliger Absicht nähert. Ich war es nicht, also muss es jemand anders gewesen sein." Cristobal angelte nach seinem Handy.

Die erste Nummer, die er wählte, war die von Pablo.

Der meldete sich gleich. „Wo brennt's?"

„Wo bist du?" wollte Cristobal wissen.

„Im Zentrum der Instanz", meinte er gutmütig. „Warum willst du das wissen? Brauchst du mich?"

„Nein" Cristobal negierte und legte auf. Pablo war es nicht. Vom Zentrum konnte er nicht an Athena herangekommen sein.

Wer käme noch in Frage?

Bevor er weiter nachdenken konnte, klopfte es an und die Tür öffnete sich ein wenig.

Dann erschien der Kopf von Luna. „Kann ich dich kurz sprechen?", fragte sie und ihr Lächeln war dieses Mal nicht so strahlend wie bisher.

Cristobal winkte sie hinein. Er hatte bislang noch keinen richtigen Draht zu ihr gefunden, wusste, dass sie ihn nicht leiden konnte. Aber Pablo zuliebe schien sie sich immer zusammenzunehmen. Er hatte nichts gegen sie. Sie war nicht sein Typ, aber sie leistete gute Arbeit.

Nachdem das Asterium beschlossen hatte, Jenny nicht hinauszu-werfen, hatte man ihr Luna zur Seite gestellt. Die Dritte durfte nichts ohne sie machen. Scherzhaft wurden Jenny und Luna die Dritte A und B genannt.

Luna quetschte sich durch die Tür und setzte sich dankend auf den Stuhl, den der Magier ihr hinschob.

„Es ist etwas passiert", fing Luna an, stockte dann aber und sah ihn an. „Du bist ziemlich aufgebracht, oder?"

Sie war eine gute Empathin, das hatte er schon gewusst, aber heute kam er sich durchschaut vor.

„Ja", nickte er, „hat aber nichts mit dir zu tun. Was liegt dir auf der Seele?"

„Ich fürchte", begann Luna und biss sich auf die Lippe, „das hat doch etwas mit mir zu tun." Sie stockte. „Ich hatte heute meinen freien Nachmittag und bin einkaufen gegangen. Und anschließend war ich noch in einem kleinen Café."

Er dachte daran, dass er jetzt gerade erst einmal nicht ins Café gehen könnte und das ärgerte ihn. Er musste schnell etwas dagegen tun. Aber Luna schien ein ernstes Problem zu haben. Er war es ihr schuldig zuzuhören. Also ruhig bleiben.

„Und dann?" Er wollte nicht unhöflich sein, aber er war in Zeitdruck.

Luna Augen wurden feucht und sie sah so aus als ob sie lieber weggelaufen wäre, aber sie schluckte. „Ich habe dort Athena Steinweg getroffen..."

Cristobal sprang auf. „Was hast du getan?", brüllte er.

Er musste an sich halten, Luna nicht zu schütteln. Seine Hände ballten sich zu Fäusten.

Seine Schwägerin duckte sich, fing an zu zittern.

Der Magier erhob sich von seinem Stuhl und stellte sich neben die mollige Frau, um sie notfalls zu schützen.

Doch Cristobal beruhigte sich, musste sich einfach beruhigen.

„Was ist passiert?", fragte er gepresst, ohne sich von der Stelle zu rühren.

Luna holte die Visitenkarte hervor. „Sie hat gesagt, du könntest sie anrufen..."

Mühsam beherrscht nahm Cristobal die Karte und legte sie vor sich auf den Tisch. Er atmete ruhig ein und aus. „Erzähl mir alles!", forderte er rau.

Seine Schwägerin begann zögerlich zu erzählen. Und dabei las sie Cristobal. Das, was sie dort zu sehen oder besser gesagt zu fühlen bekam, erstaunte sie. Er kontrollierte sich dermaßen gut, dass sie seinen innerlichen Schmerz beinahe selber fühlen konnte. Tief in ihm war auch noch etwas anderes, etwas, das ihm Angst machte. Aber sie rechnete es ihm hoch an, dass er nicht versuchte, sie anzubrüllen oder sie derartig zu verängstigen, dass es ihr ganz anders wurde. Hatte sie ihren Schwager falsch eingeschätzt? Sie hatte geendet und das Schweigen im Raum lastete auf jedem.

„Also weiß sie auch nicht, wo Gomez ist?", fragte Cristobal ganz ruhig mit einer Gelassenheit, die er gar nicht hatte.

„Offenbar nicht", gab Luna zu. Und nach einer Weile: „Cristobal, es tut mir leid, ich hatte gedacht, ich könnte helfen..."

Kurz schüttelte er den Kopf und legte ihr seine große Hand auf den Arm. „Nicht deine Schuld. Ich warte auf diese Situation schon seit drei Monaten. Jetzt, wo sowieso alles zu spät ist, kann ich handeln, muss ich handeln." Er angelte sich sein Handy und machte den anderen ein Zeichen, dass er im Privatraum telefonieren wollte.

Lunas Blick fand den des Magiers, als ihr Schwager den Raum verlassen hatte. „Was ist mit ihm los?"

Cortez zuckte mit den Schultern. „Der Fluch ist wieder aktiv geworden."

„Der Fluch?" Luna konnte nichts damit anfangen.

Thomas nickte auch. „Frag doch mal Pablo, der wird dir das erklären."

„Aber..." Die mollige Frau schüttelte mitfühlend den Kopf, wandte sich dann an Cortez. „Sie sind doch auch Magier. Können Sie ihm nicht helfen?"

Der schüttelte ebenfalls den Kopf. „Den Fluch hat Athena gesprochen. Nur sie kann den auch widerrufen."

Er sagte die Wahrheit, dass konnte Luna fühlen. Aber da war noch etwas in ihm, dass er verborgen hielt. Sie runzelte die Stirn.

Und genau da stellte er fest, dass sie ihn las. Mit hochgezogenen Brauen machte er dicht und verschloss sich. Wütend schluckte er. Dass er sich gegenüber dieser Frau vergessen hatte, machte ihm doch zu schaffen. Wie dumm er gewesen war, sich darauf verlassen hatte, dass seine Magie stark genug gewesen wäre, ohne eine magische Trennlinie zu ziehen.

Verwundert sah Luna ihn an. „Irgendwann werden wir darüber reden müssen...", murmelte sie. Dann erhob sie sich und verabschiedete sich, um Pablo zu suchen.

„Was war das denn jetzt?", wollte Thomas wissen.

„Nichts", entgegnete Cortez abwesend. „Eine Frage noch: wie hießen nochmal die Eltern von Cristobal und Pablo?"

„Wieso wollen Sie das jetzt wissen?" Thomas war ganz verwirrt.

„Kennen Sie sie vielleicht aus Spanien? Sie leben noch auf dem Hof der Da Cruz."

„Vielleicht" Cortez hing an seinen Lippen.

„Die Eltern von Pablo und Gomez heißen Pedro und Ines Da Cruz. Und? Kennen Sie sie jetzt?"

„Ich habe mal was von ihnen gehört, da war ich noch jung", gab der Magier müde zu. „Aber ich glaube nicht, dass sie sich an mich erinnern würden." Er senkte die Augen und atmete gequält aus. Dabei entging ihm irgendwie, dass das gar nicht die Antwort auf seine Frage gewesen war...

Cristobal indessen hatte durchgeatmet und die Nummer auf der Visitenkarte gewählt. Es klingelte auch nur kurz, da meldete sich Athena.

„Cristobal Da Cruz", meinte er recht kleinlaut. „Meine Schwägerin hat mir gesagt, dass ich Sie anrufen dürfte."

„Ich denke mal, Sie haben da ein Problem", wusste sie und es hörte sich ein bisschen schadenfroh an.

„Richtig", seufzte er. „Das habe ich wohl."

Sie reagierte nicht wirklich darauf und beide schwiegen kurz.

„Und?", fragte sie dann etwas aufgebracht. „Haben Sie mir was zu sagen?"

„Phuuu", machte Cristobal. „Schwierig. Was wollen Sie hören? Dass es mir leid tut? Komischerweise tut es das wirklich. Ich habe Sie belogen, indem ich Ihnen vorgaukelte, Gomez zu meinen Großeltern geschickt zu haben. Und ihm habe ich gleichzeitig erzählt, dass Sie sich nicht mehr an ihn erinnern können. Dabei habe ich in Kauf genommen, dass Ihre Beziehung auseinanderbricht, das war sogar beabsichtigt. Was dann aber wirklich passiert ist, war viel schlimmer. Gomez hat nicht so reagiert, wie ich das wollte und ist seitdem verschwunden. Und Sie sind jetzt derartig wütend auf mich, dass Sie den Fluch wieder haben aufleben lassen. Verständlich."

„Und jetzt", meinte Athena kalt, „sagen Sie die Entschuldigung so, als würden Sie es auch so meinen!"

„Entschuldigung!", entgegnete Cristobal in einem für ihn recht unterwürfigen Ton. „Es tut mir wirklich leid. Und jetzt? Wollen Sie noch, dass ich auf den Knien vor Ihnen rutsche?"

„Das werden Sie am Ende sowieso tun", war das Versprechen, dass ihm erstaunlicherweise einen leichten Schauer über den Rücken laufen ließ. Er schluckte. „Wenn Sie mir dann helfen, mache ich das sogar" sagte er leise.

„Oh", freute sich Athena. „Ich werde den Fluch allerdings nicht so bald zurücknehmen!"

Cristobal schwieg. „Ich verstehe Sie", seufzte er dann nach einer Weile. „Wahrscheinlich habe ich das verdient. Das war auch nicht die Hilfe, um die ich Sie bitten wollte."

„Wie?", kam es aus dem Hörer. „Sie erdreisten sich auch noch, um mehr zu bitten? Für einen Augenblick habe ich gedacht, Sie haben es gelernt..."

„Stopp", sagte er, besann sich dann aber eines Besseren. „Bitte stopp, ich will Sie nicht verärgern. Meine Bitte betrifft Sie ebenso."

Athena verstummte. Nicht, dass sie schon ahnte, um was es sich handeln würde. „Schießen Sie los!"

Wieder seufzte Cristobal. „Wie gesagt: Gomez hat nicht so reagiert, wie ich es erwartet hatte. Er hat sich abgesetzt, den Namen geändert und niemand kann ihn orten. Sie könnten das wahrscheinlich. Und darum wollte ich Sie bitten."

„Warum sollte ich Ihnen den Gefallen tun?"

„Weil Sie den Gefallen nicht nur für mich tun", antwortete er schlicht. „Sie machen es auch für sich selbst und für meine Familie, die Gomez ganz schrecklich vermisst."

Athena lachte laut auf. „Und dann soll ich Ihnen auch noch den Fluch entfernen, oder wie hatten Sie das gedacht?"

Wieder atmete Cristobal gequält ein und aus. „Den Fluch kann ich überleben", meinte er nach einer Weile mit belegter Stimme. „Dass mein Bruder wegen meiner Arroganz jetzt allein leben muss, nicht." Er fuhr sich durchs Haar, was Athena nicht sehen konnte, aber irgendwie fühlte. „Kommen Sie schon, geben Sie sich einen Ruck! Lassen Sie nicht zu, dass ich gewinne..."

Schweigen.

Cristobal saß wie auf heißen Kohlen. Hatte er genug geschleimt? Funktionierte sein Plan?

„Gomez denkt also, ich kann mich nicht mehr an ihn erinnern?", fragte Athena da mit ruhiger Stimme. Und als Cristobal bestätigte, fragte sie weiter: „Warum hat er dann nicht doch versucht, es mir klarzumachen?"

„Ich kann da nur vermuten, dass es ihm zu gefährlich war", ließ sich der dunkle Instanzleiter vernehmen. „Er hat mit der gesamten Familie gebrochen, weil er kein Traumfänger mehr sein wollte. Wenn er sich Ihnen genähert hätte, und Sie wussten nichts mehr von ihm, weil wir Sie einer Geisteslöschung unterzogen hätten, könnte das für Sie gefährlich sein, aufgrund der Manipulationen am Gehirn. Und für ihn wäre das auch zu gefährlich, da wir ihn dann ja schnell gefunden hätten. Also hat er irgendwas gefunden, was verhindert, dass wir ihn orten können – möglicherweise dasselbe, das Sie haben – und er hat auf die Beziehung mit Ihnen verzichtet. Ich kann nichts mehr an dem ändern, was ich getan habe, aber ich kann Ihnen jetzt versprechen, dass ich mich dahingehend niemals mehr einmischen würde."

„Was ist mit Ihnen passiert, dass Sie so leise Töne spucken?", wunderte sich Athena offenkundig. „Das kann nicht nur mein Fluch sein, der hat Ihnen damals zwar auch etwas ausgemacht, Sie aber nicht kleingekriegt."

„Ja", bestätigte Cristobal. „Meine Frau hat mir klargemacht, dass ich mich meinem Bruder gegenüber und anderen Leuten recht menschenverachtend benommen habe. Das war das erste. Und dann hat sie mir mitgeteilt, dass ich Vater werde. Das verändert einen Menschen, kann ich Ihnen sagen. Und seit diesem Zeitpunkt warte ich darauf, dass Sie die Sache mit Gomez herausbekommen, um den Fluch wieder zu aktivieren. Es kam also nicht so überraschend wie Sie das meinen. Außerdem möchte ich mich bei Ihnen bedanken, dass Sie diesen Fluch nicht verstärkt haben und Sie beschwören, das nicht an meinem ungeborenen Kind auszulassen. Das werden Sie doch nicht, oder?"

Athena sprudelten die Gedanken durch ihr Hirn. Ihr wurde gerade klar, dass sie Cristobal in ihrer Hand hatte. Es hatte ihn bestimmt Überwindung gekostet, diese Worte zu sagen. Sie war immer noch wütend, aber sie wollte diese Macht nicht bis zum bitteren Ende auskosten. Sie atmete ebenfalls ein und aus, wie Cristobal es vor einiger Zeit gemacht hatte. „Nein, ich bin kein Unmensch."

„Danke" Man hörte die Erleichterung aus dem Wort heraus.

„Sie sagen, Gomez ist nicht zu orten?", fragte Athena, nachdem sie eine Weile überlegt hatte. „Aber das kann nicht aus dem gleichen Grund sein, weshalb ich nicht zu orten bin. Ich habe eine magische Ausbildung gemacht, die sieben Jahre gedauert hat. Erst danach bekommt man diesen Schutz, quasi als Belohnung. So viel Zeit hatte er nicht. Bleiben Sie dran, ich versuche mal, ihn magisch zu erreichen."

Atemlos horchte Cristobal in das Handy. Er war fast am Ziel. Athena Steinweg würde ihm helfen. Und dafür war er bereit, sein Leben mit diesem Fluch zu verbringen. Er würde das überleben – es würde eine Menge Durchhaltevermögen mit sich bringen, aber das war er bereit zu geben.

„Hören Sie!", meldete sich Athena wieder und ihre Stimme klang ungläubig. „Er ist magisch geschützt! Genau wie ich. Das bedeutet, er hat das bei einem Magier vornehmen lassen. Ich kenne nur einen, der dazu in der Lage gewesen wäre..."

Wütend schrie Cristobal auf. Cortez hatte ihn betrogen!

Cortez hörte den Schrei und wusste genau, er war aufgeflogen.

Jetzt musste er Farbe bekennen.

Als Cristobal die Tür öffnete und herausstürmte, erhob sich der Magier von seinem Sitz.

Die beiden Männer sahen sich an.

Cristobal hatte immer noch das Handy in der Hand und man hörte im Hintergrund Athena etwas sagen oder nachfragen, was da gerade passierte.

Cortez streckte die Hände nach dem Handy aus und Cristobal gab es ihm mit glühenden Augen. „Athena?", sagte der Magier freundlich in das Mobiltelefon. „Mein Kompliment zu der Kreativität des Fluchs. Wie geht es Ihnen? Ich hoffe, gut."

Am anderen Ende schluckte Athena ungläubig. „Cortez?" Sie weigerte sich, ihn Meister zu nennen. „Sind Sie das?"

Er bestätigte. „Ich finde, Sie sollten mich Diego nennen." Dann warf er einen Blick auf Cristobal, der schon anfing zu schnauben wie ein Stier. „Ich habe hier jetzt ein Gespräch mit Cristobal, dann können wir uns weiter unterhalten. Seien Sie nicht böse, aber ich muss jetzt auflegen."

„Bis später", meinte seine ehemalige Schülerin trocken. „Rufen Sie zurück, wenn Sie fertig sind." Damit legte sie auf.

Und Cortez gab dem dunklen Instanzleiter das Handy wieder.

„Komme ich um eine Bastonade herum?" Seine Stimme war leise und bedrückt.

„Ihre Füße sind nicht das einzige, um was Sie sich Sorgen machen sollten", grollte der dunkle Instanzleiter böse.

„Oh oh oh!", machte Thomas und drängte sich zwischen die beiden. „Vielleicht sollten wir uns alle abregen! Geht es zu weit, wenn ich frage, was hier gerade vor sich geht?"

„Eigentlich nicht", lächelte ihn der Magier an. „Im Moment würde ich so alles tun, um dem Gespräch mit Ihrem Chef auszuweichen. Es wird allerdings nicht viel nützen." Er seufzte. „Ich denke, Cristobal trägt es mir nach, dass ich nichts darüber gesagt habe, dass ich seinen Bruder Gomez kenne."

Thomas schaute auf seinen Chef, der wütend die Zähne zusammenbiss. Dann sah er wieder zu Cortez hin. „Au weia! Und ich kann nicht mal einen Kaffee dazwischen reichen. Cortez, da müssen Sie selber durch." Er wich ein Stück zurück.

Cristobal fixierte den Magier an. „Warum?", grollte er böse, bewegte sich aber nicht.

Cortez zwinkerte nicht. Er dachte nach, wie er es am besten ausdrücken sollte. „Warum ich nicht gesagt habe, dass ich Ihren Bruder kannte? Weil ich am Anfang gar nicht wusste, dass er Ihr Bruder ist. Und dann kam hinzu, dass ich einen Handel mit ihm hatte, immer noch habe. Und daran bin ich gebunden."

Wieder atmete Cristobal schwer, hielt seine inneren Dämonen unter Kontrolle. „Dann erzählen Sie, was Sie können!"

„Ihr Bruder kam zu mir, um die Technik zu erlernen, wie man sich einer Ortung entziehen kann", begann der Magier. „Dabei sagte er, er hätte keinen Namen mehr und ich wollte nicht ihn ihn dringen. Nachdem ich mit ihm fertig war, hatte er einen neuen Namen, ein neues Talent und verließ die Stadt. Das war im Grunde genommen alles." Er verzog die Lippen.

Der dunkle Instanzleiter setzte sich auf einen Stuhl und fuhr sich durchs Haar. „Welchen Namen, welches Talent und wo ist er hingegangen?"

„Davon darf ich Ihnen nur eines sagen", meinte Cortez ruhig. „Er hat ein gefährliches Talent hervorgebracht, ähnlich dem, das Sie und auch ich haben und dennoch etwas anders. Offenbar ist es beim Zusammenschluss unserer beiden innewohnenden Magie entstanden. Es war für uns beide überraschend."

„Warten Sie mal!", schaltete sich Thomas stirnrunzelnd ein. „Gomez hat ein Talent? Welches?"

Damit sprach er Cristobal aus der Seele, der den Magier nicht aus den Augen gelassen hatte.

Cortez seufzte. „Offenbar kann er jemanden wie Sie, Cristobal, aus dem Spiel nehmen. Aber er singt nicht, oder summt, wie ich. Er schreit irgendwie, ziemlich hochtönend. Und das lässt sein Opfer in eine Art Starre verfallen, unfähig sich zu bewegen, aber dennoch verurteilt, alles mitzubekommen. Am Ende fügen ihm die Schreie so viel Schmerzen zu, dass es aus allen Öffnungen des Kopfes blutet. Ich konnte Ihren Bruder gerade noch stoppen, bevor das wirklich zur Bedrohung wurde. Dann habe ich ihm gesagt, er muss lernen damit umzugehen."

Der Magier verstummte.

„Scheiße!", murmelte Cristobal. „Dann ist er der Gefährlichste von uns..."

„Ja", nickte Cortez. „Aber ich bin sicher, er kann damit jetzt umgehen. Schließlich ist das schon drei Monate her. Und ich habe nicht Negatives von ihm gehört."

„Das verstehen Sie nicht!", fuhr ihn Cristobal an. „Gomez war immer der kleine Junge, der keine eigenen Entscheidungen treffen konnte und von jedem Hilfe gebraucht hat. Geben Sie so einem Menschen eine solche Gabe, wird er gefährlich, weil er nicht weiß, wie weit er gehen darf. Wir müssen ihn unbedingt finden!"

Der Magier schüttelte mitleidig den Kopf. „Nein, das verstehen *Sie* nicht! Er hat die Entscheidung gefällt, nicht gefunden zu werden. Er hat einen neuen Namen angenommen und möchte ein Leben führen, ohne seine Familie. Das bedeutet, er hat alle Möglichkeiten durchgespielt und die für sich beste rausgesucht. Passt das zu jemanden, den Sie gerade beschrieben haben? Ganz sicher nicht! Es passt zu einem Mann, der die ewigen Hilfeversuche seiner Familie satt hat und endlich ohne Bevormundung leben will. Glauben Sie, ich habe ihm das nicht leicht gemacht, er hat unendlich gelitten bei der Prozedur, die das erfordert. Und mit jedem neuen Schmerz ist er gewachsen. Und jetzt hat er eine Gabe, eine gefährliche Gabe zweifelsohne, aber er wird sie nicht missbrauchen. Da bin ich mir sicher!"

Cristobal schlug sich kurz mit der Hand vor die Stirn. „Sie haben mit gerade so was von die Leviten gelesen, dass ich das gar nicht glauben kann. Heißt das eigentlich, Sie denken, er ist nur das kleine Kind geblieben, weil ich ihm nichts zugetraut habe? Hab ich das richtig verstanden? Und jetzt, wo er praktisch nicht mehr unter meiner Obhut steht, da wird er ein starker Mann? So als ob das immer in ihm gesteckt hat, ich es nur unterdrückt habe?"

„Das haben Sie gut verstanden", bestätigte der ältere glatt.

„Verdammt!", fluchte Cristobal.

Thomas dachte seinerseits nach. Der Magier hatte seiner Meinung nach mit allem recht, was er da von sich gab. Und auch Cristobal schien das zu wissen. Er sah gerade so was von fertig aus, dass es ihm, Thomas, schon Sorgen machte. Aber auch

Cristobal war ein starker Mann, der so was verarbeiten konnte. Wenn sich Thomas an Gomez erinnerte, hatte der immer im Schatten seiner Brüder gestanden und hatte nichts unternommen, das zu unterbinden. Bis vor drei Monaten...

„Ich muss ihn trotzdem finden", gab Cristobal leise von sich. „Und sei es auch nur, um mich zu entschuldigen. Wie können Sie uns helfen?"

Cortez dachte daran, dass er Leander schnell orten könnte, das aber gar nicht wollte. Und er dachte daran, dass er ihn um den Gefallen bitten könnte, das aber ebenso nicht wollte. Er hatte eine andere Intention. „Das kann nur Athena", sagte er genau so leise. „Die beiden gehören irgendwie zusammen, also werden sie sich auch wieder finden."

Mit gesenkten Wimpern warf Cristobal ihm das Handy zu. „Sie haben versprochen, sie anzurufen, wenn wir geredet haben."

Der Magier warf es wieder zurück. „Ich bin ja nicht ganz verrückt. Das machen Sie besser selber!"

„Verdammte Inzucht!", fluchte der dunkle Instanzleiter. „Das Leben hat mir weitaus besser gefallen, als ich noch herumgebrüllt habe und alles im Griff hatte!" Dann drückte er auf die Wahlwiederholung.

Athena meldete sich gleich.

„Ich schon wieder", sprach Cristobal in das Handy. „Ich habe mit Cortez gesprochen und er hat zugegeben, dass er Gomez genau so geholfen hat wie Ihnen seinerzeit. So weit so gut, hilft uns aber nicht weiter. Jetzt sind Sie dran!"

Die reiche Erbin lachte leise. „Und was soll ich tun? Ich kann ihn auch nicht orten. Fragen Sie Cortez nach dem Gefallen!"

Da Cristobal auf Mithören geschaltet hatte, bekam der Magier auch den Einwand mit. Er schüttelte sofort den Kopf. „Ist gegessen", log er. Diese Chance wollte er nicht aufgeben.

„Ach", wunderte sich Athena. „So schnell?"

Obwohl Cristobal das nicht verstand, ging er einfach darüber hinweg. „Haben Sie noch einen Vorschlag?"

„Was ist mit der Hütte im Wald?", fragte sie nach einer Weile.

„Welche Hütte im Wald?" Cristobal war verblüfft.

Athena seufzte. „Ich dachte, er sei Ihr Bruder. Sie wussten nichts davon?" Dann fiel ihr ein, dass Gomez ja peinlich genau darauf geachtet hatte, das sie selbst auch nicht mitbekommen hatte, wo sie eigentlich waren. Was waren noch seine Worte gewesen: ich will das als Zuflucht? „Gomez hat mich in eine Waldhütte gebracht, wo er mich zwingen wollte, etwas über das Buch zu verraten", erklärte sie, nachdem sich alle gewundert hatten. „Das war seine Zuflucht. Wenn wir diese Hütte finden, ist er dort wahrscheinlich auch."

„Und Sie wissen, wo das ist?", fragte Cristobal hoffnungsvoll.

Die Hoffnung verschwand aber auch sogleich bei der Antwort. „Nicht genau. Er hat mir die Augen verbunden. Aber ich weiß einen Ort in der Nähe."

„Was wollen Sie, wenn ich Sie bitten würde, dort nachzuforschen?", wollte Cristobal wissen und es hörte sich fast so an, als würde er den Atem anhalten.

„Sie sind mir was schuldig!", sagte Athena mit Genugtuung. „Und ich werde Sie leiden lassen!"

„Das ist okay", bestätigte Cristobal, auch wenn es ihm nicht wirklich gut gefiel. „Mein Wort drauf."

Und Athena legte auf.

Sie überlegte. Morgen früh würde sie aufbrechen. Vielleicht konnte sie Gomez wiedersehen.

Warum begann ihr Herz nur so schnell zu schlagen?

Cristobal hatte das Handy indessen auf den Tisch gelegt und nachgedacht. Er hatte im Moment wirklich eine Pechsträhne.

Gerade hatte er sich in die Hände einer Frau gegeben, die ihm nicht freundlich gesonnen war – was man auch schon daran erkannte, dass sie den Fluch weiterhin aufrecht hielt. Und sie hatte versprochen, dass sie ihn weiter quälen wollte.

Na, Prost Mahlzeit!

Und ob sie Gomez fand, stand auch in den Sternen.

Eine innere Unruhe überfiel ihn. Seit er wusste, dass Nina schwanger war, hatte er innerlich immer die Angst, er könnte seine kleine Familie nicht beschützen, nicht versorgen oder sogar viel schlimmer gar nicht erleben.

Er und Existenzängste? Wann war das denn passiert?

Er erhob sich und murmelte etwas davon, dass er in die

Übungshallen gehen würde.

Dort trainierten gerade drei Traumfänger. Ein Ausbilder zeigte eine kleinen Rothaarigen ein paar Tricks mit dem Schwert, der andere junge Mann wartete, dass er wieder gegen das Mädel antreten konnte. Der Ausbilder war fertig und wies die beiden an, gegeneinander zu kämpfen.

Die Schwerter prallten aufeinander.

Cristobal liebte das Geräusch, es juckte ihm in den Fingern und eine innere Unruhe überfiel ihn mit einer Heftigkeit, die schon fast wehtat.

Langsam, ohne die Kämpfenden zu stören, betrat er den Raum, machte dem Ausbilder ein Zeichen. Dann nahm er ein Schwert und meinte zu den beiden jungen Schülern, sie sollte ihn gemeinsam angreifen.

Er war ein anderer, wenn er kämpfte. Wenn er sonst der böse, unwillige Chef einer Instanz war, hier beim Kämpfen war er wie ein Tänzer beim Ballett. Er parierte graziös, teilte geschmeidig aus und kommentierte das ganze noch, gab Tipps, was man besser machen könnte.

Nach einer halben Stunde waren die zwei Schüler schweißgebadet und Cristobal ein wenig ruhiger. Er bedankte sich bei den beiden, lobte sie für die gute Leistung und sah so aus, als wäre er nur mal kurz über die Straße gejoggt.

Der Ausbilder war erstaunt, dass der Instanzleiter so freundlich gewesen war, denn er selbst war schon mal von ihm runtergeputzt worden, obwohl er das gar nicht verdient gehabt hatte.

Doch damals hatte er sich das gemerkt und hatte tatsächlich seine Technik verbessert. Er hielt allerdings nichts von negativer Motivation. Heute war es positiv gewesen und das rechnete er dem Chef wirklich an. Der war ja gar nicht so schrecklich wie sonst. Innerlich zog er den Hut vor ihm.

Cristobal war etwas verschwitzt und hatte großen Durst, wusste aber, das Getränk, das ihm da gerade angereicht wurde, würde er auskotzen. Also lehnte er dankend ab und verzwiebelte sich ins Heilerzentrum, wo er den Heiler Markus fand.

„Haben Sie noch was von der Paste?", fragte Cristobal ohne

Begrüßung. Das Nicken von ihm musste reichen.

„Die Mentholpaste?", fragte der verblüfft. „Wozu brauchen Sie die denn? Sie haben den Fluch doch besiegt!"

Der dunkle Instanzleiter verzog das Gesicht. „Vergangenheit. Ich habe ihn wieder. Also brauche ich die Paste."

Markus sah ihn ernst an. „Das tut mir leid. Kommen Sie mit!"

Die beiden gingen in ein Heilerzimmer, wo Markus die Paste suchte. Nach ein paar Minuten hatte er sie auch gefunden und übergab sie Cristobal mit einem Seufzen.

„Haben Sie sonst noch einen Tipp für mich?", wollte sein Chef wissen.

„Ich könnte Ihnen ab und zu eine Infusion geben", meinte der Heiler mit gerunzelter Stirn. „Denn ich vermute mal, Sie werden zu wenig trinken oder essen. Wie sind Sie den Fluch beim letzten Mal denn losgeworden und können Sie das nicht nochmal machen?"

Cristobal negierte. „Die Option besteht nicht, leider. Ich muss wohl damit leben."

„Dann hab ich ganz schlechte Nachrichten für Sie." Markus biss sich fast auf die Lippe. „Beim letzten Mal haben wir Ihnen gesagt, Sie könnten damit alt werden. Wir haben das aber nochmal diskutiert. Theoretisch stimmte das auch, aber praktisch ist das nicht so durchführbar. Für eine Zeitlang vielleicht, aber nicht für allzu lange. Tut mir leid..."

„Ist ja nicht Ihre Schuld", murmelte Cristobal. Damit hatte er jetzt nicht gerechnet. Seine Sorgen kamen wieder an die Oberfläche. Er nickte. „Dann melde ich mich rechtzeitig wegen der Infusion. Danke Ihnen!"

Athena war schon früh aufgestanden, hatte sich Kartenmaterial, einen Navi und eine mit Bekleidung gepackte Tasche bereitgelegt und sich in ihren Geländewagen begeben. Sie rechnete damit, dass der Weg zur Hütte doch etwas beschwerlicher wäre, wenn sie in der Mercedes-Limousine oder im Sportwagen gesessen hätte. So ein Geländewagen war da besser. Und außerdem war es im Moment tiefster Winter, da konnte so ein Allradantrieb nicht falsch sein.

Sie gab den Namen der Stadt ins Navi ein, den sie damals auf dem Ortsschild gelesen hatte, als Gomez mit ihr einkaufen gewesen war. Zum Glück fand das Navi den Ort ganz schnell.

Und Athena staunte, dass sie bis dort hin satte zwei Stunden fahren sollte. Vor da aus musste sie suchen. Als sie die Augen verbunden hatte, kam es ihr so vor, als seien sie eine knappe halbe Stunde gefahren, könnte auch eine gewesen sein. Also hatte sie auf der Karte alle Orte rot umrandet, die in Frage kommen mussten. Und irgendjemanden würde man auch fragen können, ob da wohl ein Mann in einer Waldhütte wohnen würde. Das konnte doch nicht so schwierig sein.

Am Ende des Tages hatte sie in einer kleinen Pension ein Zimmer für die Nacht gefunden und zudem erfahren, dass die Suche nach Gomez verdammt schwierig war.

In dem Bereich, wo sie unterwegs war, gab es wohl unzählige Waldhütten, die einsam lagen, aber irgendwie alle nicht bewohnt waren. Und von Gomez hatte noch keiner etwas gehört. Kunststück, hatte der Magier nicht gesagt, er hätte seinen Namen geändert?

Frustriert saß sie in der Gastwirtschaft der Pension und aß zu Abend, wenngleich sie dazu nicht wirklich Ruhe hatte.

Das war ja wirklich zum Mäusemelken!

Zwischendurch hatte sie bei Cristobal angerufen und ihn gebeten, ihr doch ein Foto von Gomez aufs Handy zu schicken. Sie wollte es ein paar Leuten zeigen, vielleicht ergab sich so etwas. Aber bislang... Fehlanzeige!

Missmutig stocherte sie in den Bratkartoffeln herum, die wirklich sehr gut waren, ihr aber wenig Freude bereiteten. Sie dachte darüber nach, dass Gomez ihr damals auch Bratkartoffeln zubereitet hatte, und die hatten ihr viel besser geschmeckt.

Ach, Gomez...

Hätte sie doch bloß eher reagiert. Hätte sie doch bloß nicht Cristobal getraut, als der ihr gesagt hatte, Gomez sei nach Spanien aufgebrochen.

Aber der durfte jetzt erst mal leiden! Das war nur gerecht! Schließlich hatte sie bereits drei Monate gelitten.

Es ging ihr jetzt wieder besser, aber die Tatsache, dass Cristobal an allem Schuld war, ließ sich nicht wegdiskutieren, also würde sie den Fluch nicht zurücknehmen.

Ein bisschen komisch war ihr schon zumute, weil er jetzt ja nichts mehr essen oder trinken konnte, aber er war ein großer Mann, das hielt der schon durch. Sie hatte in den letzten Monaten auch nicht viel essen oder trinken können!

Die Wirtin kam zu ihr an den Tisch und beäugte sie kritisch. „Schmeckt es Ihnen nicht?", fragte sie besorgt.

Athena lächelte und schüttelte den Kopf. „Nein, das ist es nicht, das Essen ist einfach wunderbar. Aber ich kann nicht so viel essen und jetzt bin ich schon satt."

„Keinen Nachtisch?", wollte die Wirtin wissen. „Wir machen hier wunderbare Pfannkuchen!"

Wieder schüttelte Athena den Kopf. „Das hört sich zwar lecker an, aber ich bekomme keinen Bissen mehr runter. Danke!"

Die Wirtin räumte ab und machte sich daran, Athena noch ein Glas Mineralwasser zu bringen. „Was hat Sie in unsere Gegend verschlagen?", fragte sie neugierig. „Wollen Sie wandern?"

„Nein" Athena schüttelte den Kopf. „Ich suche meinen Freund, der hier in der Gegend eine Waldhütte hat. Leider habe ich vergessen, wo das ist, und auf dem Handy kann ich ihn nicht erreichen. Dort gibt es kein Netz. Ich erinnere mich nur daran, dass von der Hütte aus nach drei Kilometern eine geteerte Straße kam, die ins Dorf führte. Ich weiß nicht mal den Namen des Dorfes..." Sie ließ den Kopf hängen.

„Und Ihr Freund wohnt ganz allein dort?", wunderte sich die Wirtin. „Sehr seltsam."

„Er hatte Ärger mit der Familie und wollte erst einmal zur Ruhe kommen", erklärte Athena müde. „Aber er ist jetzt schon drei Monate weg und ich mache mir Sorgen."

„Hmmm" Die Wirtin schien zu überlegen.

„Wissen Sie, wo ich ihn finde?" Mit einem Mal war Athenas Müdigkeit weg. Die Frau hier schien etwas zu wissen. Kannte sie Gomez vielleicht?

Mit einem nachdenklichen Lächeln setzte sich die Wirtin zu ihr an den Tisch und beugte sich vertraulich zu ihr rüber. „Ich weiß nicht genau, aber meine Schwester hat mir da etwas erzählt.

Und zwar gibt es da einen jungen Mann, der hinter ihrem Dorf im Wald wohnt, noch nicht so lange. Könnten fast drei Monate sein. Er kommt ab und zu in ihrem Laden einkaufen. Der ist immer sehr zugeknöpft und sagt nichts außer die Tageszeit. Ein Bär von einem Mann, so groß. Die Mädels aus dem Dorf werfen immer ein Auge auf ihn, aber er sieht keine. Der jedenfalls wohnt in einer Hütte im Wald. Wie sieht Ihr Freund denn aus?"

Atemlos holte Athena ihr Handy hervor und ließ ein Bild von Gomez sehen. Man konnte darauf nur sein Gesicht sehen, also konnte die Wirtin nichts sagen. Sie versprach aber, gleich ihre Schwester anzurufen. Hurra, ein Silberstreif am Horizont!

Nach dem Tag war Athena froh, sich auf ihr gemütliches Zimmer zu verziehen und verbrachte den restlichen Abend am Fernseher. Heute tat sich wohl nichts mehr.

Gegen acht Uhr morgens fand sie sich im Gastraum ein, wo bereits ein Frühstück auf sie wartete.

Die Wirtin winkte ihr zu und kam auch sogleich an ihren Tisch.

„Ich habe meine Schwester angerufen", erzählte sie im ver-schwörerischen Plauderton. „Also der Mann in der Hütte heißt Leander. Und er wohnt genau seit drei Monaten dort. Er sieht dem Mann auf Ihrem Foto sehr ähnlich, könnte also ihr Freund sein. Wenn Sie nachsehen wollen, ich hab Ihnen mal eine Weg-beschreibung aufgemalt." Damit holte sie ein Blatt Papier aus der Schürzentasche, auf dem ein Plan zu sehen war. „Aber dahin kommen Sie nicht ohne Winterreifen. Alles zugeschneit."

Athena bedankte sich lächelnd. Sie hatte doch gewusst, dass es besser war, den Geländewagen zu nehmen.

Nachdem sie ihr Frühstück verputzt hatte, lud sie alles in ihr Auto und fuhr den angegebenen Koordinaten entgegen. Sie war mächtig aufgeregt.

Leander? Wie in aller Welt war er denn auf diesen Namen ge-kommen? Oder ob der Magier da nachgeholfen hatte?

Sie musste sich auf die Straße konzentrieren, da es immer noch schneite, als würde die Welt untergehen.

Nach anderthalb Stunden kam sie endlich in dem Dorf an. Jetzt musste sie nur noch die Straße finden, die zur Hütte hochführte. Als sie den kleinen Parkplatz, der jetzt verschneit war, fand, wusste sie, sie war auf dem richtigen Weg.

Ab jetzt war es leicht.

Nun ja, so leicht war es nun doch nicht. Trotz Geländewagen war es ein schwieriges Unterfangen, den Weg, der ja so gar kein so richtiger Weg war, zu bewältigen. Immer wieder rutschte der Wagen weg und Athena musste korrigieren.

Am Ende sah sie dann die Hütte, hielt direkt neben einem völlig verschneiten, heruntergekommenen Suzuki-Geländewagen, der schon mal bessere Zeiten gesehen hatte.

Aber sie war angekommen.

In der Hütte brannte Licht und der Kamin rauchte.

Langsam öffnete sie die Autotür und stieg aus.

Sie versank im hohen Schnee, der Untergrund war glitschig und die hohen Stiefel, die Athena trug, waren nicht wirklich zum Wandern geeignet. Sie erinnerte sich an das erste Mal, wo sie hier gewesen war und musste lächeln.

Ruhig und jeden Schritt überlegend, ging sie auf die Hütte zu und klopfte an die Tür.

Drinnen tat sich nichts.

Sie klopfte nochmal.

Wieder nichts!

Vorsichtig drückte sie die Klinke runter und machte die Tür auf. Dann schaute sie hinein.

Im Inneren brannte der Kamin, es war angenehm warm, während sie vor Kälte schlotterte. Das Sofa stand noch am selben Platz, eine kuschelig aussehende Decke war über die Lehne gelegt. Weiter hinten in der Küche stand ein Teekessel auf dem Küchenofen, alles war sauber und aufgeräumt.

Athena kam ganz hinein und schloss die Tür.

Wo war denn nur Gomez? Er musste doch hier irgendwo sein.

Auf Zehenspitzen gelangte sie in die Küche.

Es war kein Laut zu hören.

Plötzlich schlossen sich zwei starke Arme von hinten um sie und hielten sie fest. Ihre eigenen Arme wurden an ihren Körper gepresst. „Oh mein Gott!", schrie sie auf.

„Das ist Hausfriedensbruch, junge Dame!", flüsterte es bedrohlich in ihr Ohr.

Sie versuchte, sich zu befreien, was ein vergebenes Unterfangen war, denn die Arme waren die eines starken Mannes.

„Ruhig bleiben!", verlangte der Mann.

„Gomez?" flüsterte Athena und wurde ganz still.

Er lachte leise auf. „Hier gibt es keinen Gomez. Mein Name ist Leander."

Sie schloss die Augen und lehnte sich an ihn. Egal ob Gomez oder Leander – er war der Mann, dem sie vertraute.

Von außen her betrachtet könnte man meinen, dass die beiden in einer vertrauten Umarmung standen, aber Athena wusste, dass Go... Leander abwartete, was er als nächstes zu tun gedachte. Und offenbar war er sich da noch nicht so sicher.

Also standen sie weiterhin für eine volle Minute so.

Dann drehte er sie mit Schwung herum und setzte sie auf den Tisch. Jetzt stand er direkt vor ihr und sah sie eindringlich an.

„Wie hast du mich gefunden?"

Er hatte sich verändert. Gomez hatte peinlich darauf geachtet, dass seine Kurzhaarfrisur immer perfekt lag, er war glatt rasiert gewesen und hatte seine Stirn niemals so in Falten gelegt wie jetzt. Leander stattdessen hatte etwas von Pablo angenommen, oder vielleicht auch von Cristobal. Seine Haare waren länger geworden, umflossen ihn in dunklen Wellen bis fast zum Kinn. Und er hatte sich bestimmt zwei Tage nicht rasiert, denn er hatte Stoppeln im Gesicht, was ihm verflucht gut stand.

Er war für Athena die Verführung in Person.

Ihr Blick verschleierte sich. „Was hast du gefragt?"

Ärgerlich schnalzte er mit der Zunge, um dann nach Luft zu schnappen. Athena hatte ihre Beine um ihn gelegt und ihn damit zwangsläufig an sich gezogen. Damit nicht genug. Sie legte auch noch ihre Arme um ihn und küsste ihn mit einer Dringlichkeit, die drei Monate in sich barg.

Als sie seine Unterlippe mit der Zunge berührte und sacht daran saugte, war es um ihn geschehen. Er stieß ein Knurren aus und erwiderte den Kuss, die Küsse, die Umarmungen mit einer Wildheit, die er sich selbst nicht zugetraut hatte.

Als sie beide völlig ohne Kleidung auf dem Boden lagen, machte Athena etwas Unerwartetes. Sie begann blau zu leuchten. „Na los!", forderte sie ihn auf. „Lass deine Magie fließen!"

Sie hätte gerade von ihm verlangen können, was auch immer sie wollte, also tat er es sofort. Und es war der Hammer!

Die gemeinsame Magie schloss beide ein und potenzierte ihre Lust in solche Höhen, dass es nur noch Sterne regnete.

Erst eine halbe Stunde später konnten beide wieder ruhiger atmen.

„Nein", sagte Leander und schüttelte den Kopf. „Ich hatte gedacht, ich hätte schon alles erlebt, aber das war..."

„Unbeschreiblich?" Athena lachte. „Magie halt."

Er richtete sich auf und sah sie ernst an. „Aber mal ehrlich: wie hast du mich gefunden?"

„Das war nicht einfach", gab sie zu und wickelte die Decke um sich. „Ich habe damals ein Ortsschild in der Nähe gesehen, von dort aus bin ich suchen gegangen. Und offenbar machst du Eindruck auf die Frauen aus dem Dorf, wenn du im Laden einkaufen gehst." Sie grinste.

Langsam angelte er nach seinen Klamotten und begann, sich anzuziehen. Dann legte er Holz nach. „Daran konntest du dich erinnern?", wollte er nachdenklich wissen.

Athena schlüpfte ebenfalls in ihre Kleider. „Selbstverständlich. Ich konnte mich immer an alles erinnern."

Er fuhr herum. „Wie meinst du das?"

„Ich hatte keine Gedankenlöschung."

Leander setzte sich auf das Sofa, er ließ sich so darauf plumpsen, dass der Federkern ob den plötzlichen Gewichtes quietschte. „Das bedeutet..."

„Dass Cristobal mich einfach hat gehen lassen", vervollständigte Athena. „Na ja, einfach war das nicht für ihn."

Er suchte ihren Blick. „Warum?"

„Weil ich ihn verflucht habe!", erklärte sie mit Genugtuung. „Und das hat ihn kleingekriegt."

„Das meinte ich nicht!" Er schüttelte den Kopf. „Ich wollte wissen, warum du mich dann erst jetzt gefunden hast. Was hat Cristobal dir erzählt? Und warum hast du es ihm geglaubt?"

Hörte sie da einen winzigen Vorwurf? Ärgerlich runzelte sie die Brauen. „Er hat gesagt, du hättest einen neuen Auftrag angenommen und der führte dich nach Spanien."

„Das hast du ihm geglaubt?" Leander spie die Worte fast aus.

Ja, jetzt kam es Athena auch seltsam vor, dass sie ihm das einfach so abgenommen hatte. „Damals klang es so wahrscheinlich", verteidigte sie sich. „Und ich war so furchtbar verletzt, dass du mich allein gelassen hattest. Cristobal hat gesagt, dass ich eine Außenstehende sei und du ein Mensch, der die Belange seiner Familie immer über alles stellt. Ich war allein und in einer schrecklichen Situation, selbstverständlich habe ich ihm geglaubt!" Sie schlang die Arme fröstelnd um sich. „Und du? Warum hast du mich nicht angesprochen?"

„Das wäre viel zu gefährlich gewesen", meinte er müde. „So eine Gedankenlöschung ist nicht ohne. Und bei dir hätten sie eine Menge zu löschen gehabt. Ich wollte dich nicht in einen sabbernden Frosch verwandeln."

„Dann lass uns aufhören mit den Vorwürfen!", verlangte sie. „Komm her!"

Sie umarmten sich und gaben sich gegenseitig Kraft.

Nach einer Weile hob er den Kopf. „Was hast du gesagt? Du hast Cristobal verflucht? Wie hast du das gemacht?"

Lachend knuddelte sie sich an ihn. „Offenbar hast du die magische Ausbildung nicht gemacht, sonst wüsstest du es." Sie zwinkerte ihm zu. „Er hat mich im Verhör so unter Druck gesetzt, dass ich mich rächen wollte. Also hab ich ihm einen Fluch angehängt, bei dem alles, was er zu sich nimmt, nach Katzenscheiße schmeckt. Das hat ihn ganz schön gewurmt. Und als er gemerkt hat, dass er den Fluch nur los wird, wenn er mit mir kooperiert, hat er nachgegeben. Ich habe ihm gesagt, ich will niemanden aus seiner Familie mehr sehen, sonst würde der Fluch wieder aktiviert werden." Sie machte eine Pause. „Ich meinte natürlich, wenn mich jemand aus eurer Familie angreifen würde, aber ich habe den Fluch gestern erneut aktiviert. Und jetzt muss Cristobal damit leben!" Ihr Gesicht war so ernsthaft, dass er sie fragend ansah.

„Das bringt ihn nicht um", meinte sie verteidigend. „Es nimmt ihm nur jegliche Lebensfreude!"

„Katzenscheiße?", fragte er ungläubig.

Sie nickte. „Ich hasse ihn und das hat er verdient!"

„Katzenscheiße?", wiederholte er immer noch ungläubig. „Wie in aller Welt bist du darauf gekommen?"

Schulterzuckend dachte sie nach. Dann fiel es ihr wieder ein. „Er hat gemeint, Cortez und ich wären reingefallen, dass wir gedacht haben, wir könnten mithilfe des Buches eine zweite Chance bekommen. Seiner Meinung nach wäre das Katzenscheiße gewesen. Und er hatte mich so fertiggemacht, dass ich es ihm unbedingt heimzahlen musste."

„Oh" Leander nickte zustimmend. „Aber er hat schon irgendwie recht. Mithilfe des Buches bekommt man keine zweiten Chancen. Das als Katzenscheiße zu bezeichnen ist allerdings nicht so wirklich nett." Er streckte sich. „Ich verstehe immer noch nicht alles. Du hast den Fluch wieder von ihm genommen und ihn erst jetzt wieder aktiviert? Warum?"

„Weil ich erst jetzt erfahren habe", sagte sie böse, „dass du gar nicht in Spanien warst. Du wolltest mich überhaupt nicht im Stich lassen und er hat sich das so gedreht, dass wir beide darunter zu leiden haben. Jetzt soll er leiden! Und da ist es mir egal, ob er Vater wird!"

Leander schluckte. „Er wird Vater?" Ein Lächeln glitt über sein Gesicht. „Freut mich. Nina ist bestimmt eine Supermutter. Und Cristobal... na ja, vielleicht ändert ihn das etwas."

„Glaubst du das?" forschte Athena. „Das ein Kind alles ändert?" Sie wirkte plötzlich seltsam atemlos. „Was wäre mit dir, wenn ich schwanger wäre?"

Er lächelte wieder. „Morgen würde ich dich heiraten und übermorgen ein Haus kaufen, in dem ich dich unterbringen würde, um dich nie wieder aus den Augen zu lassen." Unruhig stutzte er. War das Liebe? „Was würdest du denn wollen?", fragte er unsicher. „Ich meine, ich müsste dich ja erst mal fragen. So wie es im Moment mit uns aussieht, stehen wir ja noch in der Schwebe."

Sie lächelte und sah zu Boden. „Ich würde schon den Rest meines Lebens mit dir verbringen wollen. So ein Kind muss Vater und Mutter haben, die es lieben."

Leander nickte. Er schickte sich an, in die Küche zu gehen und einen Tee aufzubrühen. In letzter Zeit sprach er dem Kaffee nicht so zu, hatte den Tee für sich entdeckt. Kaffee hatte ihn immer zu sehr an seine Brüder erinnert und das war etwas, das er vergessen wollte. Unaufgefordert gab er Athena eine Tasse, die sie dankend annahm.

„Was passiert jetzt mit uns?" fragte sie nach einer Weile. „Deine Leute vermissen dich wirklich. Cristobal hat mich praktisch angefleht, dich zu finden. Und das obwohl ich ihm gesagt habe, dass ich den Fluch nicht zurücknehmen werde."

„Ich werde nicht wieder zurückgehen", sagte Leander traurig. „Ich weiß nicht, was ich hier genau mache, aber ich werde nicht mehr als Traumfänger arbeiten. Deshalb kannst du ihm ausrichten, du hättest mich gefunden, aber ich will nichts mehr mit denen zu tun haben. Was uns betrifft..." Er zuckte die Schultern. „Du lebst in einer ganz anderen Welt als ich, Athena. Ich liebe dich, aber ich werde dich nicht zu etwas zwingen, was du nicht willst."

Sie sah ihn an. „Du hast mich bislang nie gefragt, was ich will."

Abwartend sah er sie an, wartete darauf, was sie sagen würde.

„Ich will dich!", sagte sie hart. „Und wenn das bedeutet, wir leben hier in einer Waldhütte ohne Strom", dabei schüttelte sie sich etwas, „dann machen wir es so."

Leander stellte seinen Tee hin und küsste sie lange. „Das wäre aber nicht akzeptabel für dich, oder?"

Sie antwortete nicht, schien nachzudenken. Dann sah sie ihn an. „Das ist nicht der richtige Ort, um ein Kind großzuziehen."

Er lachte. „Das ist wahr, aber das müssen wir ja auch noch nicht, oder?"

Die Art und Weise, wie sie versuchte, das Gesicht zu verbergen, machte ihn unsicher, verdammt unsicher. Ein warmes Gefühl, das aus seinem Bauchraum aufstieg und erst in seinem Kopf zum Erlöschen kam, füllte ihn aus. „Oder...?"

„Nicht sofort", gab sie zu. „Erst in ein paar Monaten..."

Die Zeit stand still.

Und das war nicht nur so daher gesagt, sie stand wirklich irgendwie still.

Es schneite und schneite. Leander und Athena hatten nur die

eine Möglichkeit, sich mit sich selbst zu beschäftigen.

Das machten sie auch ausgiebig.

Als am dritten Tag endlich der Schneefall aufhörte, seufzte Leander auf und machte sich auf die Socken, einen Weg zum Auto freizulegen.

Athena sah ihm lächelnd zu. Was hatte er vor? Wollte er tatsächlich von hier weg?

Sie hatte mehrere Häuser, mehrere Wohnungen, in die sie beide sofort ziehen konnten, also fand sie es ganz gut, dass sich endlich etwas tat. Ihr fehlte der Luxus, obwohl sie das nur zähneknirschend zugegeben hätte.

Nach einer Stunde kam Leander wieder rein und nickte ihr zu.

„Wir können los! Am besten nehmen wir dein Auto, ich weiß nicht, ob meines anspringt."

„Und was machen wir?", fragte sie aufmerksam. „Telefonieren fahren oder besuchen wir jemanden?"

Er zuckte die Schultern. „Ich wollte niemals zurück, aber ich habe meine Meinung geändert. Ich muss dort für klare Verhältnisse sorgen. Und ich muss eine Wohnung für uns finden."

„Ich habe eine Wohnung, Leander!" Das war das erste Mal, dass sie ihn mit diesem Namen ansprach. Das war gut so, denn er war nicht mehr Gomez. Ein Teil von ihm schon, doch das meiste an ihm war Leander. Den Namen würde er behalten.

„Ich käme mir komisch vor, in deine Wohnung einzuziehen", gab er zu. „Aber fürs erste könnte das reichen. Dann ist Zeit, eine gemeinsame Wohnung zu finden."

Sie umarmte ihn. Genau das hatte sie gehofft.

Ein paar Minuten später machten sie sich auf den Weg.

Er hatte sich als Fahrer durchgesetzt und das war bei dem vielen Schnee vielleicht auch das Beste.

Sie kamen nur langsam vorwärts, aber da ja niemand auf sie wartete, konnten sie sich Zeit lassen.

Zwölf

Zeit lassen war etwas, das sich Cristobal nicht leisten konnte. Er wollte eigentlich nichts wie weg von zuhause.

Und das hatte so seine Gründe.

Der beste und einfachste war, dass er nichts essen oder trinken wollte, das aber gleichzeitig nicht vor Nina vertreten konnte, die er zum Essen und Trinken animierte. Schließlich musste die ja auch für zwei essen. Und außerdem hatte sie diese Blutarmut und den Eisenmangel, wegen denen sie wieder Tabletten nehmen musste.

„Ich bin dann mal weg!", rief er in die Küche und eilte dem Ausgang entgegen.

Pech gehabt!

Nina stand mit beiden Händen in den Seiten gestemmt direkt vor der Wohnungstür und versperrte den Ausgang.

Cristobal stöhnte.

„Du verschweigst mir etwas!", sagte sie hart und sah ihn böse an. „Sag es mir!"

Er negierte. „Würde ich etwas vor dir verheimlichen können?", fragte er scheinheilig. „Du bist eine Weise..."

Ihr Gesicht veränderte sich nicht. „Zwing mich nicht, in die Zeit zu sehen!"

Wieder stöhnte Cristobal. „Es ist nichts, wirklich!", log er. „Du musst dir keine Sorgen machen!"

Nina ballte die Hände zu Fäusten. „Ich mache mir aber Sorgen! Hast du dich mal im Spiegel angesehen? Du hast Ringe unter den Augen, die schon selber Ringe haben! Und seit Tagen habe ich dich nichts essen oder trinken sehen! Erzähl mir sofort, was los ist, sonst hol ich KHP und lasse es aus dir heraus prügeln!"

Oh, das war wirklich arg! Nina hätte sich nicht dazu hinreißen lassen, wenn sie nicht wirklich besorgt war.

Cristobal wurde blass. Er senkte den Blick. „Gut", gab er zu. „Ich sage es dir, aber nicht, weil die Drohung so schlimm gewesen ist." Er holt nochmal tief Luft. „Ich kann im Moment nicht wirklich etwas essen oder trinken, weil es nicht schmeckt. Aber ich arbeite daran und bin in Behandlung bei einem Heiler. Also nichts, um dass du dich kümmern solltest. Alles andere ist in Ordnung."

„Wie bitte?" Nina fiel bald die Kinnlade herunter. „Wie kommst du dazu, mir sagen zu wollen, worum ich mich zu kümmern habe? Sind wir nicht Partner in unserer Ehe?"

Dünnes Eis, ganz dünnes Eis auf dem er sich da gerade bewegte. Nicht antworten, dachte er, das ist eine Falle.

„Bitte verzeih mir", murmelte er.

Nina brach in Tränen aus. Und Cristobal war verwirrt. Was war das denn jetzt schon wieder? Hatte er doch nicht richtig reagiert? Vorsichtig nahm er sich in den Arm und strich ihr die Haare aus dem Gesicht. „Süße, es ist wirklich nicht so schlimm, bitte hör auf zu weinen!"

Dummerweise konnte sie das nicht. In ihr war alles in Aufruhr.

„Was bedeutet das, du kannst nichts essen oder trinken?", kiekste sie. „Dass du verhungern musst?"

„Nein, nein", beeilte er sich zu sagen. „Ich verhungere nicht so schnell. Ich bekomme Infusionen, keine Angst!"

„Infusionen?" Ninas Augen wurde groß und rund. „So schlimm ist es? Warum kann man dich denn nicht einfach heilen?"

Er seufzte. „Das geht leider nicht."

„Aber unsere Heiler können doch fast alles heilen", gab sie zu Bedenken. „Wieso deine Krankheit nicht?"

Jetzt musste er es also doch sagen. Wieder atmete er ein und aus. Farbe bekennen. „Weil es im eigentlichen Sinne keine Krankheit ist. Es ist ein Fluch."

„Ein Fluch?" Wieder wurden Ninas Augen groß. Wie groß konnten die denn noch werden? „Jemand hat dich verflucht? Aber warum das denn? Und wer war das? Der Magier?"

„Nein, nein, er war es nicht", sagte Cristobal schnell. „Und es ist auch völlig egal, wer es war. Vielleicht nimmt sie den Fluch irgendwann zurück. Schließlich hat sie das schon mal gemacht."

„Sie?"

Teufel noch mal, er hätte besser seinen Mund gehalten.

„Schon mal?"

Ja, und das hätte er auch besser nicht gesagt...

„Ich werde damit fertig!", versprach er ihr und drehte sie langsam, so dass er sie in den Raum schob. Dann öffnete er die Haustür und glitt hinaus. „Wir reden später."

Und so schnell wie er konnte, verließ er das Haus. Aber er wusste genau, das Gespräch würde schneller stattfinden, als er es wollte. Nina war nur mal nicht einfach so mit leichten Infos abzuspeisen.

Er eilte in seine Instanz und fand sich im Heilerzentrum ein, wo er seine tägliche Infusion bekommen musste. Und während diese durchlief, fragte er nach neuer Mentholpaste.

„Wirkt das Zeug eigentlich?", wollte der Heiler Markus wissen. Er hatte da so seine Zweifel.

„Nicht wirklich", gab Cristobal zu. „Manchmal hab ich einen solchen Brand, dass ich einfach was trinken muss. Da hilft es zumindest für ein Glas."

„Ist es immer noch so schlimm wie zu Anfang?", fragte der Heiler weiter. „Oder gewöhnen Sie sich langsam daran?"

„Daran kann man sich nicht gewöhnen", ließ sich der Instanzleiter vernehmen. „Ich versuche, nicht daran zu denken, aber wenn ich mir schon die Zähne putze, könnte ich nur kotzen."

„Verstehe", stimmte ihm Markus mit mitfühlendem Gesicht zu. „Ich hab leider auch keine andere Lösung parat. Außer der einen: rutschen Sie auf den Knien und machen Sie Bitte-Bitte."

„Ich fürchte, wir sind ganz weit davon entfernt", bedauerte Cristobal, als sein Handy schellte. Er meldete sich und hörte Thomas sprechen. Ganz aufgeregt teilte der ihm mit, dass Gomez jetzt gleich mit seiner Freundin eintreffen würde. Dem dunklen Instanzleiter fiel ein Stein vom Herzen. Zumindest das hatte geklappt.

Er sagte Thomas, dass er noch im Heilerzentrum wäre, aber in der nächsten Viertelstunde hier fertig sein würde. Und Thomas sollte die beiden auf gar keinen Fall weglassen.

„Können wir das aufdrehen?", fragte er den Heiler und wies auf die Infusion, während er sein Telefon verstaute.

Der bestätigte lächelnd.

Nach etwa zehn Minuten ging die Infusion zur Neige, aber bevor Markus Cristobal abnabeln konnte, ging nach leichtem Klopfen die Tür auf und Gomez und Athena kamen herein.

Cristobals Bruder erstarrte, als er sah, was vor sich ging.

„Was ist denn mit dir los?", wollte er statt einer Begrüßung wissen. „Bist du etwa krank?"

Der dunkle Instanzleiter warf einen kurzen Seitenblick auf Athena, die sich nicht äußerte. „Nein", meinte er dann, während er auf die Injektionsstelle drückte. „Geht schon."

Er erhob sich, bekam ein Pflaster und ging auf Gomez zu.

„Ich muss mich bei dir entschuldigen. Bevor wir irgendetwas anderes sagen, muss ich dir sagen, dass es mir wirklich unendlich leid tut." Vorsichtig streckte er die Hand aus, um seinen Bruder zu begrüßen. „Ich weiß, das ändert nichts, aber ich möchte gerne, dass du es weißt, Gomez."

„Ich heiße nicht mehr Gomez", sagte der andere schlicht, ergriff aber die Hand und drückte sie kurz. „Leander"

„Oh, okay" Etwas verwirrt drehte sich Cristobal zu Leanders Begleitung herum. „Hallo, Athena!" Er reichte auch ihr die Hand.

Sie ergriff sie nicht, nickte ihm nur zu. Nach einer Weile, bevor es auch blöd aussehen konnte, senkte er die Hand und nickte ihr auch zu.

Mit einem Seitenblick auf den Heiler, der freundlich lächelte, wies Cristobal auf die Tür. „Ich denke, wir sollten irgendwo anders hingehen, wo wir reden können. Wenn ihr wollt, natürlich."

Leander schnalzte unwillig mit der Zunge. „Kannst du mal aufhören, so verdammt kriecherisch zu sein?"

Cristobal stieß verblüfft die Luft aus. „Sorry, ich weiß einfach nicht mehr, was ich tun soll!" Er runzelte die Stirn. „Ich verbiege mich seit Wochen und Monaten, um es allen Recht zu machen, aber irgendwie treffe ich damit jedes verdammte Fettnäpfchen, das rumsteht. Die Dinger ziehen mich offenbar magisch an. Also, ich versuch es auf die alte Weise, wenn die nicht genehm ist, bitte melden! - Bitte folgt mir ins Büro, hier stören wir bloß."

„Geht doch", fand Leander und machte die Tür auf.

Schweigend gingen die drei zum Büro.

Drinnen saßen Thomas und der Magier, die sich sogleich von

den Stühlen erhoben.

Thomas ging sofort auf Leander zu und reichte ihm die Hand. „Gomez, du verdammter Kerl! Du hast uns ganz schön Angst gemacht! Aber gut, dass du wieder da bist!"

Lächelnd stieß ihn der andere ein wenig an. „Ich heiße jetzt Leander, aber danke trotzdem."

Als nächstes gab ihm der Magier die Hand. „Freut mich auch, Sie zu sehen, Leander. Alles klar bei Ihnen?"

Der angesprochene wunderte sich. „Was machen Sie denn hier? Sie habe ich nicht erwartet."

Cortez wies auf Cristobal. „Ihr Bruder hat sich für mich eingesetzt und ich darf jetzt hier arbeiten, statt vom Asterium ins Verlies geworfen zu werden. Ich bin ihm wirklich dankbar."

Verblüfft riss Leander die Augen auf. Cristobal hatte sich für den Magier stark gemacht? Das hatte er sonst noch niemals für irgendjemanden gemacht. War das überhaupt noch der richtige Cristobal? Oder hatte der sich wirklich so verändert?

Der Magier reichte Athena die Hand. „Ich begrüße dich auch, Athena. Wie geht es dir?"

Sie nickte ihm zu. „Danke, gut. Sie sind nicht mehr sauer auf mich?"

Cortez lachte. „Nein, bitte nenn mich endlich Diego. Wir sind auf Augenhöhe und du bist nicht mehr meine Schülerin."

„Gut" Athena lächelte auch und zum ersten Mal war da nicht mehr das Eis in ihren Augen. Sie reichte auch Thomas die Hand, der sich relativ ruhig verhielt. Er sorgte auch sofort dafür, dass genügend Stühle vorhanden waren und stellte Kaffeetassen auf den Tisch und Kekse.

„Ich freue mich jedenfalls, dass es dir gut geht", ließ sich Cristobal in Richtung Leander nach einer Weile vernehmen. „In einem hat Thomas Recht: du hast uns wirklich Angst gemacht."

Leander zuckte mit den Schultern und nahm einen Schluck Kaffee. Es war seit langer Zeit das erste Mal, dass er wieder Kaffee trank und es fühlte sich gut an. Im Augenwinkel nahm er ein Zucken in Cristobal wahr, als er seine Tasse wieder auf den Unterteller zurückstellte. Da fiel ihm auch auf, dass sein Bruder keine Tasse hatte. Offenbar trank er nichts. Und als zweites fiel

ihm wieder ein, dass Athena ja einen Fluch losgelassen hatte.
„Was ist mit dir?", wollte er wissen und sah Cristobal ernst an.
„Dir scheint es nicht so gut zu gehen."

Der seufzte. „Geht schon." Er warf einen kurzen Seitenblick auf
Athena, die ihn schadenfroh anblitzte. „Wir wollen nicht
unbedingt davon reden. Ich bin sehr froh, dass du wieder hier
bist. Ich habe einen Fehler gemacht, indem ich dich nie gefragt
habe, was du eigentlich willst. Dummerweise habe ich dich
immer als meinen kleinen Bruder gesehen, der nichts alleine auf
die Reihe bekommt. Und die Lektion, mit der du mir gezeigt hast,
dass das gar nicht der Fall ist, habe ich gelernt. Aber bitte, lass
die anderen Familienmitglieder nicht darunter leiden, denn die
vermissen dich wirklich." Er holte Luft. „Du hast gesagt, du
wolltest dich von unserer Familie lossagen, hast deine Position
klargemacht. Willst du das denn immer noch?"

Leander ließ sich Zeit mit der Antwort. Er wunderte sich immer
mehr über Cristobal. Der war so anders, dass er, Leander, damit
gar nicht umgehen konnte. Unwirsch erhob er sich, ging im Büro
hin und her. „Nein", sagte er dann hart. „Ich werde den Kontakt
zu meiner Familie wieder aufnehmen." Dabei bemerkte er ein
erleichterten Seufzer von Cristobal. „Aber ich werde meinen
neuen Namen nicht aufgeben." Hierbei sah er Cristobals Nicken.
Das machte ihn rasend, dass der so klein beigab. „Kannst du mir
dann bitte mal sagen, was mit dir los ist? Ich werde verrückt, du
bist ein ganz anderer Mensch, damit kann ich nicht umgehen!"

Sein Bruder knirschte mit den Zähnen. „Hey, ich gebe mir Mühe!
Verdammt, ich versuche, so zu sein, wie mich alle haben wollen,
aber das ist verflucht schwer!"

„Dann sei doch einfach wieder du selbst!", fuhr ihn Leander an.
„Wegen mir musst du dich nicht verstellen! Du hast dich schon
entschuldigt, das sollte doch reichen!"

„Das reicht dir?", mischte sich Athena verblüfft ein.

„Ja sicher reicht mir das", meinte Leander und sah sie an. „Er hat
eingesehen, dass ich nicht der kleine dumme Junge bin, für den
er mich immer gehalten hat. Den Fehler wird er niemals wieder
machen. Wieso sollte ich ihn in einen Menschen verwandeln, der
er nicht ist. Weil ich es könnte? Daran liegt mir nichts."

„Und was ist mit der Tatsache, dass er uns beide belogen hat?", wollte Athena wissen. „Er hat uns übel mitgespielt und dafür muss er bestraft werden!"

„Ist er das nicht schon?" Leander legte seine Hand auf ihren Arm. „Eben hat dir Cortez gesagt, ihr wärt auf Augenhöhe. Im Moment geht mir das mit Cristobal so. Und das war noch niemals der Fall. Ich habe gewonnen und jetzt ist es gut. Was willst du noch?"

„Ich werde den Fluch nicht zurücknehmen!", knurrte sie. „Er soll leiden, so wie ich gelitten habe!"

„Ich habe Sie nicht gebeten, den Fluch rückgängig zu machen", schaltete sich Cristobal ein. „Das möchte ich nochmal klarstellen!"

„Athena!", sagte Leander und sah sie so ernst an, dass ihr ganz anders wurde. „Cristobal gehört zu meiner Familie. Du gehörst jetzt ebenso dazu. Ihr müsst irgendwie zusammenfinden! Ich bin nicht bereit, euch jetzt wieder alle aufzugeben. Entschuldigt mich bitte einen Moment!" Damit sprang er fast aus dem Raum.

Schweigen breitete sich aus.

Thomas erhob sich. „Ich gehe mal raus und sehe nach ihm", bot er an.

„Danke", sagte Cristobal und nickte ihm zu.

„Willst du ihn verlieren?", fragte Cortez Athena, die ihn daraufhin erstaunt ansah. „Er ist dir ebenso zugetan wie dem Rest der Familie. Und die Traumfänger leben für ihre Familie. Du wirst von ihr aufgenommen und sie werden dich mit dem Leben schützen. Bitte denk nochmal genau nach!"

Athena stand auf und stellte sich direkt von Cristobal. „Sie haben mich verletzt! Nicht nur körperlich, sondern auch seelisch! Sie wissen gar nicht wie sehr!"

Cristobal atmete gequält ein und aus. „Ja, das ist richtig. Ich kann es nur erahnen. Und ich kann nichts anderes tun als mich entschuldigen. Mittlerweile habe ich auch gelernt, dass ich nicht unbedingt mit den Gefühlen der Menschen spielen darf. Aber das ändert nicht bei Ihnen, oder?" Er erhob sich ebenfalls. „Ich mache Ihnen da keinen Vorwurf und trage Ihnen nichts nach. Ganz im Gegenteil: ich bin froh, dass Sie es geschafft haben,

Gomez... nein Leander zurückzubringen. Dafür danke ich Ihnen!"
„Sie sind verrückt!", schrie Athena aufgebracht. „Ist das einer Ihrer Pläne, mich in den Wahnsinn zu treiben?"
Verwirrt sah Cristobal sie an. „Aber das mache ich doch gar nicht! Ich bin sogar ausgesucht höflich zu Ihnen! Was wollen Sie denn, dass ich tue?"
Athena verstummte. Ja, was wollte sie eigentlich? Sie wollte ihn leiden sehen!
Hatte sie das nicht eben schon?
Wie er geschaut hatte, als sie alle Kaffee getrunken hatten...
Und die Ringe, die unter seinen Augen waren...
Nein, das war nur ein Plan von ihm, sie dazu zu bringen, den Fluch rückgängig zu machen. Sie schüttelte den Kopf.
In dem Moment ging die Tür auf und Nina kam herein. Sie kam direkt auf Cristobal zu und legte die Arme um ihm. „Wie geht es dir, Schatz?"
Verblüfft runzelte Athena die Stirn.
Schatz? Wie konnte man diesen Mann denn Schatz nennen?
Sie konnte sehen, dass Cristobal vorsichtig die Arme um die kleine blonde Frau legte und sie anlächelte, als ob gerade die Sonne aufgegangen wäre.
„Alles okay, Süße", flüsterte er. Dann drehte er sie zu Athena hin. „Das ist die Freundin von Gomez." Er verbesserte sich schnell, als er den Fehler bemerkte. „Das heißt, er nennt sich jetzt Leander."
Während Nina die Hand ausstreckte, um Athena zu begrüßen, stellte Cristobal sie vor. „Athena, das ist meine Frau, Nina."
Erstaunt nahm Athena die Hand, konnte aber nichts sagen. Das war seine Frau? Dieses zarte Wesen, das eher an eine Fee erinnerte? Wie hielt die das mit ihm aus?
„Angenehm", murmelte sie.
„Gomez ist hier?", fragte Nina und lächelte freudig. „Wie heißt er jetzt, Leander? Egal, Hauptsache, es geht ihm gut. Wo ist er?"
„Er schnappt nur kurz Luft", meinte Cristobal. „Ich geh mal schnell nachsehen."
Damit verließ er den Raum und die beiden Frauen sahen sich an.

„Wir haben uns wirklich Sorgen um ihn gemacht", plauderte Nina. „Am meisten Cristobal, obwohl er das niemals zugegeben hätte." Ihr Gesicht verdunkelte sich. „Jetzt mache ich mir Sorgen um ihn. Er sah immer noch so fertig aus. Dabei hatte ich gedacht, wenn Go... Leander wieder da ist, würde sich das positiv auf Cristobals Gesundheitssituation auswirken." Sie griff sich an den Kopf. „Entschuldigung, ich plappere Sie zu!"

„Athena...", sagte der Magier bittend. „Glaubst du nicht, dass es reicht?"

„Sieht eigentlich niemand", zischte die Angesprochene wütend hervor, „was dieser Cristobal für ein Mensch ist?"

Nina lächelte, obwohl ihr Tränen in die Augen traten. „ Wir sehen das alle, Athena. Cristobal ist ein Egoist, ein besserwisserischer Schreihals und ein Kontrollfreak. Aber er ist auch ein Mensch, der um jeden seiner Familie besorgt ist, der sein Leben für jeden von uns geben würde und versucht, im Rahmen seiner Möglichkeiten, jeden glücklich zu machen. Und dabei gibt er sich manchmal sogar fast selber auf. Er ist ein loyaler Traumfänger und lebt für seinen Beruf. Nein, er ist kein guter Ritter in weißer Rüstung, er ist einfach ein Mann mit Fehlern. Aber wenn man sich auf ihn einlässt, dann sieht man auch die guten Seiten." Sie schluckte die Tränen runter. „Ich muss ihm nach, entschuldigen Sie mich."

„Nein", sagte Cortez bestimmt. „Ich hole ihn. Sie sollten nicht da draußen rumlaufen." Er verließ schnell den Raum, bevor es sich noch jemand anders überlegte.

Athena sah Nina an. „Sie wissen, dass ich an seiner Situation schuld bin?", fragte sie leise.

Nina hob den Blick. „Nein", sagte sie. „Er hat mir nichts gesagt. Ich weiß nur, dass er krank ist. Wieso sollen Sie daran schuld sein?"

„Ich habe ihn verflucht." Athena ließ Nina nicht aus den Augen. „Alles, was er zu sich nehmen will, schmeckt nach Katzenscheiße."

Mit einer schnellen Geste schlug sich Nina die Hand vor den Mund, als sie begriff. Deshalb hatte er nichts mehr gegessen oder getrunken. Und deshalb... „Oh mein Gott", hauchte sie.

„Und das war das zweite Mal" Die andere bewegte sich keinen Millimeter. „Beim ersten Mal habe ich ihn gezwungen, mich freizulassen, bevor ich den Fluch von ihm genommen habe."

Nina dachte nach. Und ganz langsam fügte sich das Puzzle zusammen, Stück für Stück. Das war die Frau auf dem Video, begriff sie. Und Cristobal hatte sie verhört, sie dann aber vor dem Asterium geschützt. Zwar hatte er sie belogen, was Leander betraf, aber er hatte sie nicht einer Geisteslöschung unterzogen.

Ihr wurde übel und im nächsten Moment hatte sie sich im Mülleimer erbrochen.

Und Athena begann auch zu würgen. Sie suchte nach einer Möglichkeit zu verhindern, dass sie sich ebenfalls erbrach.

Was vergebens war.

Als sie schon nicht mehr wusste, wohin sie ihr Erbrochenes spucken würde, hielt ihr Nina den Mülleimer hin.

In der letzten Minute!

Athena spuckte alles heraus, was in ihr war.

Danach saßen die beiden Frauen nebeneinander, den Eimer zwischen sich stehen, jeder ein Taschentuch in der Hand, mit dem sie sich durchs Gesicht wischten.

„Sie auch?", fragte Nina matt.

Und Athena nickte.

„Wie weit sind Sie denn?", wollte die andere wissen.

„Dritter Monat" Diesmal war Athenas Stimme matt.

„Dann werden unsere Kinder wohl miteinander spielen können", wusste Nina und lächelte.

So fanden die anderen sie.

„Alles in Ordnung?" fragte Cristobal, nachdem er einen Blick auf die beiden Frauen und den Mülleimer geworfen hatte.

Dann nahm er aus dem Schrank zwei Mineralwasserflaschen und reichte jeder eine. Den Mülleimer nahm er aus der Mitte und gab ihn Thomas, der ihn einfach vor die Bürotür stellte.

Athena war verblüfft. Dieser Cristobal hatte nicht eine dumme Frage gestellt, absolut logisch gehandelt und sogar genau gewusst, dass sie jetzt dringend etwas Kaltes zu Trinken benötigte. Sie drehte die Flasche auf und nahm einen Schluck.

Dann schüttelte sie den Kopf. Sie konnte den Fluch nicht länger aufrechterhalten. Nicht so, wie sich dieser Teufel benahm, nämlich nicht dämonenhaft, sondern einfach nur menschlich.

Sie sah ihn an. „Ich nehme den Fluch zurück...", meinte sie leise, aber mit recht böser Stimme. „Aber nur, weil Sie so eine nette Frau haben."

„Danke" Cristobal hatte auch leise gesprochen, aber aus seinen Worten sprach die Erleichterung. „Ich möchte Sie in unserer Familie willkommen heißen. Auch wenn Leander, Pablo und ich nur wie Brüder aufgewachsen sind, sind ihre Frauen wie Schwestern für mich. Das gilt selbstverständlich auch für die, die mich nicht leiden können."

Es passierten unerwartet ein paar Dinge auf einmal.

Erstmal hörten alle in die Stille hinein ein Geräusch, das von vor der Tür kam.

Dann ging die Tür auf und Pablos Gesicht schaute hindurch, sorgenvoll in Falten gelegt. „Hey, Leute, Luna hat in den Mülleimer da gekotzt!", sagte er , währenddessen sich die beiden Frauen im Raum ansahen und grinsten.

„Noch eine", wusste Athena.

Dann veränderte sich Pablos Blick, als er Leander sah.

Er kam ganz rein. „Hey, Bruder! Schön dich zu sehen!" Mit einem Sprung stob er auf ihn zu und die beiden nahmen sich in den Arm.

Pablo wuschelte Leander durchs Haar. „Wie siehst du denn aus? Du siehst mir ja mittlerweile richtig ähnlich, Gomez!"

„Leander", verbesserten alle anderen wie in einem Ton.

Dann ging die Tür ganz auf und Luna trat schwankend ein, sie war leichenblass und wankte auf einen Stuhl zu.

Mitfühlend gab ihr Nina ihre eigene Mineralwasserflasche.

„Ich muss mir irgendwo eine Grippe eingefangen haben", flüsterte Luna.

Athena sah Nina an und beide begannen zu lachen.

„Ja", japste die Frau von Cristobal. „So eine, die erst in neun Monaten wieder vorbei ist, ja?"

„Ihr Kind kann dann mit unseren ebenfalls spielen", warf Athena mit einem Kieksen ein.

„Kind?" Pablo hielt alarmiert inne. „Was soll das heißen?"

„Du stellst dich aber ein bisschen blöd an, Bruder!", witzelte Leander.

Luna wurde noch weißer, schien nachzudenken, ob und wie das sein konnte, was ihr Schwager da andeutete. Dann stand sie auf und verließ in einem Wusch das Büro. Draußen hörte man sie sich nochmal übergeben.

„Glückwunsch!", freute sich Cristobal. „Das geht jetzt mindestens drei Monate so. Ich weiß Bescheid."

„Oh mein Gott!", hauchte Pablo. „Ich werde Vater...?"

Er griff sich an die Stirn, schüttelte den Kopf und stürmte dann hinter Luna her.

Leander lächelte, wandte sich dann an Cristobal. „Hör mal, wir sind zwar nicht wirklich Brüder, aber es wäre mir recht, wenn unsere Kinder wirklich gleichwertig aufwachsen, so wie wir damals."

Es gab ein Krachen.

Alle Blicke wendeten sich dem Magier zu, der offenbar von seinem Stuhl gefallen war.

„Alles in Ordnung, Herr Cortez?", wollte Nina wissen, die ihm die Hand reichte, um ihm aufzuhelfen.

„Ja, ja", stöhnte der. „Bitte helfen Sie mir nicht! Wer bin ich, mir von einer Schwangeren aufhelfen zu lassen."

Mühsam erhob er sich.

„Was ist denn los?", fragte Cristobal und schob ihm den Stuhl hin. „Haben Sie was dagegen, wenn wir unsere Kinder gemeinsam aufwachsen lassen? Das war bei uns üblich und hat uns allen nicht geschadet."

„Das war es nicht", gab Diego Cortez zu. „Leander hat gesagt, Sie beide wären keine Brüder. Das hat mich überrascht."

„Das sind wir genetisch auch nicht", gab Leander zu. „Aber wir sind wie Brüder aufgewachsen. Mein leiblicher Bruder ist Pablo."

Cristobal grinste. „Und mein leiblicher Bruder ist Dante. Wir haben dieselbe Mutter." Sein Gesicht wurde ernst. „Aber warum ist das auf einmal so wichtig?"

Cortez schluckte. „Wer ist Ihre Mutter?" Seine Stimme war heiser und seine Augen groß. „Sie ist doch eine Da Cruz, oder?"

„Ich ahne etwas", ließ sich Nina vernehmen und nickte ernst mit dem Kopf. „Was haben Sie gesagt, Cortez, vor 33 Jahren haben Sie Kontakt zu einer Traumfängerin gehabt und die ist mit Ihnen durchgebrannt?"

Cristobal setzte sich ebenfalls auf einen Stuhl. Wieso hatte er nie nach dem Namen gefragt? Und wieso war ihm nicht aufgefallen, dass das der Story seiner Mutter doch so ähnelte?

„Dolores", sagte er mit eben so heiserer Stimme wie der Magier. Der brauchte nichts mehr sagen. Er schloss die Augen und legte die Hand auf den Mund. Sein gesamter Körper begann zu zittern, er konnte sich kaum ruhig halten. Eine einzelne Träne lief über seine Wange.

„Gott...", hauchte Athena in die Runde. „Heißt das etwa, Sie sind irgendwie miteinander verwandt?"

Leander legte den Arm um sie. „Ja, ich denke schon. Offenbar haben wir den Vater von Cristobal gefunden."

„Aber ich dachte, dein Vater wäre auch der seine." Sie war verwirrt.

„Wir haben das nie an die große Glocke gehängt", gab er zu. „Aber in Wirklichkeit ist Cristobal der Sohn meiner Tante Lola und offenbar dem Magier. Meine Eltern wissen bis heute nicht, dass wir das herausbekommen haben."

„Ja", schaltete sich Nina ein. „Ich habe auch gedacht, was das für eine verkorkste Familie ist, als ich die Geschichte gehört hatte."

„Warum haben Sie das nicht eher gesagt?", fragte Cristobal mit heiserer Stimme.

Cortez wischte sich durch die Augen. Er musste sich sammeln.

„Weil ich nicht wusste, dass Sie der Sohn von Lola sind. Ich wollte Sie andauernd fragen, was mit Ihrer Mutter passiert ist, als sie nach Deutschland kam. Ab da verliert sich für mich ihre Spur."

„Sie hat Dantes Vater geheiratet und heißt jetzt Fischbach", wusste Leander. „Und hier in Deutschland nutzt sie ihren Namen Lola gar nicht mehr. Deshalb konnten Sie sie wohl nicht aufspüren."

Der Magier barg sein Gesicht in den Händen, unfähig, etwas zu sagen.

„Sie sind der gitarrespielende Typ, der mit meiner Mutter etwa drei Wochen lang in einem Wohnwagen gewohnt hat?", brachte Cristobal ungläubig heraus. „Wie kann das sein?"

„Na ja" Cortez sah auf und grinste etwas. „Früher hab ich in etwa so ausgesehen wie Sie, lange Haare und Musik im Blut."

Musik im Blut? Cristobal konnte das nicht nachvollziehen, er benutzte seine Fähigkeit nur, wenn es gar nicht anders ging.

Schulterzuckend verzog er das Gesicht. „Was haben Sie jetzt vor?", wollte er wissen. „Meine Mutter ist verheiratet. Dass Sie sie sehen wollen, ist mir klar. Aber was bedeutet das im Hinblick auf ihre Ehe mit Dantes Vater?"

Einen Augenblick lang überlegte der Magier, ohne zu blinzeln. Dann seufzte er. „Nein", sagte er bestimmt. „Ich habe Lola mein ganzes Leben lang geliebt und gesucht. Aber wahrscheinlich bin ich da einem Wunschtraum erlegen. Sie ist nicht mehr die süße 16jährige, in die ich mich damals verliebt habe und sie hat einen Ehemann. Ich würde gern mal mit ihr sprechen, aber ich werde nicht so weit gehen, ihre Ehe zu zerstören." Sein ernster Blick fand seinen Sohn. „Als ich herausbekommen habe, dass ich ein Kind mit ihr habe, war das eigentlich meine erste Intention, dieses Kind zu finden. Und kennenzulernen. Eine Beziehung aufbauen."

Cristobal nickte. Dann begann sich ein Lächeln auf seine Lippen zu legen. „Wir sind beide so blöd! Um uns herum haben alle immer gesagt, wir könnten Vater und Sohn sein. Sogar Jenny..." Er schüttelte den Kopf. „Wir haben es uns echt nicht leichtgemacht."

Leander kam näher und reichte Cortez die Hand, die er zögernd und verwirrt ergriff. „Diesmal mach ich das mal: willkommen in der Familie, Onkel Diego!" Er lachte.

Nina war die zweite. Sie umarmte ihren Schwiegervater und zog ihn in Cristobals Richtung.

Die beiden Männer sahen sich an.

„Ach verdammt!", murmelte der dunkle Instanzleiter. „Komm her, du verrückter Magier!"

Jetzt redeten alle durcheinander. Sogar Athena lächelte, gratulierte und zupfte Cristobal dann am Ärmel. „Ich brauche ein paar Minuten Ruhe. Wo kann ich hingehen?"

Der sah sie aufmerksam an, deutete auf seinen Privatraum. „Geht es dir nicht gut?", wollte er stirnrunzelnd wissen. „Soll ich einen Heiler kommen lassen?"

Sie schüttelte den Kopf. „Ich will den Fluch aufheben", meinte sie und war ganz erstaunt, dass Cristobal das vergessen hatte.

Außerdem war sie positiv überrascht. Offenbar war ihr neuer Schwager/ Cousin wohl doch nicht der Schweinehund, für den sie ihn immer gehalten hatte. Wie kann man sich doch irren...

Eine Minute später geleitete er sie ins Privatzimmer und ließ sie dort allein.

In der Aufregung, die im Büro herrschte, hatte das kaum jemand mitbekommen.

Was alle mitbekamen, war der Knall, der sich ein paar Minuten später ereignete. Sogar Nina fuhr zusammen. „Was war das?"

Diego grinste. „Ich denke, Cristobal kann jetzt wieder ohne Probleme essen und trinken."

Was der sofort auch austesten musste. Er exte eine Flasche Mineralwasser, während Athena wieder ins Büro kam.

Ninas feuchte Augen fanden die blauen von Athena. „Danke", flüsterte sie.

Leander zog seine Frau in seine Arme. „Danke", murmelte auch er und küsste sie.

Die fühlte sich irgendwie unwohl. Vielleicht war es ein Fehler gewesen, den Fluch erneut zu aktivieren, aber vielleicht war es auch der Fehler, den Fluch wieder einzufrieren. Die Zeit würde das zeigen. Sie warf Cristobal einen fragenden Blick zu, den er nickend erwiderte. Und sie erkannte, was er damit auszudrücken versuchte: er erkannte sie an, ihre Fähigkeiten und ihre Position, aber er würde sich nicht klein machen lassen. Im Grunde genommen war es so wie Leander es gesagt hatte, sie waren alle auf Augenhöhe. Damit konnte Athena leben. Sie lächelte und nickte ihm ebenfalls zu. Die beiden hatten sich verstanden.

Cristobals Blick wechselte zu Diego Cortez. Er räusperte sich. „Ich würde mich gerne nochmal mit dir allein unterhalten", gab er zu. „Und vielleicht sollten wir meine Mutter anrufen."

Der Magier nickte erfreut. „Wir haben Zeit", sagte er rau. „Jetzt, wo sich alles gefunden hat, haben wir mehr Zeit als je zuvor."

Ja, Zeit ist etwas sehr Seltsames.

Sie heilt, sie überdauert viele Gefühle und potenziert sie in die Höhe. Und sie konserviert Hass, lässt ihn immer wieder hochkochen.

Bei manchen Leuten zumindest...

Dreizehn

Am nächsten Morgen kam in der dunklen Instanz ein Anruf von Dante. Er hatte von Nina gehört, was passiert war und wollte Leander persönlich begrüßen und mit ihm und Athena sprechen. Also informierte Cristobal seinen Bruder auf dem Handy, da er und Athena ins Hotel gezogen waren. Er selbst wollte auch mitkommen, um Dante von Cortez, mit dem er sich den ganzen Abend unterhalten hatte, zu berichten. Schließlich ging es auch um Dantes Mutter, die da involviert war.

So holte er das junge Paar eine Stunde nach dem Anruf ab und sie fuhren gemeinsam ins Gebäude des Asteriums.

Am Eingang bekamen sie alle Passierscheine und einen Wächter, der sie in die Räume von Dante, dem Ehrwürdigen, begleitete.

Auf dem Weg dahin trafen sie auf die Dritte, die ihre Augen gesenkt hielt und nur murmelnd grüßte. Leander dachte sich nichts dabei, kannte er sie doch gar nicht, Cristobal würdigte sie keines Blickes, nur Athena runzelte die Stirn. Etwas war komisch mit dieser Frau, aber das konnte sie später auch noch mal fragen. Erstmal war sie jetzt gespannt auf diesen Dante.

Dieser Dante entpuppte sich als großer Mann, der den Da Cruz Männern so ähnlich sah, dass er die Verwandtschaft nicht verleugnen konnte. Er hatte allerdings kastanienbraune Lockenhaare und ein offenes Wesen. Sofort ging er auf Leander zu und umarmte ihn. „Mann, bin ich froh, dass du wieder da bist!" Leander lächelte ihn an und umarmte ihn ebenfalls. „Hab ich euch echt so gefehlt?" Er grinste. „Sag mir einfach, dass Cristobal so unausstehlich war, dass ihr alle gebetet habt, dass ich wiederkomme!"

Dante lachte laut auf. „Das kann ich leider nicht. Wir anderen haben ihn alle so fertig gemacht, dass er uns als unausstehlich dastehen lassen könnte." Er winkte ab. „Nein, im Ernst, wir haben ihm die Hölle heißgemacht." Freundlich wandte er sich an die Frau an Leanders Seite. „Du musst Athena sein. Ich kann nicht sagen, dass du mich nicht auch Nerven gekostet hast, aber letztendlich ist ja alles gut ausgegangen. Freut mich, dich kennenzulernen!"

Athena reichte dem Ehrwürdigen die Hand und lächelte ebenfalls. „Sagen wir es mal so: ich habe gewisse Fähigkeiten, und jemandem auf die Nerven zu gehen gehört definitiv dazu."

„Ja", stöhnte Cristobal gespielt genervt, „und das ist nicht das einzige."

Dante sah an Athena vorbei und grinste Cristobal an. „Hey, Bruder, wie geht es? Heute schon was gegessen?"

„Haha", machte der ältere säuerlich. „Athena hat den Fluch zurückgenommen!"

„Danke", meinte Dante in ihre Richtung. „Wir hätten ihn so nicht weiter ertragen können!"

Cristobal grummelte etwas in seinen nicht vorhandenen Bart, aber jeder konnte sehen, dass er es gar nicht so meinte. „Ist Nina auch hier irgendwo?", fragte er dann.

„Auf der Toilette, sie kommt gleich", bestätigte Dante. Dann setzte er sich mit den anderen an einen Tisch und servierte Kaffee und Kekse, als täte er den ganzen Tag nichts anderes.

„Erzähl mal, Athena", forderte er sie nach einer Weile auf. „Wie hast du Gomez letztendlich kennengelernt?"

„Leander", verbesserte sie ihn mit einem Lächeln. Das war ihr fast zur zweiten Natur geworden und wenn sie es genau sagen sollte, gefiel ihr dieser Name wirklich besser. Sie begann zu erzählen, als Nina und eine andere Frau reinkamen.

Die hatte lange dunkle Haare und blaue Augen. Augenscheinlich schien sie zu Dante zu gehören, denn sie stellte sich gleich hinter seinen Stuhl und legte die Hand auf seine Schulter.

An dem Blick, den Dante ihr zuwarf, konnte Athena sehen, dass die beiden sich sehr lieben mussten.

„Ich bin Raja, Dantes Frau", stellte sich die Dame dann auch gleich vor und schüttelte Athenas Hand, bevor sie Leander umarmte und Cristobal vorwitzig in die Seite knuffte.

Nina setzte sich ebenfalls an den Tisch und stöhnte etwas. „Das Asterium findet später zusammen. Der lichte Ralf hat sich für heute Morgen abgemeldet. So haben wir etwas Zeit, aber ich

weiß nicht, wie wir das Pensum schaffen sollen."
„Das machen wir dann eben morgen", meinte Dante versöhnlich.
„Ich bin ganz froh, wenn wir Athena mal kennenlernen dürfen."
Raja lachte leise und beugte sich zu Athena rüber. „Das sagt er jetzt. Aber als er das erste Mal von dir erfuhr, hat er sich die Haare gerauft! Du hast doch das Buch der Stille gestohlen, nicht?" Entgegen der deutlichen Worte, schien sie das Athena nicht übel zu nehmen.
„Das war nicht deshalb", beeilte sich Dante zu sagen. „Maya hatte etwas kaputt gemacht..." Er wurde fast ein wenig rot.
„Maya ist unsere kleine Tochter", erklärte Raja und holte ein Bild der entzückenden Einjährigen hervor.
Wehmütig schaute Athena darauf und ihr wurde mit einem Mal erschreckend klar, dass sie bald auch so ein kleines Wesen im Arm halten würde. Nein, ihr Baby würde noch kleiner sein, wusste sie.
„Alles okay?", fragte Raja leise, als ob sie es gespürt hätte.
„Ja" Athena reichte das Bild zurück und lächelte. „Ich werde in nächster Zeit ebenfalls ein Baby bekommen und ich musste daran denken."
„Fein!", freute sich die Frau von Dante und drückte Athenas Arm kurz. „Wird auch mal bald Zeit, dass Maya Spielgefährten bekommt. Ninas und Cristobals Kind kommt ja dann auch in Kürze. Das wird ein lustiger Haufen!"
„Wir sind ungefähr gleich weit", wusste Nina und grinste bei dem Gedanken an den lustigen Haufen.
„Vielleicht sollten wir einen Kinderhort aufmachen", witzelte Leander.
Athena war es gerade ein wenig zu viel. Sie fühlte sich etwas ausgeschlossen, obwohl alle sehr freundlich zu ihr waren. Aber diese ganzen Menschen waren schon eine Familie und sie selbst musste erst noch da reinwachsen. Sie erhob sich ungestüm.
„Entschuldigung, ich würde mich gern ein wenig frischmachen..."
Alle Augenpaare waren auf sie gerichtet.
Raja erhob sich ebenfalls. „Sicher, ich zeige dir, wo es ist."
Zu zweit verließen sie den Raum.
Schweigend ging sie hinter Raja her, die ihr ein wunderschönes

267

Badezimmer zeigte.

„Soll ich warten, oder findest du allein zurück?", wollte Dantes Frau wissen.

„Nein, bitte", meinte Athena schnell. „Ich finde das schon."

Raja warf einen sonderbaren Blick auf Athena. Aber sie ahnte, dass die andere ein wenig Zeit für sich brauchte und lächelte ihr zu, bevor sie die Tür schloss und zu den anderen zurückging.

„Wir überfordern sie gerade", sagte sie, als sie wieder im Besucherraum war.

Leander seufzte. „Ich weiß nichts über ihre Familie, aber vielleicht sind wir zu viele für sie. Am besten, wir gehen wieder." Er schob den Stuhl zurück und wollte sich erheben.

Nina hielt ihn auf. „Nein, warte. Gib ihr eine Chance, das selbst herauszufinden. Wenn sie wiederkommt und du willst gleich mit ihr ohne Grund gehen, wird sie sich komisch vorkommen, komischer als wenn ihr hier bleibt, glaub mir."

Widerstrebend nickte Leander und blieb sitzen.

„Wir machen ihr keine Schwierigkeiten", ließ sich auch Raja vernehmen. „Ich finde sie ganz nett!"

„Das ist sie auch", ließ sich da ausgerechnet Cristobal vernehmen, was die anderen veranlasste, ihn groß anzusehen.

„Hey", verteidigte er sich. „Was schaut ihr denn? Sie hat mir gleich zweimal den Fluch entfernt, den sie mir aufgebrummt hat, weil ich sie schlecht behandelt habe. Ich an ihrer Stelle wäre noch viel länger darauf herumgeritten."

Nina küsste ihn auf den Mund und brachte ihn damit zum Schweigen. „So kennen wir dich!", grinste sie.

Das anschließende Lachen der anderen ging in dem Getöse unter, dass Ninas Handy machte.

Wer das wohl war? Die Nummer kannte kaum jemand, außer dem Asterium und den Anwesenden.

Es wurde ganz still, als Nina nach kurzem Suchen ran ging. „Ja?", fragte sie atemlos.

Sie hörte ein Rascheln oder Rauschen, dann ein kurzes Geräusch, das auch ein gequältes Stöhnen hätte sein können.

„Wer ist da?", fragte eine matte Stimme.

Nina hatte sie erkannt und atmete auf. „Ralf? Sind Sie das? Ich bin es, Nina!"

„Oh", machte Ralf und atmete schwer. „Ich konnte nur Ihre Nummer wählen. Tut mir leid."

Das war seltsam. War der Kollege verwirrt oder was? Sie runzelte die Stirn und sah in die Gesichter der Leute, die aufmerksam warteten, was sich ergeben würde. „Ralf", sagte sie, „stimmt etwas nicht?"

Wieder kam Geraschel aus dem Mobiltelefon. „Ich... habe ein Problem... Wo sind Sie gerade?"

„In einem Besucherraum im Asteriumsgebäude", meinte Nina schnell. „Meine Familie ist bei mir."

„Ohhh", stöhnte Ralf, als ob es ihm nicht so recht wäre oder er bei etwas ertappt worden war, das ihm peinlich war. „Ihr Ehemann, nehme ich an?"

„Der auch", gab Nina zu. „Aber was ist denn los? Kann ich Ihnen helfen?" Der war ja wirklich sehr seltsam.

Ralf schien Luft zu holen, es raschelte im Hintergrund wieder, dann räusperte er sich. „Würden Sie bitte jemanden von den Männern in meine Privaträume schicken? Ich bin in einer... schlimmen Situation, die mir sehr peinlich ist... Aber bitte nur einen *Mann*! Kann sein, dass Sie die Tür aufbrechen müssen."

Nina bekam große Augen und winkte Dante zu.

Der starrte sie allerdings nur verwirrt an, da er nicht mitbekommen hatte, was Ralf am Telefon sprach.

„Ich schicke Dante los!", versprach Nina und machte ihm wieder Zeichen. „Soll ich solange dranbleiben?"

„Wenn es geht", stöhnte Ralf. „Ich kann eh nicht auflegen... Aber bitte... beeilen Sie sich!"

„Dante, ihr müsst mal zu Ralf ins Quartier gehen und ihm helfen!", erklärte Nina und sah ganz ernst aus. „Vielleicht müsst ihr die Tür aufbrechen, sagt er. Offenbar hat er ein Problem, dass nur ein Mann lösen kann."

Cristobal erhob sich ebenfalls. „Ich gehe mit!"

Leander auch. „Dito!" Er wandte sich an Raja. „Kannst du dich gleich um Athena kümmern, wenn sie wiederkommt?"

Die nickte, während sich die drei Männer schnell auf den Weg machten.

Was war mit Ralf los? Offenbar schien es ihm sehr schlecht zu gehen. Aber warum wollte er nur männliche Hilfe?

Das war schon komisch...

Sie fanden die Privaträume von Ralf recht schnell, was auch daran lag, dass vor der Tür ein Wächter saß und den Schlaf der Gerechten schlief. Leander beugte sich runter und stupste ihn an, was den Mann zur Seite fallen ließ. Da sah man dann auch, dass er eine kräftige Beule an der Stirn hatte. Wahrscheinlich hatte ihm jemand was auf den Schädel gehauen.

Dante schnappte sich sein Handy und orderte einen Heiler an.

Dann wandte er sich an Leander. „Wartest du kurz hier, bis der kommt. Cristobal und ich schauen nach, was da drin los ist."

Der letzte nahm Anlauf und trat die Tür ein. Das funktionierte auch ohne Probleme.

Langsam gingen die beiden Brüder in den Flur. Hier war nichts, alles aufgeräumt und adrett. In der angrenzenden Küche konnte man auch nichts sehen. Ebenso im Wohnzimmer.

„Entweder ist der im Schlafzimmer oder im Bad", wusste Dante und hatte ein ungutes Gefühl. Er wollte Ralf weder im einen noch im anderen Raum gern begegnen, aber schließlich hatte der um Hilfe gebeten, also was blieb ihm da übrig?

„Weiter", knurrte Cristobal. Er hatte ein eben so ungutes Gefühl.

Das Bad ergab nichts, also blieb nur noch eine Tür.

Ganz langsam öffnete Dante diese und erstarrte. Und Cristobal, der direkt hinter ihm stand, erstarrte ebenfalls.

So etwas hatten beide noch nicht gesehen.

Ralfs Blick fand die der beiden erstaunten Männer und er sprach matt ins Handy, das er in einer Hand geklebt hatte. „Sie haben mich, Sie können jetzt auflegen."

Dante kam ganz in den Raum und versuchte, das Handy aus der Hand des Kollegen des Asteriums zu lösen, aber es war augenscheinlich wirklich festgeklebt worden. Und jetzt war auch klar, warum er nur eine einzige Nummer hatte wählen können. Die war vorher auf dem Handy eingegeben worden. Sogar der Finger war auf der Taste festgeklebt.

Entsetzt schluckte Dante. „Wer war das?", brachte er hervor.

Cristobal trat in den Raum und musterte Ralfs Gesicht, das

mittlerweile rot angelaufen war. Das lag nicht nur daran, dass es ihm ultrapeinlich war, wie er hier herumhing, sondern auch vielmehr daran, dass man um seinen Hals eine Schnur gewunden hatte, die so raffiniert geknüpft war, dass sich Ralf bei nur der kleinsten Bewegung die Luft wenn nicht ganz dennoch teilweise abschnürte.

„Jenny", wusste Cristobal dunkel. Er hatte die Schnittwunden im Gesicht des Aufgeknüpften richtig gedeutet. Dann sah er sich nach einem Messer suchend um.

„Auf dem Nachttisch", sagte Ralf leise.

Cristobal hatte es gefunden und schnitt die Schnur um den Hals auf, worauf Ralf tief und schnaufend einatmete.

Dante trat einen Schritt nach hinten, um das gesamte Bild nochmal auf sich wirken zu lassen und herauszubekommen, wie man Ralf jetzt weiterhelfen konnte. Der hing an einem Haken, der in der Decke angebracht war. Wahrscheinlich war dort früher mal eine Lampe gewesen, denn eine elektrische Leitung hing daneben. Jenny hatte ihm die rechte Hand mit dem linken Bein zusammengebunden und ihn in einer komplizierten Fesselung an dem Haken befestigt. Wenn man jetzt die Schnüre durchschneiden würde, plumpste Ralf direkt auf den Boden auf. Das wollte eigentlich keiner.

Cristobal riss die Decke aus dem Bett und legte sie direkt unter den Hängenden. „Das wird ein bisschen wehtun!", wusste er, verbiss sich aber ein Grinsen. Er wusste, wie blöd das war, von Jenny in einer Zwangssituation zurückgelassen zu werden.

Nicken konnte Ralf nicht, aber seine Augen sagten, dass er bereit war.

Der dunkle Instanzleiter setzte an, schnitt eine Schnur mit einem Ruck durch, und Ralf fiel auf die Decke. Er stöhnte und schrie leise auf. „Schulter ausgekugelt!", stöhnte er.

Dante bewegte sich zur Tür. „Ich hole den Heiler!" Dann warf er seinem Bruder einen Blick zu. „Hilf ihm beim Anziehen!"

Auch das noch!

Cristobal machte einfach einen Schrank auf und holte Unterwäsche und eine Jogginghose hervor. So ungern er das tat, half er dem Asteriumsmitglied hinein, der seine Schreie hinter zusammengebissenen Zähnen verbarg.

„Ich hab es Ihnen gesagt", murmelte Cristobal und konnte das nicht lassen. „Sie würden Jenny nicht wollen! Wissen Sie jetzt, was ich meinte?"

Widerstrebend nickte Ralf, zuckte angesichts der Schmerzen aber zusammen.

Dann kam der Heiler und mit ihm Dante und Leander in den Raum. Wenn der Heiler erschrocken über das Szenario war, ließ er sich nichts anmerken. Er begann sofort mit der Heilung.

Einmal schrie der Asteriumskollege nochmal auf, als der Heiler die Schulter einrenken musste, dann aber wurde ihm schnell besser und er sah die drei Männer an. „Es tut mir so leid..."

„Nicht doch", meinte Dante gutmütig. „Wir brauchen darüber nicht zu diskutieren."

„Doch", meinte Ralf unglücklich. „Leider müssen wir das."

Der Heiler war fertig und wurde von Dante angewiesen, auf keinen Fall ein Wort über das hier zu verlieren und den Raum zu verlassen.

Ralf schlich zum Schrank und holte sich ein T-Shirt hervor, dass er langsam anzog. Er hatte immer noch das Handy in der Hand festgeklebt und das behinderte ihn etwas. Später würde er jemand finden, der ihm half, das loszuwerden. Jetzt war etwas anderes wichtiger. „Sie müssen wissen, während Sie mir hier geholfen haben, hat sie den Tresorraum besucht und das Buch der Stille geholt."

„Scheiße!", keuchte Leander. „Von wem reden wir hier eigentlich?"

Cristobal stöhnte. Was hatten die denn alle immer mit diesem verfluchten Buch? „Die Dritte! Jenny!"

„Wie kann das sein?", fragte Dante fassungslos in den Raum.

„Sie hat meine Identitätskarte...", sagte Ralf leise.

Die Karte hatte jeder vom Asterium. Und mit ihr kam man überall hin!

Dante schnappte sich sein Handy und rief den Zweiten an, der nicht sofort ranging. Als er sich aber endlich meldete, konnte er sich von Dante etwas anhören.

Aber das Kind war in den Brunnen gefallen. Minuten später war klar, das Buch war gestohlen worden, schon wieder.

Aber das war nicht alles...

„Die Dritte war nicht allein im Tresorraum", wusste der Zweite, der den Film der Überwachungskamera justamente in Augenschein nahm. „Da ist noch eine Frau, die ich nicht kenne. Lange dunkle Haare, nicht besonders groß, die Dritte hält ihr eine Waffe an die Schläfe."

„Ich komme sofort!", meinte Dante aufgebracht. „Wer ist diese zweite Frau?"

„Keine Ahnung!", gab der Zweite zu. „Sie ist hübsch, irgendwie kommt sie mir auch bekannt vor, aber..." Er stockte. „Moment mal, das könnte die Frau sein, die das Buch das erste Mal gestohlen hat. Zumindest die Schuhe sind ähnlich."

„Scheiße!", fluchte Dante, der mit einem Schaudern begriff. Er sah Leander an. „Sie hat Athena..."

Eine halbe Stunde später waren alle keinen Schritt weiter. Sie wussten mittlerweile, dass die Dritte Athena im Waschraum aufgegabelt und diese für ihre Zwecke einfach mal so mitgenommen hatte. Auf dem Video, das der Zweite recht schnell gebracht hatte, sah man nur, dass Jenny Athena mit einer Pistole bedrohte und sie das Buch mitnehmen ließ.

Durch die Identitätskarte von Ralf konnte sie alle Alarmsysteme ausschalten und sie hatte das Gebäude ohne Probleme verlassen können – mit Athena und dem Buch.

Niemand sagte ein Wort, während Leander wie ein wütender Tiger hin- und herwanderte und die Hände rang.

„Was ist das für eine gottverdammte Scheiße hier?", brüllte er lautstark und blieb stehen. „Ich verstehe nicht, wie man eine Frau in die Position einer hochrangigen Beschützerin erheben kann, die ein Faible für Bondage und Kidnapping hat! Hat eigentlich einer mal nachgedacht, bevor die den Dritten ersetzt hat? Der war auch nicht ohne, aber..."

„Halt die Luft an!", unterbrach ihn Cristobal. „Wir wissen alle, dass du dir Sorgen um Athena machst. Es bringt uns allerdings nicht einen Schritt weiter, wenn wir darüber diskutieren, wer wann welchen Fehler gemacht hat. Wir sollten lieber nachdenken, wie wir die beiden finden können. Das übliche

Orten über einen Weisen fällt flach, ja?"

„Wenn diese Frau mit Athena weiterhin unterwegs ist", grummelte Leander böse, „dann ja. Sie ist durch die Tattoos geschützt und das wirkt sich auch auf ihre Begleitung aus."

„Die Frage ist ja folgende", schaltete sich der Zweite ein, der dem Gespräch gefolgt war, aber nicht alles verstehen konnte. „Was will die Dritte mit dem Buch und warum braucht sie dazu eine Geisel?"

„Na, die Frage ist ja wohl überflüssig!", rief Leander aufgebracht. „Sie will in die alte Kammer! Jeder will hier heutzutage in die alte Kammer, als gäbe es dort was umsonst! Und diese Frau hat Athena mitgenommen, weil sie sich erhofft, dass die die Passage kennt, mit der man dorthin gelangt." Er verdrehte die Augen. „Wenn Sie sonst nichts Konstruktives zu sagen haben, dann halten Sie besser den Mund!"

Valentin Meisterjahn, seines Zeichens der Zweite der Beschützer des Asteriums, erhob sich verärgert. Als Empath wusste er allerdings, dass Leander diese Worte nur aus Sorge um seine Frau hervorgestoßen hatte. Also zwang er sich zur Ruhe.

„Wenn sie mit Athena in die Kammer will, wird ihr das nicht so gut bekommen", wusste Cristobal. „Wir sind damals zu dritt gegangen und jeder wurde einer Fähigkeit beraubt."

„Richtig", nickte Raja besorgt. „Und die beiden sind nur zu zweit. Das bedeutet, eine wird mindestens zwei Fähigkeiten verlieren."

Leander blieb stehen und sah Raja ernst an. „Ich mache mir gerade wirklich Sorgen! Athena ist schwanger! Was, wenn ihr das schadet."

„Bestimmt nicht", beruhigte Raja ihn. „Ich war mit Maya schwanger und sie ist hervorragend geraten. Die Kammer tut ihr nichts. Was mit der Dritten ist, dazu kann ich nichts sagen."

„Wir müssen sie finden!", sagte Ralf müde, der seine Finger mit einer Tinktur aus Aceton wieder und wieder bestrich, um den Sekundenkleber loszuwerden. „Nina, können Sie ihr nicht eine Botschaft senden, sie beeinflussen, wie Sie das sonst so machen?"

Nina nickte. „Ich versuche es." Sie schloss die Augen und konzentrierte sich. Dann sah sie in die Gegenwart und warf den

Kopf in den Nacken. Blauer Nebel umwaberte sie.

Es dauerte auch nicht lange, da wurde sie auch schon wieder klar und hielt sich mühsam an der Tischplatte fest.

Im Nu war Cristobal bei ihr und legte die Arme um sie. „Brauchst du etwas?", fragte er leise.

Nina schüttelte den Kopf. „Es geht schon, danke. Athena und die Dritte sind in einem Wohnzimmer. Beide sind wohlauf, wenngleich die Dritte Athena mit einer Pistole bedroht. In ihre Gedanken kann ich nicht hinein, sie schmeißt mich raus, aber bei der Dritten konnte ich etwas bewirken. Allerdings nur kurz. Für einen Augenblick hat sie die Waffe gesenkt, dann drängte sie mich raus und war wieder die gleiche störrische Frau." Wieder schüttelte sie den Kopf. „Das tut mir so leid, dass ich nicht mehr machen kann."

Ihr Ehemann küsste sie auf den denselben. „Das hast du doch sehr gut gemacht. Du hast viel mehr getan als wir."

„Mir fällt da gerade was ein." Leander legte nachdenklich die Hand auf die Stirn. „Als ich mit Athena in der Waldhütte war, hat Diego versucht, sie zu orten. Er hätte es auch fast geschafft, aber Athena hat interveniert. Damals habe ich dieses blaue Licht zum ersten Mal gesehen. Das müsste doch heißen, Diego kann es wieder tun." Er sah auf. „Ich muss ihn fragen."

„Warte", hielt Cristobal ihn auf. „Ich ruf ihn an. Tiymur soll ihn herbringen!" Er bat Nina um ihr Handy und telefonierte schnell mit mehreren Personen. Am Ende sah es so aus, als ob Adnan und Tiymur den Magier ins Gebäude des Asteriums bringen würden.

„Lasst uns überlegen, wie wir fortfahren, wenn der Magier die beiden orten könnte", fand Dante, nachdem sie zum Warten verurteilt waren.

„Wir müssen die beiden unbedingt herausholen, bevor sie irgendwas in der Kammer machen", forderte der Zweite mit grimmigem Gesicht. „Das hat oberste Priorität!"

„Die Frage ist: wer soll sie da rausholen?", wollte Cristobal wissen. „Beim ersten Mal durften nur die Leute gehen, die vom gleichen Blut waren wie Dante. Was mich zu der nächsten Frage bringt: ist das immer noch so? Oder darf einfach jeder durch das

Portal gehen. Und wie viele Portale dürfen wir öffnen, da die Dritte bestimmt ebenfalls eines geöffnet hat. Woher bekommen wir die Textstelle, um das Portal zu öffnen? Im Moment haben wir mehr Fragen als Antworten."

„Die Textstelle ist kein Problem", entfuhr es dem Zweiten. „Die ist uns bekannt. Was die anderen Fragen angeht..."

„Sie kennen die Textstelle?", fragte Dante entgeistert.

„Sie müssen ja gar nichts sagen", empörte sich der Zweite. „Sie brauchen doch keine Textstelle, um in die Kammer zu kommen. Das schafften Sie beim letzten Mal doch auch so."

Stöhnend verdrehte Dante die Augen. „Sie haben mich unter Drogen gesetzt und ich hatte Fieber vom Feinsten! Glauben Sie, das stehe ich nochmal durch? Und allein konnte ich nicht mal zurück, meine Leute mussten mich holen!"

„Leute, Leute!", rief Raja und klatschte in die Hände. „Das bringt uns nicht weiter. Erstmal haben wir einen Vorteil, dass wir wissen, welche Textstelle wir benutzen müssen. Jetzt weiter, wer kann gehen?"

„Von uns hat keiner Blut von Athena", wusste Leander betrübt.

„Aber sie ist schwanger von dir", meinte Nina. „Sie hat damit quasi dein Blut in sich."

„Dann bin ich der erste Kandidat", sagte der jüngste Da Cruz mit einem Nicken. „Fehlen noch zwei."

Cristobal schüttelte den Kopf. „Im Zweifelsfall musst du nur einen mitnehmen. Das Portal ist nur für vier Leute ausgelegt. Wir mussten damals den Weisen Alex zurücklassen, weil wir zu viele waren. Es sind jetzt zwei dort, also können nur noch zwei reingehen, denn sonst muss einer dort bleiben."

Leander lief ein Schauer über den Rücken. „Ich wünschte, ich wüsste mehr darüber. Wie sieht das denn aus, wenn wir dort hingehen, verlieren wir irgendwelche Talente?"

Raja schüttelte den Kopf. „Nicht, wenn Athena und die Dritte schon etwas verloren haben. Aber genau weiß ich es nicht."

„Der zweite, der mitkommen sollte, kann in diesem Fall nur Pablo sein", ließ sich Cristobal vernehmen, der nachgedacht hatte. „Er hat auch dein Blut, Leander."

„Verdammt, ja", fluchte der andere. „Wir müssen ihn anrufen!"

Das war unnötig, wie man gleich darauf feststellen durfte.

Er stiefelte mit Diego und Luna hinein, flankiert von Adnan und Tiymur.

„Was ist hier los?", fragte der Zwillingsbruder von Leander mit gefurchteter Stirn. „Hab ich das richtig verstanden? Die Dritte hat Athena entführt? Wie zum Geier ist das möglich gewesen?"

Luna ließ sich auf einen Stuhl gleiten. Sie war blass im Gesicht, aber dennoch gefasst. „Ich habe euch immer wieder gesagt, dass sie sich verstellt! Warum habt ihr nicht auf mich gehört?"

Der letzte Teil ging an die Anwesenden vom Asterium.

„Weil einige Leute offenbar ein wenig durch eine rosarote Brille geschaut haben", knurrte Cristobal.

„Wie jetzt?", fragte Pablo verwirrt.

Ralf hob die Hand, an der immer noch das Handy klebte und verzog das Gesicht. „Das ging wohl gegen mich..."

Diesmal sah der Zweite ziemlich dämlich drein. „Entschuldigen Sie die Frage, aber können Sie das erklären?"

Der Gesichtsausdruck von Ralf fror ein. Immerhin war er eine Respektsperson beim Asterium. Da konnte der Zweite nicht gegen anstinken. „Die Frage ist, ob ich das will!"

„Das ist doch im Moment unerheblich", half ihm Nina aus der Klemme. „Der lichte Ralf hatte sich wohl ein wenig in die Frau verguckt und die hat das schamlos ausgenutzt. Punkt! Wir haben irgendwie jetzt andere Probleme!"

„Diego!", forderte Cristobal seinen Vater auf. „Kannst du Athena orten? Leander hat gemeint, du hättest das schon mal gemacht."

Der Magier nickte leicht. „Das ist kein Problem, wenn sie noch hier irgendwo ist. Allerdings geht das nicht, wenn sie schon in die Alten Kammer vorgedrungen ist. Das ist dann unmöglich."

Der Zweite schüttelte den Kopf. „Die Körper der Leute bleiben hier, fallen in eine Art Tiefschlaf. Nur die Seelen gehen dort hin."

„Oh" Diego wunderte sich. Damit hatte er nicht gerechnet.

Er nickte, konzentrierte sich und stellte sich locker in den Raum. Minuten später umgab ihn blaues Licht, was jeden im Raum überrascht aufschauen ließ.

Leander war das schon von Athena gewohnt, aber es war einfach immer spektakulär, da niemand mit einer solchen Aktion rechnete.

Es verging nur eine kurze Zeit, da zog sich das Licht zurück.

„Im Hilton", sagte der Magier nur. „Athena hat dort eine Suite. Dort sind sie."

„Haben die das Portal schon geöffnet?", wollte der Zweite wissen und ließ den Magier nicht aus den Augen.

Der nickte. „Ich konnte sie auf dem Boden liegen sehen, ohne Besinnung."

„Verdammt!", fluchte Leander. Er sprang auf und war schon im Begriff, aus der Tür zu stürmen, als Nina ihn aufhielt.

„Du kannst da nicht alleine hin!", sagte sie bestimmt. „Was willst du denn tun? Wir müssen alle gehen!"

„Alle ist vielleicht ein bisschen viel", widersprach ihr Cristobal. „Den lichten Ralf können wir mit dem Handy am Finger so gar nicht gebrauchen. Und auch den Zweiten hätte ich lieber nicht so gern dabei, der hat genug zu tun mit dem Chaos, das die Dritte hier hinterlassen hat. Ansonsten würde ich noch Raja gern mitnehmen, die könnte heilen, falls es vonnöten ist."

„Glaubst du das?", fragte Leander und wurde blass.

„Er meint es nur zur Vorsicht!", beruhigte Dante ihn und seine Frau neben ihm nickte zustimmend.

„So spektakulär wird das auch nicht", stimmte ihm Cristobal zu. „Während die beiden durchs Portal gehen, sind wir nur dazu verurteilt zu warten."

„Egal", sagte Nina bestimmt. „Du glaubst doch nicht wirklich, ich könnte hierbleiben und herumsitzen!"

Jeder konnte es sehen, dass es Cristobal vielleicht lieber gewesen wäre, wenn Nina nicht mitgekommen wäre, aber das wagte er nicht zu sagen. Niemand wagte, es zu sagen.

Und so brach die Truppe auf, um anschließend die Suite im Hotel zu stürmen. Dort fanden sie auch die beiden Körper von Athena und der Dritten. Sie langen auf dem Boden und rührten sich nicht.

Vierzehn

Als Athena aus der Toilette kam und sich die Hände wusch, ging die Tür mit einem Knall auf und eine hübsche, großgewachsene Frau mit kurzen welligen Haaren trat forsch ein. Das war die Frau, die sie schon auf dem Hinweg zu Dante gesehen hatten, wusste Athena.

Die Frau zog eine Schusswaffe aus ihrem Gürtel hervor und zielte direkt auf Athenas Gesicht, ohne mit der Wimper zu zucken. „Du!", sagte sie mit böser Stimme.

Wie auf Kommando nahm Athena mit weit aufgerissenen Augen die Hände hoch, obwohl ihr das niemand befohlen hatte. Offenbar war dies eine Art Reflex gewesen. „Ja?", fragte sie mit zitternder Stimme.

„Du bist die Frau, die das Buch der Stille gestohlen hat!", zischte die andere und ließ sie nicht aus den Augen.

Athena brach der Schweiß aus. „Das ist richtig", hauchte sie. „Aber es ist wieder zurückgegeben worden."

„Still!", forderte die Frau und kam noch einen Schritt näher. „Pass genau auf! Wir werden jetzt da raus gehen und dann wirst du genau das machen, was ich dir sage! Und wenn du nur einen falschen Schritt machst, dann hast du eine Kugel in deinem Körper, so dass du dir nie wieder Sorgen darum machen musst, ob ich dich für den ersten Diebstahl bestrafen werde!"

„Den ersten Diebstahl?" Athena schluckte trocken. Wovon redete diese Frau bloß?

„Ganz recht!" Die andere grinste böse. „Wir stehlen das Buch nochmal! Und jetzt los!"

Die Frau stieß sie vorwärts und bald standen sie im Gang.

Während Athena schräg vor der Dritten hergehen musste, fast gestoßen wurde, überlegte sie krampfhaft, wie sie da wieder rauskommen sollte. Aber es ging alles so wahnsinnig schnell.

Offenbar hatte die Frau eine Identitätskarte, mit der sie alle Schranken öffnen konnte und niemand stellte sich ihr in den Weg. Ganz im Gegenteil: die meisten Leute, die ihnen entgegenkamen, grüßten sie höflich und ehrerbietend.

Ein paar Minuten später hatten sie das Buch und strebten dem Ausgang entgegen. Die Dritte, ja das hatte Athena nun auch schon rausbekommen, stieß sie zu einem Auto, warf ihr die Schlüssel zu und winkte ihr mit der Waffe zu. Dann saßen sie drinnen und Athena startete den Wagen.

„Wohin fahren wir?", fragte sie mit belegter Stimme.

„In deine Wohnung!", befahl die Dritte. „Du hast doch eine im Hotel!" Sie kam ihr ganz nahe und lachte leise über das Erschaudern, das Athena befiel. „Mach keine Dummheiten! Fahr einfach los, dann lass ich dich vielleicht leben!"

Sie fuhr los und wurde langsam ruhiger. Was wusste sie?

Offenbar wollte die Frau das Buch benutzen, sonst hätte sie es ja nicht stehlen müssen. Und sie brauchte sie, Athena, wohl noch. Vielleicht für die richtige Textstelle? Nun, die wusste sie auch nicht. Sie hatte zwar eine Kopie des Buches in einem ihrer Safes, aber sie hatte keine Ahnung, welche Worte nötig waren, um endgültig in die Alte Kammer zu gelangen. Nachdem Leander gesagt hatte, dass es gefährlich war, hatte sie den Plan, selbst dorthin zu gelangen, nach hinten verschoben.

„Warum wollen Sie in die Alte Kammer?", fragte Athena nach einer Weile, während sie die Augen nicht von der Straße ließ.

Die Dritte lachte auf. „Du bist nicht so dumm wie ich gedacht hatte! Na, was denkst du denn?"

„Geld?" Athena zuckte die Schultern, wurde ruhiger. „Oder was möchten Sie ändern?"

Wieder lachte die Dritte. „Nein, Geld nicht. Geld ist nicht so wichtig! Ich will einen Mann!"

Verblüfft wagte sie einen Blick auf die Dritte. „Einen Mann?" Sie schüttelte den Kopf. „Sie sehen nicht so aus als hätten sie es nötig, beim Schicksal eine Eingabe zu machen, um einen Mann zu bekommen."

„Ich will einen bestimmten!", zischte die Dritte und ihr Gesicht verzog sich zu einer Maske. „Einen, der schon im Bann einer anderen ist! Und deshalb kann ich ihn nur bekommen, wenn ich das Schicksal ändere! Und du? Du hast das Buch doch auch aus diesem Grund gestohlen! Was willst du dort?" Wieder stieß sie mit der Waffe in die Luft.

„Ja", gab Athena zu. „Ich wollte das Schicksal auch ändern..."

„Gut für dich!", zischte die Dritte. „Denn du wirst mitgehen!"

Sie waren angekommen.

Beide verließen das Auto und machten sich auf dem Weg zur Suite, Athena mit einem unguten Gefühl, die Dritte mit einem arroganten Lächeln. Sie stieß die Tür auf, legte das Buch auf den Tisch, schlug es auf und suchte eine bestimmte Seite.

Endlich hatte sie es gefunden, schlug kurz auf entsprechende Stelle und sah Athena an. „Komm hierher und sprich mit mir diese Worte. Ich verspreche dir, dann ich lasse dich weiterleben!"

Zögerlich kam Athena näher, sie vertraute dieser Frau keine Sekunde. Aber sie konnte auch nicht anders, als ihr jetzt zu helfen, denn sie hatte Angst um ihr ungeborenes Kind.

Zeitgleich sprachen sie die Worte und noch bevor sie den Boden erreichten, verloren beide das Bewusstsein.

Als Athena wieder wach wurde, war sie benommen und starrte auf das Muster, das der Fliesenboden ihr zeigte. Verwirrt sah sie sich um, sie befand sich in einer großen Halle. Mühsam bewegte sie Arme und Beine und streckte sich. War sie wirklich jetzt in der Alten Kammer? Das sah eher aus wie der Vorraum einer großen Kathedrale.

Weiter hinten entdeckte sie die Dritte. Sie krabbelte auf dem Boden herum und schien nicht ganz bei sich zu sein. Offenbar schrie sie, schlug mit den Fäusten auf die Fliesen.

Sonderbar, dachte Athena, warum höre ich nichts? Sie öffnete ihren Mund und stöhnte, hörte aber sich selbst nicht.

„Verdammter Mist!", rief sie, doch der Effekt war derselbe: sie hörte sich selbst nicht. Ja, in ihren Gedanken war es schon, aber kein Ton, der ihren Mund verließ, kam bei ihren Ohren an.

Dafür schien es bei der Dritten anzukommen. Sie hielt inne, lauschte überrascht. Dann schien sie etwas sagen zu wollen, aber es funktionierte offenbar nicht. Zumindest hörte Athena kein Stück und auch die Dritte schien nicht zufrieden zu sein, denn sie fing wieder an, auf dem Boden herumzuschlagen und mit ihrem Kopf zu rotieren.

„Herrgottnochmal", murmelte Athena. „Das sieht so was von bescheuert aus..."

Wieder froren die Bewegungen der Dritten wie auf Kommando ein.

Aha, die konnte Athena wohl verstehen, wenn sie es selbst auch nicht konnte. Aber warum krabbelte die Frau denn bloß immer noch auf dem Boden herum? Das sah ja fast so aus...

In Athenas Blickwinkel konnte sie eine Bewegung ausmachen und eine Sekunde später stand ein blondhaariger Junge von etwa 10 Jahren vor ihr. Sein Gesicht war ernst.

„Wer bist du denn?", fragte Athena laut, aber wie zu erwarten hörte sie nichts.

Der Junge öffnete den Mund und sagte etwas.

Alles, was sie hörte, war Stille.

„Was?", fragte sie verständnislos.

„Du kannst nicht hören, die andere nicht sehen und sprechen!", sagte eine Stimme in ihrem Kopf und es war nicht unschwer festzustellen, dass das dieser Junge sein musste.

Kopfschüttelnd griff sich Athena an die Stirn. Sie begriff gerade nicht, was da passierte. Wer war dieser Bengel?

Und wenn sie nicht hören konnte, warum dann ihn?

„Weil ich in deinem Kopf spreche", grinste der Junge und sah sie eindringlich an. „Per Telepathie sozusagen."

Okay, noch verrückter konnte es ja nicht werden! „Wer bist du noch?", fragte sie mit zusammengekniffenen Augen.

„Ich bin Alex", sagte es wieder in ihrem Kopf und so langsam gewöhnte sich Athena an die Stimme. Es war nicht weiter schlimm, einfach nur ungewöhnlich. „Aber was machst du hier?", fragte Athena weiter.

„Ich wohne hier." Alex deutete auf die Dritte, die ganz einfach lauschend auf dem Boden saß. „Warum seid ihr beide hier? Wisst ihr nicht, dass das gefährlich sein kann?"

„Wir wollten das Schicksal bitten, uns einen Gefallen zu gewähren", erklärte Athena. Sie sah ihn nochmal zweifelnd an. „Bist du das Schicksal?"

Der Junge lachte. Sie konnte es nicht hören, aber sie sah, dass er sich schüttelte.

„Nein", hörte sie dann innerlich. „Das bin ich nicht..."

Erneut deutete er auf die Dritte. „Sie hat Pech. Wie soll sie dem Schicksal verdeutlichen, was sie will? Sie kann nichts sagen und sie sieht nicht. Das ist eine ganz ungute Kombination. Habt ihr nicht gewusst, dass ihr besser zu dritt gekommen wärt?"

Athena schüttelte den Kopf. „Woher sollten wir das denn wissen?"

Jetzt schüttelte Alex den Kopf. „Du hättest Dante fragen können oder Cristobal oder Raja. Die hätten es gewusst!"

Völlig verblüfft starrte Athena den Jungen an. Der kannte Dante, Raja und Cristobal? Wieso das denn? Dann fiel es ihr ein. Leander hatte gesagt, die wären schon mal hier gewesen.

„Ich bin hier mehr oder weniger als Begleitung", redete sie sich raus. „Die eigentliche Eingabe will die Dritte machen."

„Du lügst mich jetzt an, ohne rot zu werden!", zischte es in ihrem Kopf und da war sogar noch ein kleiner Schmerz, der sie zusammenzucken ließ. Alex schien wütend zu sein. „Gib es doch zu! Du willst genau so gut das Schicksal bitten, etwas in deinem Leben zu ändern!"

Sie ließ den Kopf hängen, bevor sie nickte. „Da hast du recht. Aber ich weiß nicht, ob ich es tun sollte." Wieder sah sie ihn eindringlich an. „Das ist Unsinn! Ich sollte es in jedem Fall tun, denn es ist nicht für mich!"

„Und schon wieder lügst du!", zischte der Junge und der Schmerz in ihrem Kopf breitete sich derartig aus, dass sie stöhnte. „Es geht doch auch darum, dass du dich besser fühlst oder irre ich mich?"

„Warum weißt du das?", keuchte sie erschreckt auf.

Jetzt sah Alex sie an. Seine Augen glitzerten. „Weil ich alles weiß, was das Schicksal weiß."

Die Dritte begann wieder, auf den Boden zu schlagen und sich um sich selbst du drehen. Es sah eher belustigend aus als durchsetzungsstark. Aber offenbar wollte sie auf sich aufmerksam machen. Das war ihr gelungen!

Der Junge sagte etwas zu ihr, dass Athena nicht verstand. Vielleicht sprach er normal mit der Frau, nicht in ihren Kopf, so wie er es mit ihr, Athena, machte. Und deshalb war sie auch nur verurteilt zuzusehen, was sich da ereignete.

Die Dritte setzte sich auf den Boden und hielt still.

„Was hast du zu ihr gesagt?", wollte Athena wissen.

Alex warf ihr einen belustigten Blick zu. „Dass dieses Theater gar nichts bringt und sie warten muss, bis das Schicksal sich mit ihr beschäftigt."

Verlegen nestelte Athena an ihrer Kleidung herum. „Ich fühle mich unwohl hier", gab sie zu. „Kannst du mir sagen, ob und wie ich wieder von hier wegkomme?"

„Tja" Die Aussage schien Alex Spaß zu machen. „Was das betrifft, kann ich dir sagen, du wirst nie wieder von hier wegkommen, wenn nicht jemand für dich spricht." Und warum grinste der Bengel dabei so penetrant?

Vor Schreck ging sie einen Schritt zurück. „Was meinst du damit?", fragte sie ungläubig.

Er legte den Kopf schief. „Genau das, was ich gesagt habe. Du bist hier so lange gefangen, bis dich jemand erlöst. Na, bist du immer noch scharf darauf, dein Ansinnen dem Schicksal vorzutragen? Obwohl du genau weißt, dass du dann dein gesamtes restliches Leben hier verbringen wirst? Oder willst du dein Ansinnen ändern und einfach darum bitten, wieder nach Hause zu kommen?"

Athenas Hand fand ihren Bauch. Sie dachte an ihr Kind? An Leanders Kind. Wenn sie hier blieb, was würde dann aus dem ungeborenen Baby? Entsetzt sah sie Alex an.

„Schwierige Entscheidung, ja?", fragte er freundlich.

„Weißt du, um was ich bitten wollte?", brachte sie mit Tränen in den Augen hervor und wusste nichts zu sagen, als er nickte.

„Möchtest du einen Ratschlag?", fragte es in ihrem Kopf, während die Tränen einen Weg über ihre Wangen fanden und anschließend auf den Boden tropften.

Sie nickte schniefend.

„Du solltest dich da hinten hinsetzen und abwarten, was passiert." Er machte eine Pause. „Egal, was es ist, du solltest deine Eingabe nicht machen. Nur so kommst du da raus. Du darfst nichts für dich verlangen. Hast du das verstanden?"

Langsam nickte sie, weinte aber immer noch. „Dann ist für ihn alles verloren", brachte sie hervor, wandte sich dann um und setzte sich hin.

Mitleidig sah Alex ihr hinterher. „Falls du hier rauskommst", sagte er direkt in ihren Kopf hinein, „dann solltest du jemanden suchen, der dir helfen kann. Es gibt so viele Arten von Magie, die du noch nicht kennst. Und sie ist um dich herum. Frag in deiner neuen Familie nach, die werden das bestätigen. Und nun bleib sitzen, sprich nicht und warte ab. Nur das rettet dich."

Eine Tür weiter hinten öffnete sich und eine Frau trat heraus. Sie hatte unglaublich langes weißes Haar und trug ein dunkles langes Kleid und ein Tuch über dem Rücken. Verwundert sah Athena sie an. Sie war nicht mehr jung, sah aber nett aus.

Langsam kam die Frau näher und sah auch Athena an.

„Kein Wort!", hörte sie die warnende Stimme von Alex in ihrem Kopf.

„Hallo", sagte die ältere Frau zu Athena und ihre Stimme klang glockenhell in ihrem Kopf. „Wen haben wir denn da?"

Athena schluckte, sagte aber nichts. Die Warnung von Alex hatte sie noch ganz genau im Hirn.

„Athena?", fragte die Frau und sah ihr direkt in die Augen. „Möchtest du jetzt deine Eingabe machen?"

Die andere riss die Augen auf. Woher kannte die Frau sie?

Dann wurde es ihr klar: das war das Schicksal! Das Schicksal war eine ältere Frau mit gütigen Augen!

Athenas Mund öffnete sich... und schloss sich wieder. Sie schlug die Augen nieder. Es fiel ihr ungeheuer schwer, nichts zu sagen und ruhig sitzen zu bleiben.

„Athena?", fragte die Frau nochmal. Dann lächelte sie. „Mein Sohn ist zu mitfühlend..."

Bevor sich das Schicksal anschickte, sich der Dritten zuzuwenden, drohte sie Alex mit dem Zeigefinger. Sie sagte etwas zu ihm, bei dem sich sein Mund verzog.

Das Schicksal war bei der Dritten angekommen und sprach sie an. Athena konnte nicht hören, was sie da sagte, aber sie stellte sich vor, dass sie sie fragte, ob sie nicht ihre Eingabe machen wollte. Wie sollte die Dritte das tun? Offenbar konnte sie nicht sprechen. Und sehen konnte sie ja auch nicht, wie Alex gesagt hatte.

Arme Dritte...

Weiter links bildete sich plötzlich ein grünes Flimmern. Auf dem Fliesenboden erschien eine Art Muster, ein Siegel oder ein Portal... Und ein paar Sekunden später purzelten zwei Männer daraus hervor, gingen auf dem Boden auf die Knie, bevor sie ganz zu liegen kamen.

Athena presste die Hand vor den Mund und wollte sich erheben, um zu den Neuankömmlingen zu eilen, aber ein weiterer warnender Blick von Alex hielt sie auf. War sie tatsächlich dazu verurteilt, hier zu sitzen und nichts zu sagen?

Die Männer entpuppten sich als Leander und Pablo und sie musste sich wirklich stark unter Kontrolle bringen. Sie konnte sie doch nicht dort so liegen lassen!

Pablo bewegte sich als erster, setzte sich auf und hielt sich den Kopf. „Aua, das ist ja schlimmer als Achterbahn", murmelte er.

Er hatte fast alle Blicke – bis auf den der Dritten, was irgendwie verständlich war.

Auch Leander bewegte sich zögerlich, sagte allerdings nichts und erhob sich langsam. Als er Athena sah, war er im Nu bei ihr. Er zog sie auf die Beine und nahm sie in die Arme. „Geht es dir gut?"

Warum sah sie ihn denn so an, als hätte sie kein Wort verstanden? Leander grübelte.

Sie barg den Kopf an seiner Schulter und sagte nichts.

Dann fiel es ihm wie Schuppen von den Augen: sie konnte ihn nicht hören! Das musste es sein! Aber warum sagte sie denn nichts?

Erst jetzt sah er sich um. Sein Blick fand den Weisen Alexander, den er von früher vom Asterium kannte. „Hallo", grüßte er höflich.

Des weiteren gab es eine ältere Frau mit weißem langen Haar, die ihn anstarrte, als hätte er eine Torte geklaut. „Alles klar?", fragte er die Frau.

Neben der Dame saß die Dritte auf dem Boden und als er sie sah, da rastete er aus. Er knurrte und spürte, wie die Magie in ihm hochstieg. Unfähig, das zu unterdrücken, schob er Athena von sich. Seine Augen begannen, blau zu leuchten.

Der erste Ton verließ seinen Mund und alle erstarrten.

Fassungslos und wie festgefroren lauschten sie den Tönen, die Leander da hervorbrachte.

Obwohl es wie ein schaurig-schönes Lied anmutete, gab es da Töne, die der eine hörte, der andere nicht. Für manche war es wie ein Kitzeln im Ohr. Nur Athena brauchte eine Minute, um das zu verstehen, denn sie hörte nichts.

Doch als sie auf die Dritte sah, die ihren Mund in einem stillen Schrei geöffnet hatte, und Blut aus ihrer Nase tropfte, da wusste Athena, was da gerade passierte. Diego hatte ihr erzählt, welches Talent Leander da hatte und auch mit ihm selbst hatte sie darüber gesprochen, über seine Angst, die Magie nicht unter Kontrolle zu haben.

Im Moment hatte er sie wohl nicht unter Kontrolle, denn die Dritte begann, aus den Augen zu bluten.

Die anderen rührten sich nicht – warum unternahm denn niemand etwas?

Athenas Blick fand den des Jungen, Alex. Er hatte ihr eingeschärft, nichts zu sagen und sich in die Ecke zu setzen. Das konnte doch jetzt nicht mehr gelten – das durfte jetzt nicht mehr gelten! Sie musste etwas unternehmen!

Mit einem Ruck stellte sie sich direkt vor Leander, nahm seinen Kopf zwischen ihre beiden Hände und zog ihn zu sich runter. Sein Blick ruhte auf ihr, blaues Licht glomm in seinen Augen, seine Gesichtszüge waren eiskalt und gefühllos.

„Leander, du musst damit aufhören!", sagte sie leise zu ihm. „Du darfst niemanden töten mit deiner Gabe, das ist falsch!"

Er sang weiter.

„Ich liebe dich und du musst auch an unser Kind denken!", flüsterte Athena. Sie legte seine Hand auf ihren Bauch.

Keine Veränderung! Er sang weiter und Athena sah, dass ein dünnes Rinnsal Blut aus den Ohren der Dritten floss.

„Verdammt, dann eben so", hauchte Athena, ließ ihre Magie fließen und küsste Leander mitten auf den Mund.

Das blaue magische Licht hüllte beide ein, es sah aus, als würden beide in dem Licht tanzen. Sie drehten sich um sich selbst, sogar Wind fachte auf.

In dem Moment, als sich ihre Zungen berührten, sank die Dritte zusammen und fiel auf den Boden.

Leander presste Athena an sich, stöhnte in ihren Mund und beide schienen durch die Magie zu wachsen, sie praktisch zu trinken. Dann war es vorbei.

Aufatmend ließ Leander sie los und sah sie an. „Danke", flüsterte er ergriffen. Und obwohl sie ihn nicht hören konnte, lächelte sie ihn wissend an.

Pablo schluckte und kam auf die beiden zu. „Verdammte Scheiße, was war das denn?", wollte er wissen und knuffte Leander in die Seite. „Ich bin ja auch voll sauer, dass die Dritte deine Frau entführt hat und sie mit hierher genommen hat, aber das war jetzt ein winziges bisschen übertrieben, Bruder, echt!"

Der andere lief rot an. „Du könntest recht haben", ließ er sich schmallippig vernehmen. „Wie geht es der Dritten denn jetzt?"

Die letzten Worte waren an die alte Frau gerichtet, die sich in diesem Moment über Jenny beugte.

„Sie wird schon wieder werden", sagte die Frau milde lächelnd.

„Dann entschuldigen Sie bitte mein ungebührliches Benehmen", meinte Leander und knetete seine Hände. „Können wir dann jetzt bitte gehen, ich fühle mich echt unwohl hier."

„Das liegt daran, dass du hier nicht hergehörst", wusste der Weise Alex und nickte. „Aber so einfach geht das nun nicht."

Und damit hatte er die volle Aufmerksamkeit.

„Was meinen Sie denn damit?", fragte Pablo stirnrunzelnd. „Wo ist das Problem? Sie können doch Leander nicht anrechnen, dass er ausgetickt ist. Das ist doch sogar verständlich. Und außerdem wird die Dritte das bestimmt überleben." Er machte eine Pause, in der er tief einatmete. „Wieso können wir nicht alle einpacken und gehen?"

„Es gibt da noch ein winzig kleines Problem." Die alte Frau mit den weißen langen Haaren drehte sich direkt in seine Richtung und sah ihn ernst an. „Im Prinzip können alle gehen, außer einer." Und damit wechselte ihr Blick zu Athena.

„Was?" Leander zog seine Frau an sich und hielt sie fest. „Ich bin nur hierhergekommen, um sie zu retten! Sie können mir doch jetzt nicht sagen, dass sie hierbleiben muss! Und nur, weil ich

Mist gebaut habe?"

„Nein, nein!" beeilte sich Alex zu sagen. „Deine kleine Missetat wird hier nicht geahndet. Das spielt gar keine Rolle!"

„Was ist es dann?", wollte Pablo wissen.

Die alte Frau seufzte. „Um herzukommen muss man kein Traumfänger sein", sagte sie leise. „Aber um diesen Ort wieder verlassen zu können, ist es unbedingt notwendig."

Athenas Augen waren von einem zum anderen geglitten. Es war ganz schrecklich, die Leute zu sehen, aber nicht hören zu können, was sie sagten. Und offenbar gab es hier ein Problem. Denn Pablo und Leander sahen beide gleichermaßen geschockt aus. Um was ging es denn bloß?

„Ich werde nicht ohne Athena gehen!", sagte Leander bestimmt. „Und wenn Sie nicht wollen, dass Sie zwei übellaunige Magier hier oben haben, dann überlegen wir alle mal ganz schnell, was wir tun können!"

„Wird das ein Erpressungsversuch?", fragte die Frau mit hoch-gezogenen Augenbrauen.

„Nein" Leander schüttelte den Kopf. „Das ist nur eine Tatsache, mehr nicht."

Die Dritte bewegte sich auf dem Boden und fuhr sich mit den Fingern durchs Gesicht. Sie blutete nicht mehr, aber sie sah ganz schrecklich aus.

Pablo näherte sich ihr, berührte sie kurz an der Schulter. „Bleiben Sie ruhig, wir sind gleich wieder zuhause."

Offenbar verstand sie ihn, denn sie rollte sich zusammen und bewegte sich nicht mehr groß.

„Was können wir tun?", fragte er dann und sah dabei Alex an. „Das kann doch nicht das Ende sein."

Der schlug den Blick nieder. Unter gesenkten Wimpern sah er die alte Frau an. Die schüttelte den Kopf. Also schwieg er.

„Weshalb waren Sie nochmal gekommen?", fragte die alte Frau und ein Glitzern trat in ihre Augen.

„Pablo und ich wollen die Dritte und Athena abholen", meinte Leander, der immer noch überlegte, warum sie eine solch dumme Frage stellte. Das wusste sie doch schon. Und warum stand sie da immer noch und wartete auf die Antwort?

„Athena und die Dritte wollten das Schicksal wohl um eine Eingabe bitten", sagte sein Bruder und dachte kurz nach.

„Hey!", rief er und schnippte mit dem Finger. „Haben sie das überhaupt gemacht?"

Alex schüttelte den Kopf, was ihm ein Schnalzen von der alten Dame einbrachte.

Mit einer kurzen Drehung nahm Leander den Kopf seiner Frau zwischen die Hände und zwang sie, ihn anzusehen. „Hast du das Schicksal schon um Hilfe gebeten?", fragte er sie und gab sich redliche Mühe, jedes Wort mit den Lippen zu betonen. Er hoffte, sie würde es verstehen.

Sie schüttelte den Kopf.

„Mach deine Eingabe, jetzt!", hörte sie die Stimme von Alex in ihrem Kopf. „Bitte darum, eine Traumfängerin zu werden!"

Wieder schüttelte sie den Kopf. Wenn sie schon etwas ändern wollte, dann doch nicht unbedingt das! Warum durfte sie ihren wirklichen Wunsch nicht äußern? Das war doch...

Leander versuchte, ihr wieder etwas zu sagen und es sah genau so aus wie das, was sie gerade in ihrem Kopf gehört hatte.

Sie sah ihn fragend an.

Wenn sie den Wunsch jetzt so äußerte, dann war alles aus mit ihrer Ursprungseingabe. Allerdings sah Leander so ernsthaft aus, dass sie nicht anders konnte.

„Ich möchte gern eine Traumfängerin werden", sagte sie zu der alten Frau, hörte sich aber selbst nicht. Daran hatte sie sich fast schon gewöhnt. „Wenn Sie erlauben, ist das meine Eingabe an das Schicksal."

„Kluges Mädchen!"

Was die Frau nun im Endeffekt sagte, das verstand Athena nicht, aber es gab einen großen Knall.

Ein Blitz fuhr vom Himmel, traf Leanders Frau direkt in die Brust. Sie schwankte nach links, nach rechts, dann nach vorn und nach hinten, bis sie zusammensackte und zu Boden glitt.

Leander beugte sich besorgt über sie, stellte fest, dass sogar Rauch aus ihrem Mund trat.

Verwundert sah sie ihn an. „Das war ungewöhnlich!", brachte sie hervor, was nur sie allein nicht hören konnte.

Er half ihr auf, hielt sie fest, bevor er der alten Dame einen verwirrten Blick zuwarf. Die zog die Augenbrauen hoch.

Dann klatschte sie in die Hände. „Nur eine Eingabe pro Tag!", sagte sie belustigt und deutete auf die Dritte. „Wenn es unbedingt vonnöten ist, muss diese Frau wiederkommen. Und besser, man erklärt ihr die Regeln, bevor sie sich nochmal in dieses jammernde Bündel verwandelt." Sie drehte sich um, ging auf die Tür zu und murmelte: „So, mein lieber Sohn, ich denke, du musst mir da etwas erklären."

Schon war sie verschwunden.

Leander wandte sich an Alex. „Bekommen Sie jetzt Ärger?"

Der schüttelte den Kopf. „Nicht wirklich" Er lachte. „Ich glaube nicht, dass sie es länger ausgehalten hätte, euch alle hier zu behalten. Sie mag die Ruhe." Er winkte allen nochmal zu. „Ich hoffe, ihr macht euch jetzt schnell auf den Weg. Und ich möchte euch nicht so bald wiedersehen!" Auch er bewegte sich auf die Tür zu und war im nächsten Moment verschwunden.

Pablo zog die Dritte auf die Füße und legte ihr den Arm um die Hüfte, um sie Richtung Portal zu ziehen.

Dasselbe machte Leander mit Athena, die immer noch beträchtlich schwankte.

In dem Augenblick, als sie das Portal betraten, verloren alle das Bewusstsein.

Als Athena diesmal die Augen wieder aufschlug, sah sie in drei dunkle Augenpaare. Und sie hatte keine Mühe festzustellen, um wen es sich da handelte, obwohl sie sich alle unglaublich ähnlich sahen: Cristobal, Pablo und Diego Cortez.

„Alles klar bei dir?", fragte der erste und sah sie eindringlich an. Wie? Sah sie da ein bisschen Besorgnis? Bei Cristobal? Wie ungewöhnlich...

„Ja", krächzte sie und räusperte sich.

„Sie kann wieder hören!", sagte Pablo und atmete erleichtert aus. „Willkommen zurück!"

Cortez half ihr auf die Füße, so dass sie einen Blick in den Raum werfen konnte.

In der einen Ecke lag die Dritte auf dem Bauch und neben ihr stand dieser KHP, der ihr die Hände auf dem Rücken gefesselt hatte. Auf der anderen Seite lag Leander auf dem Boden und neben ihm knieten Nina und die Frau von Dante, Raja. Ihr Ehemann stand etwas weiter weg und telefonierte mit dem Handy.

„Leander?", keuchte Athena kläglich und schwankte, als sie sich auf ihn zubewegen wollte.

„Langsam", warnte Diego sie und führte sie zu der Gruppe.

Nina lächelte ihr aufmunternd zu. „Er hat die Augen schon geöffnet, bald ist er wieder klar."

Als Leander Athenas Stimme gehört hatte, schlug er tatsächlich die Augen auf und versuchte, sich aufzurichten, was Raja mit einem warnenden Ton und ihrer Hand, die sie einfach auf seine Schulter legte, vereitelte. „Warte noch kurz", wies sie ihn an. „Du bist noch nicht so weit, aufstehen zu können. Dein Körper muss erst wieder rund laufen!"

„Papperlappapp!", stöhnte er und stützte sich auf den rechten Ellenbogen. „Athena, geht es dir gut?"

Sie nickte und kniete sich neben ihn. Dann begann sie zu weinen und schluchzte dabei so herzzerreißend, dass es allen anderen die Kehle zuschnürte.

Leander legte den Arm um sie und zog sie an sich, warf einen verwirrten Blick auf sie, anschließend auf die anderen. „Wir haben es doch geschafft", flüsterte er ihr ins Ohr. „Es ist alles gut, du brauchst doch nicht weinen..." Er hörte nicht auf, ihr über den Rücken zu streicheln.

Athena setzte an, etwas zu sagen, brauchte aber drei Anläufe, bis es endlich funktionierte. Was sie dann sagte, überraschte fast alle. „Ich bin jetzt eine Traumfängerin!" Es hatte sich so gequält angehört, als lastete das Gewicht der ganzen Welt auf ihr.

„Ja Schatz!", lachte Leander und drückte sie etwas mehr an sich. „Aber das ist doch nicht zum Weinen! Das ist gar nicht so schlimm, glaub mir! Einige von uns können sich ein Leben ohne die Berufung gar nicht vorstellen!"

„Wenn du keine Traumfängerin geworden wärst, hättest du für immer dort bleiben müssen", klärte Pablo sie auf. „Deshalb musstest du dir das wünschen, verstehst du?"

Athena weinte weiter und schüttelte den Kopf.

Nina schob sich näher heran. „Ist es wegen Cristobal? Weil er jetzt sozusagen dein Chef wird? Ich verspreche dir, er wird dich nicht mobben, dafür setze ich mich ein."

„Halloooo?" Grummelnd schob sich Cristobal ebenso näher an Athena ran und damit auch an seine Frau. „Was denkst du von mir? Ich verstehe mich mit Athena hervorragend! Wir haben unsere kleinen Kriege beigelegt!" Er wandte sich an die Kriegerin. „Athena, du bist jetzt gerade schwanger, da werde ich den Teufel tun und dich mit einem Schwert losziehen lassen. Das kannst du doch nicht ernsthaft von mir denken!"

Die schüttelte den Kopf und weinte weiter.

„Ist es wegen dem Asterium?", wollte Dante wissen und drängte sich zwischen die anderen. „Weil du jetzt unserer Gerichtsbarkeit unterstehst? Glaub mir, wir planen nicht, dich für irgendwas zur Verantwortung zu ziehen. Meiner Meinung nach hast du das Buch jetzt nur auf Zwang der Dritten mitgenommen. Du hast nichts zu befürchten."

Wieder schüttelte Athena den Kopf und weinte weiter.

„Herrje nochmal!", schimpfte Raja und schob die Männer weiter von der weinenden Frau weg. „Jetzt lasst sie doch erst einmal in Ruhe! Sie ist immer noch völlig durcheinander! Habt ihr keine anderen Probleme, um die ihr euch kümmern könnt?"

Dante verzog zerknirscht das Gesicht. Sicher hatte er andere Probleme, aber wie konnte er sich darauf konzentrieren, wenn da im Hintergrund eine Frau so herzzerreißend weinte, dass man sich wie der letzte Schuft vorkam. Er sah Cristobal an und wunderte sich, dass in dem offenbar dasselbe vorging. Zumindest sah er das in seinem Gesicht.

Schulterzuckend ging er zu KHP und sah den fragend an. Natürlich, dem ging das wieder am Arsch vorbei, dem sah man gar nicht an, dass es ihm irgendwas ausmachte. Er beobachtete die Dritte, die stöhnend am Boden lag und versuchte, die Arme und Beine zu bewegen. Dante hockte sich neben sie. „Wenn Sie sich ordentlich verhalten, können Sie sich auf einen Stuhl setzen bis Sie abtransportiert werden", schlug er vor und erntete ein Nicken von der Frau.

Auf sein Zeichen half KHP ihr hoch und platzierte sie auf den nächsten Stuhl. Wütend sah sie sich um, bemerkte den Auflauf um Athena und Leander, die sich auf ein Sofa gesetzt hatten.

„Schlampe", knurrte die Dritte.

„Sie sollten sich mit Ihren Äußerungen vorsehen!", entgegnete der Ehrwürdige des Asteriums böse. „Sie haben nicht die besten Karten und verspielen alle Chancen, wenn Sie jetzt nicht einsichtig sind!" Er schüttelte den Kopf. „Was zum Teufel ist Ihnen überhaupt eingefallen, so einen Mist zu machen? Was wollten Sie denn in der Alten Kammer?"

Interessiert trat Cristobal näher und sah die Dritte böse an.

Ihr Blick fiel auf ihn und er änderte sich. Ihn schauderte es.

„Ich will ihn!", sagte sie mit erstickter Stimme und wies mit dem Kinn auf den dunklen Instanzleiter.

„Was?", spie der aus. „Hast du völlig den Verstand verloren? Ich hab dir doch unmissverständlich klar gemacht, dass ich dich ungefähr so gern habe wie Zahnschmerzen! Kommst du mal klar in deinem verkorksten Leben, oder was?"

Jennifer Kern wurde rot und sah Dante an. „Sehen Sie?", fragte sie leise. „Das ist das Problem."

Die beiden Männer wechselten schweigend einen Blick und schüttelten den Kopf. Die Frau war wirklich vollkommen verrückt!

Nina hatte die Szene verfolgt und war näher gekommen. Ihre Augen schienen zu glühen. „Das ganze Theater nur, weil Sie mir meinen Mann wegnehmen wollten?", fragte sie und Cristobal lief es kalt den Rücken runter.

So böse hatte er Nina noch niemals reden hören. Nicht mal, als sie sauer auf Max war. Sämtlich Alarmglocken schrillten in seinem Kopf und er wusste, es würde hier gleich Tote geben, wenn er seine kleine Frau nicht irgendwie wieder herunterholte.

Im Gehen fing er sie ab und trug sie ans andere Ende des Raumes – und das, obwohl sie strampelte und fluchte wie ein Müllkutscher. Er drängte sie in die Ecke und küsste sie.

Verdammt noch mal, er musste sie wieder ruhig bekommen!

Das war die einzige Möglichkeit – auch wenn er sich damit selbst verurteilte. Nina zu küssen führte immer dazu, dass er mehr wollte...

Eine Weile später war sie ruhiger.

„Ich wollte nie was von dieser Verrückten", flüsterte er ihr sanft ins Ohr. „Das weißt du doch, oder...?"

Hinter ihm räusperte sich Pablo. „Sollen wir rausgehen oder was?"

Es war völlig still im Raum, als sich Cristobal umdrehte. Sogar Athena hatte aufgehört zu weinen.

Nina wurde knallrot vor Verlegenheit und barg ihr Gesicht an Cristobals Brust. Der knirschte mit den Zähnen. „Die Show ist vorbei!", grollte er. „Kümmert euch um..." Er suchte nach einem Opfer, als es an der Tür klopfte. „Um den neuen Besuch beispielsweise!"

Es war Stefan, der die Beschützer des Asteriums hineinließ, die Dante angefordert hatte. Die eskortierten die Dritte hinaus.

Cristobal wies mit dem Finger auf sie. „Ich will diese Irre niemals wiedersehen!", rief er laut und seine Stimme wurde heiser und boshaft. „Und haltet sie von meiner Frau fern!"

Diesen Wunsch verstand jeder!

Schweigend sahen alle dem Trupp hinterher, der die Dritte in Obhut genommen hatte.

Dann besann man sich darauf, das Athena ja bis vor kurzem einen Heulkrampf hatte, jetzt aber still neben Leander saß.

„Geht es wieder?", wollte Raja wissen und sah prüfend auf das verweinte Bündel, das da in den Armen ihres angeheirateten Cousins lag.

Athena nickte, schluckte die neu aufkommenden Tränen runter und biss sich auf die Unterlippe.

„Warum willst du denn keine Traumfängerin sein?", wollte Pablo leise wissen, nachdem er sich zu den anderen gesellt hatte. „Wir sind echt nicht so schlimm."

„Ich weiß", nuschelte sie. „Es war vielmehr die Tatsache, dass ich eigentlich einen ganz anderen Wunsch hatte äußern wollen. Und dieser Junge hatte mir eingeschärft, dass ich gar nicht sagen dürfte, sonst käme ich nicht mehr nach Hause." Sie schüttelte den Kopf. „Das war alles so verwirrend, ich weiß nicht mehr, was ich eigentlich denken soll."

„Er hat dir gesagt, du dürftest nichts äußern?", forschte Leander sanft nach. „Dann hat er dir möglicherweise sogar einen großen

Dienst erwiesen."

Fragend sah Athena ihn an.

„Um in die Alte Kammer zu gelangen", wiederholt Pablo die Worte der Frau, die sie alle für das Schicksal hielten, „ musst du keine Traumfängerin sein, aber um sie verlassen zu können, ist es unbedingt notwendig."

Sie schwieg bestürzt. Das hatte sie nicht gewusst. „Dann hat er mir tatsächlich geholfen", murmelte sie. „Er hat mir vorher gesagt, ich dürfe unter keinen Umständen etwas für mich fordern. Deshalb hat es mich erstaunt, dass ihr alle plötzlich wolltet, dass ich Traumfängerin werde."

„Du konntest nicht hören, über was wir uns unterhielten", stellte Leander klar. „Die alte Frau hatte uns das schon gesagt, aber wir mussten es dir noch irgendwie beibringen."

Wieder schüttelte Athena den Kopf und erneut traten Tränen in ihre Augen. „Und ich habe es nicht verstanden. Ich hätte mir so gern etwas anderes gewünscht und wäre beinahe..." Sie schluckte.

„Was wäre das denn gewesen?", fragte Raja ruhig und ging vor ihr in die Hocke. Sie ahnte, dass der Wunsch Athena noch immer durch die Sinne ging.

Die senkte den Blick, konnte niemanden ansehen. Sie wurde rot und wieder tropfte eine Träne auf den Boden.

„Vielleicht können wir dir helfen", schlug Dante langsam vor. „Du gehörst doch jetzt zur Familie!"

Ich gehöre zur Familie? fragte sich Athena und erinnerte sich plötzlich an etwas, das der Junge, Alex, gesagt hatte. „Frage in deiner neuen Familie nach!", hörte sie ihn noch in Gedanken.

Sie sah Dante an, dann Raja, Pablo, Nina, Diego, Cristobal und zuletzt Leander.

„Ich wollte...", sagte sie mit zittriger Stimme, „ich wollte einfach nur, dass mein Bruder aus dem Koma erwacht..."

Keiner sprach.

Alles sah sie an, als warteten sie auf mehr Informationen.

„Du hast einen Bruder?", wollte dann Cristobal erstaunt wissen, der als erster seine Sprache wiedergefunden hatte. „Warum wird der in keinem Wort in deinem Lebenslauf erwähnt?"

Verwirrt starrte Athena jetzt den dunklen Instanzleiter an.

„Ja", gab der ungehalten zu. „Ich weiß immer gern, mit wem ich es zu tun habe, also habe ich dich überprüfen lassen, als wir uns das erste Mal begegnet sind. Das ist durchaus üblich!"

„Wir vom Asterium haben das ebenso gemacht", sprach ihm auch Dante aus der Seele. „Und von einem Bruder war da nie die Rede."

Nina nickte.

„Er liegt seit fast acht Jahren im Koma und wird privat gepflegt", ließ sich Athena zaghaft vernehmen. „Das Steinweg-Unternehmen hält ihn eigentlich für tot. Deshalb wird er nirgendwo erwähnt."

Jetzt ging auch Diego in die Hocke und legte Athena eine Hand auf ihr Knie. „Deshalb hast du die magische Ausbildung begonnen?", fragte er leise.

Sie nickte. „Medizinisch gesehen war alles ausgereizt..."

„Bist du deshalb mit der Dritten in die Alte Kammer gegangen?", fragte Dante mit belegter Stimme, dennoch härter als üblich. „Oder hat die Dritte dich gezwungen mitzugehen?" In diesem Moment war er der Ehrwürdige des Asteriums, der genau wissen musste, was die Hintergründe waren. Im Zweifelsfalle hatte er zu entscheiden, ob sie nicht vielleicht doch zur Rechenschaft gezogen werden musste. Es gefiel ihm nicht, aber in seinem Job war er nun mal integer.

Athena bemerkte die Härte nicht. „Sie hat gesagt, ich müsse mit ihr die Worte sprechen, also müsse ich mitkommen. Und wo ich schon mal dort war, habe ich gedacht..."

„Shhht", machte Leander und warf Dante einen bösen Blick zu, während er Athena an sich presste. Er hatte seinen Gedankengang erahnt.„Du kannst ihr daraus keinen Strick drehen!" Das letzte hörte sich bedrohlich an und war nur an Dante gerichtet.

Der hob die Hände. „Will ich auch gar nicht, aber ich musste das wissen."

„Was ist mit deinem Bruder passiert?" Raja setzte sich ungeniert neben Athena auf die andere Seite des Sofas und sah sie ernst an. „Weshalb ist er ins Koma gefallen? Gab es da ein

bestimmtes Ereignis?"
Athena nickte und ihr Gesicht verzog sich. „Das war meine Schuld." Sie rieb sich die Augen und fasste sich dann aber. „Ich habe ihn damit aufgezogen, dass er nicht schwimmen konnte. Und dann ist er im Pool verunglückt..."
„Hast du ihn hineingestoßen?", forschte Raja nach, indem sie die Augenbrauen hochzog.
Athena schüttelte wild den Kopf. „Nein, ich war gar nicht mehr da, als es passierte. Ich hatte das Haus längst verlassen."
Die andere legte ihr den Arm auf die Schulter. „Dann war es auch nicht deine Schuld!", lächelte sie.
„Aber...", widersprach Athena.
Raja unterbrach sie rüde. „Kein aber! Du bist nicht für die Entscheidung deines Bruders verantwortlich! Er wollte schwimmen lernen und er hat sich dann ins Wasser begeben. Und das war vor acht Jahren! Wie alt warst du da?"
„Sechzehn..."
Die Frau von Dante nickte. „Siehst du! Also hör auf, dich selbst zu verurteilen! - Ich vermute, er wurde gefunden und wiederbelebt, liegt seit dem Zeitpunkt im Koma?"
Jetzt nickte Athena. „Er hat wieder angefangen, selbständig zu atmen, aber er wacht nicht auf."
Raja erhob sich. „Ich würde ihn gerne ansehen", schlug sie vor. „Ich bin Heilerin und habe ein paar Tricks auf Lager."
Verwirrt sah Athena zu ihr hoch.
Dante legte den Arm um die Schultern seiner Frau und nickte wissend. „Das hat sie wirklich, glaub mir. Vielleicht kann sie dir helfen."
Das hat der Junge also gemeint, dachte Athena und ihr wurde ganz warm ums Herz. Sie hätte niemals gedacht, dass es jemanden geben würde, der ihr helfen könnte. Wie seltsam!
„Das würdest du tun?", fragte sie leise.
„Selbstverständlich!", grinste Raja. „Für jeden hier im Raum!"
Welch ein Glück, dass die Dritte schon weg war...
Leander erhob sich und zog Athena mit sich hoch. „Dann los, ist es weit von hier?"
Athena war verblüfft. Sie vermochte diese Leute nicht zu

verstehen. Erst hatte sie ihr allerheiligstes Buch gestohlen, dann den dunklen Instanzchef verflucht – eigentlich zweimal, wenn man es genau nahm – einen Traumfänger dazu gebracht, seine Familie zu verlassen, das Buch zum zweiten Mal stehlen müssen und dennoch... alle hier anwesenden Personen brachen sich gerade bildlich gesehen ein Bein, um ihr zu helfen.

Familie bedeutete für Athena bislang nur ein funktionierendes Netz aus Dienstboten und Angestellten, ihrem Vater, der eigentlich niemals wirklich da gewesen war, und der Einschränkung, Leuten zu sagen, wo man hin wollte.

„Und?" Raja stieß sie kurz an. „Ist es nun weit?"

Athena schüttelte den Kopf, lächelte zaghaft und schluckte.

„Nein, in unserem Landhaus..."

Dante mischte sich räuspernd ein. „Wenn ihr erlaubt, verabschiede ich mich und nehme Nina mit zum Asterium."

Cristobal fing seinen Blick ein und schüttelte kurz von Nina ungesehen warnend den Kopf. „Das Asterium sollte erst mal Pause machen. Der eine hat ein Handy an den Fingern kleben und Nina ist noch nicht so richtig gut drauf. Redet ein anderes Mal über diese Sache!" Er zog Nina an sich. „Besser ist, du kommst mit mir nach Hause und ruhst dich aus!" Seine Stimme duldete keinen Widerspruch.

„Vielleicht hast du recht", stimmt ihm Dante da zu, der darüber nachdachte, wie Nina sich gebärdet hatte, als die Dritte ihren Ehemann mit lüsternen Augen verschlang.

Nina nickte ebenfalls. Sie fühlte sich schwach und unwohl. Und wenn sie an die Dritte dachte, fühlte sie solche Wut in sich, das konnte nicht gut sein.

Pablo schnippte mit dem Finger. „Onkel Diego und ich können euch fahren. Wir gehen dann zurück in die dunkle Instanz. Ich will auch nach Luna sehen." Er seufzte. „Hoffentlich behält sie jetzt mal was von dem in sich, was sie zu sich nimmt..."

So brachen sie alle auf.

Zurück blieben Raja, Stefan, der mit Argusaugen über seinen Schützling wachte, Leander und Athena. Sie fanden Platz im Mini von Raja und fuhren nach Anweisung zum Landhaus der Steinwegs.

Landhaus schien nicht der richtige Begriff zu sein, fand Leander, als man sich den Gebäuden, die da hinter dem großen Tor sein mussten, näherten. Er warf nur einen Blick darauf und fand es größer als den ganzen verfluchten Bauernhof, den seine Großeltern in Spanien hatten. Dabei hatten die jede Menge Land und Nebengebäude. Dies hier war ein feudales Herrenhaus, weiter hinten Bedienstetenhäuser und ein angrenzender Reitstall. Dort kümmerten sich jede Menge Leute um einen Haufen Pferde.

„Das ist euer Landhaus?", fragte Raja und hielt die Luft an. „Das ist ein verdammtes Königreich, wenn du mich fragst!"

Athena zog die Schultern hoch. Sie war daran gewöhnt und hatte niemals darüber nachgedacht, wie das auf andere wirken musste. „Hmm", machte sie. „Hierher kommen wir nur zum Ausspannen..."

„Wenn ich auch mal ausspannen muss", grinste Raja sie an, die wohl mitbekommen hatte, dass ihre neue Cousine etwas eingeschüchtert auf ihren Ausbruch reagierte, „dann würde ich gerne mal hierherkommen."

„Immer", bestätigte Athena."Du kannst hier einziehen, wenn du magst. Wir haben weiter hinten noch drei Gästehäuser."

„Ich komme drauf zurück", war alles, was Raja noch hervorbringen konnte.

Sie hielten vor dem großen Haus an, aus dem auch sogleich ein Mann in korrektem Anzug hervorkam und die Beifahrertür des Minis öffnete.

„Guten Tag, die Herrschaften!", sagte er mit sonorer Stimme.

„Ich freue mich, Sie im Namen der Steinwegs begrüßen zu dürfen! Willkommen!"

Lächelnd ließ sich Raja aus dem Auto helfen und begrüßte den Mann ebenfalls.

„Hallo, Herr Konrad", meinte Athena und stieg gleich darauf auch aus. „Wie geht es Ihnen?"

„Sehr gut, danke schön", antwortete der Angesprochene und trat auf sie zu. „Ich hoffe, es geht Ihnen ebenfalls gut. Bleiben Sie für eine Weile? Soll ich die Zimmer richten?"

Athena negierte. „Wir wollen nur kurz zu David."

„Ah" Wissend nickte der Mann und deutete aufs Haus. „Hier entlang, die Herrschaften." Er ging voraus.

Staunend sahen sich Raja und Leander um. Es war zwar rustikal aber dennoch irgendwie luxuriös eingerichtet, so dass in der Herzheilerin ein Gefühl auftauchte, sie gehörte hier gar nicht hin. Stefan machte das nichts, so sah es zumindest aus. Er stiefelte hinterher, alles im Auge habend, vor allen Dingen seinen Schützling.

Am Ende eines langen Ganges kamen sie in ein großes helles Zimmer, das andere vielleicht als Halle bezeichnet hätten.

Aber es war ein Krankenzimmer. In einem Bett, speziell den Anforderungen eines Komapatienten angemessen, lag ein junger Mann, der Athena sehr ähnlich sah, wenngleich er auch um ein vielfaches hagerer war als sie. Er lag ganz ruhig und man sah ihn nur atmen.

Neben ihm erhob sich eine Krankenschwester, als die Mannschaft eintrat, und lächelte höflich. „Hallo, Frau Steinweg!", grüßte sie. „Wollen Sie Ihnen Bruder besuchen?"

Athena nickte schnell. „Wie geht es ihm heute?"

Die Schwester nickte ebenso. „Nichts Neues, aber im Großen und Ganzen sehr gut."

„Machen Sie doch mal Pause", verlangte Athena von ihr mit einem Selbstbewusstsein, dass nur die Reichen und Schönen ihr Eigen nennen konnten.

Raja grinste wissend in sich hinein.

„Er sieht dir sehr ähnlich", fand Leander mit einem Seitenblick auf den Patienten und legte einen Arm um Athena, während er sich umsah. Außer dem Bett gab es alles, was ein Mensch, der sich immer zuhause aufhielt, brauchen könnte. Es gab einen riesigen Flat-TV an der Wand, ein Regal, gefüllt mit den allerneusten Kinofilmen, die es auf DVD geben musste, ein großes Bücherregal, ebenso aufs beste gefüllt, und eine Sitzlandschaft aus weichem Leder, die aber wohl eher für die Besucher gedacht war.

Der große Raum war in freundlichen Farben gestrichen und hatte mehrere große Fenster, die bis auf den Boden gingen; eines davon war wohl eine Balkontür.

„Wir sind Zwillinge", sagte Athena und sah der Krankenschwester hinterher, die den Raum schnellen Schrittes verließ.

In diesem Moment geschah etwas Unerwartetes. Ganz langsam löste sich aus dem Kopf des Zwillingsbruders eine große schillernde Traumblase und drohte zur Decke zu steigen.

Während das passierte, verlangsamte sich die Zeit so, dass man glauben musste, sie bliebe stehen.

Mit offenem Mund beobachtete Athena, was da gerade vor sich ging. „Das...", stotterte sie.

„Er träumt", erklärte Raja mit einem Lächeln.

„Du kannst das jetzt sehen", vollendete Leander, „weil du auch eine Traumfängerin bist." Er drückte sie ein wenig näher an sich. „Das ist unser Metier. Wir geleiten die Träume oder zerstören sie."

„Aber..." Athena konnte immer noch keine Worte finden.

„Keine Angst", beruhigte sie Raja. „Das ist nichts Schlimmes. Im Gegenteil, das bedeutet, er ist nicht völlig abgeglitten."

Die Blase löste sich und verschwand durch die Decke. Dann lief die Zeit wieder weiter, deutlich daran zu erkennen, dass jetzt erst die Tür zufiel, die die Krankenschwester beim Verlassen geschlossen hatte.

Immer noch verwirrt starrte Athena auf Raja. „Heißt das, du kannst was für ihn tun?" Ihre Augen waren ängstlich geweitet.

„Ich versuch es mal." Raja trat näher an das Bett heran und ließ die Arme über dem Körper des Patienten schweben.

Eine Weile später breitete sich rosafarbenes Licht um die beiden aus. Ergriffen schluckte Athena.

„Das ist normal", erklärte ihr Stefan. „Raja ist eine Herzheilerin, sie kann Dinge, die weit über das normale Heilen hinausgehen. Sie kann bis zum Innersten des Menschen vordringen und seelische Wunden heilen. Sieh mal, dein Bruder hat jetzt einen ganz anderen Gesichtsausdruck bekommen..."

Er hatte recht. Sah das Gesicht von David Steinweg vorher unbeteiligt aus, war es jetzt ein wenig lebendiger, die Augen bewegten sich hinter den Lidern und sogar er schien sich etwas zu bewegen. Die Mimik wechselte, von verzerrt zu weinerlich, sogar Tränen liefen ihm über die Wange, dann wurde es friedlich.

Athena begann auch zu weinen. Leander berührte sie an der Schulter. „Das ist okay. Er akzeptiert, was Raja da mit ihm macht. Wenn er aufwacht, sollte er dich da weinen sehen?"

Er hatte recht, wusste sie.

Eine letzte Träne lief Athena noch über die Wange, dann wischte sie sich das Gesicht.

Im nächsten Moment tat David einen langen Seufzer und öffnete die Augen.

Raja senkte die Hände und wankte leicht. Stefan hatte nichts anderes erwartet und fing sie auf, trug sie zu der Sitzgruppe und lagerte sie dort. Er fand Mineralwasser und Gläser für die Gäste und befüllte eines, um es Raja zu reichen.

Mit weit aufgerissenen Augen beugte sich Athena über ihren Bruder, fand seinen verwirrten Blick.

„David?", fragte sie leise.

Er bemühte sich zu sprechen, aber es kamen nur Krächzer hervor. Dennoch war es für Athena wie das Singen eines Engels, denn es bedeutete: ihr Zwillingsbruder war nach fast acht Jahren aus dem Koma erwacht und sah sie an.

Fünfzehn

Während die anderen um Athena zu ihrem Bruder gefahren waren, um ihm beizustehen, fuhren Pablo und Diego Cortez schweigend zur Instanz zurück. Im Auto herrschte eine seltsame Atmosphäre, die beide bemerkten. Pablo fragte sich, warum das wohl so war, und ob Diego die Sache mit Athena so naheging. Tatsache war, er rutschte unruhig auf dem Sitz herum und seufzte immer mal wieder auf.

„Ich habe ein Problem", meinte er dann schließlich mit rauer Stimme und sah Pablo an, der mehr oder weniger konzentriert fuhr.

„Ja", nickte der. „So was hab ich mir schon gedacht." Er machte eine kurze Pause. „Was ist denn? Kann ich dir helfen?"

Sein Onkel zuckte unbehaglich mit den Schultern. Er ließ sich Zeit mit der Antwort. „Du hast gewusst, dass Cristobal die Sache mit Athenas Bruder überrascht hat, oder?", begann er langsam und wartete auf Pablos Nicken.

„Er hat immer gern alle Informationen", bestätigte der. „Und er wird leicht sauer, wenn ihm etwas entgeht. Warum fragst du?"

Wieder dauerte es etwas, bis das der andere zu reden gedachte. „Weil ich ihm auch etwas verschwiegen habe..."

„Uiiii", pfiff Pablo durch die Zähne. „Was ist es denn? Hast du auch noch einen Bruder, von dem du ihm nichts gesagt hast?" Er runzelte die Stirn und fuhr das Auto mit einem Mal rechts ran. „Warte mal! Du hast ihm doch nicht verschwiegen, dass du vielleicht selbst noch ein Kind hast? Einen Bruder für Cristobal? Das ist es doch nicht, oder?"

An der Art wie Diego schaute, konnte Pablo erkennen, dass er voll ins Schwarze getroffen hatte. „Scheiße", stöhnte er und hieb mit der Hand aufs Lenkrad. „Er hat wirklich noch einen Bruder?"

Diego starrte auf den Boden und schüttelte den Kopf. „Nein", sagte er leise. „Eine Schwester..."

„Nicht besser" Pablo griff sich an den Kopf. „Warum hast du das denn nicht gesagt? Du hast doch schon so oft und lange mit ihm geredet, da muss doch auch eine Gelegenheit gewesen sein, ihm davon zu erzählen. Ich verstehe dich nicht!"

„Es ist schwierig", jammerte Diego und er sah ganz schrecklich mitgenommen aus. „Sie lebt bei ihrer Mutter und die hasst mich..."

„Die Mutter?", fragte der andere entgeistert. „Wieso das?"

„Das ist auch schwierig." Diego sank in sich zusammen.

„Erzähl es mir, und zwar von Anfang an!", forderte Pablo hart. „Keine Ausflüchte und keine Geheimnisse mehr!"

Diego seufzte laut auf, sah aber ein, dass es keinen anderen Ausweg gab. Dennoch dauerte es, bis dass er anfing zu erklären. „Die Mutter deiner Halbcousine war eine Schülerin von mir, eine sehr gute. Und es hat mir geschmeichelt, dass sie mich wollte. Eine Zeitlang haben wir zusammen gelebt, bis dass sie anfing, sich mit schwarzer Magie zu beschäftigen. Da habe ich sie dann rausgeworfen. Natürlich in der Hoffnung, sie würde den Unsinn lassen und wiederkommen. Tat sie aber nicht."

„Hatte sie das Kind damals schon?", warf Pablo fragend ein.

Der Magier nickte. „Sie war schwanger von mir. Deshalb dachte ich ja, sie kommt zurück. Sie war praktisch mittellos!"

Wieder holte er Atem und seufzte. „Nach einer Weile versuchte ich, sie zu finden, aber das gelang mir nicht, denn ihre schwarze Magie funktioniert tadellos, auch heute noch."

„Woher weißt du dann von dem Kind?", wollte Pablo wissen und runzelte die Stirn. Die Situation war verfahrener als er vorher gedacht hatte.

Diego sah ihn ernst an. „Sie lässt mir jedes Jahr ein Foto von ihr zukommen, um mich zu verhöhnen. Ich habe das Mädchen noch niemals in natura gesehen und kann sie auch nicht aufspüren."

„Das tut mir leid." Es tat Pablo wirklich leid. Dieser Mann hatte mit seinen Kindern wirklich nur Pech gehabt. Cristobals Mutter hatte ihm nicht mitgeteilt, wo der abgeblieben war und diese andere, die Schülerin von Diego, hatte ihm die Tochter ganz bewusst vorenthalten. Da war ja fast anzunehmen, dass sie dem Mädchen Hassgefühle für ihren Vater eingeimpft hatte.

„Wie alt ist deine Tochter jetzt?"

„Siebzehn", antwortete der Magier. „Und ich hoffe, wenn sie

volljährig wird, sucht sie vielleicht nach ihren Wurzeln und findet mich." Er kramte aus seiner Westentasche ein Foto hervor und reichte es Pablo. Man sah eine nette junge Frau mit feuerrotem langen Haar, graublauen Augen und einem lächelnden Gesicht. Ein hübsches Mädel, fand Pablo. Er gab das Foto an Diego zurück. „Sie sieht dir gar nicht ähnlich."

Der schüttelte den Kopf. „Sie ist ein Abbild ihrer Mutter."

Beide schwiegen.

„Wenn ich es Cristobal jetzt sage, wird er mich hassen", ließ sich der ältere nach einer Weile vernehmen. „Zudem ich ihm seine Halbschwester gar nicht vorstellen kann."

„Könnte sein", bestätigte Pablo mit verzogenem Gesicht.

Dann startete er den Wagen. „Das bleibt erst mal unter uns. Ich habe meine eigenen Wege, dieses Mädel zu finden. Wenn wir in der Instanz sind, schreib mir ihren Namen und den Namen ihrer Mutter auf und gib mir das Foto. Dann sehen wir weiter."

Diego nickte. Er hatte sich nicht geirrt. Pablo war sein Mann!

Unterdessen hatte sich Cristobal im Wohnhaus auf die Suche nach etwas Essbaren für Nina gemacht, die immer noch ziemlich mitgenommen aussah. Er fand einen Smoothie und brachte ihn ihr. „Das kann so nicht weitergehen!", schimpfte er. „Du laugst dich völlig aus! Das Asterium muss einsehen, dass sie nicht ständig auf dich zurückgreifen können!"

Nina trank einen Schluck und nickte. „Ich weiß, ich weiß. Das haben wir schon beredet. Es gibt pro Tag nur noch eine Sitzung und den Rest machen sie ohne mich, soweit keine großen Entscheidungen anstehen."

„Und was machst du, wenn das Kind da ist?", fragte er mit knurrender Stimme. „Nimmst du es einfach mit?"

„Wieso?", fragte sie. „Du kannst es doch auch mal mitnehmen. Es ist schließlich unser gemeinsames Kind!"

Da hatte sie natürlich recht. Punkt für Nina. Er nickte.

„Was mir Sorge macht", begann er und setzte sich zu ihr auf das Sofa, „ist die Tatsache, dass du im Moment sehr dünnhäutig bist. Du regst dich zu sehr auf. Deine Augen fangen an zu blitzen und ich habe dann echt Angst um dich."

Sie senkte den Blick. Diesmal hatte er recht, das wusste sie.

„Ja", sagte sie leise. „Innerlich bin ich sehr durcheinander und ich werde so schnell wütend, wenn ich an diese Dritte denke."

Schnell drängte er sie, noch einen Schluck zu nehmen. „Diese Frau ist Geschichte! Das Asterium sollte sie in den Kerker werfen! Aber das müssten die ohne dich beschließen, denn du bist da voreingenommen. Ich werde mal mit Dante reden."

„Brauchst du nicht", sagte Nina müde. „Er hat mir eine SMS geschrieben, dass er beschlossen hat, sie auf längere Zeit wegzusperren. Der lichte Ralf ist in dieser Sache auch zu voreingenommen, als dass das ganze Asterium hätte entscheiden können. Also ist das vorerst verschoben worden. Man sucht schon nach Ersatz."

„Wird dieser Ralf im Asterium bleiben?", wunderte sich ihr Ehemann. „Nach dieser Sache?"

„Warum nicht?" Ninas Augen ruhten auf ihm. „Er war nur hoffnungslos verliebt. Das kann doch jedem mal passieren. Ich denke allerdings, dass er seine Lektion gelernt hat."

„Das denke ich auch", grinste Cristobal mit dem Gedanken an das Handy in Ralfs Hand. Dann wurde er wieder ernst. „Mal sehen, was aus Athena wird. So lange sie schwanger ist, will ich sie nicht überfordern. Ich denke mal, Leander kann ihr beibringen, auf was es ankommt."

Nina kuschelte sich an ihren Mann. „Ich mag sie. Sie ist genau die richtige für Leander und eine Bereicherung für die Familie. Ich hatte es ja schon gesagt: wir werden immer mehr!"

Wie genau diese Aussage zutraf, konnte Nina zu dem Zeitpunkt gar nicht wissen...

Epilog

Leander und Athena haben geheiratet und ein wundervolles kleines Mädchen bekommen, das sie Noelle genannt haben. Sie waren auch die ersten, die mit dem Babyboom anfingen. Gleich darauf schossen Cristobal und Nina den Vogel ab, denn die bekamen gleich Zwillinge: Tino und Marysol. Acht Wochen später war es auch bei Luna und Pablo so weit. Sie bekamen einen kleinen Jungen, den sie Tamino nannten. Allen Babies sowie den Müttern geht es gut. Nach einer Weile hatte sich auch die Aufregung gelegt und zumindest Nina und Luna konnten teilweise wieder arbeiten. Im Asterium hat man sogar einen Wickelraum eingerichtet und man nimmt immer Rücksicht auf Nina. Auch der lichte Ralf hat sich eines besseren belehren lassen und ist vernarrt in die beiden Da Cruz' Zwillinge, obwohl sie die Familie ja noch größer gemacht haben. Ralf ist immer noch kleinlaut ob der Geschichte mit der ehemaligen Dritten. Jennifer Kern ist in eine andere Dienststelle versetzt worden. Sie arbeitet in einer unterirdischen Sortierstelle und steht ansonsten unter Bewachung. Noch immer trauert sie Cristobal hinterher, der das gar nicht ahnt. Weiterhin ahnt er nicht, das Pablo und sein Vater hinter seinem Rücken versuchen, Kontakt zu seiner Halbschwester aufzunehmen, die offenbar in der Nähe wohnt, aber auf einen von Pablo verfassten Brief negativ reagiert hat. Pablo ist noch immer nicht am Ende mit seinem Latein. Diego hingegen hat irgendwie aufgegeben. Er sieht keinen Fortschritt und bewahrt weiterhin Stillschweigen. Er hat sich des weiteren mit Dantes und Cristobals Mutter unter Anwesenheit der beiden getroffen. Beide Elternteile sind sich einig, dass sie eine Teenagerliebe hatten, jetzt aber nur Freunde sind. Und das, obwohl die Ehe von Dolores Fischbach und ihrem Ehemann nicht so wirklich gut läuft. Aber das ist ein anderes Thema.
Das Buch der Stille ist besser geschützt worden. Man ist sich einig, dass es zu gefährlich ist, es im Tresorraum zu belassen. So hat das Asterium es an einen unbekannten Ort bringen lassen, wo es bewacht wird. Außerdem wurde eine Kommission

gebildet, die sich um sämtliche Andeutungen im Internet kümmert und diese entweder widerlegt oder gleich ganz entfernen lässt. Athenas Bruder David, der schnell regeneriert und sich offenbar gern mit der neuen Technik befasst, wird derzeit dort eingearbeitet, denn durch seine Schwester ist er sich der Existenz der Traumfänger sehr wohl bewusst – was das Asterium auszunutzen gedenkt.

Der neue Dritte Beschützer des Asteriums wurde gewissenhafter ausgesucht als die Vorgängerin. Er wurde auf Herz und Nieren geprüft und bestand alle Tests. Sein Name ist Daniel Rey und er ist ein kompetenter Mensch. Zumindest ist er so vernünftig, auf den Rat von Luna zu hören, die ihm zugeteilt wurde. Von ihm hat man wohl nicht zum letzten Mal gehört.

Zunächst mal ist es ruhiger in den Instanzen und rund um das Asterium geworden – und man hört aus jeder Ecke ein Baby schreien...

Nachbemerkungen der Autorin

Wieder einmal sitze ich hier und möchte mich bedanken.
Viele Leute fragen mich, wie ich so ein Buch schreiben könne und was für eine Phantasie man doch haben müsse.
Ja, die Phantasie habe ich. Ich kreiere einen Menschen und lasse den Leser ein Stück seines Weges miterleben. Der Rest ergibt sich dann fast wie von selbst. Steht erst einmal die Grundstory, kann ich ein Gerüst darum bauen.
Und dabei helfen mir viele Menschen, auf die ich mich immer verlassen kann.
Meine Freundin Michaela zum Beispiel, die sofort angefangen hat zu lesen, als ich dringend eine Rückmeldung zu dem Buch brauchte.
Und mein alter Kumpel, Harald Fritsch, der für mich da ist, wenn es darum geht, wie eine Szene wirkt.
Sascha Christians ist mir auch immer wieder eine große Hilfe, wenn er kritisch seine Meinung kundtut und mich überlegen lässt, ob ich das alles auch richtig geschildert habe.
Oder auch mein guter Freund Carsten Stecker, der mir das Titelbild gezaubert hat.
Nicht zu vergessen: meine Familie, die mich erträgt, wenn ich den Kopf voll wilder Gedanken habe.
Ohne sie alle gäbe es kein Buch, und deshalb ziehe ich vor ihnen meinen Hut. Heutzutage ist fast niemand mehr dazu bereit, bedingungslos und sofort zu helfen.
Ich danke euch, Leute, wirklich!
Im Augenblick arbeite ich an Teil IV, denn wie wir alle wissen, gibt es da noch Cristobals Schwester.
Auch sie verdient ihre eigene Story.
Bis dahin wünsche ich Euch viel Spaß beim Lesen!
Bleibt neugierig!

Medea